絕對考上導遊+領隊
/ 日語篇 /

命題分析

題型分析

導遊

年度	助詞	機能語	諺語及慣用語	單語	擬聲、擬態語	敬語	其他
113	6	47	0	14	0	2	11
112	2	10	1	56	1	5	5
111	5	12	3	41	3	9	7
110	2	21	7	27	0	7	16
109	2	10	9	33	4	7	15
108	0	14	3	21	0	3	39

領隊

年度	助詞	機能語	諺語及慣用語	單語	擬聲、擬態語	敬語	其他
113	7	28	3	32	2	1	7
112	0	25	2	29	0	21	3
111	6	16	0	47	1	6	4
110	1	15	1	48	1	7	7
109	4	6	2	36	2	12	18
108	3	27	2	20	0	0	28

計分標準

	測驗日	測驗方式	測驗科目	計分方式
日語領隊	3月	筆試	執業實務 執業法規 觀光資源概要 日語	■ 執業實務、法規及觀光資源各科50題，每題2分 ■ 日語單科80題，每題1.25分 ■ 日語不得低於50分，筆試四科總分須達240分 ■ 持華語資格報考單科日語，日語不得低於60分
日語導遊	3月	(第一試) 筆試	執業實務 執業法規 觀光資源概要 日語	■ 執業實務、法規及觀光資源各科50題，每題2分 ■ 日語單科80題，每題1.25分 ■ 日語不得低於50分，筆試四科總分須達240分 ■ 持華語資格報考單科日語，日語不得低於60分
	5月	(第二試) 口試	口試	■ 口試60分及格

課程花絮，

BEHIND THE SCENES

帶團實務培訓 /
每年6月-11月開訓
領隊海外研習團、導遊實習團

亭雅 /馬跡學員

　這兩個週末真的是受益良多，來到馬跡讓我找到了讀書的方向，從高職就讀觀光科一直到現在大學的旅遊運輸，卻對學校老師所教的東西沒有印象甚至聽不懂，上了馬主任的課才發現平常覺得很困難無趣的法規，其實不難，上課很有趣，能聽到很多有關帶團的例子，融到課本中一切都很清楚，也能得到很多啟發。

　也許到馬跡上課只是短短的課程，卻讓我覺得很充實，很感謝馬跡中心所有人，還好我有來到這裡，讓我對未來的目標更清楚，我努力的堅持下去多充實自己。

馬跡受邀
大專院校輔導授課 /
指定考證用書

領隊導遊證照輔導班 / 每年7月-2月開課

▶▶ **浩儀** / 馬跡學員

　　馬主任講解法規的簡單易懂，讓我可以輕易的理解看似繁複的法規；還有台灣史地及世界史地的老師，真的是我的救星，讓我簡單的用圖像理解我最害怕的地理，還有其他各位老師的重點式教學，讓我唸起來更有方向。我二月的時候覺得不認真唸不行了，所以就報了馬跡的保證班，在二月中，上完課回去之後，努力閉關一個月，沒想到真的讓我考上了華語領隊，謝謝馬跡，讓我在迷惘的書堆中找到重點。

紫雯 / 馬跡學員

　　「隔行如隔山」，欲入旅遊業需先「親其師」。馬跡中心專業、用心之服務，不只是來上課，而是開啟一道敲門磚，線上導遊、領隊授課，實務經驗的傳承是無價而不可求的，能掌握要領，達成「80-20」的效率理論，花費20%的時間在80%的重點，非常值得！與眾不同的，馬跡更具人性化服務及國際化胸懷，感謝馬主任的提攜、指點及團隊的無私分享，「能把金針度與人」是少見的肚量及教學精神，真心推薦馬跡！節省外行探索心力和時間，馬跡是絕對首選！江湖要訣，請來馬跡學！

MAGEE TRAINING CENTER

如馬前卒、凡是走在前、想在前
作為開路先鋒、不斷開拓、創新
穩健與踏實的足跡、一步一腳印

馬跡領隊導遊訓練中心
MAGEECUBE COMPANY

關係企業
達跡旅行社

提供領隊、導遊帶團資源及工作機會協助。業務涵蓋國內外旅遊、公司團體旅遊、畢業旅行等。

Mac. Ma 現任達跡旅行社董事長、投入旅遊市場20年以上資歷、同時為國際線專業領隊、導遊。目前擔任馬跡訓練中心班主任、致力於培養旅遊業之菁英人才。

Company Profile

我們不斷在思考的是、
如何將商品及服務做得更好、更完美
如何讓遊客都能擁有美好回憶的旅程。

我們深深知道
領隊導遊是旅行團體的靈魂
所以我們從領隊導遊訓練開始

這是一個需要專業、傳承的領域
提升旅遊業、領隊及導遊的品質與價值
是我們傳承的目標、也是一直堅持的理念

2008年 馬跡品牌創立
延續我們對於觀光產業的尊敬及發展潛力
經過多年與學員的共同努力之下
現在經常看到馬跡學員活躍於旅遊市場上
表示這個理念正被傳播著
這是讓我們最感動的地方

Mageecube

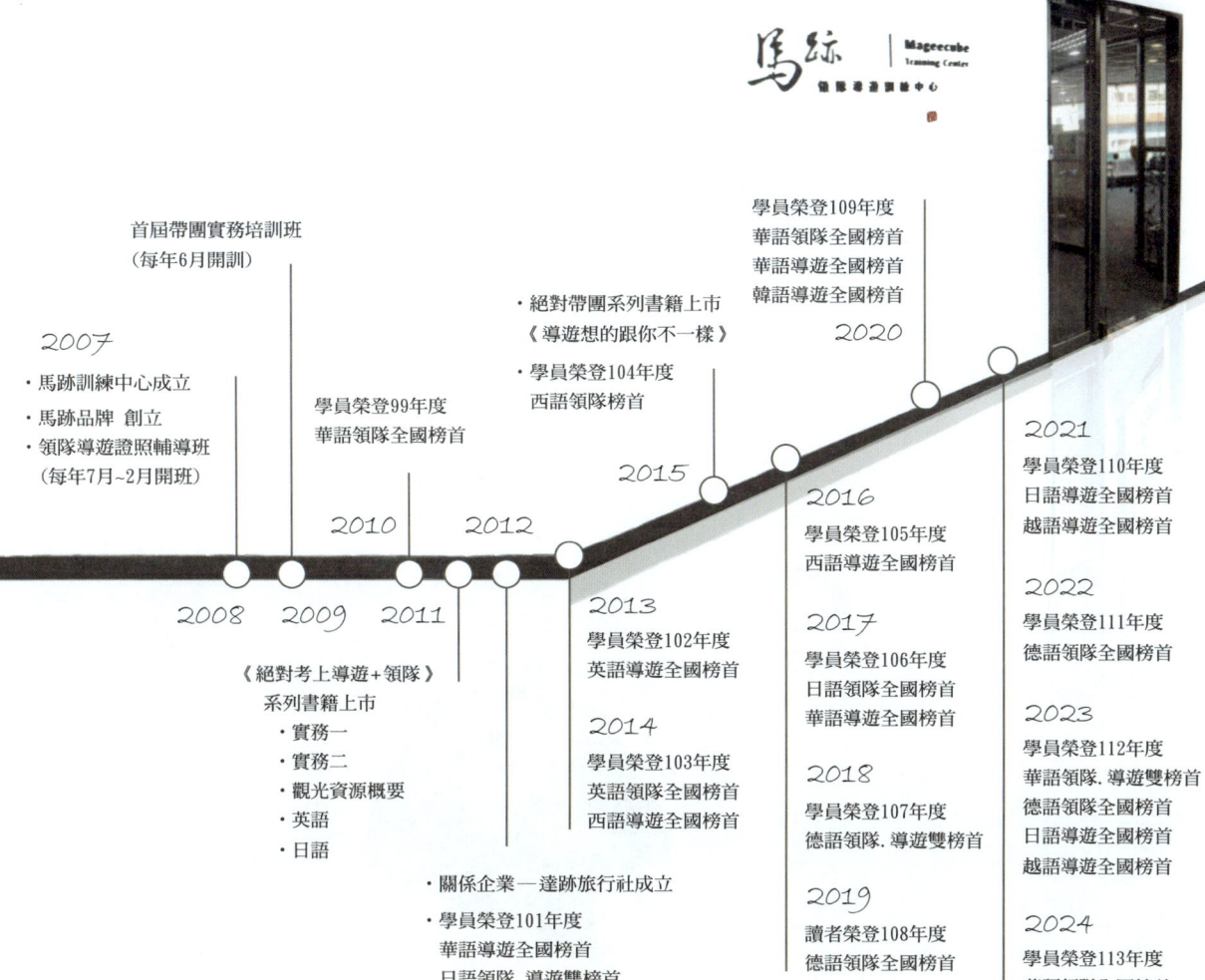

序

《絕對考上系列》書籍，集合專業訓練團隊與旅遊業資深國際領隊、導遊及旅遊從業人員，分享我們二十年來的專業，以創新思維突破傳統教學模式，藉由本書寫下我們多年考證及輔導教學的經驗，希望透過正確理念的傳達，能大幅提升領隊及導遊的質與量，打造高品質旅遊職場。

十多年來，馬跡中心成功協助數萬名考生順利考取領隊、導遊執照，更幫助無數的新手圓夢帶團！我們提供完整領隊導遊訓練(證照輔導課程、帶團人員訓練、海外帶團研習等)，並於馬跡官網 WWW.MAGEE.TW 即時更新考情資訊、法規修正、線上測驗等，以點、線、面提供全方位訓練服務。

我們衷心希望，所有有心想成為領隊、導遊的朋友，都能夢想成真！

領隊導遊
全方位輔導

考證班	英日語	口試班	帶團訓

Mac Ma　　Robert Lo　　Jones Chen　　Simon Liu

【三科證照班】
絕對考上
導遊+領隊

開課梯次
・
7月 - 3月

【外語證照班】
英語領隊導遊
日語領隊導遊

開課梯次
・
10月 - 2月

【外導口試班】
口試準備技巧
口語演練示範

輔導期間
・
4月 - 5月

【帶團培訓班】
海外研習團
環島實習團

培訓期間
・
5月 - 11月

馬跡領隊導遊訓練中心

| 台北 | 台中 | 全年現場開班 WWW.MAGEE.TW
諮詢專線 (02)2733-8118

目錄 | Contents

ユニット 01

情境篇

Chapter. 01
常見旅遊會話用語

01	機場・機上	1-2
02	住宿	1-13
03	交通	1-24
04	餐食	1-33
05	購物	1-39
06	娛樂	1-44
07	急難救助	1-47

Chapter. 01
名詞

文法01	名詞分類	2-2
文法02	名詞的作用	2-2
文法03	數量名詞	2-3

ユニット 02

文法篇

| 文法04 | 形式名詞 | 2-5 |
| 文法05 | 代名詞 | 2-6 |

Chapter. 02
形容詞

文法06	活用自立語的變化	2-8
文法07	形容詞的活用變化	2-9
文法08	形容詞常見變化	2-9
文法09	形容詞使用方式	2-9
文法10	常用形容詞	2-12

目錄 | Contents

Chapter. 03
形容動詞

- 文法11　形容動詞活用變化　2-14
- 文法12　形容動詞常見變化　2-14
- 文法13　形容動詞使用方式　2-15
- 文法14　常用的形容動詞　2-16

Chapter. 04
副詞

- 文法15　副詞基本用法　2-18
- 文法16　副詞的種類　2-19
- 文法17　常用副詞　2-20

Chapter. 05
接續詞

- 文法18　接續詞的種類　2-26

Chapter. 06
連體詞＆感動詞

- 文法19　連體詞　2-28
- 文法20　感動詞　2-29

Chapter. 07
動詞＆助動詞

- 文法21　五段動詞及其變化　2-32
- 文法22　上、下一段動詞　2-38
- 文法23　か行變格動詞變化　2-43
- 文法24　さ行變格動詞變化　2-47
- 文法25　各類動詞變化用法　2-52
- 文法26　補助動詞　2-53
- 文法27　動詞時態　2-56
- 文法28　自動詞＆他動詞　2-58
- 文法29　授受動詞　2-62
- 文法30　易混淆動詞比較　2-63

Chapter. 08
敬語

- 文法31　敬語變化規則整理　2-65

Chapter. **09**
助詞

| 文法32 | 助詞的類型 | 2-68 |
| 文法33 | 常見助詞及用法 | 2-68 |

Chapter. **10**
常用句型

| 文法34 | 常用句型整理 | 2-88 |

Chapter. **11**
慣用語

| 文法35 | 常用慣用語 | 2-94 |

Chapter. **12**
四字熟語＆諺語

| 文法36 | 四字熟語 | 2-102 |
| 文法37 | 諺語 | 2-103 |

ユニット
03
―
試驗篇

Chapter. **01**
110年度導遊測驗

| 01 | 重要單語整理 | 3-2 |
| 02 | 問題分析 | 3-7 |

Chapter. **02**
111年度導遊測驗

| 01 | 重要單語整理 | 3-22 |
| 02 | 問題分析 | 3-26 |

Chapter. **03**
112年度導遊測驗

| 01 | 重要單語整理 | 3-40 |
| 02 | 問題分析 | 3-44 |

Chapter. **04**
113年度導遊測驗

| 01 | 重要單語整理 | 3-58 |
| 02 | 問題分析 | 3-62 |

目錄 | Contents

Chapter. 05
110年度領隊測驗
- 01 重要單語整理　3-76
- 02 問題分析　3-81

Chapter. 06
111年度領隊測驗
- 01 重要單語整理　3-96
- 02 問題分析　3-100

Chapter. 07
112年度領隊測驗
- 01 重要單語整理　3-112
- 02 問題分析　3-116

Chapter. 08
113年度領隊測驗
- 01 重要單語整理　3-132
- 02 問題分析　3-136

ユニット 04
口試篇

Chapter. 01
外語導遊第二試
- 01 歷年口試題目彙整　4-2
- 02 專門用語　4-7

Chapter. 02
口試文章範例
- 01 自我介紹範本　4-21
- 02 臺灣自然與文化　4-22
  - 臺灣的國家公園
  - 臺灣的宗教
  - 臺灣傳統節慶
  - 臺灣的鬼月
  - 宜蘭搶孤活動
  - 媽祖繞境
  - 客家文化與擂茶
  - 臺灣原住民
  - 臺灣之光人物
  - 臺灣職棒環境
  - 臺灣代表性的美食
  - 臺灣的飲料
- 03 臺灣觀光名勝　4-31

絕對考上
導遊＋領隊
............【日語篇】

ユニット

01. 情境篇

添乗員
ツアーガイド

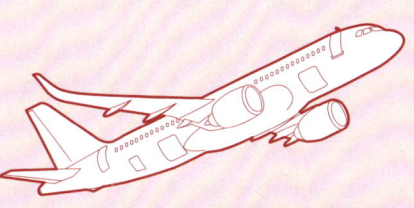

準備日語導遊領隊考試
單字量的累積相對重要
熟悉旅遊情境用語幫助更快看懂題意
有效提升作答速度
對於未來帶團或自助旅行也很實用

ユニット.1　情境篇
ユニット.2　文法篇
ユニット.3　試驗篇
ユニット.4　口試篇

Chapter. 01 | 常見旅遊會話用語
熟悉題型情境及用語，加快解題速度

考試分析

日語導遊、領隊在考試命題方向，不完全侷限於旅遊方面，更多是以日語基礎文法、詞彙為整體架構延伸。在準備階段，藉由本單元的實境模擬情境，幫助在閱讀題目時能更快看懂題意，有效學習專有名詞的應用。同時，深入了解旅遊相關用語與帶團常用會話，能有效提高實際帶團操作能力或是在自助旅行時更靈活應用。本單元透過各種旅遊情境，列出常用會話短語及專業用語。

機場.機上
空港.機內

情境 01 ▶ 辦理登機手續（チェックインの手続き）

領隊　不好意思，請問中華航空往大阪的團體櫃台在哪裡？
　　　すみません、大阪行きのチャイナエアラインの団体チェックインカウンターはどこですか。

服務員　請稍等一下。在H櫃台。
　　　少々お待ちください。Hカウンターでございます。

領隊　謝謝
　　　ありがとうございます。

機場機上　　住宿　　交通　　餐食　　購物　　娛樂　　急難救助

領隊　不好意思，請幫我辦理CI110往大阪的團體登機手續。
すみません、CI110 大阪行きの団体チェックインをお願いします。

地勤　請提供給我護照。
パスポートをお願いいたします。

領隊　在這裡。這一本是<u>導遊／領隊</u>的護照。
こちらです。これは<u>ガイド／添乗員</u>のパスポートです。

地勤　我瞭解了，請稍等一下。座位要選擇靠窗或靠走道的呢？
かしこまりました。お待ちくださいませ。お席は窓側と通路側の、どちらがよろしいでしょうか。

　　　【補】通常團體機位統一安排劃位，地勤人員多會詢問導遊／領隊的座位偏好。

領隊　麻煩安排靠走道、較前面的位置。
通路側で前の方をお願いします。

地勤　我知道了。
かしこまりました。

　　　讓您久等了。這裡是所有人員的護照及登機證，請至9號櫃檯辦理行李託運。
お待たせしました。こちらはお客様全員のパスポートと搭乗券です。9番カウンターで荷物をお預かりします。

領隊　好的，我知道了，謝謝。
わかりました。ありがとうございます。

情境02　辦理行李託運（荷物の預かり手続き）

地勤　下一位旅客。
次のお客様、どうぞ。

旅客　麻煩您了。
お願いします。

地勤　請給我您的護照及登機證。
パスポートと搭乗券をお願いします。

▶ 1-4

旅客　好的,在這邊。
　　　はい、こちらです。

地勤　您要託運的行李只有這一件嗎?
　　　お預かりの荷物はこの一点ですか。

旅客　是的。
　　　はい。

地勤　行李中沒有這些危險物品吧?
　　　荷物にはこれらの危険物はお持ちではないでしょうか。

旅客　對,沒有。
　　　はい、そうです。

地勤　讓您久等了,登機口位於D1號門,16點開始辦理登機。
　　　お待たせいたしました。搭乗口はD1ゲートで、機内への搭乗は、16時に始まります。

旅客　我知道了,謝謝您。
　　　わかりました。ありがとうございます。

情境 03　飛機上(飛行機で)－ 自助旅遊

旅客　請問這個座位在哪裡?
　　　この座席番号はどこですか。

空服員　在這裡。
　　　　こちらです。

旅客　我可以將行李放在這裡嗎?
　　　荷物をここにおいてもいいでしょうか。

空服員　可以的,請使用。
　　　　はい、どうぞ。

旅客　不好意思，請給我水／毛毯／枕頭。
すみませんが、水／毛布／枕をください。

空服員　好的，請。
はい、どうぞ。

旅客　請問這張入境卡該如何寫呢？
この入国カードは、どうやって書けばいいでしょうか。

空服員　請填上您的基本資料與日本的居住地。
基本資料と日本の連絡先などをご記入ください。

請問餐點想用雞肉還是海鮮呢？
お食事は鶏肉になさいますか。それとも海鮮になさいますか。

旅客　請給我海鮮。
海鮮でお願いします。

空服員　好的，那麼飲料呢？
かしこまりました。お飲み物はいかがでしょうか。

旅客　請給我柳橙汁，不要冰塊。
オレンジジュースをください。氷なしで。

空服員　好的。
かしこまりました。

旅客　我好像暈機了，請問有藥物可以吃嗎？
なんか飛行機酔いしたみたいんですが、薬などかありますか。

空服員　有的，請服用。請您先深呼吸、放鬆身體。想嘔吐時，可使用座位袋子內的清潔袋。
ありますよ。こちらを服用してください。それから、まず深呼吸して、リラックスしてください。吐きたいとき、シートポケットのエチケット袋をご利用ください。

情境 04　飛機上（飛行機で）— 領隊溝通

領隊　不好意思，我是○○旅遊的領隊，我姓林。我負責的客人座位從48A到53B，共有30人，想與您確認特殊餐的部分。

すみません、○○トラベルの添乗員の林と申します。私が担当したお客さんは48のAから53のBまで、全員で30人ですが、特別機内食について確認させていただきたいです。

空服員　好的，請說。

はい、どうぞ。

領隊　48B的客人點了蛋奶素食餐，但他希望能跟家人一起坐，所以座位已經換到50C了。

48Bのお客さんはベジタリアンミール（VLML）❶を予約しましたが、家族と一緒に座りたいと希望していたので、座席番号は50Cに変更しました。

> 補　❶ 厳格なベジタリアンミール (嚴格素食 VGML) / ベジタリアンヒンズーミール (印度素食餐 AVML) / 糖尿病対応ミール (糖尿病餐 DBML) / 低塩ミール (低鹽餐 LSML) / 低脂肪ミール (低脂肪餐 LFML)

空服員　好的，我明白了。

はい、かしこまりました。

領隊　另外，50A及50B的客人有帶小孩同行，是否可換到更前面的座位呢？

それに、50Aと50Bのお客さんは小さい子供と同行なので、もっと前の席に変更してもよろしいでしょうか。

空服員　我去確認一下，請稍等。

ちょっと確認しますので、少々お待ちください。

領隊　好的，麻煩您了。

はい、お願いします。

空服員　讓您久等了，這兩位客人可以換到20D與20E。

お待たせしました。こちらのお客様は20Dと20Eに変更することが可能です。

領隊　那就麻煩您協助更換。

じゃ、変更をお願いします。

機場機上　　住宿　　交通　　餐食　　購物　　娛樂　　急難救助

空服員　我知道了。還有這兩位客人小孩的機上餐點是嬰兒餐（BBML）對吧？

かしこまりました。あとはこちらのお子さんの機内食についてですが、ベビーミール（BBML）❶ でよろしいでしょうか。

> 補　❶ ベビーフード（嬰兒副食品 BBFD，提供給 8 個月以下的嬰兒）／ベビーミール（嬰兒餐 BBML，提供給 9 個月～未滿 2 歲的嬰兒）／チャイルドミール（兒童餐 CHML，提供給 2 歲以上的兒童）

領隊　是的，麻煩您了，謝謝。

はい、お願いします。ありがとうございました。

領隊　不好意思，這位旅客身體似乎不太舒服。

すみません、こちらのお客さんは具合が悪いみたいです。

空服員　怎麼了嗎？

どうかしましたか。

領隊　他說心臟很痛。

心臓が痛いと言いました。

空服員　原本有心臟疾患嗎？

もともと心臓の持病がありますか。

領隊　他有高血壓，通常飯後就會吃藥，但今天忘記吃藥，藥物也放在行李箱內。

高血圧があるので、いつも食後に薬を飲んでいるが、今日は飲むのを忘れて、薬もスーツケースの中に置いてしまいました。

空服員　可以請他移動到最後面的座位嗎？我可以將座椅放倒。

いちばん後ろの席へ移動していただけますか。席を倒すのができますので。

領隊　好的，我知道了。

はい、わかりました。

空服員　我現在去尋求醫師或醫療人員協助，請您們先跟隨這位空服員到最後方的座位。

今、医者や医療関係の人を探しに行きますので、まずはこちらの客室乗務員と一緒に後ろの席へ移動してください。

領隊　謝謝您。

ありがとうございます。

情境 05 　入境審查（入国審査）－ 領隊溝通

領隊　不好意思，我是○○旅遊的領隊，我姓林。我們這次團體共有30人，只要身上有識別這種黃色牌子，都是我負責的旅客，是否可讓他們排在一起呢？

すみません、○○トラベルの添乗員の林と申します。今回の団体は全員で30人で、このように黄色のタグを着用した方は私が担当したお客さんですが、一緒に並ぶのをお願いできますか。

服務員　嗯，那麼，請各位排在1到3號櫃檯的隊伍後方。可以先讓我確認每位旅客的入境卡，看看有沒有問題嗎？

はい、では、1から3号カウンターの列に並んでください。先に確認しますので、お客さん全員の入国カードを見せてください。

領隊　好的，我知道了，謝謝。

はい、わかりました。ありがとうございます。

情境 06 　入境審查（入国審査）－ 自助旅遊

審查官　請給我您的護照與入境卡。

パスポートと入国カードを見せてください。

旅客　好的。

はい。

審查官　請問您的入境目的為何？

入国の目的は何ですか。

旅客　觀光。

観光です。

審查官　預計在這裡停留幾日？

滞在は何日間ですか。

旅客　五日。

五日間です。

CH01 | 旅遊會話・機場

審査官 請以雙手食指按壓指紋以讀取裝置。
指紋読み取り装置を両手の人差し指で押してください。

審査官 好的，接下來請看上方的鏡頭。
はい、次は上のカメラを見てください。

這樣就可以了，謝謝。
以上です。ありがとうございました。

情境 07　入境海關審查（税関の審査）

海關 請給我護照及申報書。
パスポートと申告書をお願いします。

旅客 好的。
はい。

海關 你們是家人嗎？
家族ですか。

補　同一家人可持一張攜帶品申報書；非同行家人者則須一人持一張申報書，單獨通行申報。

旅客 是的。
はい。

海關 預計停留幾日？
滞在は何日間ですか。

旅客 五日。
五日間です。

海關 行李中是否有必須申報的物品？
荷物の中には何か申告する必要なものはありますか。

旅客 不，沒有。
いいえ、ありません。

海關 好的，這樣就可以了。
はい、これで結構です。

情境 08 兌換外幣（外貨両替）

旅客: 請問要在哪裡換錢呢？
どこで両替すればいいですか。

服務員: 一樓○○銀行的櫃檯。
一階の○○銀行のカウンターでございます。

旅客: 請協助我兌換3萬台幣 / 10萬日圓。
3万元／10万円を両替してください。

服務員: 請在這裡填寫資料並簽名。今天的匯率為～。
ここに資料を記入し、署名もお願いします。今日の為替レートは～です。

旅客: 請您幫我換錢好嗎？我想要8張一萬元面額、2張五千元面額以及10張一千元面額的。
両替をお願いできますか？一万円札を八枚、五千円札を二枚、千円札を十枚でお願いします。

★ 專門用語 ─ 出入境

日文	中文	日文	中文
空港	機場	格安航空（LCC）	廉價航空（LCC）
ターミナル	航廈	チャイナエアライン	中華航空
航空会社	航空公司	エバー航空	長榮航空
国際線	國際線	全日空	全日空
国内線	國內線	日本航空	日本航空
飛行機	飛機	キャセイパシフィック	國泰航空
エアバス	空中巴士	フライトスケジュール	航班時刻表
ボーイング	波音	航空便	航空班次
滑走路	跑道	～便	～班次

機場機上　　住宿　　交通　　餐食　　購物　　娛樂　　急難救助

日文	中文	日文	中文
欠航(けっこう)	停飛	機内持ち込み手荷物(きないもちこみてにもつ)	登機行李
離陸(りりく)	起飛	預け荷物(あずけにもつ)	託運行李
着陸(ちゃくりく)	降落	スーツケース	行李箱
チェックイン	登機報到 Check In	一時預かり(いちじあずかり)	寄放(行李)
カウンター	櫃台	持ち込み禁止荷物(もちこみきんしにもつ)	禁止攜帶的行李
手荷物カウンター(てにもつ)	行李櫃台	タグ	行李吊牌
搭乗ロビー(とうじょう)	登機樓層	空港税(くうこうぜい)	機場稅
ビザ	簽證	搭乗券(とうじょうけん)	登機證
パスポート(旅券(りょけん))	護照	搭乗口(搭乗ゲート)(とうじょうぐち・とうじょう)	登機口
航空券(こうくうけん)	機票	保安検査場(ほあんけんさじょう)	安檢處
E チケット	電子機票	搭乗手続き(とうじょうてつづき)	登機手續
格安航空券(かくやすこうくうけん)	廉航機票	自動化ゲート(じどうか)	自動通關
エコノミークラス	經濟艙	機内食(きないしょく)	機上餐
ビジネスクラス	商務艙	荷物受取所(にもつうけとりじょ)	行李領取處
ファーストクラス	頭等艙	客室乗務員(きゃくしつじょうむいん)	空服員(CA)
トランジット	過境	酸素マスク(さんそ)	氧氣面罩
乗り継ぎ(のりつぎ)	轉機	両替(りょうがえ)	匯兌
渡航目的(とこうもくてき)	出國目的	外貨両替(がいかりょうがえ)	匯兌外幣
出入国カード(しゅつにゅうこく)	出入境表格	外貨レート(がいか)	外幣匯率
出国手続き(しゅっこくてつづき)	出境手續	日本円(円)(にほんえん・えん)	日圓
入国手続き(にゅうこくてつづき)	入境手續	台湾ドル(元)(げん)	台幣(元)
入国審査(にゅうこくしんさ)	入境審查	札(さつ)	鈔票
税関(ぜいかん)	海關	コイン(硬貨(こうか))	硬幣
税関申告(ぜいかんしんこく)	海關申報	小銭(こぜに)	零錢

日文	中文	日文	中文
検疫（けんえき）	檢疫	パラシュート	降落傘
パイロット	飛行員	緊急脱出（きんきゅうだっしゅつ）	緊急逃生
ラック	置物架	脱出シュート（だっしゅつ）	逃生滑梯
機内アナウンス（きない）	機上廣播	救命ボート（きゅうめい）	救生艇
シートベルト	安全帶	不時着（ふじちゃく）	緊急迫降
シートベルトサイン	安全帶警示燈	時差（じさ）	時差
通路側（つうろがわ）	靠走道	時差ボケ（じさ）	時差症候群
窓側（まどがわ）	靠窗	標準時（ひょうじゅんじ）	標準時間
救命胴衣（きゅうめいどうい）	救生衣	現地時間（げんちじかん）	當地時間
非常口（ひじょうぐち）	逃生口	機内モード（きない）	（手機）飛航模式
乱気流（らんきりゅう）	亂流	滞在期間（たいざいきかん）	停留時間

機場機上　　住宿　　交通　　餐食　　購物　　娛樂　　急難救助

住宿
宿泊

情境 09　電話訂房（電話での予約）

領隊　我這邊是○○旅遊，敝姓林。這次想替團體旅客訂房，麻煩為我確認空房狀況。
○○トラベルの林と申します。このたび、団体のお客さんのために部屋を予約したいんですが、空室状況の確認をお願い致します。

服務員　我知道了，請問日期為何？
かしこまりました。お日にちはいつでしょうか。

領隊　10月15日星期日。
10月15日、日曜日です。

服務員　好的，總共需要幾間房呢？
はい、お部屋は何室必要でしょうか。

領隊　我們總共有30人，因此需要15間房。可以的話，請幫我安排10間一大床的房型，以及5間雙床房。
全員で30人なので、15室が必要ですが、できればダブルルームを10室で、ツインルームを5室でお願いできますか。

服務員　請稍等。
少々お待ちください。

1-14

服務員：讓您久等了。10月15日可提供空房，全部房間都是禁菸房可以嗎？
お待たせいたしました。10月15日でしたらご案内できますので、すべて禁煙室でよろしいでしょうか。

領隊：好的，麻煩您了。另外，15間中有一房是領隊，也就是我個人用的房間，請問有特別優惠價嗎？
はい、お願いします。ちなみに、15室の中、1室が添乗員の私用なんですけど、特別価格はありますか。

服務員：很抱歉，我們旅館並無領隊或司機的專用房型，可能無法提供優惠。不過，因為您們預約了15間房，費用可特別再打九折，每房每晚價格為15000日圓，不曉得可以嗎？
申し訳ございません、当館は添乗員や運転手さん専用の部屋はございませんので、ご案内できません。でも、15室予約しましたので、料金は特別に10％オフできますので、一泊1室あたりの料金は15000円ですが、よろしいでしょうか。

領隊：好的，我知道了。那就拜託您了。
はい、わかりました。じゃ、お願いします。

服務員：謝謝您。請問住宿當天將搭乘什麼交通工具前來呢？
ありがとうございます。当日はどのような交通手段でご来館でしょうか。

領隊：當天會包車前往，請問有停車場嗎？
その日は貸切バスで行きますので、駐車場はありますか。

服務員：有的，您抵達時，大廳的工作人員也會協助您搬運行李，請放心。
はい、到着した際、ロビーのスタッフがお荷物の運びをお手伝いできますので、ご安心ください。

領隊：我知道了。可以麻煩您以E-mail寄送訂房內容確認嗎？我的E-mail是＿＿＿＿，可用E-mail或電話聯繫，電話則是886-000-000-000。
わかりました。確認のため、部屋の予約内容をメールで送っていただけませんか。メールアドレスは＿＿＿＿＿＿です。連絡はメールや電話のどっちでもいいです。電話は886-000-000-000です。

服務員：好的。之後會寄送過去。此外還有任何特別需求嗎？
かしこまりました。後ほどお送りします。ほかには何か特別な要望がありますか。

機場機上　住宿　交通　餐食　購物　娛樂　急難救助

| 領隊 | 沒有什麼特別事項，若有需要變更內容，我會再與您聯繫。
特にないんですけど、もし変更が必要の場合、また連絡いたします。

| 服務員 | 好的，我們會在此等候您前來。謝謝。
かしこまりました。では、お待ちしております。ありがとうございます。

| 領隊 | 好的，拜託您了。再見。
はい、お願いします。失礼します。

| 服務員 | 再見。
失礼します。

情境 10　訂房確認（予約の確認）

| 領隊 | 不好意思，我是○○旅遊的領隊，我姓林。我們今天有預約一晚的房間。
すみません、今日から一泊予約した○○トラベルの添乗員の林と申します。

| 服務員 | 啊，您辛苦了。
あっ、お疲れ様です。

| 補 | 一般商務往來的旅行社、領隊、導遊與飯店、餐廳等之間的聯繫，在電話場合中多以「お疲れ様です」相互問候，當聽到對方如此問候話時，只需同樣回應「お疲れ様です」即可。倘若是一般旅客身分與餐廳、飯店電話聯繫時則不使用。

| 領隊 | 您辛苦了。我們現在正從機場前往貴飯店途中，想先與您確認今日的房間。
お疲れ様です。今は空港からそちらに向かう途中で、今日の部屋につきまして、ちょっと確認したいんですが。

| 領隊 | 我們總共預約了15間房，其中有10間是一大床房型，5間雙床房對吧？
予約した部屋は全部で15室、その中、ダブルルームは10室で、ツインルームは5室ですよね。

| 服務員 | 是的，沒錯。
はい、そうです。

| 領隊 | 現在是否能提供我們所有旅客的房間號碼呢？
今、全員の部屋番号を提供していただけませんか。

▶ 1-16

服務員　好的,我去確認一下,請稍等。
はい、確認します、少々お待ちください。

領隊　好,麻煩您了。
はい、お願いします。

服務員　讓您久等了。房間已經為您準備好了,可以提供給您房間號碼。
お待たせいたしました。部屋はすでに用意できましたので、部屋番号を提供できます。

領隊　那麼,就用之前寄送給您的名單確認好了。首先為預訂雙床房的CHEN YU SHEN與LIN PEI LIN的房間。
じゃ、この前送ったリストで確認しましょう。まずはツインルームの CHEN YU SHEN さんと LIN PEI LIN さんの部屋なんですが。

服務員　這兩位的房間為6011房。(下略)以上就是所有房號。
こちらは 6011 室でございます。(下略)以上です。

領隊　好的,我知道了,謝謝您。我們大約再30分鐘會抵達,可以麻煩您先準備房間的鑰匙及早餐券嗎?
はい、わかりました。ありがとうございます。あと 30 分くらいで着きますので、先に部屋の鍵と朝食券を用意して頂けますが。

服務員　我知道了。
かしこまりました

領隊　謝謝,再見。
ありがとうございます。では、失礼します。

服務員　再見。
失礼します。

情境 11　辦理入住 Check-in（チェックイン）

領隊　我有事先預約,團體名為「○○旅遊」,麻煩幫我Check-in。
予約してある○○トラベルという団体ですが、チェックインをお願いします。

| 服務員 | 明白了，麻煩給我所有人的護照。
かしこまりました。全員のパスポートをお願いします。

| 領隊 | 在這邊。
こちらです。

| 服務員 | 請稍候。
少々お待ちください。

讓您久等了，這邊是所有旅客的房間鑰匙及早餐券。早餐在一樓餐廳用餐。
お待たせいたしました。こちらはお客様全員の鍵と朝食券でございます。朝食のレストランは一階です。

| 領隊 | 早餐幾點開始呢？
朝食はいつからですか。

| 服務員 | 六點至十點。
六時から十時までです。

| 領隊 | 謝謝。
ありがとうございます。

情境 12　房間相關問題（部屋についての問題）

| 旅客 | 房間內可以使用Wi-Fi嗎？
部屋では Wi-Fi を使えますか。

| 服務員 | 可以的，密碼就是房間的號碼。
はい。パスワードは部屋の番号です。

| 旅客 | 房間與房間互打內線電話時，要如何撥打呢？
部屋同士での内線電話を使う場合、どうやってかければいいでしょうか。

| 服務員 | 請在房號前加0就能撥打了。
部屋番号の前に 0 をプラスしてからお掛けください。

旅客：房間的空調好像壞了／我應該是預約雙床房，是否能更換房間？

部屋のエアコンは壊れたみたいんですが／確かツインルームを予約しましたが、部屋を変えてもいいでしょうか。

服務員：我明白了，我們會立即前往確認。無法修理／可以變更時會替您準備其他房間。

申し訳ございませんが、すぐ確認しに参ります。修理できない／変更できる場合は別の部屋をご用意させていただきます。

情境 13　客房物品賠償問題（客室の物品賠償）

服務員：不好意思，我是○○旅館的山下，請問是○○旅遊的林小姐嗎？

すみません、こちら○○ホテルの山下と申します。○○トラベルの林様でしょうか。

領隊：是的。辛苦了。

はい、そうですが。お疲れ様です。

服務員：您辛苦了。其實，10月15日的住宿房間中，有一間房有點狀況。

お疲れ様です。実はですね、10月15日ご利用した部屋の中、1室がちょっと問題がありまして…

領隊：怎麼了嗎？

どうかしましたか。

服務員：那個，6010房的檯燈壞掉了。我們研判是人為破壞引起，可以麻煩您與貴公司的旅客確認一下嗎？

あのう、6010室の部屋の電気スタンドが壊れました。❶ 人為的な破壊が原因なので、御社のお客様に確認していただきたいんですが。

補 ❶ トイレ／電気／テレビ／冷蔵庫が壊れた（馬桶／電燈／電視／冰箱壞了）；窓／ベッドのシート／布団／ドア／カーテンが割れました（窗戶／床單／被子／門／窗簾破了）

領隊：我知道了，可以提供給我房間的現況照片嗎？

わかりました。その部屋の現場写真を提供していただけますか。

服務員 好的,現在立即傳過去給您,麻煩您確認。
はい、今お送りしますので、どうかご確認ください。

領隊 我知道了,確認後會再與您聯繫,再見。
わかりました。確認した後、また連絡しますので、先に失礼いたします。

服務員 再見。
失礼します。

領隊 不好意思,這邊是○○旅遊,我姓林。請問山下小姐在嗎?
すみません、○○トラベルの林と申します。山下さんいらっしゃいますか。

服務員 我就是山下,辛苦了。
山下です。お疲れ様です。

領隊 辛苦了。我看到剛才提及的照片了。現在正前往下個景點的路上,我有先與旅客確認了,的確是我們的客人不小心弄壞的,不好意思。
お疲れ様です。例の写真を見ました。今、次のスポットへ移動する途中で、さっき、お客さんにも確認してもらったが、確かこちらのお客さんが不意に壊してしまいました。すみませんでした。

服務員 不會,能確認實在太好了。不過,關於修理費用,我們必須向您們要求賠償。
いいえ、確認できてよかったです。でも、修理費用について、そちらに賠償を要求することになります。

領隊 我知道了。賠償的部分可以請您用E-mail寄送報價單嗎?
わかりました。賠償の件、またメールで請求書を送っていただけませんか。

服務員 好的,我們金額一經確定就會寄送給您。
はい、こちらの金額がわかり次第、お送りします。

領隊 好的,麻煩您了。這次造成您的困擾,真是不好意思。
はい、お願いします。今回はいろいろご迷惑をかけて、すみませんでした。

服務員 不會,之後也請多多指教。
いいえ、またこれからも宜しくお願い致します。

| 領隊 | 請多指教。再見。
宜しくお願い致します。では、失礼します。

| 服務員 | 再見。
失礼します。

情境 14　客訴問題（クレーム）

| 領隊 | 不好意思，我是○○旅遊的領隊，我姓林。今天起將在這裡住宿兩晚的旅客，對房間有些不滿意。
すみません、○○トラベルの添乗員の林と申します。今日から二泊宿泊するお客さんが、部屋にちょっと不満がありまして…。

| 服務員 | 請問是哪一個房間呢？
どの部屋なんでしょうか。

| 領隊 | 6015號房。房間內的電燈不亮，2小時前已電話聯繫櫃台，櫃檯回覆會至房間確認，但晚膳後回到飯店房間卻還是沒修理。
6015室です。電気がつかない❶ので、2時間前、電話でフロントに連絡しました。部屋へ確認しに行くとの返事ですが、夕食を食べて、部屋に戻ったら、まだ修理しなかったです。

[補] ❶ トイレ／冷蔵庫／鍵が壊れた（馬桶／冰箱／門鎖壞了）；トイレが詰まっている（馬桶阻塞）

| 服務員 | 這樣嗎？請稍等一下。
え、そうですか。少々お待ちください。

| 服務員 | 很抱歉，剛才我們的員工已前往6015號房確認了，但看起來是短時間內無法修好的問題。
申し訳ございませんが、先ほど、従業員は6015室へ行って、確認しましたが、短時間で直せる問題ではありません。

| 領隊 | 那可以更換房間嗎？
じゃ、この部屋を今から変更してもよろしいですよね。

服務員 那個,今天很不巧地房間已額滿,要更換的話…
あのう、今夜はあいにく満室なので、変更するのはちょっと…。

領隊 無論什麼房型都可以,請先幫我們換到至少電燈會亮的房間。如果是比現在更小的房間,我會跟客人交換房間,麻煩你們了。
どんな部屋でもいいですから、とりあえず電気がつく部屋に変更をお願いします。今よりもっと小さい部屋なら私がお客さんと交換しますので、どうか変更をお願いします。

服務員 我知道了,請稍候。
かしこまりました。少々お待ちください。

讓您久等了。今天的話還有一間小型雙床房,是否可請客人移至林小姐的房間,林小姐再換到這一間呢?
お待たせいたしました。今日ならセミダブルの部屋はまだ1室ありますので、お客様を林さんの部屋へ移動して、林さんがセミダブルの部屋へ移動していただけませんか。

領隊 好的,麻煩了。客人的行李也麻煩你們挪移。
はい、お願いします。お客さんの荷物の移動もお願いいたします。

服務員 我知道了。現在就會前往客人的房間,麻煩您告知客人。
かしこまりました。今からお客様の部屋へ向かいますので、お客様にお伝えをお願いします。

領隊 好的,造成您們的麻煩真是不好意思。謝謝您。
わかりました。いろいろご迷惑をかけて、すみませんでした。ありがとうございます。

服務員 我們才非常抱歉。
こちらこそ申し訳ございません。

情境15　辦理退房 Check-out（チェックアウト）

旅客 麻煩協助Check-out。
チェックアウトをお願いします。

▶ 1-22

服務員 好的,請稍候。
かしこまりました。お待ちください。

旅客 飛機是今晚才要飛,行李可以先寄放這邊嗎?
飛行機は今日の夜なので、荷物はこちらに預けてもいいでしょうか。

服務員 好的,那麼就替您保管至17點止。
はい、では17時までにお預かりいたします。

★ 專門用語 — 住宿

日文	中文	日文	中文
ホテル	飯店	予約	預約
カプセルホテル	膠囊旅館	宿泊	住宿
リゾート	渡假村	素泊まり	純住宿
温泉旅館	溫泉旅館	朝食付き	附早餐
民宿	民宿	一泊二食	住一晚附兩餐
別荘	別墅	滞在日数	住宿日數
ビジネスホテル	商務旅館	エキストラベッド	加床
ロビー	大廳	シングルベッド	單人床
客室／部屋	房間	ツインベッド	雙床(兩張單人床)
和室／洋室	和室房/西式房	ダブルベッド	一大床(一張雙人床)
和洋室	日西混合風格房(有小和室及西式床鋪)	セミダブルベッド	一床(一張小型雙人床)
隣部屋	相鄰房	コーナールーム	角落房
コネクティングルーム	兩房相連,房內有門互通的房間	ルームチャージ	房間費用

機場機上　　住宿　　交通　　餐食　　購物　　娛樂　　急難救助

日文	中文	日文	中文
モーニングコール	晨間喚醒服務	チップ	小費
ルームサービス	客房服務	大浴場(だいよくじょう)	大浴場
入湯税(にゅうとうぜい)	泡湯稅	貸切風呂(かしきりぶろ)	私人湯屋
貴重品金庫(きちょうひんきんこ)	保險箱	入れ墨(いれずみ)	刺青（浴場禁止刺青者進入）
電気(でんき)	電燈	混浴(こんよく)	混浴（男女共浴）
エアコン	空調	お湯(ゆ)	熱水
故障(こしょう)する	故障	トイレ	馬桶；廁所
ヒーター	暖氣	浴室(よくしつ)	浴室
ワイファイ	Wi-Fi	浴槽(よくそう)	浴缸
禁煙(きんえん)／喫煙(きつえん)	禁菸／吸菸	蛇口(じゃぐち)	水龍頭
シャンプー	洗髮乳	水漏(みずも)れ	漏水
ボディソープ	沐浴乳	温水洗浄便座(おんすいせんじょうべんざ)／ウォシュレット	免治馬桶
コンディショナー	潤髮乳	トイレットペーパー	衛生紙
洗顔料(せんがんりょう)	洗面乳	シーツ	床單
枕(まくら)	枕頭	畳(たたみ)	塌塌米
布団(ふとん)	被子	掃除(そうじ)	打掃
ブランケット	毛毯	清掃不要(せいそうふよう)	不用打掃
鍵(かぎ)	鑰匙；鎖	暗証番号(あんしょうばんごう)	密碼

交通

情境 16 　預約包車（貸切バスの予約）

領隊　不好意思，我是○○旅遊的領隊，我姓林。我們想預約包車。
すみません、台湾○○トラベルの添乗員の林です。貸切バスを予約したいですが…。

服務員　請問日期是何時呢？
お日にちはいつでしょうか。

領隊　10月15日至10月19日，共五日。
10月15日から10月19日までの五日間です。

服務員　人數大約多少？
人数はどのくらいでしょうか。

領隊　包含我是領隊在內共30人。
添乗員の私を含め、全員で30人です。

服務員　我知道了，請稍候。
かしこまりました。少々お待ちください。

久等了。這段時間可為您提供車子。
お待たせ致しました。この期間でしたらご提供できます。

領隊　謝謝，是否可提供報價單呢？
ありがとうございます。お見積書を提供していただけますか。

服務員　報價內容須視客人的行程而定，可以先請您寄來客人的行程表嗎？
見積もり内容はお客様のスケジュール次第ですので、先にお客様のスケジュールを送っていただけますか。

機場機上　　住宿　　交通　　餐食　　購物　　娛樂　　急難救助

| 領隊 | 我知道了，之後會寄送過去。
わかりました。後ほどお送りします。

| 服務員 | 好的，確認行程後便會為您寄出報價單。
かしこまりました。スケジュールを確認した上、見積書をお送りします。

| 領隊 | 麻煩您了。再見。
お願いします。では、失礼します。

| 服務員 | 再見。
失礼します。

情境17　行程確認（スケジュールの確認）

| 領隊 | 不好意思，我是臺灣○○旅遊的領隊，我姓林。我們有預約10月15日至10月19日共五日的包車，請問是司機山本先生嗎？
すみません、台湾○○トラベルの添乗員の林です。10月15日から10月19日までの五日間、貸切バスを予約しました。運転手の山本さんですか。

| 司機 | 是的，辛苦了。
はい。お疲れ様です。

| 領隊 | 辛苦了。那個，我想與您確認明日起的行程。
お疲れ様です。あのう、明日からのスケジュールなんですが、ちょっと確認したいです。

| 司機 | 好的，您們明日12點會抵達成田機場對吧？
はい、明日は12時、成田空港に着きますよね。

| 領隊 | 是的，抵達後我會立即與山本先生您聯繫，之後預計前往淺草。
はい、着いたらすぐ山本さんに連絡しますので、その後は浅草へ行く予定ですよね。

| 司機 | 是的。不過，淺草那一帶較難停車，下車與上車地點可能會離淺草寺有一段距離。
はい。でも、浅草は駐車が難しいので、降車と乗車場所は浅草寺からちょっと離れていますよ。

領隊　沒關係。
　　　　大丈夫です。

司機　再來是，大型巴士禁止長時間暫停，請務必遵守集合時間。
　　　　あとは、大型バスの長時間駐車するのも禁止なので、必ず集合時間を守ってください。

領隊　我知道了，我會告知客人。
　　　　わかりました。お客さんに伝えます。

司機　拜託您了。淺草參觀後直接前往飯店對吧？
　　　　お願いします。浅草の後は直接ホテルへ行きますよね。

領隊　對，是銀座的○○飯店。
　　　　はい、銀座にある○○ホテルです。

司機　好的。再來第二日，10月16日，因那間飯店前面交通有點混雜，可以請您們在隔壁停車場出口處集合嗎？
　　　　はい。あとは二日目、10月16日ですよね。あのホテルの前はちょっと混雑なので、隣の駐車場の出口で集合していただけますか。

領隊　好的。接下來將要前往輕井澤對吧。
　　　　わかりました。それから、軽井沢へ向かいますよね。

司機　是的，當天…（下略）行程就是這樣沒錯？
　　　　はい、その日は…（下略）スケジュールは以上でよろしいですよね。

領隊　是。明天起要麻煩您了。我到機場會與您聯繫。
　　　　はい、明日からは宜しくお願いします。空港に着いてからすぐ連絡します。

司機　我才要麻煩您了。
　　　　こちらこそ宜しくお願いします。

領隊　那就先這樣，再見。
　　　　では、失礼します。

司機　再見。
　　　　失礼します。

機場機上　　住宿　　交通　　餐食　　購物　　娛樂　　急難救助

情境 18 　 包車・機場接送（貸切バス／空港送迎）

導遊　您好，辛苦了。我是○○旅遊的人員，我姓林。我們有包車／預約機場接送，請問要在哪裡上車？
お疲れ様です。○○トラベルの林と申します。貸切バス／空港送迎を予約しましたが、どこで乗りますか。

司機　辛苦了。請到2號月台，我在這裡等你們。
お疲れ様です。2番乗り場まで来てください。こちらでお待ちします。

導遊　費用要即刻先付嗎？
料金は今精算しますか。

司機　是的，收據在這邊。除了費用外，也請您支付司機的茶水費。
はい。領収書はこちらです。料金以外に、運転手のお茶代もお願いします。

導遊　茶水費大約多少呢？
お茶代はどのくらいでいいんですか。

司機　如是機場接送，大約是1千日圓左右。
空港送迎なら、大体 1000 円です。

導遊　我知道了，費用在這邊。
わかりました。こちらです。

司機　抵達旅館了。回程時我也會在這個停車場等你們，麻煩了。
ホテルにつきました。帰りの際、こちらの駐車場でお待ちします。宜しくお願いします。

導遊　謝謝。
ありがとうございます。

情境19　計程車（タクシー）

導遊　請協助我叫計程車。
タクシーを呼んでいただけますか。

服務員　好的，請問需要幾台呢？
かしこまりました。何台が必要でしょうか。

導遊　我們有八個人，麻煩幫我們叫兩台。
8人いますので、二台をお願いします。

服務員　好的，請稍等。
はい、少々お待ちください。

車子再五分鐘左右會抵達，請您在大廳稍候。
あと五分くらいで来ますので、ロビーでお待ちになってください。

導遊　我知道了。
わかりました。

司機　請問要到哪裡呢？
どちらまで行きますか。

導遊　請帶我們到東京巨蛋。
東京ドームまでお願いします。

司機　好的。
かしこまりました。

導遊　到那裡大約需要多久？
あそこまで何分くらいかかりますか。

司機　不塞車的話，大約25分鐘。
渋滞がなければ、大体25分くらいです。

到了，停這邊可以嗎？
つきました。こちらでよろしいでしょうか。

| 導遊 | 可以的,總共多少錢?
はい。いくらでしょうか。

| 司機 | 1800日圓。
1800円です。

| 導遊 | 請提供給我收據。
領収書をください。

| 司機 | 好的,請收下,謝謝。
はい、こちらです。ありがとうございました。

情境 20 　購買車票(チケットを買う)

| 導遊 | 我要11張前往箱根湯本站的浪漫號列車車票。
箱根湯本駅までのロマンスカーのチケットを11枚ください。

| 服務員 | 好的,如是11張的話,回數券會比較划算,要買嗎?
かしこまりました。11枚なら、回数券の方が安いですけど、買いますか。

| 導遊 | 好的,麻煩了。可以使用信用卡付款嗎?
はい、お願いします。支払いはクレジットカードでいいですか。

| 服務員 | 不好意思,這邊僅接受現金付款。
すみません。こちらは現金のみです。

| 導遊 | 好的,請提供給我收據。
わかりました。領収書を下さい。

| 服務員 | 好,請問收據上的名稱是什麼呢?
はい、宛名は何でしょうか。

| 導遊 | 麻煩填寫○○旅遊。
○○トラベルでお願いします。

★ 其他問題（その他）

- 請問有車站周邊的地圖嗎？
  駅周辺の地図はありますか。

- 這附近有投幣式置物櫃嗎？
  この近くにはコインロッカーがありますか。

- 不好意思，我把包包忘在剛才的電車上，請問失物招領處在哪裡？
  すみません、かばんを先の電車に忘れてしまいました。忘れ物取扱所はどこでしょうか。

- 請問這台巴士有開往都廳嗎？
  このバスは都庁へ行きますか。

★ 車站常見廣播（駅のアナウンス）

- 2號月台即將有電車進站，為了安全起見，請站到黃色線內。
  まもなく、2番線に電車がまいります。危ないですから、黄色い線の内側まで、お下がりください。

- 感謝您今日搭乘JR東日本列車。3號月台本次進站的列車為11點25分發車，往成田機場的特急 成田Express列車。本列車共有10節車廂，自由座為1號至3號車廂。
  本日も、JR東日本をご利用くださいまして、ありがとうございます。今度の3番線の列車は、11時25分発、特急 成田エクスプレス 成田空港行きです。この列車は、10両編成です。自由席は1号車から3号車です。

- 本列車在此站終點。請注意不要忘記您的隨身物品。下車時請注意腳下。感謝您乘車。
  この電車はこの駅で終点です。お忘れ物のないようご注意ください。降りる際は足元にご注意ください。ご乗車ありがとうございました。

- 出口（列車到站後開啟的廂門）在右／左側。
  出口は右／左側です。

- 下一站是上野，JR山手線可於此站轉乘。
  次は、上野です。JR山手線はお乗換です。

- 接下來播放轉乘資訊。

  乗換の案内です。

- 12號月台即將抵達的列車，為10點25分發車，往京都、金澤的列車，列車共有10節。請退到黃色點字磚後以防危險。列車前五節車廂將開往京都，後五節則開往金澤。12號月台即將有列車進站，請注意。

  まもなく12番のりばに、10時25分発 快速 京都方面 金沢行きが10両でまいります。危ないですから、黄色い点字ブロックまでお下がり下さい。前5両は京都行き、後ろ5両は金沢行きです。12番のりばに電車がまいります。ご注意ください。

- 車門即將關閉，請多加留意。

  ドアが閉まります。ご注意下さい。

- 因上野站有意外發生，造成列車目前暫時停止行駛。預定於15點35分再次開始行駛。

  ただいま、上野駅、人身事故のため、停車中です。運転再開は15時35分の予定です。

- 因上野站的意外發生，造成JR山手線暫時停止行駛約1小時。

  ただいま、上野駅、人身事故のため、JR山手線は1時間ほど運転を見合わしております。

- 請勿在關門前奔跑上車。

  駆け込み乗車はおやめください。

★ 專門用語 — 交通

日文	中文	日文	中文
電車	電車	鉄道	鐵路
汽車	蒸汽火車	駅／駅舎	車站／車站建築
列車	鐵路列車	構内	站內
地下鉄	地鐵	始発／終電	首班車／末班車
車両	車廂	改札口	驗票閘口
案内所	諮詢處	ホーム	月台
遺失物取扱所	失物招領處	待合室	候車室

日文	中文	日文	中文
コインロッカー	投幣式置物櫃	切符	車票
切符売り場	售票處	乗り換え	轉乘
自動券売機	自動售票機	乗り遅れる	沒搭上車
運賃	車資	乗り過ごす	坐過站
定期券／回数券	定期票／回數票	乗り物酔い	暈車或暈船
お得なきっぷ	優惠票券	払い戻し	退票
片道／往復	單程／來回	発車／停車	發車／停車
精算／チャージ	補票／儲值	乗車／降車	搭車／下車
行先	目的地	時刻表	時刻表
路線図	路線圖	ラッシュアワー	尖峰時段
右側／左側通行	右線／左線行走	つり革	拉環
グリーン車	頭等車廂	自由席／指定席	自由座／對號座
ストライク（スト）	罷工	優先席	博愛座
自動車	汽車	空席／満席	空位／滿座
観光バス	觀光巴士	人身事故	有人受傷的意外
路線バス	一般巴士	ミニパン	麵包車(九人座)
貸切バス	包車	マイクロバス	小型巴士
タクシー	計程車	大型バス／中型バス	大型／中型巴士
レンタカー	租車	停留所	巴士站
キセル	霸王車	ガソリンスタント	加油站
渋滞	塞車	信号（赤／青／黄）	紅綠燈
空港送迎	機場接送服務	料金所	收費站
乗務員	車掌、隨車服務員	通行料	過路費

機場機上　住宿　交通　餐食　購物　娛樂　急難救助

日文	中文	日文	中文
添乗員（てんじょういん）／ガイド	領隊或導遊	運転免許（うんてんめんきょ）	駕照
お茶代（ちゃだい）	司機茶資（包車時也須負擔）	回送代（かいそうだい）	回程車資（包車結束後，回車廠的費用）
ひき逃げ（に）	肇事逃逸	飲酒運転（いんしゅうんてん）	酒駕
居眠り運転（いねむ　うんてん）	駕駛時打瞌睡	船／船便（ふね／ふなびん）	船／船班
駐車違反／不法駐車（ちゅうしゃいはん／ふほうちゅうしゃ）	違規停車	船着き場／港（ふなつ　ば／みなと）	港口
桟橋／埠頭（さんばし／ふとう）	棧橋／埠頭	波止場（はとば）	碼頭
渡し場（わた　ば）	渡船頭	ヨット／ボート	遊艇／小艇
フェリー／快速船（かいそくせん）	渡輪／快速船	屋形船（やかたぶね）	屋形船（舉辦宴會、欣賞煙火的船）

餐食
食事

情境 21　預約餐廳（予約（よやく））

導遊　您好，我是○○旅遊的人員，我姓林。這次，我想要為臺灣來的團體旅客預約座位。

すみません。○○トラベルの林（りん）と申（もう）します。この度（たび）、台湾（たいわん）からの団体（だんたい）のために席（せき）を予約（よやく）したいんですが…。

服務員　好的，請問日期與時間為何？

はい、お日（ひ）にちはいつでしょうか。

導遊+領隊 日語　情境篇

▶ 1-34

導遊　7月1日星期五晚上7點，共有20人。
　　　　7月1日、金曜日の夜7時です。全部で20人です。

服務員　好的，請稍等。
　　　　かしこまりました。お待ちください。

　　　　讓您久等了，這一天晚上的團體包廂要從8點後才能使用，請問8點可以嗎？
　　　　お待たせいたしました。この日の団体個室は夜8時から使えますので、8時からでいかがでしょうか。

導遊　8點嗎，我知道了，那就8點吧！
　　　　8時ですか…、わかりました。じゃ、8時にお願いします。

服務員　好的，團體名稱就用○○旅遊可以嗎？
　　　　かしこまりました。団体名は○○トラベルでよろしいでしょうか。

導遊　可以。另外，可以先提供菜單給我們嗎？
　　　　はい。ちなみに、メニューは先に提供していただけませんか。

服務員　好的，E-mail寄送可以嗎？
　　　　はい。メールでよろしいでしょうか。

導遊　好的，請寄至～。
　　　　はい。～まで送ってください。

服務員　好的。我們稍後將為您寄送套餐的菜單，再麻煩您確認。若能在來店前一天提供點餐內容，會讓我們更好地準備您的餐點，再麻煩您。
　　　　かしこまりました。コースメニューを後ほどお送りしますので、ご確認をお願いいたします。ご来店の前日までに注文内容を提供していただければ、料理の準備も順調になりますので、どうかお願いいたします。

導遊　好的。我確認後會再與您聯繫，麻煩您了。再見。
　　　　はい。わかりました。確認できたらまた連絡いたしますので、宜しくお願いします。では、失礼いたします。

服務員　再見。
　　　　失礼いたします。

機場機上　　住宿　　交通　　**餐食**　　購物　　娛樂　　急難救助

情境 22 　點餐（注文）

導遊　不好意思，我是事先預約的○○旅遊人員，我姓林。
すみません。予約してある○○トラベルの林と申します。

服務員　歡迎光臨，我帶您到座位上。
いらっしゃいませ。席をご案内いたします。

就是這間包廂。
こちらの個室でございます。

導遊　麻煩請給我菜單。
メニューをお願いします。

服務員　好的，在這邊。
はい、こちらです。

請問決定好要點餐了嗎？
ご注文はお決まりでしょうか。

導遊　今日有什麼推薦餐點嗎？
今日のおすすめは何でしょうか。

服務員　今日有特別進貨的神戶牛牛排，非常難得，要不要試試看？
今日は特別に仕入した神戸牛のステーキがありまして、非常に珍しいですが、いかがでしょうか。

導遊　那就一份這個神戶牛套餐，再一個壽喜燒套餐，然後兩杯生啤酒。
じゃ、この神戸牛のコースを一つに、すき焼きのコースも一つ、あとは生ビールを二つお願いします。

服務員　好的，牛排要幾分熟呢？
かしこまりました。ステーキの焼き方はどうしますか。

導遊　<u>一分熟 / 三分熟 / 五分熟 / 七分熟 / 全熟</u>。
<u>レア／ミディアムレア／ミディアム／ミディアムウェル／ウェルダン</u>でお願いします。

服務員　好的，啤酒要先上嗎？
かしこまりました。ビールは先に出しますか。

導遊 好，麻煩您。
はい、お願いします。

情境 23　付費（会計）

旅客 請協助我結帳。
お会計／お勘定をお願いします。

服務員 好的，請稍等。
はい。少々お待ちくださいませ。

費用總共是2萬日圓。
お会計の合計、2万円になります。

旅客 可以使用信用卡嗎？
カードでいいですか。

服務員 可以的，收您信用卡。
はい、カードをお預かりいたします。

請確認這次的金額，再麻煩您在這邊簽名。
こちらの金額をご確認くださいませ。また、こちらにサインをお願いいたします。

旅客 好的，麻煩也給我收據。
はい。領収書もお願いします。

服務員 一般發票可以嗎？
レシートでいいですか。

> 補 「領収書」為較正式，須手寫蓋章的收據；「レシート」為類似電子發票的單據。

旅客 也可以。
レシートでも大丈夫です。

服務員 好的，先還給您信用卡。這邊是您的發票，感謝您的光臨。
かしこまりました。先にカードをお返しいたします。こちら、レシートでございます。ご来店ありがとうございました。

旅客 謝謝。
ありがとうございました。

★ 其他問題（その他）

- 不好意思，這道菜和我點的不一樣。
  すみません。この料理、頼んだものとは違いますが…。

- 這道菜有奇怪的味道。
  この料理は変な味がします。

- 請給我冰開水／茶。
  お冷／お茶をお願いします。

  [補] 若非事先要求，一般日本餐廳僅提供冰水，不會提供熱開水。

- 可以幫我將這些盤子先收下去嗎？
  こちらのお皿を先に下げていただけませんか。

- 可以整理一下桌面嗎？
  テーブルを片付けていただけませんか。

- 可以外帶嗎？
  テイクアウトできますか。

- 餐點可以上餐快一點嗎？
  料理をもう少し早く出していただけませんか。

★ 專門用語 ─ 餐食

日文	中文	日文	中文
レストラン／食堂	餐廳／食堂	飲食店／定食屋	餐飲店／定食店
デパ地下	百貨公司地下美食區	屋台／居酒屋	路邊攤／居酒屋
ファミレス	家庭餐廳	喫茶店／カフェ	咖啡廳
ファーストフード	速食	バー／ビアホール	酒吧／啤酒餐廳
コンビニ／スーパー	超商／超市	食べ放題／飲み放題	吃到飽／喝到飽

日文	中文	日文	中文
バイキング／ビュッフェ	自助式	メニュー	菜單
洋食（ようしょく）	日式西餐	お造（つく）り／刺身（さしみ）	生魚片
日本料理（にほんりょうり）（和食（わしょく））	日式料理	吸（す）い物（もの）／煮物（にもの）	湯品／燉煮料理
中華料理（ちゅうかりょうり）	中式料理	焼物（やきもの）／揚（あ）げ物（もの）	燒烤／油炸物
部屋食（へやしょく）	在房間用餐	酢（す）の物（もの）／香（こう）の物（もの）	醋漬涼拌／醃漬物
会席料理（かいせきりょうり）	宴席料理	鍋料理（なべりょうり）／しゃぶしゃぶ	鍋物料理／涮涮鍋
すき焼（や）き	壽喜燒	水炊（みずた）き	水炊雞肉鍋
ご飯（はん）	白飯	湯豆腐（ゆどうふ）	湯豆腐
果物（くだもの）	水果	寄（よ）せ鍋（なべ）	砂鍋料理
菓子（かし）	點心	ちゃんこ鍋（なべ）	相撲火鍋
もつ鍋（なべ）	肥腸火鍋	鉄板焼（てっぱんや）き	鐵板燒
天（てん）ぷら	天婦羅	お好（この）み焼（やき）／もんじゃ焼（やき）	大阪燒／文字燒
とんかつ	炸豬排	そば／うどん	蕎麥麵／烏龍麵
先付（さきづけ）（お通（とお）し）／前菜（ぜんさい）	下酒菜／開胃菜	ラーメン／つけ麺（めん）	拉麵／沾麵
焼（や）きそば／ちゃんぽん	炒麵／長崎什錦麵	寿司（すし）／にぎり	壽司／握壽司
生卵（なまたまご）／ゆで卵（たまご）	生蛋／水煮蛋	回転寿司（かいてんずし）	迴轉壽司
目玉焼（めだまや）き／オムレツ	荷包蛋／歐姆蛋	カップラーメン	杯麵
グラタン	焗烤	ステーキ	牛排
シチュー	燉菜	カレーライス	咖哩飯
ナポリタン	番茄肉醬麵	パスタ	義大利麵
オムライス	蛋包飯	ハンバーグ	漢堡排
パン／トースト	麵包／吐司	マクドナルド	麥當勞
ケーキ	蛋糕	バーガーキング	漢堡王

CH01 | 旅遊會話・購物

▶ 1-39

日文	中文	日文	中文
お冷	冰開水	モスバーガー	摩斯漢堡
酒／ワイン／ビール	酒／葡萄酒／啤酒	ケンタッキー	肯德基
お茶／ジュース	茶／果汁	ローソン	Lawson 便利商店
おかわり	再來一份	ファミリーマート	全家便利商店
追加	追加點菜	セブンイレブン	7-11 便利商店
〜を一つください	一份〜	以上です	點餐完畢

購物
買い物

情境 24　購物（買い物）

旅客　不好意思，這個可以試穿嗎？
すみません。これは試着してもいいですか。

服務員　可以的，這邊請。
はい。こちらへどうぞ。

旅客　這有其他<u>尺寸／顏色</u>嗎？
これはほかの<u>サイズ／色</u>がありますか。

服務員　這件是Free Size，除了藍色以外，還有紅色的。
これはフリーサイズですが、青以外に、赤があります。

旅客　那請問這件藍色還有新的嗎？
じゃ、この青のは新しいのがありますか。

服務員　我去確認一下，請稍等。
確認しますので、少々お待ちくださいませ。

　　　　　這位客人，很抱歉，這是最後一件了，可以嗎？
お客様、申し訳ございませんが、これは最後の一点ですが、いかがでしょうか。

旅客　這樣啊，那就買這件和這些衣服吧。
そうですか。じゃ、これとこちらの服もお願いします。

服務員　好的，這些商品都正確吧？
かしこまりました。こちらの商品はお間違いがないでしょうか。

旅客　對。
はい。

服務員　好的，請問有我們的集點卡嗎？
かしこまりました。当店のポイントカードはお持ちでしょうか。

旅客　不，我沒有。
いいえ、ありません。

服務員　好的，這些商品共五件，總共是1萬4千日圓。
はい、こちらの商品はすべて5点で、1万4000円になります。

旅客　好的。
はい。

服務員　收您1萬五千日圓。找您一千日圓。
1万5000円お預かりいたします。1000円のお返しです。

旅客　我是外國人，可以免稅嗎？
外国の人ですが、免税はできますか。

服務員　是的，請在我們這邊結帳後，至三樓的免稅櫃台辦理退稅手續。
はい、免税手続きはこちらの会計手続きが終わったら、3階の免税カウンターでお願いいたします。

旅客 好的。另外，這是要送人的，可以幫我<u>包裝 / 給我分裝的袋子</u>嗎？

わかりました。それに、これはプレゼントなので、<u>ラッピング／小分けの袋</u>をお願いできますか。

服務員 好的，包裝的話要外加300日圓，可以嗎？

はい、ラッピングは別途 300 円かかりますので、よろしいでしょうか。

旅客 <u>那就不用了。請給我分裝的袋子。</u>

じゃ、<u>大丈夫です／いいです／結構です。小分けの袋をください</u>❶。

補 ❶ 大丈夫です／いいです／結構です皆可表示「不用了」，而「結構です」語氣較重也較不禮貌，建議用「大丈夫です」為佳。如需要對方服務或提供這些物品時，則可回答「はい、そうします／お願いします」。

服務員 請問需要幾個呢？

いくつ必要でしょうか。

旅客 三個。

三つで。

服務員 好，讓您久等了，謝謝您。

はい。お待たせいたしました。ありがとうございました。

情境 25　退貨・換貨（返品・交換）

領隊 不好意思，我是○○旅遊的領隊，我姓林。我們的客人在這裡購買了吸塵器，不曉得是否可退貨或換貨呢？

すみません、○○トラベルの添乗員の林です。うちのお客さんがこちらで掃除機を買いましたが、返品や交換はできますか。

店員 有什麼問題嗎？

何か問題がありますか。

領隊 他幫朋友買的，但弄錯產品型號了。

友達のために買ったんですが、製品番号を間違えて購入しました。

▶ 1-42

店員 這樣啊,還沒有使用過嗎?
そうですか…まだ使っていませんか。

領隊 對,商品在這裡。
はい、商品はこちらです。

店員 請稍等。
少々お待ちください。

領隊 好。
はい。

店員 久等了。可以換貨,但要退貨就有點困難…
お待たせいたしました。交換はできますが、返品ならちょっと…。

領隊 沒關係。那可以將這台吸塵器換成這個產品嗎?
ああ、大丈夫です。じゃ、この掃除機をこちらの製品に交換できますか。

店員 好的,不過價格不太一樣,請支付不足的費用部分。
はい、でも、価格は違いますので、足りない部分はお支払いください。

領隊 好的。麻煩您了。
わかりました。お願いします。

★ 其他問題（その他）

- 這是日本製的嗎?
 これは日本製ですか。

- 有特價/折扣嗎?
 セール／割引はありますか。

- 有附保證書嗎?
 保証書はついてますか

- 含稅/未稅嗎?
 税込み／税抜ですか。

機場機上　住宿　交通　餐食　購物　娛樂　急難救助

- 有中文說明書嗎？
  中国語の説明書はありますか。
- 可以將這個送到國外嗎？
  これを海外に送っていただけますか。
- 這在國外也能使用嗎？
  これは海外でも使えますか。
- 有更大／更小的嗎？
  もっと大きい／小さいのがありますか。

★ 專門用語 — 購物

日文	中文	日文	中文
デパート	百貨公司	在庫	庫存
専門店／売り場	專賣店／賣場	注文する	訂購
ショッピングモール	購物商場	送料	運費
ショッピングセンター	購物中心	出荷する	出貨
商店街／商店／店	商店街／商店	返品する／交換する	退貨／換貨
売店	店鋪／小賣部	免税手続き	退稅手續
アウトレット	Outlet	レシート	發票／收據
問屋／百円ショップ	批發商／百元商店	特売／激安	特賣／超便宜
市場／卸売市場	市場／批發市場	大売出し／目玉商品	大拍賣／矚目商品
免税品店／土産物店	免稅品店／土產店	値引き／割引	折價／打折
ギフトショップ	禮品店	価格／料金	價格／費用
消費税	消費稅	支払／レジ	付款／收銀台
税込／税抜	含稅／不含稅	クレジットカード	信用卡
現金／お釣り	現金／找零	リボ払い／一括	分期付款／一次付
サイズ／色	尺寸／顏色	試着する	試穿

娛樂
娛楽

情境 26　預約導覽（ガイドの予約）

領隊　不好意思，我是○○旅遊的領隊，我姓林。我們10月16日預計前往那裡，是否可預約中文導覽呢？
すみません、○○トラベルの添乗員の林です。10月16日、そちらに伺う予定ですが、中国語のガイドを予約できますか。

服務員　請稍等。
少々お待ちください。

領隊　麻煩了。
お願いします。

服務員　久等了。日期是10月16日嗎？
お待たせいたしました。お日にちは10月16日ですよね。

領隊　對。
はい。

服務員　請問到達這裡的時間？
こちらにおいでになる時間は？

領隊　下午2點。
午後2時です。

服務員　好的，大約有多少人呢？
はい。人数はどのくらいでしょうか。

| 領隊 | 全團共30人。
全員で30人です。

| 服務員 | 我知道了，可提供中文導覽，但請在抵達前30分鐘再次以電話告知。
かしこまりました。中国語のガイドがご案内できますので、到着時間の30分前、また電話お願いできますか。

| 領隊 | 好的。另外，導覽的費用是多少呢？
はい、わかりました。ちなみに、ガイドの料金はいくらでしょうか。

| 服務員 | 免費。
無料です。

| 領隊 | 太好了。那就拜託您們了，再見。
良かったです。では、お願いします。失礼します。

| 服務員 | 再見。
失礼します。

★ 其他問題（その他）

- 有投幣式置物櫃嗎？
  コインロッカーはありますか。

- 醫護室／洗手間在哪裡？
  救護室／お手洗いはどこですか。

- 哪個設施比較空？
  どのアトラクションは空いていますか。

- 出場後還可以再次入場嗎？
  再入場はできますか。

- 有外文地圖嗎？
  外国語マップはありますか。

- 我的孩子迷路了，請幫幫我。
  子供は迷子になってしまった、助けてください。

- 我想借嬰兒車。

  ベビーカーを借りたいんですが…。

- 有ATM嗎？

  ATM はありますか。

- 秀／電影／遊行／煙火大會／比賽是幾點開始？

  ショー／映画／パレード／花火大会／試合はいつから始まりますか。

- 集合地點在這邊，集合時間為晚上九點整。

  待ち合わせ場所はこちらです。集合時間は夜9時ちょうどです。

★ 專門用語 — 娛樂

日文	中文	日文	中文
ガイドブック	旅遊書；旅遊指南	遊園地	遊樂園
パンフレット	旅遊簡介手冊	テーマーパーク	主題樂園
観光地	觀光地	マッサージ	按摩
スポット	景點	温泉	溫泉
名所	知名景點	ヘアサロン	美髮沙龍
団体旅行	團體旅遊	ヨガ	瑜珈
個人旅行	自由行	キャンプ	露營
釣り	釣魚	登山	登山
花火大会	煙火大會	スキー	滑雪
花見	賞花	祭り	祭典
月見	賞月	紅葉狩り	賞楓
展望台	展望台	チケット売り場	售票處
ケーブルカー	纜車	券売機	售票機
ロープウェイ	空中纜車	入場券	入場券

機場機上　住宿　交通　餐食　購物　娛樂　急難救助

急難救助
旅のトラブル

情境 27　身體不適（具合が悪い）

旅客　我從昨天開始身體不太舒服。
昨日から、体調が悪くて…。

醫生　哪裡疼痛嗎？
どこが痛いでしょうか。

旅客　肚子。
おなかです。

醫生　會痛嗎？還有其他症狀嗎？
痛いですか。ほかに症状はありますか。

旅客　肚臍這一帶會痛，也沒有食慾，有一點拉肚子，也覺得噁心想嘔吐。
へそのこのあたりが痛くて、食欲もなくて、下痢は少しあって、吐き気もします。

醫生　有吃了什麼不新鮮的食物嗎？
何か新鮮ではないものとか食べましたか。

旅客　不，我的朋友都沒有問題。只有我有這些症狀。
いいえ、友達は皆大丈夫です。これらの症状がでたのは私だけです。

醫生　您有一點發燒呢，可能是病毒性腸胃炎。請避免吃會造成腸胃負擔的食物。先吃少量稀飯或吐司就好。也請確實服藥。
少し熱もありますね。ウイルス性胃腸炎の可能性があります。胃腸に負担をかける食事はお控えください。とりあえずお粥や食パンなどを少しずつ食べてください。薬もちゃんと飲んでください。

旅客 我知道了,謝謝。
わかりました。ありがとうございました。

情境 28　詢問醫院（病院を探す）

領隊 不好意思,我是○○旅遊的領隊,我姓林。這附近有醫院嗎?
すみません、○○トラベルの添乗員の林です。この近くには病院がありますか。

服務員 身體有不舒服嗎?有什麼問題呢?
具合が悪いですか。どんな問題でしょうか。

領隊 6018房的旅客胃劇痛,似乎無法忍耐了,請問附近有腸胃專科醫院嗎?
6018室のお客さんは胃が痛くて、我慢できないみたいですから、どこか胃腸の専門病院がありますか。

服務員 距離這裡15分鐘車程處有家腸胃科醫院。
車で15分くらいの場所で胃腸の専門病院があります。

領隊 那可以協助我叫計程車嗎?
じゃ、タクシーを呼んでいただけますか。

服務員 好的,請稍等。
かしこまりました。少々お待ちください。

領隊 拜託了。
お願いします。

服務員 林小姐,計程車再5分鐘會抵達,可以請客人先到大廳來嗎?
林さん、タクシーは5分くらいでつきますので、お客さんは先にロビーへ来ていただけますか。

領隊 好的,我現在去叫他。
わかりました。今呼びに行きます。

情境 29　緊急醫療（緊急事態(きんきゅうじたい)）

領隊　不好意思，我是○○旅遊的領隊，我姓林。6020號房的客人身體不舒服，請叫救護車。
すみません、○○トラベルの添乗員(てんじょういん)の林(りん)です。6020室(しつ)のお客(きゃく)さんの体(からだ)の具合(ぐあい)が悪(わる)いので、救急車(きゅうきゅうしゃ)を呼(よ)んで下(くだ)さい。

服務員　好的，我明白了。
はい、かしこまりました。

醫療員　請問怎麼了嗎？
どうかなさいましたか。

領隊　這位先生不會說日語，我是領隊，可負責翻譯。他15分鐘前開始心臟劇痛。
この方(かた)、日本語(にほんご)が話(はな)せませんので、添乗員(てんじょういん)の私(わたくし)が通訳(つうやく)します。15分前(ふんまえ)から心臓(しんぞう)が痛(いた)いって。

醫療員　原有心臟疾患嗎？
心臓(しんぞう)に持病(じびょう)がありますか。

領隊　有，因此會定期服藥。但剛才洗澡後，突然呼吸困難，心臟也會痛。
はい、いつも薬(くすり)を飲(の)んでいますが、さっき、お風呂(ふろ)に入(はい)った後(あと)、急(きゅう)に息(いき)が苦(くる)しくなり、心臓(しんぞう)も痛(いた)くなったんです。

醫療員　好的。現在會送往距離這裡最近的醫院，請領隊一同前往。
わかりました。今(いま)から一番近(いちばんちか)い病院(びょういん)に行(い)きますので、添乗員(てんじょういん)さんも一緒(いっしょ)に来(き)てください。

領隊　好的，麻煩您了。
はい。お願(ねが)いします。

情境 30　掛號（受付(うけつけ)で）

櫃員　下一位。
次(つぎ)の方(かた)、どうぞ。

領隊　這位先生是臺灣來的旅客，並沒有加入日本的保險。
この方(かた)は、台湾(たいわん)から旅行(りょこう)に来(き)た人(ひと)なので、日本(にほん)の保険(ほけん)には加入(かにゅう)していませんが。

櫃員 這樣的話費用會比較貴喔,沒關係嗎?
それなら、費用はちょっと高くなりますので、大丈夫でしょうか。

領隊 沒關係,因為痛到實在無法忍耐,我想還是先請醫師看一下比較好。
はい、どうしても我慢できない痛みなので、やっぱりお医者さんに診てもらった方がいいと思っています。

櫃員 那請填寫這份表格。另外,請提供患者的護照。
では、こちらの書類を記入してください。また、患者さんのパスポートもお願いします。

這樣就可以了。請在那邊稍等一下。
はい、これで結構です。では、そちらにちょっと待っていただいてもいいでしょうか。

領隊 好的,謝謝。
わかりました。ありがとうございます。

情境31 付費・診斷書(支払・診断書)

櫃員 CHEN先生。這是您的請款單,因您未加入日本的保險,費用共是6600日圓。
CHEN様。こちらが請求書です、日本の保険に加入していないので、金額は全部で6千6百円です。

領隊 好的。那個,為了申請臺灣保險,是否能提供診斷書呢?
はい。あのう、台湾の保険請求のため、診断書を提供していただけますか。

櫃員 好的,一份1000日圓,請問需要幾份?
わかりました。一枚で1000円かかりますが、何枚必要でしょうか。

領隊 請給我三份。
三枚をお願いします。

櫃員 好的,請稍等。
かしこまりました。少々お待ちください。

情境 32　偷竊・搶劫・失物（盗み・強盗・遺失物）

旅客　不好意思，我是臺灣人，我的護照不見了。
すみません。台湾人なんですが、パスポートを落としました。

警察　護照嗎？有找過飯店或餐廳等地嗎？
パスポートですか。ホテルやレストランなど、探しましたか。

旅客　是的，我找過了，但也沒找到。
はい、探しましたけど、見つからなくて…。

警察　有沒有可能掉在什麼地方？
何か心当たりの場所はありますか。

旅客　我最後一次拿出護照是前天了，完全不知道會掉在哪裡。
最後パスポートを出したのはおとといなので、どこで落としたのは全くわかりません。

警察　那請先用日語填寫這份文件。接下來請與台北經濟文化代表處聯絡。
じゃ、まずはこちらの書類を日本語で記入してください。あとは、台北経済文化代表処までご連絡ください。

旅客　我知道了，謝謝。
わかりました。ありがとうございます。

情境 33　報警（警察を呼ぶ）

領隊　不好意思，我是○○旅遊的領隊，我姓林。我帶臺灣的團體到此旅遊，其中一位客人錢包被偷了。
すみません、こちら○○トラベルの添乗員の林と申します。台湾からの団体旅行で、お客さんは財布が盗まれました。

警察　確定是被偷了嗎？在哪裡呢？
盗まれたのを確認できますか。場所はどこですか。

領隊　是的。這位旅客今天下午一點左右，在新宿的○○餐廳點午餐後，把錢包放在桌上就去了廁所。回來後錢包已經不見了。
はい、この方は今日午後1時くらい、新宿の○○レストランで昼食を頼んだ後、財布をテーブルの上に置いたまま、トイレへ行きました。戻ったら、財布はすでになくなったんです。

警察 要小心一點啊！有問過店內的人了嗎？
もっと気を付けてください。店の人に確認しましたか？

領隊 有，問過了，他們說只有警察才能確認監視器的畫面。
ええ、確認しましたが、防犯カメラの録画映像を確認できるのは警察の人だけと言われました。

警察 這樣啊，我知道了。現在就過去，請稍等一下。
そうですか。わかりました。今から行きますので、少々お待ちください。

領隊 好的，不好意思，麻煩您了。
はい、すみません、お願いします。

★ 專門用語 — 急難救助

日文	中文	日文	中文
病院／クリニック	醫療院所／醫院	外来／受付	門診／掛號櫃台
救急車／救急室	救護車／急診室	初診／再診	初診／複診
医者／看護師	醫師／護理師	健康保険証	健保卡
内科／外科	內科／外科	病歴／診断書	病歷表／診斷書
小児科／皮膚科	兒科／皮膚科	入院／退院	住院／出院
眼科／耳鼻咽喉科	眼科／耳鼻喉科	手術／付き添い	手術／看護
歯科／口腔外科	牙科／口腔外科	切り傷／擦り傷	割傷／擦傷
けが／重傷／軽傷	受傷／重傷／輕傷	ねんざ／打ち身	扭傷／瘀青
骨折／脱臼	骨折／脫臼	神経痛／腰痛	神經痛／腰痛
筋肉痛／ぎっくり腰	肌肉疼痛／閃到腰	湿疹／発疹	濕疹／出疹子
火傷／しもやけ	燒燙傷／凍傷	アトピー性皮膚炎	過敏性皮膚炎
病気／症状／炎症	疾病／症狀／發炎	にきび／痔	痘痘
細菌／ウイルス	細菌／病毒	水虫／魚の目	香港腳／雞眼

機場機上　住宿　交通　餐食　購物　娛樂　急難救助

日文	中文	日文	中文
痛み	疼痛	ものもらい	針眼
鈍痛／激痛	隱隱作痛／劇烈疼痛	つわり／妊娠	害喜／懷孕
頭痛／偏頭痛	頭痛／偏頭痛	生理痛／流産	生理痛／流產
熱が出る	發燒	体がだるい／疲れ	全身倦怠
ふるえ	發抖	吐き気がする	噁心想吐
痙攣	痙攣	もどす／吐く	吐出來
寒気／悪寒	發冷／感到寒冷	嘔吐する	嘔吐
脳震盪／脳出血	腦震盪／腦出血	意識不明	意識不清
難聴／耳鳴り	重聽／耳鳴	めまい	頭暈目眩
のどが痛い	喉嚨痛	歯が痛い	牙齒痛
のどが腫れる	喉嚨腫脹	胸が痛い	胸痛
咳／痰	咳嗽／痰	腕が痛い	手臂痛
くしゃみ	打噴嚏	足が痛い	腳痛
鼻水が出る	流鼻水	おなかが痛い	肚子痛
花粉症	花粉症	不眠症／うつ病	失眠症／憂鬱症
鼻血	鼻血	風邪／インフルエンザ	感冒／流行性感冒
虫歯／入れ歯	蛀牙／假牙	伝染病／結核	傳染病／結核
心臓病／動悸	心臟病／心悸	二日酔い	宿醉
息が詰まる	喘不過氣	便秘／下痢	便祕／腹瀉
息が止まる	呼吸停止	げっぷ／胃もたれ	打飽嗝／胃脹不適
息切れがする	呼吸困難	食欲減退／消化不良	食慾不振／消化不良
アレルギー／喘息	過敏／氣喘	胃炎／盲腸炎	胃炎／盲腸炎
破傷風	破傷風	食中毒	食物中毒
むくみ	水腫	胸やけ	胸口灼熱

日文	中文	日文	中文
消毒／点滴	消毒／點滴	注射する／麻酔	打針／麻醉
薬を飲む／薬を塗る	吃藥／擦藥	輸血／血液型	輸血／血型
外用薬／内服薬	外用藥／內服藥	カプセル／水薬	膠囊／藥水
粉薬／顆粒／錠剤	粉劑／顆粒／錠劑	目薬	眼藥水
下痢止め	止瀉藥	胃腸薬／便秘薬	腸胃藥／便祕藥
軟膏／湿布	軟膏／藥布	抗生物質	抗生素
風邪薬／解熱鎮痛剤	感冒藥／解熱鎮痛劑	ステロイド剤	類固醇藥物
咳止め／うがい薬	止咳／漱口水	ナプキン	衛生棉
睡眠薬	安眠藥	一日三回	一日三次
薬局／ドラッグストア	藥局／藥妝店	食前／食後／寝る前	飯前／飯後／睡前
薬剤師	藥劑師	犯罪／犯人	犯罪／犯人
処方箋／漢方薬	處方箋／中藥	痴漢／強姦	色狼／強暴
救急箱	急救箱	セクハラ／わいせつ	性騷擾／猥褻
絆創膏／ガーゼ	OK繃／紗布	ストーカー	跟蹤狂
綿棒／水枕	棉花棒／冰枕	覚せい剤	興奮劑
警察署／警察	警察局／警察	火事／火災	火災
交番／お巡りさん	派出所／巡邏員警	消防車	消防車
地震／噴火	地震／火山爆發	落石／土砂崩れ	落石／土石流
台風／落雷	颱風／打雷	なだれ	雪崩
行方不明	行蹤不明；失蹤	助けてください	請幫幫我
〜が盗まれた。	～被偷了	救急車／警察を呼んでください。	請叫救護車／警察
〜を落とした。	～不見了		

絕對考上
導遊＋領隊
…………【日語篇】

ユニット

02. 文法篇

ツアーガイド

添乗員

文法是日語考試中相當重要的一環
領隊、導遊考試難度約在日檢級數 N3 ー N2
面對繁瑣又複雜的變化規則及句型
本單元特別歸納從中級文法開始複習
打好基礎，就能輕鬆應對考試

ユニット.1	ユニット.2	ユニット.3	ユニット.4
情境篇	文法篇	試驗篇	口試篇

Chapter. 01 | 名詞

熟悉名詞用法是構成句子的重要基石

何謂名詞

名詞是一種無活用變化的自立語，用來表示人、物、場所、時間、事物的名稱，或是抽象概念。名詞可以單獨成句，並在語句中充當主語、賓語等各種句子成分，因為沒有活用變化，其形態在句中不會隨語法變化而改變，學習相對簡單。考生可多熟練助詞的使用及各類名詞的詞彙。

文法 01　名詞分類

必考指數 ★★

- 名詞為自立語，無活用變化，但具有明確意義，主要用來表示事物名稱，並擔任句子中的主語，後方多會接上が、は、も等助詞。

種類	說明與例句
普通名詞	表示一般事物
	➔ 山（やま）、川（かわ）、人（ひと）、家（いえ）、犬（いぬ）、猫（ねこ）、家族（かぞく）、恋人（こいびと）、旅行（りょこう）
固有名詞	專有名詞，代表特定人物、地點或作品等名稱
	➔ 富士山（ふじさん）、北海道（ほっかいどう）、源氏物語（げんじものがたり）
數量名詞	表示數量或順序
	➔ 一つ（ひと）、一位（いちい）
形式名詞	單語本身已不具有原本意義，僅用於修飾其他事物，可搭配不同變化形成副詞、助動詞等。這些名詞雖然原本都有其漢字，但用於形式名詞時多採用平假名
	➔ こと、ため、ほど、もの
轉成名詞	原本為動詞或形容詞等品詞，但經過轉成後改作為名詞使用
	➔ 近く（ちか）、重さ（おも）

文法 02　名詞的作用

必考指數 ★★

❶ 擔任主語

例 グアムへ行きたいです。（我想去關島。）

❷ 擔任述語
例 行きたい国はスペインです。（我想去的國家是西班牙。）

❸ 擔任修飾語
例 イタリアの人です／フランスでワインを買いました。（義大利人/在法國買了葡萄酒。）

❹ 擔任獨立語
例 台中、それは私の故郷です。（臺中，那裡是我的故鄉。）

文法 03　數量名詞　必考指數 ★★★

- 有關數量詞在文法上的類型，眾說紛紜，考生僅須掌握「常用數量詞」、「數量詞的音便」及「數量詞的用法」即可。
- 當遇到「一、三、六、八、九」等數字常有音便（發音變化）問題，須多加留意變化，只要多看、多唸，並記熟日文單字發音，即可掌握其變化規則。

常用數量名詞

單語	說明與例句
つ	傳統的數量詞，可廣泛指許多物品，適用於正式或一般場合，也可用來代表抽象物體，但無法用於兩位數以上數字。餐廳點餐時任何料理都可直接以此方式點選 ➡ 一つ、二つ、三つ、四つ、五つ、六つ、七つ、八つ、九つ
人	專指「人」的單位 ➡ 一人、二人、三人
個	用途較廣泛，多用於口語會話時，常指小型物品。例如：消しゴム（橡皮擦）、苺（草莓）、コイン（硬幣） ➡ 一個、二個、三個、四個、五個、六個、七個、八個、九個、十個或十個、何個
枚	多指紙張、CD、照片、床單等扁平狀物品 ➡ 一枚、二枚、三枚、四枚、何枚
匹	多指中小型動物（不包含鳥類），如馬、虎、貓、豬、鼠等

		➡ 一匹(いっぴき)、二匹(にひき)、三匹(さんびき)、四匹(よんひき)、五匹(ごひき)、何匹(なんびき)
番	通常表示順序	
		➡ 一番(いちばん)、二番(にばん)、三番(さんばん)、四番(よんばん)、五番(ごばん)、何番(なんばん)
回	表示次數	
		➡ 一回(いっかい)、二回(にかい)、三回(さんかい)、四回(よんかい)、五回(ごかい)、何回(なんかい)
階	表示樓層數	
		➡ 一階(いっかい)、二階(にかい)、三階(さんがい)、四階(よんかい)、五階(ごかい)、何階(なんかい)
歲	表示年齡，也可用「才(さい)」表示	
		➡ 一歲(いっさい)、二歲(にさい)、三歲(さんさい)、四歲(よんさい)、五歲(ごさい)、何歲(なんさい)
本	多指細長狀物體，包括筷子（雙）、雨傘（支）、啤酒（瓶）等	
		➡ 一本(いっぽん)、二本(にほん)、三本(さんぼん)、四本(よんほん)、五本(ごほん)、何本(なんぼん)

數量詞位置擺放

- 國人常依中文習慣將「一本書」、「兩位姐姐」、「三張紙」等數量詞用法直接套用於日語，但須注意數量詞位置介於助詞與動詞或其他述語間。最常見的用法為：

❶ 地點＋に＋名詞
❷ 名詞　　　　　＋助詞＋**數量詞**＋あります／います／其他動詞或述語

例 1. 机(つくえ)の上(うえ)に本(ほん)が**一冊(いっさつ)**あります。（書桌上有一本書。）
　　 2. 私(わたし)は姉(あね)が**二人(ふたり)**います。（我有兩個姐姐。）
　　 3. 紙(かみ)を**三枚(さんまい)**ください。（請給我三張紙。）

數量詞的音便

數字後所連接的量詞為「か」行時

❶ 1、6、8、10 通常會產生「促音便」
　➡ 一個(いっこ)、六個(ろっこ)、十個(じっこ)或十個(じゅっこ)。

❷ 3、「何」通常會產生「濁音便」
　➡ 三階(さんがい)。

數字後所連接的量詞為「は」行時

❶ 1、6、8、10 通常會產生「促音便」＋「半濁音便」
➡ 一杯（一 ＋ 杯）

❷ 3、「何」通常會產生「濁音便」
➡ 何杯

文法 04　形式名詞
必考指數 ★★★

- 形式名詞在文法上區分相當細微，在考試準備上可省略過於艱深的文法細項，加強熟悉於一個單語作為形式名詞與具體名詞 (具有獨立意義) 時的差異，以及常見的形式名詞用法。尤其考試常出現各類形式名詞在句子中所代表的意義。

こと

❶ 具體名詞：指「事情」，漢字為「事」。

　例　これは本当のことです。（這是真的事情。）

❷ 形式名詞：象徵其前方連接的事物，較為抽象，翻成中文時不須把「事情」翻譯出來，多數場合可以「の」取代。

　例　1. 元カノが離婚したとのことです。（聽說我的前女友離婚了。）
　　　2. その人を見たことがあります。（我有見過那個人。）
　　　3. 忙しくて、ご飯を食べることもできない。（忙到無法吃飯。）
　　　補　〜とのこと：聽說。

もの

❶ 具體名詞：指「物品」，漢字為「物」。

　例　このものはあなたのですか。（這東西是你的嗎？）

❷ 形式名詞：象徵其前方連接的事物，較為抽象，翻成中文時不須把「物品」翻譯出來，有時可以「もん」取代。

- **表達感嘆**
　例　健康はありがたいものです。（健康真是令人感激。）

- **強調希望的心情**
　例　私はドイツへ行きたいものだ。（我想去德國。）

- 前方可接表示人物行為的動詞
    例 人の悪口を言うものではない。（不可以說他人的壞話。）

- ～ものだから ➡ 代表「就是因為～」
    例 日本語が苦手なものだから、勉強が必要です。（就因為我日文不好，才要讀書。）

ところ

❶ 具體名詞：指「地點」，漢字為「処」或「所」。

  例 あんなところは行かないほうがいい。（不要去那種地方比較好。）

❷ 形式名詞：指「時間點」

- 動詞原形 ＋ ところ ➡ 代表「正要～」
    例 今、お風呂に入るところです。（現在正要泡澡。）

- 動詞ている ＋ ところ ➡ 代表「正在～」
    例 今、お風呂に入っているところです。（現在正在泡澡。）

- 動詞過去式た形 ＋ ところ ➡ 代表「剛剛才～」
    例 今、お風呂に入ったところです。（現在才剛泡完澡。）

- この／最近の ＋ ところ ＋ 狀態描述的句子 ➡ 代表「最近」或「這段時間」的狀態
    例 このところは寒いです。（最近很冷。）

はず

- 「應該、可能」之意，代表推測意義
    例 1. 林さんは今日来るはずです。（林先生今天應該會來。）
       2. 試験は終わったはずです。（考試應該已經結束了。）

文法05　代名詞

必考指數 ★★★

- 人稱代名詞：指你、我、他等代表「人」的代名詞。
- 指示代名詞：代表「事物、地點或方位」。

種類	第一人稱（自称）	第二人稱（対称）	第三人稱（他称）			不定稱（不定称）
			-	近	中	遠	

種類	第一人稱（自称）	第二人稱（対称）	第三人稱（他称）-	第三人稱 近	第三人稱 中	第三人稱 遠	不定稱（不定称）
人稱代名詞	私 わたくし 僕 俺	あなた お前 きみ	彼 彼女	こいつ この方	そいつ その方	あいつ あの方	誰 どいつ どなた
指示代名詞 事物				これ	それ	あれ	どれ
指示代名詞 地點				ここ	そこ	あそこ	どこ
指示代名詞 方向				こちら	そちら	あちら	どちら

> 補　當兩人對話時，「これ／ここ／こちら」指離自己較近的事物或雙方很確定正在談的事物；「それ／そこ／そちら」為距離對方較近的事物；至於「あれ／あそこ／あちら」則是指距離雙方皆有一定距離的事物，「あれ／あそこ」亦可指雙方過去共同經歷過的事物或地點。

小試一下

(　) 1　本日はお忙しい＿＿＿＿お邪魔いたしまして…。
　　(A)ところを　(B)ものを　(C)ほどを　(D)ことを
　　(今日在百忙之中還來打擾您……。)　　答 A
　　解　忙しいところ中的「ところ」指「正在～」的意思；（お）忙しいところ為常見用詞。

(　) 2　彼は午前10時発の飛行機に乗ると言っていたから、もうすぐ着く＿＿＿＿。
　　(A)べきです　(B)はずです　(C)ものです　(D)からです
　　(他說他會搭上午 10 點起飛的飛機，因此現在應該已經到了。)　　答 B
　　解　「～べき」代表應該、義務等。

(　) 3　常夏の国台湾の人達はみな小麦色に日焼けしている＿＿＿＿だと思いきや、色白の女性が多いのに驚いた。
　　(A)わけ　(B)はず　(C)ところ　(D)まま
　　(我以為四季如夏的臺灣人應該都會曬成小麥色肌膚，沒想到卻看到很多皮膚白皙的女性，大吃一驚。)　　答 B

Chapter. 02 | 形容詞（い形容詞）

形容詞可以讓名詞表達得更細膩、生動

何謂形容詞

形容詞（い形容詞）與形容動詞（な形容詞）皆屬有變化的品詞，在日語考試中相當常見。形容詞屬於可活用的自立語，主要功能用來形容名詞，表達事物的狀態、性質、感情等，形容詞可以進行活用（變化），並且直接接在名詞前修飾名詞，也可以作為句子的述語使用。

形容詞通常以「い」結尾，因此也被稱為「い形容詞」，但也存在一些例外。例如：「きれい」（漢字為「綺麗」）雖然在發音上似乎符合形容詞的形式，但實際上是形容動詞，容易被誤認。因此，準備考試時需特別注意這類特殊情況，以避免混淆。

文法 06 活用自立語的變化概述

必考指數 ★★

- 活用自立語指的是具活用變化的自立語，包含動詞、形容詞及形容動詞。這些品詞共有六種變化形態，分別稱為「未然形、連用形、終止形、連體形、假定形、命令形」：

變化	說明
未然形	又稱為「否定形」，動詞未然形主要連接表示否定的助動詞、受身、可能助動詞、使役助動詞，可變化為否定形、可能形、受身形（被動形）、使役形等，形容詞與形容動詞則多連接意志、推量助動詞。
連用形	主要負責連接「用言」（述語），故有此名稱。此外，也可用來表示過去式或直接作為名詞使用等，又稱為「ます形」。
終止形	不會接續其他助詞，僅用來接續終助詞並放於句尾，故稱為「終止形」，形容詞或形容動詞多加上「です」或「だ」，動詞則不會加上任何終助詞。
連體形	主要負責連接「體言」（名詞）等，故欲連接名詞時須改為連體變化，可直接連接名詞。
假定形	可表達假定、條件，多連接「ば」。
命令形	表達命令口吻的變化，不會接續其他助詞。形容詞與形容動詞無此變化。

文法 07　形容詞的活用變化整理

必考指數 ★★★

基本形	語幹	未然形	連用形	終止形	連體形	假定形
高い	高	～かろ	～かっ／～く	～い	～い	～けれ
熱い	熱					

⇨ 形容詞去掉基本形的「い」即為語幹，須記住皆以語幹直接連接各種變化，也就是必須先去「い」後連接上表中的變化。

文法 08　形容詞常見變化

必考指數 ★★★★

形容詞		丁寧形（禮貌形）	常體／普通形（だ形）
高い	現在肯定（終止形）	高いです	高い
	現在否定（連用形）	高くないです／高くありません	高くない
	過去肯定（連用形）	高かったです	高かった
	過去否定（連用形）	高くなかったです／高くありませんでした	高くなかった
熱い	現在肯定（終止形）	熱いです	熱い
	現在否定（連用形）	熱くないです／熱くありません	熱くない
	過去肯定（連用形）	熱かったです	熱かった
	過去否定（連用形）	熱くなかったです／熱くありませんでした	熱くなかった

⇨ 假定形變化：「形容詞語幹＋けれ＋ば」可表達假定條件或狀態。

　例　1. 高ければ、買わない。（貴的話就不買了。）
　　　2. 熱ければ、食べない。（太燙的話就不吃。）

文法 09　形容詞使用方式

必考指數 ★★★

名詞＋は／が＋形容詞（＋肯定或否定變化）

　例　1. この本は高いです。（這本書很貴。）
　　　2. 去年、あのマンションは高かったです。（那棟公寓大樓去年還很貴。）

3. ラーメンは熱くないです。（拉麵不熱。）
4. 餃子はもともと熱くなかったです。（餃子原本就不熱了。）

（指示代名詞＋）形容詞＋名詞

例 1. これは高い本です。（這是很貴的書。）
2. 高かったマンションはどこですか。（很貴的公寓在哪裡？）
3. 熱いラーメンが食べたい。（我想吃很燙的拉麵。）
4. 熱くなかった餃子をレンジで加熱しよう。（把不熱的餃子放進微波爐加熱吧！）

補 母語為中文者，常會因中文的習慣，在形容詞後方加上「の」後連接名詞。注意此處不須加上任何助詞或假名，就可直接連結名詞。除非該句以「の」取代已知名詞，否則不會出現形容詞後連接「の」的現象。例如：
- 高いの本　（×）→ 中文使用者常會以「很貴的書」為思維，而加上「の」
- 高い本　　（○）
- 高いの　　（○）→ 前文或雙方對話中用「の」取代已知名詞

形容詞語幹連用形＋て＋感覺相同的形容詞／形容動詞（＋述語）

- 兩個形容詞／形容動詞須為同質性，不得接上相反詞或意義不同的形容詞／形容動詞

例 1. このプリンはおいしくて安いです。（這個布丁既好吃又便宜。）
2. あのレストランの料理はまずくて高いです。（那家餐廳的餐點既難吃又貴。）

形容詞連用形之名詞法

❶ 部分形容詞的連用形可直接作為名詞

例 1. 近い：会社の近くにその女性と出会った。（在公司附近邂逅那位女性。）
2. 遠い／近い：遠くの親類より、近くの他人。（遠親不如近鄰。）

❷ 連接句強調作用的助詞（は、さえ、とも、たら）加強語氣

例 1. 高くはないが、品質が悪いです。（貴是不貴啦，但品質很差。）
2. 高くさえなければ、買ってもいい。（不要太貴的話也可以買。）
3. 速いとも、来週には完成できません。（即使速度再快，下週也無法完成）
4. おいしかったら、どうぞ買ってください。（好吃的話請購買吧！）

❸ 以「～たり～たりする」或「～たり～たりだ」等方式連接兩個意見相反的形容詞表達並列之意。

例　最近は寒かったり暑かったりしたので、風邪を引いた。
（最近忽冷忽熱的，我都感冒了。）

形容詞語幹用法

❶ 直接使用，以加強語氣。

- 痛！（好痛！）
- 暑！（好熱！）

❷ 語幹直接連接接尾語「さ」、「み」可當名詞用（接「み」較為抽象，接「さ」則較具體）

- 寒い（寒冷的）➡ 寒さ（寒氣）
- 高い（高的）➡ 高さ（高度）
- 長い（長的）➡ 長さ（長度）
- 深い（深的）➡ 深さ（深度，指實際數值）；深み（深度，較抽象）
- 弱い（弱的）➡ 弱さ（軟弱）；弱み（弱點）
- 重い（重的）➡ 重さ（重量）；重み（份量）
- 甘い（甜的）➡ 甘さ（甜度）；甘み（甜味）

❸ 表顏色、形狀的形容詞，其語幹大多直接當名詞使用，當名詞時則可連接「の」等字。

- 赤い ➡ 赤
- 丸い（圓的）➡ 丸（圓形）
- 四角い ➡ 四角

❹ 形容詞連接名詞、動詞或其他形容詞，可構成複合語詞。

- 複合名詞：近い（近的）＋道（道路）➡ 近道（捷徑）
  　　　　　赤い（紅色）＋字（字）➡ 赤字（財務赤字）
- 複合動詞：安い（便宜的）＋過ぎる（超過）➡ 安すぎる（過度便宜）
- 複合形容詞：細い（細的）＋長い（長的）➡ 細長い（細長的）

❺ 連接接尾語「がる」可轉為動詞，代表「覺得」之意，但僅限於表達感覺、感情的形容詞。

- 嬉しい (開心的) ➡ 嬉しがる (感到喜悅)
- 怖い (恐怖的) ➡ 怖がる (覺得恐懼)

形容詞連接樣態助動詞「そう」的用法

❶ 形容詞語幹（形容詞去い）＋そう：看起來好像～

例 1. この牛丼はおいしそうです。（這碗牛肉蓋飯看起來好好吃。）
2. このレストランの料理は高そうです。（這家餐廳的餐點看起來很貴。）

❷ 形容詞基本形＋そう：聽說似乎～

例 1. 近くの店の牛丼はおいしいそうです。（聽說附近店家的牛肉蓋飯很好吃。）
2. あのレストランの料理は高いそうです。（聽說那家餐廳的餐點很貴。）

文法 10　常用形容詞

必考指數 ★★★

日文	中文	日文	中文
大きい	大的	赤い	紅色的
小さい	小的	黄色い	黃色的
高い	高的；貴的	茶色い	茶色的
低い	低的；矮的	青い	藍色的
安い	便宜的	広い	寬敞的
黒い	黑色的	狭い	狹窄的
白い	白色的	深い	深的
薄い	薄的	浅い	淺的
厚い	厚的	痛い	痛的
寒い	寒冷的	甘い	甜的
暑い	炎熱的	弱い	弱的
冷たい	（物品）冰冷的	強い	強的
熱い	（物品）熱的	長い	長的

日文	中文	日文	中文
暖(あたた)かい	溫暖的	短(みじか)い	短的
温(あたた)かい	(物品)溫的	ずるい	狡猾的
面白(おもしろ)い	有趣的	ひどい	過分的
おかしい	可笑的；奇怪的	速(はや)い	(動作)快速的
眩(まぶ)しい	絢爛的	早(はや)い	(時間)早的
難(むずか)しい	難的	遅(おそ)い	晚的
易(やす)い	容易的	近(ちか)い	近的
易(やさ)しい	容易的	遠(とお)い	遠的
優(やさ)しい	溫柔的	辛(つら)い	辛苦的
固(かた)い	堅硬的	辛(から)い	辣的
柔(やわ)らかい	柔軟的	賢(かしこ)い	聰明的
いい／良(よ)い	好的	暗(くら)い	暗的
悪(わる)い	壞的	明(あか)るい	明亮的；開朗的
太(ふと)い	粗的；胖的	かわいい	可愛的
細(ほそ)い	細的	美(うつく)しい	美麗的
臭(くさ)い	臭的	涼(すず)しい	涼爽的
酸(す)っぱい	酸的	重(おも)い	重的
汚(きたな)い	髒的	軽(かる)い	輕的
悲(かな)しい	哀傷的	怖(こわ)い	可怕的
嬉(うれ)しい	開心的(常指自己的感覺)	たどたどしい	不敏捷的；結巴的
楽(たの)しい	快樂的(多指當下氣氛等)	うまい	好吃的；厲害的
危(あぶ)ない	危險的	煩(わずら)わしい	麻煩的
多(おお)い	多的	少(すく)ない	少的
まずい	糟糕的；難吃的	うるさい	囉嗦的

補 「良(よ)い」及「いい」基本上算是相同的詞，兩者在變化時皆以「良(よ)い」作為變化基礎，如いい的現在否定形為「良(よ)くない」。

Chapter 03 形容動詞 (な形容詞)

形容動詞可以讓名詞表達得更細膩、生動

何謂形容動詞

當形容動詞用來修飾名詞時，需在其後加上助詞「な」，所以又被稱作「な形容詞」。與形容詞相似，形容動詞也能表達性質或狀態，但不同於以「い」結尾的形容詞，形容動詞的結尾是固定的，並不直接以「い」結尾。雖然形容動詞的活用方式與形容詞不同，但也有其規則性。

形容動詞 (な形容詞) 與形容詞 (い形容詞) 基本上可同時準備，學習此類可活用的品詞時，建議可分別熟記 1~3 組品詞為代表，無論處於任何變化皆可套用規則。甚至在背單語時，遇到な形容詞與い形容詞，也能藉由本章節的練習，快速學習活用變化規則。

文法 11　形容動詞的活用變化整理

必考指數 ★★★

基本形	語幹	未然形	連用形	終止形	連體形	假定形
有名な（ゆうめい）	有名	～だろ	～だっ／～で／～に	～だ	～な	～なら
静かな（しず）	静か					

⇨ 形容動詞去掉基本形的「な」即為語幹，須以語幹直接連接各種變化，也就是必須先去「な」後連接上表中的變化。

文法 12　形容動詞常見變化

必考指數 ★★★★

形容動詞		丁寧形 (禮貌形)	常體 / 普通形 (だ形)
有名な	現在肯定（終止形）	有名です	有名だ
	現在否定（連用形）	有名ではありません 有名じゃありません	有名ではない 有名じゃない
	過去肯定（連用形）	有名でした	有名だった
	過去否定（連用形）	有名ではありませんでした 有名じゃありませんでした	有名ではなかった 有名じゃなかった

形容動詞		丁寧形（禮貌形）	常體 / 普通形（だ形）
静かな	現在肯定（終止形）	静かです	静かだ
	現在否定（連用形）	静かではありません 静かじゃありません	静かではない 静かじゃない
	過去肯定（連用形）	静かでした	静かだった
	過去否定（連用形）	静かではありませんでした 静かじゃありませんでした	静かではなかった 静かじゃなかった

⇨ 假定形變化：「形容動詞語幹 ＋ なら ＋ ば」可表達假定條件或狀態。

　　例 外が静かならば、ぐっすり寝ることもできる。（外面安靜的話，我就能熟睡。）

文法 13　形容動詞使用方式

必考指數 ★★★

名詞 ＋ は／が ＋ 形容動詞語幹（＋ 肯定或否定變化）

　　例 この人は有名です。（這個人很有名。）

（指示代名詞 ＋）形容動詞連體形（語幹 ＋ な）＋ 名詞

　　例 図書館は静かな場所です。（圖書館是很安靜的地方。）

形容動詞語幹 ＋ で ＋ 形容詞／形容動詞（＋ 述語）

- 兩個形容詞須為同質性，不得接上相反詞或意義不同的形容詞。

　　例 母はきれいで素敵な人です。（媽媽是個既美麗又完美的人。）

形容動詞語幹用法

❶ 直接作為「體言」（主語）使用。

　　例 健康は大事です。（健康很重要。）

❷ 單獨作為述語使用。

　　例 あら、便利。（哎呀，真方便！）

形容動詞連接樣態助動詞「そう」用法

❶ 形容動詞語幹 ＋ そう：看起來好像～

　　例 この俳優は有名そうです。（這個演員看起來好像很有名。）

❷ 形容動詞終止形 (だ形) ＋ そう：聽說似乎～
　例 あの俳優は有名だそうです。(聽說那位演員很有名。)

文法 14　常用的形容動詞

必考指數 ★★★

日文	中文	日文	中文
静かな	安靜的	素敵な	完美的；美好的
便利な	便利的	快適な	舒適的
不便な	不方便的	複雑な	複雜的
有名な	有名的	賑やかな	熱鬧的
健康な	健康的	好きな	喜歡的
元気な	有活力的	嫌いな	討厭的
きれいな	漂亮的；乾淨的	冷静な	冷靜的
単純な	單純的	簡単な	簡單的
親切な	親切的	貴重な	貴重的
必要な	必須的	穏やかな	穩重的；沉穩的
危険な	危險的	意外な	意外的
安全な	安全的	上手な	擅長的
丈夫な	堅固的	下手な	不擅長的
活発な	活潑的	無理な	勉強的
暇な	空閒的	おしゃれな	時尚的
いろいろな	各式各樣的	厳重な	(態度) 嚴苛的
大変な	辛苦的；糟糕的	深刻な	(問題、事物) 嚴重的
大切な	重要的	迷惑な	麻煩的；困擾的

小試一下

(　　) 1 台北で出くわした台湾人の日本語_____日本語だったが、意味はよく分かった。
　　　(A)素晴らしい　(B)たどたどしい　(C)いぶかしい　(D)苦しい

(在臺北遇到的臺灣人日文雖然不太流利，但卻能了解其意思。)　答 B

( ) 2 日本人は内と外、それに内部の人間と外部の人間との違いを_____意識している、とはしばしば指摘されるところです。
(A)強く　(B)弱く　(C)大きく　(D)小さく

(日本人對內、外及內圈、外圈的強烈區隔意識這點，常遭受他人批評。)　答 A

( ) 3 あの人の洋服は、いつもおしゃれですてきだ。
(A)好き　(B)指摘　(C)素敵　(D)適切

(那個人的服裝常常都很時尚、完美。)　答 C

( ) 4 この店の店員は_____ので、お客はたくさん買いものしてしまう。
(A)口がすっぱい　(B)口がすくない　(C)口がからい　(D)口がうまい

(這家店的店員很會說話，顧客往往都會買下商品。)　答 D

( ) 5 _____話ではないが、トイレの紙は横のゴミ箱に捨てておいてくださいね。
(A)きれい　(B)きれいに　(C)きれいな　(D)きれいの

(雖然是不太乾淨的話題，但用過的廁所衛生紙請丟在旁邊的垃圾桶內。)　答 C

( ) 6 台湾も日本も今_____少子高齢化社会の問題を抱えています。
(A)厳重な　(B)深刻な　(C)迷惑な　(D)重大な

(臺灣和日本現在都出現嚴重的高齡少子化社會問題。)　答 B

( ) 7 猛烈な暑さで何をするのも煩わしい。
(A)もうれつ　(B)もれつ　(C)もうれ　(D)もつれい

(天氣酷熱，不管做什麼都令人感到煩躁。)　答 A

( ) 8 手伝いなんていいよ。一人でできるから。いいと同じ意味の言葉を選びなさい。
(A)いらない　(B)きれい　(C)うれしい　(D)いる

(不用幫忙，我自己做就可以了。)　答 A

補 「いい」一詞可依前後文或當下狀況作為「接受」或「拒絕」兩種意思使用，但通常除了表達對事物的「贊同意見」場合外，多為「婉拒」之意。例如：
- このドレス、いいですね。　(這件洋裝不錯呢！)
- 割り箸はいいです。　(免洗筷不用給了。)

Chapter 04 │ 副詞
副詞可讓句型多樣化、使句意更完整

何謂副詞

副詞在日語文法中所扮演的角色非常重要，尤其在考試占比相當高。不過，副詞本身的使用方式並不難，只要學會其用法，就能取得一定分數。副詞主要功能在修飾動詞、形容詞、形容動詞或其他副詞，從而提供額外的資訊，如程度、方式、時間、場所、狀態等。不僅豐富了句子的表達，也能使語氣更具層次感。

「副詞」屬於無活用變化的自立語，主要以連用修飾語的方式修飾「用言」(述語，包含動詞、形容詞與形容動詞等)，或以連體修飾語的方式修飾「體言」(名詞)，多為平假名或片假名。

文法 15　副詞基本用法　必考指數 ★★★

❶ 成為連用修飾語，負責修飾「用言」
例　北海道（ほっかいどう）の冬（ふゆ）はとっても寒（さむ）いです。(北海道的冬天非常寒冷。)
　　補　とっても：非常

❷ 成為連體修飾語，負責修飾「體言」，可單獨使用副詞連接，或加上「の」連接體言。
例　あれはずいぶん前（まえ）の事件（じけん）だった。(那已經是很久以前的事件了。)
　　補　ずいぶん：相當地

❸ 修飾其他副詞或連體詞。
例　私（わたし）たち二人（ふたり）でもっとゆっくり話（はな）しましょう。(我們兩人再好好地談過吧！)
　　補　もっと：更、再

❹ 直接作為述語使用。
例　病院（びょういん）までもうすぐです。(快到醫院了。)
　　補　すぐ：立刻、即將

文法16　副詞的種類

❶ **狀態副詞**：表示動作、作用狀態，包含擬聲語、擬態語等狀態副詞。其中，擬聲語在現代日語中大多會採片假名方式表現，擬態語則多為平假名，部分擬聲、擬態語可接「と」後再接續動詞。

　例 1. 彼女はいきなり走り出した。（她突然跑了出去。）
　　 2. 母はにっこり（と）笑った。（媽媽微微地笑了。）

　　　補 にっこり：形容微笑樣貌

❷ **程度副詞**：表達性質或狀態程度。有時可單獨修飾體言（名詞）或其他副詞。

　例 1. イギリスの物価はかなり高いです。（英國的物價相當高。）
　　 2. 少し前のコンビニの店員は美人です。（稍微前面那家超商的店員是個美女。）

❸ **陳述副詞**：後續只會搭配特定的表現，又稱為「呼應副詞」或「敘述副詞」。

　例 1. あなたのことはけっして忘れない。（我絕對不會忘記你。）

　　　補 けっして（後方只能接否定用詞）：絕對…

　　 2. ぜひ遊びに来てほしい。（希望你務必來玩。）

　　　補 ぜひ（後方多連接願望、請託用詞）：務必…

常見陳述副詞整理

陳述副詞	中文	常見的相呼應表現	代表意義
けっして	絕對	～ない等否定用法	否定
とうてい	終究		
すこしも	毫無		
めったに	很少		
おそらく	想必	～だろう	推測
たぶん	大概		
きっと	一定是		
なぜ	為何	～か	疑問
どうして			
ぜひ	務必	～たい；～ほしい；～ください	願望、祈求
どうか			

陳述副詞	中文	常見的相呼應表現	代表意義
もし	如果	～たら；～ても；～ば；～なら	假設
万一（まんいち）	萬一		
たとえ	就算		
まるで	儼然是；宛如是	～ようだ；～ような＋名詞； ～ように＋動詞／形容詞／形容動詞	比喻
ちょうど	正好		
まさか	莫非；怎麼會	～ないだどう	否定推測
よもや	未必；難道		

❹ 指示副詞：指出狀態或模樣的副詞，為指示語的一種，僅有「こう」、「そう」、「ああ」、「どう」四種，意思與指示代名詞類似，在中文中多為「這樣」、「那樣」、「怎樣」之意。
例 ああ言(い)われたら、仕方(しかた)がないだろう。（都被那樣說了，我也沒辦法。）

文法 17　常用副詞

必考指數 ★★★★

❶ ～ん＋り／～り

日文	中文	日文	中文
のんびり	悠閒地	**しょんぼり**	垂頭喪氣；無精打采
うんざり	煩躁地、厭煩地	**なんなり**	無論如何
ひょろり	腳步踉蹌；細長延展貌	**にんまり**	滿足地笑
ほんのり	微微地	**のろり**	漫不經心；晃動
すんなり	輕易地	**ぼんやり**	發呆地、傻傻地

❷ ～っ＋り

日文	中文	日文	中文
あっさり	爽快地	**そっくり**	相似地
うっかり	不留神地	**たっぷり**	大量地
がっかり	失望地	**てっきり**	一定地
がっくり	突然無力；失望	**どっかり**	遽增／減
がっしり	結實地；牢固地	**どっきり**	（因驚嚇而）心跳加速地

日文	中文	日文	中文
がっちり	精明地；牢靠地	どっしり	沉甸甸地
がっぷり	緊緊相扭	のっそり	慢吞吞地
きっかり	恰好地；清楚地	にっこり	微笑地
きっちり	合適地	はっきり	清楚地
きっぱり	堅決地；乾脆地	ばったり	突然中止；不期而遇
ぎっしり	緊緊地	ぱったり	突然地
くっきり	鮮明地；清楚地	ばっちり	成功地；順利地
ぐっすり	熟睡地	ひっそり	靜悄悄地
ぐったり	精疲力盡地	びっくり	驚訝地
げっそり	無精打采地；驟然消瘦	ぴったり	準確地
こっそり	悄悄的	ひょっくり	偶然遇見
さっぱり	爽朗地；完全不	ほっそり	纖細地
しっくり	符合地	まったり	穩重地
しっかり	確實地	めっきり	格外地
しっとり	濕濕地	やっぱり	果然
じっくり	穩穩地	ゆっくり	緩緩地
すっきり	清爽地	ゆったり	寬敞；安穩地
すっかり	完全地；徹底地		

❸ ～と

日文	中文	日文	中文
うんと	豐富地	せっせと	一心地；拼命地
きちんと	整齊地	ちらっと	一下下
さっさと	快點；迅速地	ちゃんと	好好地
しいんと	靜靜地	ぼうっと	模糊地；恍惚地
ずらっと	一片地；一排地	わざと	故意地

❹ ～っと

日文	中文	日文	中文
かっと	赫然；突然發怒地	ちょっと	一點點
きっと	一定	ちっと	些微地

ぐっと	一口氣	どっと	哄堂
さっと	猛然	ひょっと	或許；忽然
ざっと	草草地；大略地	ぱっと	突然
じっと	目不轉睛地；聚精會神地	ほっと	放心；鬆一口氣
すっと	一下地；瞬間	もっと	更、再（多、少等）
ずっと	一直	やっと	終於
そっと	偷偷的；悄悄地		

❺ 擬聲語、擬態語與其他副詞

日文	中文	日文	中文
いきいき	生氣勃勃地；栩栩如生地	ついつい	終於；不留神
いちいち	逐一；每個	つぎつぎ	接二連三地
いやいや	不情願地	とうとう	滔滔地；終於
いよいよ	終於	どきどき	忐忑不安；撲通撲通地
いらいら	煩躁	とぼとぼ	步履蹣跚地
うかうか	心不在焉	どやどや	吵鬧；大量湧入
うろうろ	心神不安；徘徊	どんどん	連續地；順利地
うとうと	恍惚	なかなか	相當
おどおど	惴惴不安	にこにこ	嘻嘻笑；笑咪咪
おのおの	各自；各位	ぬけぬけ	恬不知恥
おろおろ	嗚咽哭泣聲	のこのこ	大搖大擺；毫不在乎地
がさがさ	沙沙作響	のそのそ／のろのろ	慢吞吞地
がたがた	哆嗦發抖；嘮叨地	はきはき	清楚明確地；神采奕奕地
かんかん	大發脾氣；熊熊地	はらはら	輕輕落下
がらがら	轟隆隆	ぱたぱた	迅速地；快速走動聲
がやがや	吱吱喳喳；鬧哄哄地	ぱたぱた	腳步輕快
がんがん	大火燃燒貌	ばらばら	凌亂地
きらきら	閃閃發亮	ぱちぱち	劈哩啪啦；不斷眨眼

ぎくぎく	支支吾吾；驚恐	ぱらぱら	(雨)淅瀝淅瀝地；隨意翻書
ぎゃあぎゃあ	吱吱喳喳地；哇哇大哭地	ひらひら	飄揚地
ぎらぎら	閃耀；刺眼	びくびく	戰戰兢兢；畏畏縮縮
くねくね	扭扭捏捏；蜿蜒曲折	びりびり	震動聲；神經緊張過敏貌
くるくる	不停地；一圈圈地	ぴかぴか	閃閃發亮地
くよくよ	耿耿於懷；悶悶不樂	ぴくぴく	顫抖
くしゃくしゃ	煩躁；雜亂無章	ぴちぴち	朝氣蓬勃地
ぐずぐず	慢吞吞；嘟囔	ぴりぴり	火辣辣地
ぐるぐる	團團包圍；頭昏眼花地	ふらふら	踉蹌地；優柔寡斷
げらげら	哈哈大笑	ふわふわ	輕飄飄地
こそこそ	偷偷地	ぶかぶか	衣服太大導致寬鬆貌
ころころ	滾動聲；圓滾滾地	ぶつぶつ	喃喃自語；嘀咕
ごたごた	亂七八糟；爭吵雜亂	ぶらぶら	閒晃
ごろごろ	咕嚕咕嚕；閒閒沒事	へとへと	筋疲力盡地
ざあざあ	大雨嘩啦嘩啦聲	べつべつ	分別
ざぶざぶ	濺水聲	ぺらぺら	語言流利貌
ざわざわ	人聲嘈雜	ぺこぺこ	肚子餓昏貌
しばしば	屢屢	ぺちゃぺちゃ	撲通撲通；叨叨不休
しぶしぶ	勉強地	ほかほか	暖呼呼
じくじく／じゅくじゅく	濕漉漉地	ほくほく	歡欣喜悅
ずるずる	拖拖拉拉地；滑溜溜地	ほどほど	恰到好處
そこそこ	草草了事；大約	ぼつぼつ	一點一滴地
そよそよ	微風徐徐吹拂貌	ぼろぼろ	破爛不堪
そろそろ	差不多；漸漸地；即將	ぽかぽか	溫暖
そわそわ	坐立不安	まあまあ	還好地
ぞくぞく	因期待而心跳加速；源源不絕	まごまご	慌張失措
たびたび	三番兩次；屢次	ますます	更加；越來越~

たまたま	恰巧	**まちまち**	形形色色
だらだら	散漫；冗長；滴滴答答	**むかむか**	火冒三丈；噁心作嘔
だんだん	漸漸地	**めろめろ**	熊熊地
ちくちく	刺痛	**もたもた**	進度緩慢
ちびちび	一點一點地	**もともと**	本來
ちらちら	若隱若現；閃耀	**もりもり**	精力旺盛；拼命地
ちやほや	溺愛	**もぐもぐ**	嘟噥；口中咀嚼食物
ちゃくちゃく	一步一步地	**わくわく**	興奮；心情激動
ちょこちょこ	經常地；平穩地；順利地	**わざわざ**	特地
ゆうゆう	優柔寡斷；悠閒從容	**わらわら**	零散；人群或動物作鳥獸散貌

小試一下

( ) 1 あの男性客はホテルのロビーの椅子に＿＿＿＿と座って、たばこを吸っています。
(A)ゆったり (B)ばたばた (C)ごたごた (D)くねくね
(那位男性客人安穩地坐在旅館大廳的椅子上抽菸。) **答 A**

( ) 2 日本に行ってみるとよくわかることだけど、日本の地下鉄線は沢山ありすぎて、行きたいところへ行くのにも、よく調べないと、どの線に乗るんだか＿＿＿＿わからない。
(A)さっぱり (B)もっとも (C)ゆっくり (D)あいにく
(到日本就會知道，日本的地下鐵路線太多，就算想前往目的地，不確實查詢就會完全不知道該搭哪一條線。) **答 A**

( ) 3 駅の近くを何度も＿＿＿＿回って、やっとホテルにたどり着いた。
(A)ぐるぐる (B)ばたばた (C)どやどや (D)ちんちん
(在車站附近團團轉了幾圈，才終於到了旅館。) **答 A**

( ) 4 西門町のような＿＿＿＿したムードではなく、静かで落ち着いている。
(A)ガヤガヤ (B)がたがた (C)モチモチ (D)ソワソワ
(不像西門町般的吵鬧氣息，相當沉靜。) **答 A**

( ) 5 もし店員がお客に対する応対が＿＿＿＿していれば、お客は気持ちがいいのは言うまでもないことでしょう。
(A)うろうろ (B)にこにこ (C)のろのろ (D)はきはき
(若店員對顧客應對都相當清楚流暢，顧客心情也當然會很好。) **答 D**

CH04 | 副詞

▶ 2-25

( ) 6 がんと戦っている彼は＿＿＿＿＿＿やせ細っていた。
       (A)しょんぼり (B)くっきり (C)ぐっすり (D)げっそり
       (他與癌症抗戰，變得相當消瘦。)　　　　　　　　　　　　　　　答 D

( ) 7 あのひとの奥さんは＿＿＿＿＿＿されてきたので、いつも鼻を高くしています。
       (A)ぺこぺこ (B)ふらふら (C)にこにこ (D)ちやほや
       (那個人的太太深受溺愛，因此常一臉驕傲。)　　　　　　　　　　答 D
       補 鼻を高くする：驕傲、得意貌。

( ) 8 滑るから気をつけて＿＿＿＿＿＿歩きましょう。
       (A)ひょろり (B)のろり (C)ゆっくり (D)うっとり
       (地面很滑，請小心、慢慢走。)　　　　　　　　　　　　　　　　答 C

( ) 9 徹夜で仕事をしたので、＿＿＿＿＿＿して、歩けない。
       (A)ぴんぴん (B)ふらふら (C)はあはあ (D)がんがん
       (熬夜工作後搖搖晃晃地，難以行走。)　　　　　　　　　　　　　答 B

( ) 10 インターネット利用者の数は＿＿＿＿＿＿増え、それにともない、ホームページを開設
       するホテルや旅館も多くなってきた。
       (A)とぼとぼ (B)うとうと (C)どんどん (D)ぺこぺこ
       (隨著網路使用者人數逐漸增加，也越來越多飯店及旅館架設網頁。)　答 C

( ) 11 火事や地震の場合は、＿＿＿＿＿＿エレベーターをお使いにならないでください。
       (A)きっと (B)ぜひ (C)必ず (D)絶対に
       (遇到火災或地震時，請絕對不要搭乘電梯。)　　　　　　　　　　答 D

( ) 12 彼の無理な要求を＿＿＿＿＿＿断った。
       (A)きっぱり (B)ひっそり (C)さっぱり (D)ぱったり
       (斷然拒絕了他的無理要求。)　　　　　　　　　　　　　　　　　答 A

( ) 13 いくら忙しくても、食事は＿＿＿＿＿＿とるようにしてください。
       (A)しっかり (B)はっきり (C)ぴったり (D)すっかり
       (不管在怎麼忙，還是請確實吃飯。)　　　　　　　　　　　　　　答 A

( ) 14 日ごろの疲れは、アロマスパで＿＿＿＿＿＿解消させましょう。
       (A)くっきり (B)くきっり (C)すきっり (D)すっきり
       (日常生活累積的疲勞，就透過芳療SPA徹底消除吧！)　　　　　　答 D

Chapter. 05 接續詞

接續詞是句子的橋梁、讓句子更加生動

何謂接續詞

接續詞是用來連接兩個句子或句子成分的詞語，可以連接前後的句子，使整句話的語意更順暢和連貫。接續詞通常位於句子的開頭，獨立構成一個文節，表達不同的語意關係。本單元將接續詞的種類分為 7 大類，並列出常見用法，考生只須熟讀其意義及用法，就能快速掌握這類型的考題。

文法 18　接續詞

必考指數 ★★★

種類	說明與例句
順接	接續詞前接事情的原因，後句則連接預想得到的結果

- それで（於是）／そこで（於是）／すると（因此）／したがって（因此）／よって（因此）／だから（所以）／ゆえに（所以）

例　雨_{あめ}が降_ふった。だから、試合_{しあい}はキャンセルされた。
（外面下雨了。因此，比賽也取消了。）

逆接	接續詞前接事情的原因，後句則連接預想不到的意外結果

- しかし（然而）／しかるに（然而）／だが（但是）／ところが（但是）／なのに（但是）／が（但是）／けれども [けれど]（不過）／だけど（不過）／でも（不過）

例　試験_{しけん}のためにちゃんと勉強_{べんきょう}した。しかし、おなかを壊_{こわ}して試験_{しけん}に出_でられなかった。
（我為了考試認真讀書。不過，卻吃壞了肚子不能考試。）

添加、累加	有「而且、還有」等意思，前後文通常屬於同一類型內容，只是加強描述

- そして（然後）／それから（然後）／なお（而且）／しかも（而且）／それに（而且）／そのうえ（而且）

例　彼女_{かのじょ}は頭_{あたま}がいいです。しかも、高校入学試験_{こうこうにゅうがくしけん}で全国一位_{ぜんこくいちい}を取_とりました。
（她頭腦很好，高中入學考時還拿到全國第一名。）

CH05 ｜ 接續詞

並列	接續詞前後句為並列、對等的關係，有「此外、還有」等意思，與上方的「添加」有點類似也不易區分，部分文法會將這兩項列為同一類

- また（此外）／および（而且）／ならびに（而且）
  例 彼女は頭がいいです。また、スポーツも万能です。
  （她頭腦很好，而且還很擅長運動。）

補充說明	補充說明前文的狀態

- つまり（也就是說）／すなわち（也就是說）／なぜなら（之所以～的原因）／ただし（不過）／もっとも（最為）。
  例 お金を貸す。ただし、ちゃんと返してよ。（我會借你錢，但你一定要還給我。）

對比	比較前後文，並選出其中一個

- それとも／あるいは／または／もしくは（皆有「或是」的意思）。
  例 コーヒーを飲みますか。それとも紅茶ですか。
  （你要喝咖啡嗎？或是要喝紅茶呢？）

轉換話題	前句結束後，以此接續詞轉換話題或開啟一個新話題

- さて（那麼）／では（那麼）／ところで（對了）／ときに（然而）。
  例 台湾の風景は本当に美しいです。ところで、台湾の食べ物はどうですか。
  （臺灣的風景真的很美。對了，臺灣的食物怎麼樣呢？）

小試一下

( ) 1 彼はよく受験勉強をした。_____、合格するのも当たり前だ。
(A)それでは　(B)すると　(C)ところで　(D)だから
（他很認真讀書準備考試。因此，合格也是理所當然的。）　答 D

( ) 2 AとBは等しい。またBとCは等しい。_____、AとCは等しい。
(A)そこで　(B)そのため　(C)したがって　(D)その結果
（A等於B，B又等於C。所以，A等於C。）　答 C

( ) 3 会は六時に始まります。_____、会費は二千円です。
(A)それで　(B)および　(C)なお　(D)または
（大會六點開始。另外，會費為兩千日圓。）　答 C

Chapter. 06 連體詞 & 感動詞
加強修飾名詞，正確表達情感！

考生叮嚀

「連體詞」是一種專門用來修飾體言（即名詞）的詞類，屬於自立語，且不具有活用（變化）的特性。與副詞不同的是，副詞可以修飾用言（動詞、形容詞等）及其他詞類，但連體詞的功能僅限於修飾體言，故僅有連接名詞的用法。

「感動詞」是可獨立使用的詞類，同樣屬於無活用變化的自立語。感動詞通常置於句子的前方，能表達感動、呼喚等情感或語氣。這類詞語往往難以直接翻譯成為貼切的中文，而更需要在具體語境中去體會其意涵。

文法19 連體詞

必考指數 ★★★

連體詞的種類

❶ ～が

わが（我們～）

例 これこそ<u>わが</u>家の料理。（這就是我們家的料理。）

❷ ～た（だ）

たいした（了不起的）／**とんだ**（意外的）

例 これは<u>たいした</u>ことではないです。（這不是什麼了不起的事情。）

❸ ～の

この（這個，指雙方都知道、眼前的事物）／**当の**（這個，指現在所提的人事物）／
その（那個，指談話對象所說的事物）／**あの**（那個，指雙方都知道、過去曾發生的事物）／
どの（那個）／**例の**（那個，與「あの」類似，為雙方皆知道的事物）／
ほんの（微不足道的，常用於送禮前的謙虛語氣）

例 <u>例の</u>件、今はどうなったか？（上次說的那件事，現在怎麼樣了？）

補 代名詞的用法為「こ／そ／あ／ど」＋れ；而連體詞用法為「こ／そ／あ／ど」＋の。

❹ ～な

大きな（大的）／**小さな**（小的）／**いろんな**（各式各樣的）／**おかしな**（奇怪的）

例 今までいろんな人と出会った。（至今也遇過了各種人。）

❺ ～る

ある（某個）／**あらゆる**（所有的）／**いわゆる**（所謂的）／**いかなる**（怎樣的、任何的）／**来る**（最近的、近期的）／**去る**（過去的）

例 こういう人って、いわゆる「リア充」だろう。（這種人就是所謂的「現充」吧！）

補 リア充：日本網路流行語，指現實生活相當豐富、精彩的人。

文法20　感動詞

必考指數 ★★

感動詞的種類

❶ 表達喜悅、哀傷、驚嘆等各種情感的語氣

・<u>あら</u>、自分で片付けたの？（哎呀，你自己整理好了呀？）

❷ 表達呼喚語氣，吸引對方注意：

ねえ（叫喚較親密的友人）／**おい**（較粗魯）／**こら**（用力叫喚別人，常見於說話者生氣時）／**さあ**（邀請他人，有「來吧」的語意）／**これ**（呼喚晚輩用，通常用於催促他人時）／**もしもし**（讓對方注意的叫喚，但更常見於接起一般電話時，公司的商務電話不得使用）

・<u>こら</u>、うちの庭で何やってんの？（喂，你在我家庭院做什麼？）

❸ 表達喜悅、哀傷、驚嘆等各種情感的語氣：

はい（是的）／**いいえ**（不是）／**いや**（不，較口語）／**うん**（嗯）／**ええ**（嗯、是的）／**ああ**（啊，有「嗯啊」的感覺，表贊同或了解對方意思）／**なに**（什麼）

・<u>ああ</u>、その人なら知ってる。（嗯，我知道那個人。）

❹ 打招呼時使用：

おはよう（早安）／**こんにちは**（日安；你好）／**こんばんは**（晚安）／**さようさら**（再見）

・<u>こんにちは</u>、今日は宜しくお願いします。（你好，今天請多多指教。）

▶ 2-30

❺ 表示呼叫聲或加強語氣：

そら（希望對方注意時使用）／えい（集中力氣、鼓起勇氣做某件事時可使用）／
どっこいしょ（「嘿咻」，站起、坐下或用力時的發語詞，但年輕人使用會被嘲笑很老）／
よいしょ（與「どっこいしょ」類似）

例 そら、ボールを投げるよ。（注意，我要丟球過去了！）

小試一下

( ) 1　A：去年の春、一緒に鎌倉へ行きましたね。
　　　　B：ええ、＿＿＿＿ときは楽しかったですね。
　　　　(A)この　(B)その　(C)あの　(D)どの
　　　　（A：去年春天，我們一起去了鎌倉對吧！B：是啊，那時候真是開心！）　　答 C

( ) 2　甲「これは＿＿＿＿つまらないものですが…」乙「いつもいただいてばかりで、すみません。」
　　　　(A)ほんの　(B)ほとんど　(C)あまり　(D)たいした
　　　　（甲「這是我的一點小心意。」乙「每次都收您的禮物，真不好意思。」）　　答 A
　　　　補 送禮時常見的謙虛用語有「これはほんのつまらないものですが…」、「これはたいしたものではありませんが…」、「これはほんの気持ちですが…」。

( ) 3　＿＿＿＿病気ではないから、すぐ治ると思います。
　　　　(A)いかなる　(B)たいして　(C)たいする　(D)たいした
　　　　（不是什麼嚴重的疾病，我想應該很快就好了。）　　答 D

( ) 4　これは＿＿＿＿気持ちだけのものです。
　　　　(A)たった　(B)たんなる　(C)ほんの　(D)いわゆる
　　　　（這是我的一點小心意。）　　答 C

Note

Chapter. 07 動詞 & 助動詞

善用動詞的規則及時態、清楚表達句意

何謂動詞

動詞是學習日語最重要，也是最為複雜的部分，考試時經常會出現動詞活用變化相關考題。至於在導遊、領隊的命題範圍，考生不必過於緊張，只要掌握中級程度的內容，並了解基本變化規則及用法即可。在助動詞的變化，因與動詞息息相關，本單元將兩者並列，捨去過於繁瑣的文法，加強兩者間的有效活用。

「動詞」是具有活用變化的自立語，可表達任何動作、作用或存在，也可成為述語，包括五段、上下一段及變格動詞等類型。而「助動詞」屬於附屬語，具活用變化，主要連接於體言、用言之後，來增強或改變其意義，多與動詞有關。

文法 21 五段動詞及其變化

必考指數 ★★★★

- **五段動詞**又稱為「第一類」動詞，代表這類動詞活用範圍可達該行的「アイウエオ」五段，結尾大多不會是「る」，只要與其他動詞比較，剩下的就是五段動詞，包括：書く（寫）、話す（說）、言う（說）、飲む（喝）、買う（買）、乗る（搭）、出す（交出、提出）、帰る（返回）、笑う（笑）、行く（去、前往）等。

- 變化整理表（語幹＋各個變化）：

	動詞	語幹	未然形	連用形	終止形	連體形	假定形	命令形
規則	A＋ウ段音	A	ア段音／オ段音	イ段音	ウ段音	ウ段音	エ段音	エ段音
範例	書く	書	か	き	く	く	け	け

> **老師補充**
> 動詞可分為三大類，每一類動詞皆有六種變化形式。本單元所列的句型為常見的連接方式，但並非唯一的方式，這些變化也可適用於所有類型的動詞。例如，五段動詞的未然形可接「ない」形成否定句，但同樣的用法也適用於上一段動詞和下一段動詞及變格動詞。本單元收錄內容僅是部分範例，考生在準備過程中，可嘗試將學習的動詞與不同的變化和句型結合，自行造句。

五段動詞・第一變化：未然形

❶ 接「ない／ぬ／ず／ざる／ん」：表否定

- 聞く（聽）➡ 聞かない／聞かぬ／聞かず／聞かざる／聞かん（不聽）

❷ 「語幹＋オ段音接う」：表個人意志

- 行く（去）➡ 行こう（去吧）

❸ 「せる」：使役形（使喚某人做某件事）

- 使う（使用）➡ 使わせる（要某人使用）
    - 例 1. 教室で学生に日本語を使わせる。（勸學生在教室使用日文。）
    - 2. 教室で学生を日本語を使わせる。（強迫學生在教室使用日文。）
    - 補 使役形的被使役者（被使喚者）所搭配的助詞為「に」，代表被使役者本身也有意願；搭配的助詞為「を」，則代表強迫意味。

❹ 接「れる」：可代表 ① 受身形（被動式） ② 可能形 ③ 尊敬語氣 ④ 自發語氣

- 叱る（責罵）➡ 先生に叱られた。（被老師罵了。）
    - 補 受身形的動作對象（被「誰」做了某事）須搭配助詞「に」，表示動作對象。
- 行く（去）➡ ここから10分で行かれる。（從這裡只須10分鐘就可前往。）
- 行く（去）➡ あした、社長も一緒に行かれます。（明天社長也會一起去。）
- 故郷が思い出される。（我想起了故鄉。）

❺ 語幹＋「ウ」段音 ➡ 語幹＋「エ」段音＋「る」：五段動詞特有的可能形變化（為分辨可能形與尊敬、自發等語氣）

話す ➡ 話せ ➡ のどが痛くて話せない
（說話）　（能夠說話）　（喉嚨很痛，無法說話。）

五段動詞・第二變化：連用形 _{（又稱為名詞形或ます形）}

❶ 接 ① ます（最基本禮貌形）／ ② たい（想要、希望～）／ ③ そう（看起來～）

- 聞く（聽、問）➡ 私は毎日ラジオを聞きます。（我每天都聽廣播。）
- 飲む（喝）➡ 冷たいものを飲みたい。（我想喝冷的東西。）
- 降る（降下）➡ 雨が降りそうです。（看起來似乎快下雨了。）

  補「動詞連用形＋そう」欲為否定形（看起來不像～）時，則須改為「未然形＋なさそうだ」。（降らなさそうだ。）

❷ **名詞法**：將動詞連用形直接當作名詞使用

勝ち（勝利）、**喜び**（喜悅）、**遊び**（遊玩）、**帰り**（返回）、**終わり**（結束）

- 恨む（痛恨）➡ 今でも恨みを覚えている。（至今仍記得那番仇恨。）

❸ **五段動詞て形（第二變化中止形）及音便**

- **動詞て形**為「連用形＋て」：話す（說話）➡ 話して
- **音便**是為了發音方便而產生的發音變化：

類型	變化規則	範例
い音便	五段動詞く結尾之連用形＋て： 「き」➡「い」＋て	書く（寫）➡ 書き ➡ 書いて 【例外】行く（去）➡ 行き ➡ 行って
鼻音便	五段動詞む、ぬ、ぶ結尾之連用形＋て： 「イ」段音 ➡「ん」＋で	飲む（喝）➡ 飲み ➡ 飲んで
促音便	五段動詞る、つ、う結尾之連用形＋て： 「イ」段音 ➡「っ」＋て	買う（買）➡ 買い ➡ 買って

❹ **中止形**：① 名詞形（強調動作本身）／ ② 「て形」（表示前後順序）

① ある（有）➡ お金もあり、学問もある。（有錢也有學問。）

② 去る（離去）➡ 春が去って、夏が来る。（春季離去，夏天到來。）

❺ **接** ① ても（即使、就算）／ ② ては（後常接否定、負面內容）／ ③ ながら（一邊～一邊～）等助詞

① 雨が降っても行く。（即使下雨也要去。）

② このことを彼女に言ってはかわいそうよ。（這件事告訴她的話就太可憐了。）

③ 新聞を読みながら、ご飯を食べる。（一邊看報紙，一邊吃飯。）

❻ 接「助詞に＋其他動詞」：表示動作目的

- タイへ遊びに行く。（去泰國玩。）

❼ 接「や／は／も／さえ」等助詞：表達強調語氣

- そんなところへ行きや（は）しないよ。（怎麼可能去那種地方。）
- 安ければ、買いもするけど。（便宜的話我是可以買啦。）
- 会いさえすればいい。（只要能見到一面就好。）

五段動詞・第三變化：終止形（即為動詞之原形）

❶ 接傳聞助動詞「そうだ」：表示「聽說的事情」

- 天気予報によると、明日は雨が降るそうだ。（根據氣象預報，明天似乎會下雨。）

❷ 接推量助動詞「らしい」：「看起來似乎是～」，根據較間接的資訊推測

- 明日は雨が降るらしいです。（明天似乎會下雨）

  補 らしい / みたい 兩者皆有「很像」的意思，使用方式不同：

らしい	是指某種 A 事物很有其本質的特性 ・彼女は女らしい女性です（她是一位很有女人味的女性）
みたい	是指某種 A 事物很像另一種 B 事物之意 ・彼女は男みたいな女性です（她是個很像男生的女性）

❸ 接否定意志、推量助動詞「まい」：表達否定的決心與推量

- もう二度とあそこへ行くまい。（再也不去那個地方。）

❹ 接假定形「なら」：表示「若要～的話」

- 海外へ行くなら、いい旅行会社を紹介します。（想出國的話，介紹好的旅行社給你。）

❺ 接「だろう」：表推量語氣

- 明日、一緒に行くだろう。（明天也要一起去對吧？）

❻ 其餘可連接的助詞

助詞	代表意義
と	一～就～
が	逆接，後句接不知道是否會令人滿意的結果，有「雖然～」的意思
けれども（けど）	逆接，「雖然」、「但是」等意
から	順接，有「因為～」的意思
し	列舉，可表達自我主張
ものか	接在句尾，表達強烈否定
ね	接在句尾，可用來尋求與對方同感，有「對吧」、「喔」的意思
よ	接在句尾，有「喔」的意思
な	接在句尾，表示「否定」，但為男性用語

五段動詞・第四變化：連體形（主要連接體言）

❶ 連接名詞

- ここは焼酎を売る店です。（這裡是賣燒酒的店。）

❷ 連接「～ようだ」：表達好像、似乎之意

- もうすぐ雨が止むようだ。（雨好像快停了。）

  補 動詞連體形＋ようだ與動詞終止形＋そうだ的差異在於「～ようだ」多指沒親眼見到，但利用間接資訊或自己感覺得出的推測；「～そうだ」則是代表傳聞、聽說的事情。此外，動詞連用形＋そう則是有「看起來」的意思，代表說話者親眼見到一些狀況後而有的判斷、推測。

❸ 連接助詞「ので」：表達順接，有「因為」的意思，但較委婉，也較適合用於正式場合，後句通常不會接命令句：

- 明日、実家は用事があるので、会社を休みます。

  （明天老家有急事，所以會向公司請假。）

❹ 連接助詞「のに」：表達逆接條件，有「明明～卻～」的意思，後接與前句語意不同的句子：

- 明日、実家は用事があるのに、会社へ行かなくてはなりません。

  （明天老家明明有急事，卻不得不去公司。）

五段動詞・第五變化：假定形

❶ 接「ば」：表示假定條件，但後須連接必然發生的結果，有「～的話，就會～」意思
- 春がくれば、桜が咲く。（春天一來，櫻花就會綻放。）

❷ 接「ば」：表示各動作的並列
- 先生はたばこも吸えば、お酒も飲む。（老師抽菸又喝酒。）

五段動詞・第六變化：命令形

- **意志動詞＆非意志動詞**：意志動詞為「可依照人為意識決定是否從事的動作」，如書く（寫）、行く（去）、やる（做）等；非意志動詞則是「無法自行決定、自然發生的行為或動作」，如 なる（成為）、ある（有）等。

❶ 表達命令語氣（限用意志動詞）
- 早く行け！（快點去！）

❷ 表達說話者的期望（使用非意志動詞）
- どうか、お幸せになれ。（希望你能幸福。）

❸ 表達憤怒、責備或放任語氣
- 馬鹿を言え。（說什麼傻話！）

小試一下

( ) 1 台北捷運木柵線は台北市内の東側を南北に貫く路線であり、他の路線と異なり、新交通システムタイプの車両が＿＿＿＿。
(A)歩いています (B)走っています (C)跳んでいます (D)乗じています

（臺北捷運木柵線南北縱貫臺北市區東側，不同於其他路線，由新交通系統列車奔馳於軌道上。） 答 B

( ) 2 観光バスから降りると、ガイドは交通安全のために必ず旅客に歩道を＿＿＿＿。
(A)歩かせる (B)並ばせる (C)歩かされる (D)並ばされる

（從觀光巴士下車時，導遊為了交通安全，一定會讓旅客走在步道上。） 答 A

( ) 3 南部の日差しは強いから、帽子を＿＿＿＿、日傘を＿＿＿＿したほうが良いです。
(A)被ったり、差したり　(B)帯したり、帯したり
(C)付けたり、持ったり　(D)着たり、持ったり

（南部日照較強，建議戴帽子、撐傘較好。）　**答 A**

( ) 4 台湾のATMは日本と違って、24時間お金を＿＿＿ことができるから本当に便利です。
(A)くれる　(B)もらう　(C)出る　(D)引き出す

（不同於日本，臺灣的 ATM，24 小時都可領錢，相當方便。）　**答 D**

文法 22　上、下一段動詞及變化

必考指數 ★★★★

- **上、下一段動詞**：又稱為「第二類」動詞，原形皆以「る」結尾，而「る」前的假名為「ウ」的上一段「イ」段音的，稱為「上一段動詞」；「る」前的假名為「ウ」的下一段「エ」段音的，則稱為「下一段動詞」，相當好分辨，變化也很有規則，包括：起きる（起來）、感じる（感覺）、落ちる（落下）、できる（可以、能夠）、食べる（吃）、助ける（幫助）、居る（在）、着る（穿）、煮る（煮）、見る（看）、出る（出去）、寝る（睡覺）等。

- **變化整理表**：

	動詞	語幹	未然形	連用形	終止形	連體形	假定形	命令形
規則	【上一段】A＋イ段音＋る	A	イ段音	イ段音	イ段音＋る	イ段音＋る	イ段音＋れ	イ段音＋れ
範例	起きる	起	き	き	きる	きる	きれ	きれ
範例	見る	X	見	見	見る	見る	見れ	見れ
規則	【下一段】A＋エ段音＋る	A＋エ段音	エ段音	エ段音	エ段音＋る	エ段音＋る	エ段音＋れ	エ段音＋れ
範例	食べる	食	べ	べ	べる	べる	べれ	べれ
範例	寝る	X	寝	寝	寝る	寝る	寝れ	寝れ

補　動詞的「る」前若為單個漢字，且該漢字僅有一個音節、發音為「イ」或「エ」段音者，也屬於上、下一段動詞，但無語幹，變化時則直接將該字視為「イ」或「エ」段音，套用入變化即可。

上/下段動詞・第一變化：未然形

- ❶ 接「ない」：表否定
  - テレビを見ない。（不看電視）

- ❷ 接「まい」：表否定的推量、決心
  - テレビを見まいと決めていたが、つい見てしまった。
    （我決定不要看電視，但還是忍不住看了。）

- ❸ 接「よう」：表說話者的意志或推測
  - 明日、早く起きよう。（明天早點起來吧。）

- ❹ 接「させる」：使役形（使喚某人做某件事）
  - 食べる（吃）➡ 食べさせる（讓某人吃）
  - 例 1. 子供に一口食べさせる。（讓孩子吃一口。）
    2. （私に）一口食べさせてください。（請你讓我吃一口。）
  - 補 使役形的被使役者（被使喚者）所搭配的助詞為「に」，代表被使役者本身也有意願；搭配的助詞為「を」，則代表強迫意味。

- ❺ 接「られる」：可代表 ① 受身形（被動式）② 可能形 ③ 尊敬語氣 ④ 自發語氣
  - ① 見る（看）➡ 先生に見られた。（被老師看到了。）
    - 補 受身形的動作對象（被「誰」做了某事）須搭配助詞「に」，表示動作對象。
  - ② 起きる（起來）➡ 明日四時に起きられますか。（明天四點起得來嗎？）
  - ③ 起きる（起來）➡ 社長はすでに起きられました。（社長已經起來了。）
  - ④ 先のことを見て、自分が悪かったと感じられた。
    （看到剛才的情況，才覺得是自己不好。）

上/下段動詞・第二變化：連用形

- ❶ 接 ① ます（最基本禮貌形）／ ② たい（想要、希望～）／ ③ そう（看起來～）

① できる (可以做到・can) ➡ 私はバスの中で寝ることができます。(我可以在巴士中睡覺。)

　　補 動詞終止形（原形）＋ことができる：可以做到〜事情，大部分場合可用來代替動詞可能形，如寝られる（能夠睡）＝寝ることができる。

② 借りる (借入) ➡ 猫の手も借りたいほど忙しかった。(忙碌不堪。)

　　補 「猫の手も借りたい」為常用諺語，代表忙碌到都想向貓借手協助的程度。

③ 落ちる (掉落) ➡ あのものは落ちそうです。(那個東西看起來似乎掉下來了。)

　　補 「動詞連用形＋そう」欲為否定形（看起來不像〜）時，則須改為「未然形＋なさそうだ」。（落ちなさそうだ。）

❷ 名詞法：將動詞連用形直接當作名詞使用

早起き (早起)、考え (想法)、負け (輸、失敗)、教え (教誨)、流れ (流動)

- 負ける（輸）➡ 今回は私の負けです。(這次是我輸了。)
- 別れる (分開) ➡ 会うは別れのはじめ。(見面就是別離的開始。)

❸ 中止形，包括 ① 名詞形（強調動作本身）／ ② 「て形」（表示前後順序）

① 起きる（起來）➡ 朝は早く起き、夜も早く寝たほうがいいです。

　　　　　　　　（早睡早起較好。較著重於動作本身。）

② 起きる（起來）➡ 朝は早く起きて、夜も早く寝たほうがいいです。

　　　　　　　　（早睡早起較好。較著重先後順序・也常出現於口語中。）

❹ 接 ① ても（即使、就算）／ ② ては（後常接否定、負面內容）／ ③ ながら（一邊〜一邊〜）等助詞

① このドラマは何回見ても面白い。(這部連續劇不管看幾次都很有趣。)

② 彼にお金を借りてはよくないと思う。(我覺得借給他錢不好。)

③ ご飯を食べながら、新聞を読む。(一邊吃飯・一邊看報紙。)

❺ 接「助詞に＋其他動詞」：表示動作目的

- 高級料理を食べに来ました。(我來吃高級料理的。)

❻ 接「や／は／も／さえ」等助詞：表達強調語氣

- こういうことは忘れや（は）しないよ（這種事才不會忘記。）
- 出来もしないならはっきり言いなさいよ。（不會的話就老實說吧。）
- 見さえすればいい。（只要看一下就好。）

上/下段動詞・第三變化：終止形（即為動詞之原形）

❶ 接傳聞助動詞「そうだ」：表示「聽說的事情」
- 山田さんは会社をやめるそうだ。（聽說山田小姐要辭職。）

❷ 接推量助動詞「らしい」：「看起來似乎是～」，根據較間接的資訊推測
- 山田さんは会社をやめるらしい。（山田小姐似乎要辭職。）

❸ 接假定形「なら」：表示「若要～的話」
- フランス料理を食べるなら、このレストランがおすすめです。
  （想吃法國料理的話，我推薦這家餐廳。）

❹ 接「だろう」：表推量語氣
- いくら面倒くさくても、掃除くらいは自分でできるだろう。
  （再怎麼麻煩，也總能自己打掃吧！）

❺ 其餘可連接的助詞

助詞	代表意義
と	一～就～
が	逆接，後句接不知道是否會令人滿意的結果，有「雖然～」的意思
けれども（けど）	逆接，「雖然」、「但是」等意
から	順接，有「因為～」的意思
し	列舉，可表達自我主張
ものか	接在句尾，表達強烈否定
ね	接在句尾，可用來尋求與對方同感，有「對吧」、「喔」的意思
よ	接在句尾，有「喔」的意思
な	接在句尾，表示「否定」，但為男性用語

上/下段動詞・第四變化：連體形（主要連接體言）

❶ 連接名詞

- 花子は男を見る目がない。（花子沒有看男人的眼光。）

❷ 連接「～ようだ」：表達好像、似乎之意

- 先生は図書館に居るようだ。（老師好像在圖書館。）

  [補]「動詞連體形＋ようだ」與「動詞終止形＋そうだ」的差異：

「～ようだ」	多指沒親眼見到，但利用間接資訊或自己感覺得出的推測
「～そうだ」	代表傳聞、聽說的事情。此外，動詞連用形＋そう則是有「看起來」的意思，代表說話者親眼見到一些狀況後而有的判斷、推測

❸ 連接助詞「ので」：表達順接，有「因為」的意思，但較委婉、也較適合用於正式場合，後句通常不會接命令句

- 昨晩は遅く寝たので、仕事の調子は悪くなった。

  （因為昨晚太晚睡，今天工作的狀況不太好。）

❹ 連接助詞「のに」：表達逆接條件，有「明明～卻～」的意思，後接與前句語意不同的句子

- 昨晩は遅く寝たのに、今日は元気だった。（昨天明明很晚睡，今天卻充滿活力。）

上/下段動詞・第五變化：假定形

❶ 接「ば」：表示假定條件，但後須連接必然發生的結果，有「～的話，就會～」意思

- 八時に起きれば、間に合う。（八點起床的話，就來得及。）

❷ 接「ば」：表示各動作的並列

- スペイン語もできれば、ドイツ語もできる。（會西班牙文，也會德文。）

上/下段動詞・第六變化：命令形

❶ 限用意志動詞：表達命令語氣

- 早く起きろ！（快點去！）

❷ 使用非意志動詞：表達說話者的期望
- 若者よ、希望に燃えろ。（年輕人們，燃起希望吧。）

❸ 表達憤怒、責備或放任語氣
- 勝手に着ろ。（隨你穿吧！）

小試一下

( ) 1 私は乗り物酔いがひどいのですが、一時間は大丈夫です。しかし、もう一時間も車に乗っていますから、これから運転席の後の席に座るつもりで_____。
(A)いました (B)ありました (C)います (D)あります
（我很容易暈車，搭一小時較沒有關係。但已經搭車一小時了，接下來打算坐到司機後方的座位。） **答 C**

( ) 2 関係者以外の方は、この部屋に_____ください。
(A)禁止しないで (B)過ごさないで (C)おこらないで (D)入らないで
（除了相關人員外，請不要進入這個房間。） **答 D**

( ) 3 いくら頑張ったって、でき_____もないなあ。
(A)ようと (B)そう (C)ようで (D)ように
（不管怎樣努力，感覺仍無法成功。） **答 B**

( ) 4 朝食のおかずは毎日毎日同じなので、すっかり_____しまった。
(A)飽きて (B)食べて (C)味わって (D)気に入って
（早餐的菜色每天都一樣，早就吃膩了。） **答 A**

文法 23　か行變格動詞及其變化

必考指數 ★★★★

- **か行變格動詞**：屬於「第三類」動詞，僅有「来る」（來）一個。
- 變化整理表：

規則	動詞	語幹	未然形	連用形	終止形	連體形	假定形	命令形
範例	来る	X	こ	き	くる	くる	くれ	こい

か行變格動詞・第一變化：未然形

❶ 接「ない」：表否定

- 今日、娘たちは家へ帰って来ない。（今天女兒們不回家來。）

❷ 接「まい」：表否定推量或意志

- 雨だったら、林さんは来まい（＝来ない）でしょう。
  （下雨的話，林先生應該不會來吧。）　➡　否定推量

- こんなところはもう二度と来まい。＝絶対に来ない。
  （這種地方我不會再來了。）　➡　否定意志

❸ 接「よう」：表個人意志、推測

- 来年のこのとき、もう一度来よう。（明年此時再來一次吧！）

❹ 接「させる」：使役形（使喚某人做某件事）

- 来る（來）　➡　来させる。（要某人來）
  例 部長が私をここに来させたのだ。（是部長要我來這裡的。）
  補 使役形的被使役者（被使喚者）所搭配的助詞為「に」，代表被使役者本身也有意願；搭配的助詞為「を」，則代表強迫意味。

❺ 接「られる」：可代表 ① 受身形（被動式） ② 可能形 ③ 尊敬語氣

① 昨夜は親戚に来られて、勉強することができなかった。
  （昨晚親戚來訪，讓我無法念書。）
  補 受身形的動作對象（被「誰」做了某事）須搭配助詞「に」，表示動作對象。

② 明日なら、母も来られる。（明天的話，媽媽也可以來。）
③ 今日の打ち上げ、社長も来られる。（社長也會來今天的慶功宴。）

か行變格動詞・第二變化：連用形 (又稱為名詞形或ます形)

❶ 接「ます」：最基本的禮貌形

- 陳さんは明日家へ来ます。（陳先生明天會來家裡。）

❷ 名詞法：將動詞連用形直接當作名詞使用

- この道は人の行き来が多いです。（這條路往來行人眾多。）

❸ 中止形，包括 ① 名詞形（強調動作本身）／ ② 「て形」（表示前後順序）

① 大谷さんも来、中田さんも来ます。（大谷先生會來，中田先生也會來。）

② 日本へ来て、主人と結婚した。（來日本，並和丈夫結婚。）

- ～て欲しい（想要、希望～） ➡ あなたが早く来てほしい。（希望你快點來。）

❹ 接 ① ても（即使、就算）／ ② ては（後常接否定、負面內容）／ ③ ながら（一邊～一邊～）等助詞

① 彼が何回来ても会わない。（不管他來幾次我都不見。）

② こういう場所へ来てはよくないと思う。（我覺得來這裡不太好。）

③ 彼はこっちに歩いて来ながら、歌を歌っている。（他一邊走過來，一邊唱歌。）

❺ 接「や／は／さえ」等助詞：表達強調語氣

- こういうところは来や（は）しないよ（才不會來這種地方。）
- 来さえすればいい。（只要來就好。）

か行變格動詞・第三變化：終止形(即為動詞之原形)

❶ 接傳聞助動詞「そうだ」：表示「聽說的事情」

- 相手の部長は会社へ来るそうだ。（聽說對方公司的部長要來公司。）

❷ 接推量助動詞「らしい」：「看起來似乎是～」，根據較間接的資訊推測

- 台風が来るらしい。（似乎有颱風要來。）

❸ 接假定形「なら」：表示「若要～的話」

- 台風が来るなら、旅行はやめますか。（颱風來的話，旅行要取消嗎？）

❹ 接「だろう」：表推量語氣

- 張さんも来るだろう。（張小姐也會來吧！）

❺ 其餘可連接的助詞

助詞	代表意義
と	一～就～
が	逆接，後句接不知道是否會令人滿意的結果，有「雖然～」的意思
けれども（けど）	逆接，「雖然」、「但是」等意
から	順接，有「因為～」的意思
し	列舉，可表達自我主張
ものか	接在句尾，表達強烈否定
ね	接在句尾，可用來尋求與對方同感，有「對吧」、「喔」的意思
よ	接在句尾，有「喔」的意思
な	接在句尾，表示「否定」，但為男性用語

か行變格動詞・第四變化：連體形（主要連接體言）

❶ 連接名詞

- 大阪から来たバスはどこですか。（大阪來的巴士在哪裡？）

❷ 連接「～ようだ」：表達好像、似乎之意

- 明後日、彼も一緒に来るようだ。（後天他好像也會一起來。）

  補「動詞連體形＋ようだ」與「動詞終止形＋そうだ」的差異：

「～ようだ」	多指沒親眼見到，但利用間接資訊或自己感覺得出的推測。
「～そうだ」	代表傳聞、聽說的事情。此外，動詞連用形＋そう則是有「看起來」的意思，代表說話者親眼見到一些狀況後而有的判斷、推測。

❸ 連接助詞「ので」：表達順接，有「因為」的意思，但較委婉、也較適合用於正式場合，後句通常不會接命令句

- 主人の友人が家へ来たので、外へ出られなくなった。

  （因為丈夫的朋友來家裡，我也不能出去外面了。）

❹ 連接助詞「のに」：表達逆接條件，有「明明～卻～」的意思，後接與前句語意不同的句子

- 主人の友人が家へ来たのに、主人はまだ帰ってこない。

  （丈夫的朋友都到家裡了，他還沒回家。）

❺ 直接當體言（名詞）使用

- 奥さんも一緒に来るがいいです。（你太太一起來更好。）

か行變格動詞・第五變化：假定形

❶ 接「ば」：表示假定條件，但後須連接必然發生的結果，有「～的話，就會～」意思

- 王さんも来れば、呉さんも来るでしょう。（王先生來的話，吳先生也會來吧。）

❷ 接「ば」：表示各動作的並列

- 夫たちが来れば、奥さんたちも来る。（丈夫們來，太太們也會來。）

か行變格動詞・第六變化：命令形

❶ 表達命令語氣

- 早く来い！（快點來！）

❷ 表達說話者的期望

- 春よ、早く来い。（春天快來吧。）

❸ 表達憤怒、責備或放任語氣

- どうしても来るなら、勝手に来い。（不管怎麼樣都要來的話，就隨你來吧！）

小試一下

(　　) 1　こんな店なんか二度と＿＿＿＿。
　　(A)来たことがあるんですか　(B)来るはずなんです
　　(C)来たいんですか　(D)来るもんですか

（這種店我才不會再來。）

答 D

文法 24　さ行變格動詞及其變化

必考指數 ★★★★

- さ行變格動詞：屬於「第三類」動詞，僅有「する」（做，類似英文的「do」）一個。除了單獨使用外，多會在前方連接名詞使用，如「料理をする」（煮飯）或「勉強する」（讀書）。

- 變化整理表：

規則	動詞	語幹	未然形	連用形	終止形	連體形	假定形	命令形
範例	する	X	し／せ／さ	し	する	する	すれ	しろ／せよ

さ行變格動詞・第一變化：未然形

❶ 「しない／せぬ／せず／しまい」：表否定

- 私はめったに病気をしない。（我很少生病。）
- 何もせぬまま休日を過ごした。（什麼都沒做，就過了假日。）
- 勉強せずに遊んでばかりいた。（不讀書，只是一直玩。）
- 二度とそんなことをしまい。（不會再做那種事。）

❷ 接「よう」：表意志或推量

- 勉強しようと思っている。（我打算要讀書。）
- この問題を解決しようとしないのか。（不打算解決這個問題嗎？）

❸ 「させる」：表使役形

- 子供に運動させる。（要孩子運動。）

❹ 「される」：表受身形

- その人は周りの人に尊敬されている。（那個人被周遭人所尊敬。）

さ行變格動詞・第二變化：連用形

❶ 接「ます」：最基本的禮貌形

- 公園を散歩します。（在公園散步。）

❷ 中止形，包括 ① 名詞形（強調動作本身）／ ② 「て形」（表示前後順序）

① 運動もし、勉強もする。（既運動也讀書。）
② 今の生活習慣を調整して、体をもっと健康になりましょう。
（調整現在的生活習慣，讓身體更健康。）

❸ 接 ① ても（即使、就算）／ ② ては（後常接否定、負面內容）／ ③ ながら（一邊～一邊～）等助詞

① こんなことをしても彼はあなたと結婚しないと思う。
（你就算做這種事，我想他也不會和你結婚。）
② 勝手にこういうことをしてはよくないと思う。（我覺得擅自做這種事不太好。）
③ 散歩をしながら、将来のことを話しましょう。（一邊散步，一邊討論未來的事情吧。）

❹ 接「に」：表示動作目的

- 何をしに来たの？（你來這裡做什麼？）

さ行變格動詞・第三變化：終止形

❶ 接傳聞助動詞「そうだ」：表示「聽說的事情」

- 隣の小山さんは来週旅行するそうだ。（聽說隔壁的小山先生下週要去旅遊。）

❷ 接推量助動詞「らしい」：「看起來似乎是～」，根據較間接的資訊推測

- みんなは委員長の提案に賛成するらしい。（大家似乎都贊成委員長的提議。）

❸ 接假定形「なら」：表示「若要～的話」

- 日本語を勉強するなら、塾がいいです。（若想學日文的話，可以去補習班。）

❹ 接「だろう」：表推量語氣

- 台北へ引っ越しするだろう。（你要搬去臺北吧！）

❺ 其餘可連接的助詞

助詞	代表意義
と	一～就～
が	逆接，後句接不知道是否會令人滿意的結果，有「雖然～」的意思
けれども（けど）	逆接，「雖然」、「但是」等意
から	順接，有「因為～」的意思
し	列舉，可表達自我主張
ものか	接在句尾，表達強烈否定

助詞	代表意義
ね	接在句尾，可用來尋求與對方同感，有「對吧」、「喔」的意思
よ	接在句尾，有「喔」的意思
な	接在句尾，表示「否定」，但為男性用語

さ行變格動詞・第四變化：連體形

❶ 連接名詞

- 考（かんが）えることは実行（じっこう）することとは別（べつ）です。（思考及實行是不同的。）

❷ 連接「～ようだ」：表達好像、似乎之意

- 今度（こんど）の試験（しけん）、娘（むすめ）も参加（さんか）するようだ。（我女兒似乎也會參加這次的考試。）

    補 「動詞連體形＋ようだ」與「動詞終止形＋そうだ」的差異：

「～ようだ」	多指沒親眼見到，但利用間接資訊或自己感覺得出的推測。
「～そうだ」	代表傳聞、聽說的事情。此外，動詞連用形＋そう則是有「看起來」的意思，代表說話者親眼見到一些狀況後而有的判斷、推測。

❸ 連接助詞「ので」：表達順接，有「因為」的意思，但較委婉、也較適合用於正式場合，後句通常不會接命令句

- あんまり真面目（まじめ）に勉強（べんきょう）しなかったので、合格（ごうかく）できなかった。

    （因為不太認真讀書，並沒有合格。）

❹ 連接助詞「のに」：表達逆接條件，有「明明～卻～」的意思，後接與前句語意不同的句子

- あんまり真面目（まじめ）に勉強（べんきょう）しなかったのに、合格（ごうかく）した。

    （雖然不太認真讀書，卻合格了。）

❺ 直接當體言（名詞）使用

- そうするがいいです。（這麼做不錯。）

さ行變格動詞・第五變化：假定形

❶ 接「ば」：表示假定條件，但後須連接必然發生的結果，有「～的話，就會～」意思

- そうすれば、失敗しない。（這麼做就不會失敗。）

❷ 接「ば」：表示各動作的並列

- 勉強もすれば、運動もする。（又讀書又運動。）

さ行變格動詞・第六變化：命令形

❶ 表達命令語氣

- 速くしろ！（快點做！）
- しっかりしろ！（振作點！）

❷ 表達憤怒、責備或放任語氣

- いい加減にしろ。（夠了！）

❸ Aにしろ、Bにしろ／Aにせよ、Bにせよ：不管是A或是B…

- 政治問題にしろ、社会問題にしろ、この国はもうだめだ。
  （不管是政治問題也好，社會問題也好，這個國家已經沒救了。）

さ行變格複合動詞分類

類型	日文	中文
單漢字＋する	愛する	疼愛
	要する	摘要；需要
單漢字＋ずる／じる	案じる／案ずる	掛念
	感じる／感ずる	感覺
雙漢字＋する	出発する	出發
形容詞語幹＋んずる	甘んずる	甘於忍受不好事物
具動作性外來語名詞＋する	キャンセルする	取消
和語（傳統日語）名詞＋する	引っ越しする	搬家

小試一下

( ) 1　集合時間に遅れたので、ガイドに＿＿＿＿＿＿。
　　(A)注意した　(B)注意される　(C)注意された　(D)注意する
　　（因為集合時遲到，而被導遊警告。）　　　　　　　　　　　　　　　答 C

( ) 2　昨日の夜、一時まで残業していたので、今朝は＿＿＿＿＿＿してしまいました。
　　(A)ねむって　(B)ねむい　(C)朝ねぼう　(D)朝ごはん
　　（昨天晚上加班到一點，所以今天早上睡過頭了。）　　　　　　　　　答 C

( ) 3　迷子になると大変だから、単独行動＿＿＿＿＿＿、必ず誰かと一緒に行動してください。
　　(A)しないで　(B)しなくて　(C)してなくて　(D)していらないで
　　（走丟的話會很糟糕，因此請不要單獨行動，一定要和他人一起行動。）答 A

文法 25　各類動詞常用變化與用法整理

必考指數 ★★★★★

動詞變化及用法		五段	上下一段	か行變格	さ行變格
	動詞	書く	食べる	くる	する
未然形	普通否定	書かない	食べない	こない	しない
	普通否定(過去式)	書かなかった	食べなかった	こなかった	しなかった
	使役形	書かせる	食べさせる	こさせる	させる
	受身形	書かれる	食べられる	こられる	される
	使役受身形	書かせられる	食べさせられる	こさせられる	させられる
	可能形	書ける	食べられる	こられる	できる
連用形	て形	書いて	食べて	来て	して
	ます	書きます	食べます	きます	します
	ません	書きません	食べません	きません	しません
	ました	書きました	食べました	きました	しました
	ましょう	書きましょう	食べましょう	きましょう	しましょう
終止形	原形	書く	食べる	くる	する
假定形	～ば	書けば	食べれば	くれば	すれば

- 使役受身形：有「被某人要求做某事」的意思。
- 結合使役形（ア段音／さ＋せる）＋受身形（られる）＝ ア段音／さ＋せられる

  例 食(た)べる（吃） ➡ 食(た)べさせられる ➡ 私(わたし)は母(はは)に茄子を食(た)べさせられる。
  （我被媽媽逼著吃茄子。）

小試一下

(　) 1　毎晩子供に＿＿＿＿＿＿。
(A)泣いている　(B)泣きました　(C)泣かれている　(D)泣かせている
（孩子每晚都在哭泣。）➡ 有「每晚都被孩子哭聲吵」的意思。　**答 C**

(　) 2　にわか雨に＿＿＿＿＿＿、髪の毛も洋服もびしょ濡れだった。
(A)降れば　(B)降るが　(C)降られて　(D)降ったから
（被驟雨一淋，頭髮和衣服都濕透了。）　**答 C**

文法 26　補助動詞　必考指數 ★★★

- 補助動詞主要連接各類動詞て形變化，讓文意、狀態更完整。

～ている。

❶ 表現在進行式（在某個時間點的狀態）
- 父(ちち)は寝(ね)ている。（父親正在睡覺。）

❷ 表動作結果持續的狀態
- 福山(ふくやま)さんは家(うち)に来(き)ているよ。（福山先生來我們家了喔！）➡ 尚未離開。

❸ 表動作反覆持續的狀態
- 私(わたし)は毎日学校(まいにちがっこう)に通(かよ)っている。（我每天都去學校。）

❹ 代表職業的名詞＋「をしている」
- 私(わたし)はタクシーの運転手(うんてんしゅ)をしている。（我是計程車司機。）

❺ 代表過去曾發生的經驗，但利用現在式讓聽者更感同身受
- グアムはもう三回行(さんかいい)っている。（已經去過三次關島。）

❻ 代表該動作已經完結的狀態
- 彼女はすでに結婚している。（她已經結婚了。）

❼ 表狀態
- この道は曲がっている。（這條道路彎彎曲曲。）

動詞類型與「ている」的組合

❶ 繼續動詞（和ている連用時，多用於表達動作的持續進行狀態），包括：書く（寫）、泣く（哭）、読む（讀）、降る（下降）、走る（跑）、笑う（笑）、食べる（吃）等。

❷ 瞬間動詞（和ている連用時，多用於表達過去某一動作結果仍持續至今），包括：結婚する（結婚）、死ぬ（死亡）、倒れる（倒下）、壊れる（毀壞）、座る（坐下）、消える（消失）等。

❸ 特殊動詞（通常必須與ている形成固定語，用來表示事物的性質或狀態），包括：優れる（優秀）、持つ（拿、取）、住む（住）、似る（相似）等。

～てある ➡ 表動作結果持續保持於相同狀態。

- ベランダに花が植えてある。（陽台種了花。）

～てしまう

❶ 表一個動作的結束
- 肉まんを食べてしまった。（把肉包吃了。）

❷ 表意外、遺憾的語氣
- 彼女は死んでしまった。（她死了。）

    補 ～てしまう（～でしまう）可簡寫為～ちゃう（～ぢゃう）。

～てみる。

❶ 試著做某件事看看（有實際做）
- 一度ペルーへ行ってみたいです。（想去一次祕魯。）

❷ 「～てみてはじめて」：表「試著做某件事後才開始～」
- 病気になってみてはじめて健康の大切さがわかる。（生病後才開始知道健康的重要。）

～ておく（～とく） ➡ 表示事先做好某件事

- この書類はここに置いておく（置いとく）。（這份文件我先放在這裡。）

～て来る

❶ 表移動動作接近
- 台風が台湾に近づいて来る。（颱風接近臺灣。）

❷ 自某處出發後仍會返回原處
- 行って来ます。（我去去就回。）

  [補] 此句已變成日本人出門時固定說的話，常翻譯為「我出門了」。

❸ 持續某種變化至今
- 今まで頑張ってきたのに、どうして諦めるの？

  （你都已經持續努力至今了，為什麼要放棄呢？）

❹ 原本看不見，現在卻見到了
- 海が見えてきた。（看到海了。）

❺ 代表變化的開始
- 晴れてきたよ。（開始放晴了。）

❻ 對說話者做某件事
- お客さんが苦情を言ってきた。（客人來抱怨了。）

～ていく

❶ 表事物向遠處移動的樣態
- 彼女はアメリカへ帰っていった。（她回美國去了。）

❷ 表結束一個動作後繼續發生下一個動作
- 休んでいく。（休息一下再走。）

❸ 說話時間點繼續維持該動作之意
- これからも頑張っていきたいと思う。（接下來也打算繼續努力。）

❹ 原先存在的事物消失或越來越遠

- 虹がどんどん消え<u>ていく</u>。（彩虹越來越不清楚。）

小試一下

( ) 1　国道沿いには何軒もの温泉施設が_____。
　　(A)軒が並んでいます　(B)軒が並んであります
　　(C)軒を並べでいます　(D)軒を並べであります
　　（國道旁有多家溫泉設施林立。）　　　　　　　　　　　　　　　　　答 C
　　補 軒を並べる：櫛比鱗次；房屋相繼設立之意。

( ) 2　母親が食べてもよいといわないので、子供はケーキを<u>食べかねている</u>。
　　下線をつけた言葉の意味に最も似ているものを選びなさい。
　　(A)子供はケーキを食べることができない。　(B)子供はケーキを食べられる。
　　(C)子供はケーキを食べたがっている。　　　(D)子供はケーキを食べたことがない。
　　（母親沒有說能吃，孩子就不能吃蛋糕。）　　　　　　　　　　　　　答 A
　　補 動詞連用形＋かねる：不能做某件事。
　　　　動詞連用形＋かねない：有可能做到原本較難達到的事情。

文法 27　動詞時態

必考指數 ★★★

非過去形的主要用法

❶ 表示現在的狀態
- 机の上に本があります。（桌上有一本書。）

❷ 表示未來的動作、狀態
- 明日、野球を見に行く。（明天會去看棒球。）

❸ 表示恆常不變的定理、事實、習慣等
- 私は毎朝八時に起きます。（我每天早上八點起床。）

過去形的主要用法

❶ 表示過去或已結束的動作、狀態
- 昨日は海へ行った。（昨天去了海邊。）

❷ 表示說話者當下的感受

- 疲(つか)れた。（好累。）
- しまった！（完蛋了！）

❸ 表示突然發現的新事物

- なんだ、夢(ゆめ)だったの？（什麼啊，原來只是夢。）

❹ 表示突然回想起記憶模糊的事物

- あなた、確(たし)かに台中(たいちゅん)に住(す)んでいたよね。（你是住在臺中對吧？）

❺ 表示急迫的命令

- 待(ま)った（等一下，較粗魯、急迫的命令語氣）
- 待(ま)て（等一下，男性較常見的粗魯命令語氣）
- 待(ま)って（等一下，常見於女性、孩童的較柔軟語氣）

❻ 作為連體修飾語，修飾其他體言

- 彼(かれ)は優(すぐ)れた研究者(けんきゅうしゃ)です。（他是一位優秀的研究者。）

〜ていた
〜た

❶ 「〜ていた」 ➡ 為過去曾處於某個狀態一段時間

- 高校生(こうこうせい)の頃(ころ)、ここでアルバイトしていた。（高中時，我曾在這裡打工過。）

❷ 「〜た」 ➡ 代表某個時間點所發生的動作

- 私(わたし)が寝(ね)ているとき、電話(でんわ)が鳴(な)った。（我睡覺時電話響了。）
- 五日前(いつかまえ)にその窓(まど)ガラスは割(わ)れていた。
  （五天前我曾見到窗戶的玻璃是破的。） ➡ 但不知道現在狀態。
- 五日前(いつかまえ)からその窓(まど)ガラスは割(わ)れている。（窗戶的玻璃從五天前就破到現在。）
- 五日前(いつかまえ)にその窓(まど)ガラスは割(わ)れた。（窗戶的玻璃五天前破掉了。）

文法 28　自動詞＆他動詞

必考指數 ★★★★

名詞定義

❶ 自動詞：為他動詞之令人滿意的結果，多指無法經由人為意志所左右的行為及自然現象等，主要搭配助詞「が」。如：雨が降る。

❷ 他動詞：可經由人為意志所左右，主要搭配助詞「を」。如：ごはんを食べる。

自動詞＆他動詞類型

❶ ～ア段音＋る（自動詞）／～エ段音＋る（他動詞）

ア段音＋る（自動詞）		～エ段音＋る（他動詞）	
日文	中文	日文	中文
物価が上がる	物價上漲	物価を上げる	提高物價
宝くじが当たる	彩券中獎	宝くじを当てる	對中彩券
体が温まる	身體溫暖	体を温める	讓身體暖和
人が集まる	人群聚集	人を集める	集合人們
鍵がかかる	門已上鎖	鍵をかける	鎖上門
ドアが閉まる	門關著	ドアを閉める	關門
犯人が捕まる	捉到犯人	犯人を捕まえる	捕捉犯人
車が止まる	車子停止	車を止める	停下車子
仕事が見つかる	找到工作	仕事を見つける	找工作
試験が受かる	通過考試	試験を受ける	參加考試

❷ ～ア段音＋る（自動詞）／～ウ段音（他動詞）

ア段音＋る（自動詞）		～ウ段音（他動詞）	
日文	中文	日文	中文
電話がつながる	電話通了	電話をつなぐ	接通電話
目が回る	頭暈目眩	目を回す	轉動眼睛

❸ ～ウ段音＋る（自動詞）／～エ段音＋る（他動詞）

～ウ段音＋る（自動詞）		～エ段音＋る（他動詞）	
日文	中文	日文	中文
店が開く	店開著	店を開ける	開店
ビルが建つ	大樓已建好	ビルを建てる	建造大樓
気が付く	注意到	気を付ける	小心
火が付く	火已點著	火をつける	點火
連絡が入る	對方聯絡了	連絡を入れる	聯絡對方
旅が続く	旅途繼續下去	旅を続ける	持續這段旅途

❹ ～エ段音＋る（自動詞）／～ア段音＋す（他動詞）

～エ段音＋る（自動詞）		～ア段音＋す（他動詞）	
日文	中文	日文	中文
目が覚める	清醒	目を覚ます	讓自己清醒
水が出る	水自然流出	水を出す	讓水流出來
氷が溶ける	冰塊自然融化	氷を溶かす	讓冰塊融化
うわさが流れる	謠言流出	うわさを流す	散布謠言
秘密が漏れる	有秘密洩漏出來	秘密を漏らす	洩漏秘密

❺ ～エ段音＋る（自動詞）／～やす（他動詞）

～エ段音＋る（自動詞）		～やす（他動詞）	
日文	中文	日文	中文
スイカが冷える	西瓜是涼的	スイカを冷やす	把西瓜變涼
体重が増える	體重增加	体重を増やす	增加體重

❻ ～エ段音＋る（自動詞）／～す（他動詞）

～エ段音＋る（自動詞）		～す（他動詞）	
日文	中文	日文	中文
木が倒れる	樹木倒塌	木を倒す	把樹弄倒
電気が壊れる	電燈壞掉	電気を壊す	弄壞電燈
火が消える	火熄滅了	火を消す	滅火

❼ ～イ段音＋る（自動詞）／～オ段音＋す（他動詞）

| ～イ段音＋る（自動詞） || ～オ段音＋す（他動詞） ||
日文	中文	日文	中文
夫が起きる	丈夫起來了	夫を起こす	叫醒丈夫
物が落ちる	物品落下	物を落とす	弄丟物品

❽ ～ウ段音（自動詞）／～ア段音＋す（他動詞）

| ～ウ段音（自動詞） || ～ア段音＋す（他動詞） ||
日文	中文	日文	中文
手が動く	手自行動了	手を動かす	活動手
花が咲く	花開了	花を咲かす	讓花綻放

❾ ～る（自動詞）／～す（他動詞）

| ～る（自動詞） || ～す（他動詞） ||
日文	中文	日文	中文
子供が帰る	孩子回家	子供を帰す	讓孩子回家
鐘が鳴る	鐘響了	鐘を鳴らす	敲響鐘
人口が減る	人口減少	人口を減らす	減少人口

❿ ～エ段音＋る（自動詞）／～る（他動詞）

| ～エ段音＋る（自動詞） || ～る（他動詞） ||
日文	中文	日文	中文
ガラスが割れる	玻璃破了	ガラスを割る	打破玻璃

小試一下

(　　) 1　西瓜はちゃんと冷蔵庫の中に＿＿＿＿＿＿。
　　　　(A)入れてあります　(B)入りました　(C)入りませんでした　(D)入れません
　　　　（西瓜已妥善放入冰箱中。）　　　　　　　　　　　　　　　　　　答 A

(　　) 2　あなたは太っていないから、無理して体重を＿＿＿＿＿＿いいんじゃないですか。
　　　　(A)減らなくても　(B)減らさなくても　(C)減りなくても　(D)減らそうなくても
　　　　（你又不胖，不須勉強自己減重吧。）　　　　　　　　　　　　　　答 B
　　　　補　体重を減らす（減肥，他動詞）；体重が減る（體重減輕，自動詞）。

CH07 | 動詞 & 助動詞

▶ 2-61

(　　) 3　幸せなのに、不幸せって言ったら、罰が_____。
　　　(A)あてる　(B)あたる　(C)あてはまる　(D)あてはめる
　　　(明明很幸福卻說不幸，是會遭到懲罰的。)　　　　　　　　　　　答 B
　　　補 罰を当てる（懲罰他人，他動詞）；罰が当たる（遭到懲罰，自動詞）。

(　　) 4　この海域には豊富なプランクトンがあるので、魚が自然と_____来る。
　　　(A)集めて　(B)集まって　(C)集まれて　(D)集められて
　　　(這個海域富含浮游生物，魚群自然就會聚集過來。)　　　　　　　答 B

(　　) 5　先にチェックアウトして荷物をサービスカウンターに_____ことにした。
　　　(A)あずかる　(B)さずける　(C)あずける　(D)さずかる
　　　(先辦理退房，再將行李放到服務櫃台寄物。)　　　　　　　　　　答 C
　　　補 あずける（自己要求寄放物品，他動詞）；あずかる（保管於某處，自動詞）。

(　　) 6　毎朝息子を_____のに、一苦労だ。しっかりしろと叱ったが、効果なし。
　　　(A)起きる　(B)起こす　(C)起こる　(D)起こせる
　　　(每天早上叫醒兒子十分辛苦，已經罵過他，要他振作點，卻毫無成效。)　答 B
　　　補 起きる（起床，自動詞）；起こす（叫人起床，他動詞）；起こる（發生某事物，自動詞）；起こせる（引發事情，他動詞）。

(　　) 7　もう一度試験を_____ください。必ず_____見せます。
　　　(A)お受かり、受けて　(B)受かって、受けて
　　　(C)受けられて、受かって　(D)受けさせて、受かって
　　　(請再讓我考一次試，我一定會考過的。)　　　　　　　　　　　　答 D
　　　補 試験を受ける（參加考試，他動詞）；試験が受かる（通過考試，自動詞），此處的「受けさせる」則是「受ける」的使役形，搭配後方的「～ください」（請），則可看成「あなたが私に試験を受けさせる」（你讓我考試）再加以變化。

文法 29 授受動詞

必考指數 ★★★★

あげる & くれる

授受動詞	敬語變化	中文	適用狀況
あげる 〜てあげる	【謙譲語】差し上げる	給；幫對方做某件事	主語（動作者）給他人物品或為他人做事
くれる 〜てくれる	【尊敬語】くださる	他人給自己；他人為自己做某件事	動作接受者是自己或自己周邊親友時使用

例 1. 私はあなたにりんごをあげる。（我給你蘋果。）
　 2. 私はBさんにりんごをあげる。（我給B蘋果。）
　 3. あなたは私にりんごをくれる。（你給我蘋果。）
　 4. あなたはBさんにりんごをあげる。（你給B蘋果。）
　 5. Aさんは私にりんごをくれる。（A給我蘋果。）
　 6. Aさんはあなたにりんごをあげる。（A給你蘋果。）
　 7. AさんはBさんにりんごをあげる。（A給B蘋果。）

補 只有動作接受者為自己（或相對於動作者，接受者更接近自己親友圈者）時才使用くれる。

もらう

授受動詞	敬語變化	中文	適用狀況
もらう 〜てもらう	【謙譲語】頂戴する／頂く	接受；請他人為自己做某件事	無論動作者或接受者為誰時皆可用

- 私／あなた／Aさんはあなた／Bさん／私にりんごをもらうす。
  （我／你／A給你／B／我蘋果。）

小試一下

（　）1　私は台北で人に道を聞いたら、親切に教えて＿＿＿＿。
　　　(A)くれました　(B)やりました　(C)あげました　(D)きました
　　　（我在臺北向人問路時，對方很親切地告訴我。）

答 A

(　　) 2　彼氏に＿＿＿＿＿＿＿ネックレスを落としてしまい、もう気が気でない。
　　　　(A)もらった　(B)賜った　(C)あげた　(D)承った
　　　　(從男友那拿到的項鍊掉了，讓我心神不寧。)　　　　　　　　　　　答 A

(　　) 3　道に迷っている子に、地図を書いて＿＿＿＿＿＿＿。
　　　　(A)頂いた　(B)下さった　(C)もらった　(D)あげた
　　　　(幫迷路的孩子畫了地圖。)　　　　　　　　　　　　　　　　　　答 D

文法 30　易混淆動詞比較　必考指數 ★★★

言う ／ 話す (說)

❶ 言う：不一定需要說話對象，常用於主觀的言行或引用說話內容時。

・言っとくけど、あの人の結婚式にはいかないよ。
　(我先說好，我不去參加那個人的婚禮。)

・彼女はただはいって言った。(她只說了：好。)

❷ 話す：重點在於講話本身這個行為，一定會有聽者，常用於客觀性言行的句子中。

・私は毎日、彼氏と電話で話す。(我每天都會和男朋友講電話。)

貸す (借出) ／ 借りる (借入)

・私は A さんに本を貸す。(我借 A 先生書。)

・私は A さんに本を借りる。(我向 A 先生借書。)

・この本を貸してください ＝ この本をお借りします。(請借我這本書。)

知る (知道) ／ わかる (了解)

❶ 知る：為得知、擁有某消息或資訊的狀態，不一定了解該資訊

・山田さんの電話番号を知っていますか。(你知道山田先生的電話號碼嗎？)

　[補]「知っている」一詞並無「知っていない (持續不知道的狀態)」之變化，欲表達不知道時，可直接用「知らない」。

❷ わかる：為擁有某消息或資訊後，再加以整理、了解後的狀態

・先生の言ったこと、よくわかっている。(我很清楚老師所說的事情。)

～てから ／ ～たあとで（～之後）

❶ ～てから：為延續的、一起的動作，重點在於動作順序，先有前句才有後句

- 今日は家へ帰ってから、すぐ寝る。（今天回到家後要立刻睡覺。）

❷ ～たあとで：為前句的動作結束後，再發生後句的動作

- 部屋を掃除したあとで、子供に汚されてしまった。

（把房間打掃乾淨後，又被孩子弄髒了。）

見える・聞こえる（看得到・聽得到）／ 見られる・聞ける（能看到・能聽到）

❶ 見える・聞こえる：為自然行為，與視力、聽力有關

- このホテルの部屋から富士山が見える。（這間旅館的房間看得到富士山。）

- もしもし、聞こえますか。（喂，聽得到嗎？）

❷ 見られる・聞ける：為有機會看到、聽到的意思

- 今から出かけても、試合も見られない。（我現在出門也看不到比賽。）

- ゼミで教授の昔の苦労話が聞けて、よかったです。

（能在講座上聽到教授過去的艱辛歷程，真的太棒了。）

小試一下

( ) 1 霧で空港が閉鎖されたことは知っていますか。
　　　(A)はい、知ります。　　(B)ええ、知っています。
　　　(C)はい、知らなかった。　(D)いいえ、知っていません。

　　　（你知道機場因霧而關閉嗎？是的，我知道。） **答 B**

( ) 2 カラオケは疲れます。マイクの音量が大きいから、耳は痛いわ、隣の人の声は_____わ。ちょっと苦痛で、楽しめません。
　　　(A)聞かれない　(B)聞かされない　(C)聞こえない　(D)聞けない

　　　（唱 KTV 很累，因為麥克風音量很大，不僅耳朵很痛，還聽不到旁邊其他人的聲音。有點痛苦，快樂不起來。） **答 C**

Chapter 08 | 敬語

敬語是表達對他人尊敬、謙遜或禮貌的態度

何謂敬語

敬語在日語中占有相當重要的地位，也是考試的重點之一。儘管在實際撰寫商業書信或日常應用中，敬語的使用可能會顯得較為複雜，但對於考試來說，掌握基本重點即可。考生可嘗試熟記本單元所列出的常用敬語，無論在應試或日常生活皆相當受用。

敬語分為「尊敬語」、「謙讓語」及「丁寧語」共三類。尊敬語適用於提及地位較高的行動者；謙讓語則是說話者或行動者本人向地位較高者自謙時使用；至於丁寧語，是日常生活中常見的敬體表達形式（不同於「常體」），如～です、～ます等表現形式。掌握這三類敬語的區別與使用情境，將有助於更靈活應對在不同場合。

文法 31　敬語變化規則整理

必考指數 ★★★★

- 敬語常用公式：

    (1) お／ご＋動詞連用形＋する：謙讓語

    (2) お／ご＋動詞連用形＋です：尊敬語

    (3) お／ご＋動詞連用形＋ください：尊敬語

- 常見敬語變化整理表：

原形	中文	尊敬語	謙讓語
する	做	なさる	いたす
いる	存在	いらっしゃる おいでになる	おる
来る	來	いらっしゃる おいでになる 見える	参る 伺う
行く	去	いらっしゃる おいでになる	参る 伺う

原形	中文	尊敬語	謙讓語
会う	見面	無	お目にかかる
訪ねる 訪問する	訪問；造訪	無	伺う
言う	說	おっしゃる	申す 申し上げる
～と思う	認為	無	存じる
知る	知道	ご存知です	存じる
わかる	了解	無	承知する
食べる	吃	召し上がる	頂く
見る	看	ご覧になる	拝見する
見せる	給他人看；出示	お目に入れる	無
借りる	借入	無	拝借する
あげる	給	無	さしあげる
もらう	接受	無	頂戴する 頂く
くれる	給（我）	くださる	無
～する	做～	ご／お～なさる	ご／お～する
其他動詞		お～になる	お～する

小試一下

(　) 1　社長はすぐに参りますので、どうぞ座って_____。
(A)お待ちしてください　(B)お待ちください
(C)お待ちします　(D)待たせてください
（社長很快就到了，請先稍坐、等待。）　答 B

(　) 2　パンフレットの3ページをどうぞ_____。
(A)ご覧してください　(B)見ていたします　(C)拝見ください　(D)ご覧ください
（請看簡介手冊的第3頁。）　答 D

( ) 3 今日は疲れたと思いますので、ゆっくり_____。
(A)休みします　(B)お休みください　(C)お休んでしなさい　(D)お休んでください
(我想您今天也很累了，請好好休息吧。)　　　　　　　　　　　　　　答 B

( ) 4 すっかりご無沙汰しておりますが、皆様にはお変わりなくお過ごしのことと_____。
(A)存じです　(B)ご存じです　(C)存じます　(D)ご存じます
(實在好久不見，但還是知道各位仍一如往常。)　　　　　　　　　　答 C

( ) 5 先生、ちょっと_____よろしいでしょうか。
(A)聞かされても　(B)お聞きになっても　(C)聞かれても　(D)お聞きしても
(老師，可以稍微請教您一下嗎。)　　　　　　　　　　　　　　　　答 D

( ) 6 もしもし、ここではタバコは_____。
(A)ご遠慮いたします　(B)ご遠慮ねがいます
(C)ご遠慮なさいます　(D)ご遠慮させていただきます
(請不要在這裡抽菸。)　　　　　　　　　　　　　　　　　　　　　答 B

( ) 7 夜分、_____、明日のスケジュールを確認させて頂きます。
(A)申し上げることがありますが　(B)まだ起きているから
(C)申し訳ありませんが　(D)お詫びしたいですが
(這麼晚很抱歉，請讓我確認明天的行程。)　　　　　　　　　　　　答 C

( ) 8 弊社の製品が生ものですから、お客様はお早めに_____。
(A)お召し上がりになってください　(B)食べられてください
(C)召し上がってください　(D)食べください
(我們的商品皆為生鮮產品，請顧客盡早食用完畢。)　　　　　　　　答 C

( ) 9 ここにパンフレットを_____いいですか。
(A)お置きになっても　(B)お置きくださっても
(C)置かせてくださっても　(D)置かせていただいても
(可以將簡介手冊放在這裡嗎？)　　　　　　　　　　　　　　　　　答 D

( ) 10 (テレビのアナウンサーが)このあとも放送時間を延長して、野球中継を_____。
(A)拝見します　(B)ご覧になります　(C)お送りします　(D)お送りなさいます
([電視主播] 接下來也會延長播出時間，播出棒球賽事現場直播。)　　答 C

Chapter. 09 助詞

助詞負責連接詞語，表達詞與詞間的關係

何謂助詞

助詞在日語文法中扮演相當重要的角色，只要稍為改變一個助詞，句子就能產生截然不同的變化。甚至，學者運用「は」等助詞就能寫成篇論文；然而，在準備考試時，不一定將助詞學到過於艱深、精通，試著了解其基本用法，並熟悉常見助詞之間的差異及其所代表的意義，即可快速理解題意。考試時，題型常會將句中的助詞部份挖空，要求考生選出最適當的助詞來填空，如能掌握主要助詞所代表的意義及功能，便能輕鬆獲得分數。

助詞屬於不可活用的附屬語，通常不會單獨存在，而是與前後文結合使用，用來表示各個文節之間的關係。根據助詞的位置不同，所賦予句子的含義也會有所變化，進一步強化了句子結構的靈活性。

文法 32 ▶ 助詞的類型

必考指數 ★★★

類型	說明
格助詞	代表其連接的文節在整段句子中的「關係」，大多搭配「體言」使用。
接續助詞	位於句子中，負責連接前後兩個文節，主要連接於具活用變化的文節後方。
副助詞	副助詞可連接各種文節，包括用言、體言，或是助動詞、助詞等各種文節皆可與副助詞連接。
終助詞	與副助詞相同，可連接各種文節，包括用言、體言，或是助動詞、助詞等各種文節皆可，但不同的是，終助詞只會放在句子最後方。

文法 33 ▶ 常見助詞及用法

必考指數 ★★★★★

は

❶ 提示句子主詞（主題），重點在「は」之後的述語（可與「が」做比較）

- 私は学生です。（我是學生。）

- 今日は、映画を見に行きます。（今天要去看電影。）

❷ 與其他句子或單字做出區隔、比較
- 野球の試合はあるが、サッカーの試合はない。（有棒球賽，但沒有足球賽。）
- にんじんはあるけど、大根がないよ。（有紅蘿蔔，沒有白蘿蔔。）

❸ 強調語氣
- みんなと一緒にいてもうれしくはない。（就算和大家一起也開心不起來。）

が

❶ 提示主語（格助詞），重點在「が」之前的主語（可與「は」做比較）
- 私が学生です。（我才是學生。）
- 今日が、映画を見に行きます。（是今天要去看電影。）

❷ 提示對象（格助詞），有較迫切的感覺
- お金が欲しいです。（我想要錢。）

❸ 逆接（肯定的活用語終止形＋が＋意義不同的句子，屬接續助詞）
- 彼はいい人だが、彼とは結婚できない。（他雖然是好人，但我無法和他結婚。）
- このレストランの料理は高いが、あまりおいしくない。
  （這家餐廳的餐點很貴，但卻不怎麼好吃。）

❹ 代表前置條件（活用語終止形＋が＋後句，屬接續助詞）
- 私も作ってみたが、わりと簡単ですよ。
  （我也試著做看看了，其實意外地簡單呢！）

❺ 具對比意義（活用語終止形＋が＋可對比的後句，屬接續助詞）
- 進学もいいが、就職も悪くない。（升學也不錯，但直接工作也不差。）

を

❶ 提示受詞，表對象（名詞＋を＋動詞）
- 本を読む。（讀書。）
- ご飯を食べる。（吃飯。）
- ビールを飲みたい。（我想喝啤酒。） ➡ 感覺較不迫切。

❷ 表示場所，有「穿越」之意（名詞＋を＋動詞）
- 公園を散歩する。（在公園散步。）
    ➡ 範圍不限於「公園內」，包括公園外圍等地，是較自然的說法。
- 横断歩道を渡る。（走過斑馬線。／過馬路。）
- この角を曲がって、道をまっすぐ行く。（轉過這個轉角，再沿著馬路直走。）
- 鳥が空を飛んでいる。（鳥在空中飛。）

❸ 表達動作起點，「離開一個空間」（名詞＋を＋動詞）
- 学校を出る。（離開學校／畢業。）
- ○○大学を卒業しました。（從○○大學畢業。）
- 家を出る。（離開家獨立／出門。）
- 電車を降りる。（下車。）

❹ 表達方向（名詞＋を＋動詞）
- 前を向いて歩いていく。（朝著前方邁步走。）

に

❶ 表示時間（時間＋に＋述語）
- 九時に集合する。（九點集合。）
- 試験は八時に始まる。（考試八點開始。）

❷ 表達靜態存在的地點（地點＋に＋述語）
- 机の上に鉛筆と本があります。（書桌上有鉛筆與書。）
- 壁にポスターが貼ってある。（牆壁上貼有海報。）
- 私は台北に住んでいます。（我住在臺北。） ➡ 表達持續狀態。
- 私は台北に住む。（我要住在臺北。） ➡ 表達個人意志。
- 今日は神戸市内に泊まります。（今天住宿於神戶市內。）

❸ 表達進入、放入的空間（空間／場所＋に＋述語）

- 電車に乗る。（搭電車。）
- お風呂に入る。（泡澡。）
- 鍋の中に野菜を入れる。（在鍋子內放入蔬菜。）

❹ 表示目的地（場所＋に＋述語）

- 東京に行きます。（去東京。）
- 飛行機は午後五時に関西空港に着きます。（飛機下午五點抵達關西機場。）

❺ 表示目的（名詞／動詞連用形＋に＋述語）

- ご飯を食べに行きます。（去吃飯。）
- イタリアへ遊びに行きます。（去義大利玩。）

❻ 表示動作對象（人／物＋に＋述語）

- あなたにあげる。（給你。）
- 虫に刺されちゃった。（被蟲叮了。）

❼ 表示結果（～になる）

- 信号が青になった。（紅綠燈轉成綠燈了。）

❽ 表示原因（名詞／動詞連用形＋に＋述語）

- 病気に悩んでいる。（受疾病所煩惱。）

❾ ～之前（～前に）

- **動詞原形＋前に**：到着する前に連絡してください。（抵達前請與我聯絡。）
- **名詞＋の＋前に**：人の前にそういうことを言わないでください。

  （請不要在他人面前說那些話。）

へ

❶ 表方向（方向＋へ＋述語）

- 東へ行きましょう。（往東邊走吧。）

❷ 表示歸著點（地點＋へ＋述語）

- 家へ帰る。（回家。）

と

❶ 表示共同對象，有「和、與」的意思（對象＋と＋述語）

- 友達とライブへ行く。（和朋友去演唱會。）
- 俺と結婚しよう。（和我結婚吧。）
- 久しぶりに高校時代の同級生と会った。（久違地與高中同學見面了。）

  補 〜に会う與〜と会う在中文都是「與某人見面」之意，但用「〜に会う」時代表主詞單方面的與某人見面，接近「去見某人」的意思；而「〜と会う」則有「雙方約好見面」的感覺。

❷ 表結果（〜となる）

- 地震で300人が行方不明となった。（有300人因地震而失蹤。）

  補 在大多時候，になる與となる皆可適用，但有些差異：

  (1) になる較為口語，となる較常見於新聞等報導上。

  (2) になる較屬於一般陳述，となる則較能呈現說話者的個人意識。

  (3) になる著重於變化的過程，となる則強調變化後的結果。

  (4) 表達非人為的自然變化或時間流逝造成的變化時，須用になる。

❸ 引用（と前的文節相當於「」內的句子）

- 彼はただ「僕は無罪だ」と言いました。（他只有說：「我是無罪的。」）
- 彼女は行くと返事しましたよ。（她說她要去。）

❹ 表示「並列」，與and意義相同（〜と、〜と＋述語）

- 私は兄が一人と、姉が二人と、妹が三人と、弟が四人います。

  （我有一個哥哥、兩個姐姐、三個妹妹與四個弟弟。）

❺ 表假定順接條件，と之前為假定的預設條件，之後則連接意義並未相反的句子
（活用語終止形＋と＋後句）

- 早く起きないと、遅刻するよ。（不快點起床會遲到的喔！）

❻ 表假定逆接條件，と之前為假定的預設條件，之後則連接意義相反的句子
（活用語終止形＋と＋後句）

- 何と言われようと、私は全然気にしてない。

  （不管被怎麼說，我也完全不在乎。）

❼ 表一般條件，代表「一～就～」，後方通常接續必然發生的現象
（活用語終止形＋と＋後句）

- 雪が溶ける<u>と</u>、水になる。（雪融化後會變成水。）
- 扉を開ける<u>と</u>、受付カウンターが見える。（一打開門就能見到接待櫃台。）
- この道を左に曲がる<u>と</u>、コンビニがあります。（這條路左轉後，有一家超商。）

の

❶ 代表「的」（名詞＋の＋述語）

- これは私<u>の</u>車です。（這是我的車。）
- 塾<u>の</u>友達と出かける。（和補習班的朋友出去。）

❷ 取代「が」代表部分主語（名詞＋の＋述語）

- 背<u>の</u>高い人が好き。＝背が高い人が好き。（我喜歡高的人。）
- 成績<u>の</u>いい選手を選ぶ。＝成績がいい人を選ぶ。（選擇成績較好的選手。）

❸ 表並列（活用語肯定＋の＋活用語否定＋の＋述語）

- 来る<u>の</u>来ない<u>の</u>とはっきり話して。（到底要來或不來，請說清楚。）

❹ 表達體言的資格（取代もの或こと）

- 海へ行く<u>の</u>が好きです。＝海へ行くことが好きです。（我喜歡去海邊。）

❺ 表達質問（接在句尾，前接活用語終止形）

- 何をする<u>の</u>。（你要做什麼？）
- どうする<u>の</u>。（該怎麼辦？）

❻ 表斷定語氣，但較輕微（接在句尾，前接活用語終止形）

- ええ、そうな<u>の</u>。（對，就是這樣。）
- いいえ、違う<u>の</u>。（不，不對。）

より

❶ 比較的基準（AよりB＋述語）
- 猫より犬が好きだ。（比起貓，我較喜歡狗。）
- 日本よりヨーロッパが嫌いだ。（比起日本，我較討厭歐洲。）

❷ 只有、只能（動詞終止形＋より＋～ない）
- 今頑張るよりない。（現在只能努力了。）
- 結婚するより仕方がない。（只能結婚了。）

から

❶ 表達動作起點（地點＋から＋述語）
- 会社から帰る。（從公司回來。）
- 学校から出る。（離開學校。）

  補 此處的「～から出る」單純代表離開一個地方，而「～を出る」則具有「離開一個地方」或「脫離該地方的生活」等意思，如「学校からでる」為「離開學校」，但「学校を出る」則有「離開學校」或「畢業」的意思。因此，自某間學校畢業，可用「～を卒業しました」表示，但不得用「～から卒業しました」。

❷ 代表動作經過（～から＋述語）
- 泥棒は窓から入った。（小偷從窗戶進來。）

❸ 代表手段、材料（～は～から＋述語）
- おはぎはもち米からつくられる。（萩餅是用糯米做的。）

❹ 表示原因（～から＋述語）
- 今回の炎症は風邪から引き起こされた。（這次的發炎是由感冒所引起的。）

❺ 連接肯定條件的順接句子，代表「因為～所以～」（活用語終止形＋から＋後句）
- 怖いから、早く降りてください。（很可怕，請快點下來。）
- 風邪を引いたから、会社を一日休んだ。（因為感冒而向公司請了一天假。）

で

❶ 表示動作場所（地點＋で＋述語）
- 図書館で勉強する。（在圖書館讀書。）
- 食堂で夕食を食べる。（在餐館內吃晚餐。）
- 公園で散歩する。（在公園裡散步。）

  補 這句話在文法上不算錯誤，但因「で」僅代表該地點，範圍較固定，故會有「在公園裡面來回走動」的感覺，較不自然，通常會使用「公園を散歩する」。不過，在公園內運動則可用「公園で運動する」表示。

❷ 表示動作手段、材料（工具＋で＋述語）
- バスで学校へ行く。（搭巴士去學校。）
- オーブンでこの料理を作った。（用烤箱做了這道菜。）
- 一括で払います。（刷卡一次付清。）

❸ 表示原因（～で＋述語）
- 風邪で会社を休んだ。（因感冒而向公司請假。）
- 火災で建物が壊れた。（建築物因火災而損壞。）

❹ 總和
- 全部で千円です。（全部總共一千日圓。）

❺ 比較的範圍（～で＋述語）
- 家族の中であなたがいちばん嫌いだ。（全家人中我最討厭你。）
- 果物の中でグアバがいちばん好きだ。（水果中我最喜歡芭樂。）

❻ 表示時限（時間＋で＋述語）
- 今日で最後です。（今天就是最後一次了。）
- 今日で今年が終わる。（今天過後，今年就結束了。）

や

❶ 表示並列關係，「或」、「以及」的意思，帶有「舉例」的感覺（AやB＋述語）

- 映画や野球を見に行きたい。（想看電影或棒球。）
- ステーキやカニを食べたい。（想吃牛排或螃蟹。）

❷ 表達感動語氣（接在句尾）
- この曲は素晴らしいや。（這曲子真是太棒了啊！）

❸ 表達勸誘語氣（接在句尾）
- ご飯を食べに行こうや。（去吃飯吧！）

❹ 表示叫喚語氣（接在句尾）
- あんたや、早く来て。（你啊，快點過來。）

ば

❶ 表達假設條件，後接意義並未相反的句子（活用語假定形＋ば＋後句）：
- 急いで走れば、まだ間に合うだろう。（跑快一點的話，應該還來得及。）
- 早く行けば、彼が助けられるかもしれない。（我早點去的話，他也許就得救了。）

❷ 表達肯定的順接情況，代表前方條件達成後，必然會產生後句的結果
（活用語假定形＋ば＋後句）
- ちりも積もれば、山となる。（聚沙成塔。）
- 春になれば、桜が咲く。（到了春天，櫻花便會綻放。）

❸ 表達並列狀況（活用語假定形＋ば＋後句）
- 歌も歌えば、ピアノも弾く。（既唱歌又彈琴。）

ても（でも）

❶ 前接假定條件，後接語意相反的句子，有「不管、即使～，都～」的感覺
（活用語連用形＋ても（でも）＋後句）
- 頑固な父に言っても、許してくれないと思う。
（再怎麼跟頑固的爸爸說，我覺得他還是不會原諒我的。）

❷ 前接確定條件，後接語意相反的句子，有「不管、即使～，都～」的感覺
（活用語連用形＋ても（でも）＋後句）

- そう言われても、できないことはできない。

    （就算你這樣說，辦不到就是辦不到。）

- テキストを何度読んでも、よくわからない。（讀再多次課本，我還是不太清楚。）

    補 此處的「でも」指動詞在活用形音便時的變化，如「読む → 読んでも」，但助詞本身為「ても」，僅有遇到音便時才會轉為「でも」，請避免與另一個助詞「でも」混淆。

でも

❶ 即使～也～（名詞＋でも＋述語）

- これは子供でも使えます。（這連小孩也會用。）

❷ 用於舉例（名詞（＋助詞）＋でも＋述語）

- コーヒーでも飲みますか。（要不要喝點咖啡之類的？）
- 夏は海外にでも行きたい。（夏天想去去國外。）

ので

❶ 表示原因，有「因為～」的意思，與「から」在此用法上相同，但「ので」較為文雅，「から」較口語（活用語連體形＋ので＋後句）：

- 昨日は風邪を引いたので、学校へ行かなかった。（昨天因為感冒沒有去學校。）
- 休日は家でのんびりしたいので、友達の誘いを断った。

    （假日我想在家悠閒度過，因此拒絕了朋友的邀約。）

- 雨が強いので、羽田へ行くフライトはキャンセルされた。

    （因為雨勢太強，往羽田的航班取消了。）

のに

❶ 前接確定狀態或條件，後接語意相反的句子，中文則有「明明～卻～」等意思

    （活用語連體形＋のに＋述語）

- あなたのためにせっかく弁当を作ったのに、食べてくれないなんてひどいよ。

    （為了你特地做了便當，你卻不吃，真的太過分了。）

- あまり勉強しなかったのに、合格した。（我沒有讀太多書卻考過了。）
- 熱があるのに、海外へ行きますか。（明明發燒卻還要去國外嗎？）

て（で）

❶ 作為接續語，後可接語意相同或相反的句子，可依情境代表各種意義

（動詞／形容詞／助動詞連用形＋て；名詞／形容動詞＋で）

- ご飯を作っ<u>て</u>、主人を起こした。（做完飯再叫丈夫起床。）
- びっくりし<u>て</u>、言葉も話せなかった。（我嚇一個都說不出話了。）
- 外は危険<u>で</u>怖いです。（外面既危險又恐怖。）
- このアンケートを書い<u>て</u>ほしい。（我希望你可以填這份問卷。）

けれど（けれども）

❶ 有「雖然～」的意思，後接語意相反的句子（活用語終止形＋けれど／けれども）

- 雨が降っている<u>けれど</u>、予定どおりで出発する。

  （雖然下著雨，仍要照著預定計畫出發。）
- デパートへ行った<u>けれども</u>、欲しいものはなかったです。

  （雖然去了百貨公司，卻沒有想要買的東西。）
- 恋愛は大事<u>だけれど</u>、家族も大事です。（戀愛固然重要，家人也很重要。）

ながら

❶ 後接語意相反的句子，有「雖然～／即使～」等意義

（動詞連用形／形容詞／助動詞＋ながら；體言／形容動詞的語幹＋ながら）

- 彼女は若い<u>ながら</u>、しっかりしている。（她雖年輕，卻很幹練。）
- 残念<u>ながら</u>、そういう人はいません。（很遺憾，但沒有這種人。）

❷ 一邊～一邊～（動詞連用形＋ながら）

- 音楽を聴き<u>ながら</u>仕事をするのはやめなさい。（請不要一邊聽音樂一邊工作。）
- 話し<u>ながら</u>ご飯を食べる。（一邊說話一邊吃飯。）

し

❶ 表達並列語感，常用在同時說明「既～又～」時（活用語終止形＋し）

- 海へ行かない<u>し</u>、山へも行かない。（不去海邊也不去山上。）
- この遊園地は遠い<u>し</u>、料金も高い。（這個遊樂園很遠，費用又很貴。）

たり（部分動詞須音便為だり）

❶ 表示動作的並列、列舉 ➡ 活用語連用形 ＋ たり／だり

- お酒を飲ん<u>だり</u>、たばこを吸っ<u>たり</u>する。（又喝酒又抽菸。）
- 昨日は映画を見<u>たり</u>して過ごした。（昨天看看電影。）
    ↪ 表示昨天做了各種事情，但只舉出看電影這項。

つつ

❶ 後接語意相反的句子，有「雖然、儘管」的意思 ➡ 動詞、助動詞連用形 ＋ つつ

- ちゃんと勉強しようと思い<u>つつ</u>、何も勉強しなかった。
    （雖然想著要好好認真讀書，但卻沒有讀到書。）

❷ 表示動作的並列，「一邊～一邊～」 ➡ 動詞、助動詞連用形 ＋ つつ

- 会議では、いくつの会社の見積書を検討し<u>つつ</u>、仕入れ先を決めます。
    （會議中，除了檢視多家公司的報價單，還要決定進貨廠商。）

ところで

❶ 後接語意相反的句子，代表「即使～」 ➡ 動詞連體形過去式 ＋ ところで

- いくら数学を勉強した<u>ところで</u>、成績もよくない。
    （即使再怎麼讀數學，成績還是不好。）

ものの

❶ 後接語意相反的句子，代表「雖然～」 ➡ 活用語連體形 ＋ ものの

- お見合いはした<u>ものの</u>、結婚相手が見つからない。
    （雖然去相親了，但還是找不到結婚對象。）

も

❶ 代表「也、都」 ➡ 主語 ＋ も ＋ 述語

- 私<u>も</u>ラーメンを食べます。（我也要吃拉麵。）
- このドレス<u>も</u>買いましょう。（這件洋裝也一起買吧。）
- ここは何<u>も</u>なかった。（這裡什麼也沒有。）

❷ 表示並列，代表「有～也有～」 ➡ ＡもＢも

- すしもある、さしみもある。（有壽司，也有生魚片。）

❸ 表示強調

- 雨が五日も降り続いた。（雨已經連下五天了。）

❹ 表達程度

- 一時間もあればできます。（一小時就能完成。）

こそ

❶ 表強調

- こちらこそありがとうございました。（我們才要謝謝您。）

❷ 表示理由

- 娘の将来を思えばこそ彼女を叱った。（我是為了女兒的未來才罵她的。）

か

❶ 表示不確定性

- 何か食べますか。（要吃點什麼嗎？）

❷ 表示動作的並列

- いったい来るか来ないか、確認してください。（到底要不要來，請確認清楚。）

❸ 接在句尾，表示疑問、質問、反問、勸誘、感動等

- スイカが好きですか。（你喜歡西瓜嗎？）
- こういうことは常識じゃないか。（這不是常識嗎？）
- いっしょに野球を見に行きませんか。（一起去看棒球吧！）

さえ

❶ 甚至、連～

- そんなことは小学生さえ知ってますよ。（這種事就連小學生也知道。）
- 大雨が降り、雷さえ鳴った。（下大雨，甚至還打雷了。）

❷ 只要～就～ ➡ 名詞／動詞連用形／動詞で ＋ さえ ＋ ～たら／～ば
- お金さえあれば問題がない。（只要有錢就沒問題了。）

しか

❶ 只有～；後接否定句 ➡ ～しか～ない
- 部屋は一室しかなかった。（只有一間房間了。）
- 冷蔵庫にキャベツしか残らなかった。（冰箱裡只剩下高麗菜。）

だけ

❶ 只有～；與「しか」類似，但後接肯定句 ➡ ～だけ
- 部屋は一室だけだった。（只有一間房間。）
- 冷蔵庫にキャベツだけが残った。（冰箱裡只剩下高麗菜。）

なり

❶ ～之類 ➡ 名詞／動詞終止形 ＋ なり
- 何か食べ物なり買いましょうか。（我買些食物吧。）
- そんなに心配ならお母さんに相談するなりしたらどうですか。
（這麼擔心的話，要不要和你媽媽商量看看呢？）

やら

❶ 表達不確定感 ➡ 疑問詞 ＋ やら
- 何やら雨が降り出しそうだ。（看起來似乎要下雨了。）

❷ 表示並列、舉例，「又是～又是～」 ➡ ＡやらＢやら
- 論文やら就職やらで忙しかった。（又是論文、又要找工作，相當忙碌。）

ほど

❶ 大約
- これは三日ほど前に作ったケーキです。（這是大約三天前做的蛋糕。）

❷ 表示比較的對象或比例

- 息子ほどだらしない人はいない。（沒有人像我兒子這樣沒用了。）
- 年を取ればとるほど、体力が弱くなる。（年紀越來越大，身體也會逐漸減弱。）

くらい（ぐらい）

❶ 表示「大約」，前多接數量
- 10分くらい（ぐらい）かかります。（大約要花十分鐘。）

❷ 表示一個限度，有「至少」的意思
- こら、あいさつぐらいはしなさいよ。（喂，你至少打個招呼啊！）

まで

❶ 表示終點、極限，中文可解釋為「到～；～之前」
- 駅まで送る。（我送你到車站。）
- 明日まで提出する。（要在明天以前交出來。）

❷ 甚至～；連～ ➡ 名詞＋まで
- 親まで騙した。（連父母都欺騙。）
- 雷まで鳴った。（甚至還打雷了。）

ばかり

❶ ～左右 ➡ 數量詞＋ばかり
- 十万円ばかり貸してください。（請借我十萬左右。）
- 娘はちょっとばかり頭がいいです。（女兒腦袋有點小聰明。）

❷ 只是～；光是～；總是 ➡ 名詞（＋助詞）＋ばかり／動詞連用形＋て＋ばかりいる
- 父は寝てばかりいる。（爸爸總是在睡覺。）
- ここ数日、毎日雨ばかりだ。（最近這幾天每天都下雨。）

❸ 剛～ ➡ 動詞連用形た＋ばかり
- いま到着したばかりです。（我才剛到。）

など

❶ 表列舉之意，中文可翻作「～等」 ➡ ～など

- メロンやすいか<u>など</u>を食たべました。（吃了哈密瓜、西瓜等物。）

きり

❶ 只有～、僅有～ ➡ 名詞＋きり

- 二人ふたり<u>きり</u>で話はなしたいです。（我想和你私下談談。）

❷ 一直～、全心全意地～ ➡ 動詞連用形＋きり

- 母はははずっと私わたしたちの世話せわにかかり<u>きり</u>、大変たいへんです。

（母親全心全意地照顧我們，真的很辛苦。）

❸ 一～就再也沒～ ➡ 動詞連用形た＋きり

- 父ちちとは一度いちど会あった<u>きり</u>で、あれからは会あっていません。

（我和父親只見面過一次，之後就再也沒見過面了。）

其他常見終助詞整理表

終助詞	意義	使用方式
な	❶ 表示禁止 ❷ 表示命令	❶ 動詞終止形＋な ❷ 動詞連用形＋な
よ	❶ 感動 ❷ 呼喚 等	～な
ぞ	強調	～ぞ
とも	強調	～とも
ね（ねえ）	尋求與對方的同感，「～對吧」	～ね（ねえ）
わ	❶ 感動 ❷ 輕微強調	～わ（多為女性所使用）
さ	調整說話語氣、確認自我判斷等	～さ
かしら	表達不確定的語氣	～かしら（女性用語）

補 終助詞皆位於句尾。

小試一下

（　）1　中華料理は油っこい_____、いくら食べ_____、太らない。毎日、ウーロン茶を飲んでいるおかげかなあ。

　　(A)ので、では　(B)のに、ても　(C)から、ても　(D)のに、たり　　答 B

（中華料理雖然油膩，但不管吃再多也不會發胖。應該是每天都喝烏龍茶的關係吧。）

( ) 2 観光バスが台北にもうすぐ到着すること、雨＿＿でなく、雷＿＿鳴り出しました。
(A)しか、も (B)だけ、は (C)さえ、を (D)だけ、さえ
（觀光巴士即將抵達臺北時，不僅下起雨，甚至還打雷了。） 答 D

( ) 3 台湾＿＿＿＿マンゴーかき氷は人気があります。
(A)に (B)を (C)で (D)が
（在臺灣，芒果冰相當受歡迎。） 答 C

( ) 4 貴方が休暇を有意義に活用したいなら、台湾へ旅行する＿＿＿＿ひとつの方法だと思います。
(A)のも (B)のに (C)ので (D)のを
（若你想讓休假更有意義，到臺灣旅遊也是一種方法。） 答 A

( ) 5 父は私の顔＿＿＿＿見れば、「がんばっているか。」と聞く。
(A)まで (B)しか (C)だけ (D)さえ
（爸爸一看到我的臉，就問：「你有在努力嗎？」。） 答 D

( ) 6 台湾ドルと日本円の換算はどうなっているのですか。現在の時点では、台湾「元」と言うのは日本円でいくら＿＿＿＿なのでしょうか。
(A)ごろ (B)ぐらい (C)だけ (D)のみ
（台幣和日幣如何換算呢？現在台幣大約是多少日幣呢？） 答 B

( ) 7 あれほど遠いところにあり＿＿＿＿、太陽は人々に熱と光を送ってくれる。
(A)ながら (B)ても (C)ものの (D)ので
（雖然距離這麼遠，太陽還是將光與熱傳達給眾人。） 答 A

( ) 8 大雪が降っ＿＿＿＿、会社を休むことはない。
(A)て (B)ては (C)ても (D)たら
（即使下了大雪，也不向公司請假。） 答 C

( ) 9 彼とは一度会った＿＿＿＿、あれから全然顔もみていません。
(A)きり (B)すえに (C)あげく (D)ところ
（我只見過他一面，之後就再也沒見過了。） 答 A

(　　) 10 このスープはへんなあじ＿＿＿＿するから、飲まないほうがいいです。
　　　　(A)を　(B)が　(C)で　(D)に
　　　　（這碗湯有奇怪的味道，不要喝比較好。）　　　　　　　　　　　　　答 B

(　　) 11 ここから故宮博物館まで車＿＿＿＿40分ほどかかります。
　　　　(A)のて　(B)が　(C)に　(D)で
　　　　（從這裡搭車至故宮博物館大約 40 分鐘。）　　　　　　　　　　　　答 D

(　　) 12 中村さんはいつ来る＿＿＿＿知っていますか？
　　　　(A)か　(B)が　(C)か否か　(D)かどうか
　　　　（你知道中村先生什麼時候來嗎？）　　　　　　　　　　　　　　　答 A

(　　) 13 出発は九時ですから、八時半＿＿＿＿ここへ来て下さい。
　　　　(A)より　(B)から　(C)までに　(D)まで
　　　　（9 點出發，請於 8 點半到這裡。）　　　　　　　　　　　　　　　答 C

(　　) 14 まだ夏ではない＿＿＿＿、とても暑くなりました。
　　　　(A)ので　(B)のに　(C)から　(D)こそ
　　　　（還不是夏天，就已經變得很熱。）　　　　　　　　　　　　　　　答 B

(　　) 15 交通が不便で＿＿＿＿なければ観光客が来る。
　　　　(A)さえ　(B)しか　(C)より　(D)ばかり
　　　　（要不是交通不方便，觀光客就會來了。）　　　　　　　　　　　　答 A

(　　) 16 鉄道ファンなら誰＿＿＿＿知っているとおり、台湾の在来線には駅弁がある。
　　　　(A)さえ　(B)でも　(C)すら　(D)なり
　　　　（鐵道迷任誰都知道，臺灣的一般鐵路路線有販售車站便當。）　　　答 B

(　　) 17 北京から台湾にやってくるビジネスマンは、台湾の葱焼餅や油條の旨さ＿＿＿＿感激
　　　　すると聞いたことがある。
　　　　(A)と　(B)が　(C)は　(D)に
　　　　（我曾聽過，有北京到臺灣的商務客被臺灣的蔥油餅及油條的美味所感動。）
　　　　　　　　　　　　　　　　　　　　　　　　　　　　　　　　　　答 D

( ) 18 私は韓国に行ったことはないが、中国へは何度＿＿＿行った。
　　　(A)も　(B)で　(C)に　(D)を
　　　（我沒有去過韓國，但倒是去過幾次中國。）　　　　　　　　　　　　　　答 A

( ) 19 温暖な海＿＿＿囲まれた台湾では、どこへ行っても新鮮な魚介類が楽しめる。
　　　(A)で　(B)に　(C)へ　(D)を
　　　（臺灣受溫暖海洋所圍繞，不管到哪都能享用新鮮海產。）　　　　　　　答 B

( ) 20 火事の時は非常口＿＿＿出てください。
　　　(A)から　(B)で　(C)に　(D)と
　　　（火災時請從逃生口出去。）　　　　　　　　　　　　　　　　　　　　答 A

( ) 21 彼は猿まねをしてみんな＿＿＿笑わせました。
　　　(A)と　(B)に　(C)で　(D)を
　　　（他模仿猴子逗大家笑。）　　　　　　　　　　　　　　　　　　　　　答 D

( ) 22 見れば見る＿＿＿、この形が出来上がったことが奇跡のように感じます。
　　　(A)ほど　(B)くらい　(C)だけ　(D)ばかり
　　　（越看越覺得可以出現這個形狀真是宛如奇蹟。）　　　　　　　　　　　答 A

( ) 23 80年代後半のバブル期は、地価＿＿＿株価＿＿＿、一気に高騰した。
　　　(A)や／や　(B)なり／なり　(C)ほど／ほど　(D)につれ／につれ
　　　（80年代後半泡沫時期，不管是地價、股價都一口氣高漲。）　　　　　答 B

( ) 24 日本時代の建築物であることは、廊下や庭＿＿＿歩いているとよく分かります。
　　　(A)で　(B)に　(C)を　(D)が
　　　（只要走在走廊或庭院，就知道這是日本時代的建築。）　　　　　　　　答 C

( ) 25 この吊り橋は同時に8人＿＿＿渡ることができません。
　　　(A)まで　(B)までが　(C)までに　(D)までしか
　　　（這座吊橋同時只能容納8人行走。）　　　　　　　　　　　　　　　　答 D

( ) 26 赤ちゃんはよく泣く＿＿＿だ。
　　　(A)ばかり　(B)くらい　(C)もの　(D)こと
　　　（嬰兒本來就時常哭泣。）　　　　　　　　　　　　　　　　　　　　　答 C

( ) 27 彼は上司＿＿＿さんざん怒られた。
　　　(A)より　(B)により　(C)に　(D)で
　　　(他惹火上司了。) 答 C

( ) 28 今回の台風＿＿＿多くの家屋が倒れた。
　　　(A)で　(B)より　(C)から　(D)に
　　　(許多住家因這次的颱風而倒塌。) 答 A

( ) 29 熱帯に位置する島は一年＿＿＿通じて気温が高い。
　　　(A)に　(B)を　(C)が　(D)も
　　　(位於熱帶的島嶼全年氣溫偏高。) 答 B

Chapter.10 常用句型

善用文法能快速解題，爭取作答時間！

考生叮嚀

日語的文法句型繁多，短時間內要完全準備相當不易，本單元特別彙整考試中常用的文法句型。建議考生在熟讀本書內容的基礎上，可多利用報章媒體來閱讀日語長短文章，反覆練習歷屆導遊、領隊考試及日語檢定的題型。此外，針對自己較不熟悉的句型，多運用紙本或網路文法字典，最後再試著練習造句，能更有效掌握句型重點與用法。

文法 34　常用句型整理

必考指數 ★★★

	句型	中文	說明
あ-	～ありえません	不可能～	前接動詞連用形
い-	～以上（いじょう）	既然～	前接動詞連體形
	いくら～ても	再怎麼樣～	接動詞連用形
	～いけません	不可以～	接動詞未然形
う-	～うちに	在～之間／趁～時	前接動詞連體形
	～うえに	加上～	前接形容詞／な形容詞／動詞連體形
お-	～おきに	每隔～	可接數量詞、動詞連體形
	～おかげで	托～的福	前接名詞の或動詞連體形
か-	～かわりに	不～，而去～	前接動詞原形（連體形）
	～かかる	需要	前接時間或金錢
	～がほしい	我想要～	前接名詞
く-	～くせに	明明…卻～	前接名詞＋の或動詞普通形或い形容詞普通形或な形容詞語幹＋な

	句型	中文	說明
こ-	～ことから	原因	前接普通體
	～ことがある	表示偶爾會有的行為	前接動詞連體形
	～ことには	非常	前接動詞[た形]或い形容詞[－い]或な形容詞[－な]
さ-	～最中に／～最中だ	正在～之時	前接名詞＋の／動詞連體形
し-	～次第	一～就～	前接動詞連用形
	～しかない	僅有～	接名詞／動詞連體形
す-	～すぎる	過於～	接動詞連用形
た-	～たい	我想做～	前接動詞連用形
	～たがる	第三人稱想做～	前接動詞連用形
	～たまま／～ないまま	就這樣～	～たまま前接動詞連用形，～ないまま前接動詞未然形
	～たとたんに	一～就～	前接動詞連體形
	たとえ～ても	就算～	搭配動詞連用形
	～度に	每當～的時候	前接動詞連體形
	～たら	～的話	前接動詞連用形
	～たほうがいい／～ないほうがいい	～較理想／不要～比較好	前接動詞連用形／前接動詞未然形
	～たり、～たりする	又～，又～	接動詞連用形
	～たことがある	表示過去經驗	前接動詞連用形
	～ために	為了～	前接名詞＋の／動詞終止形
つ-	～ついでに	順便～	前接名詞の或動詞原形・た形
	～つもり	打算～	前接動詞連體形

	句型	中文	說明
て-	～てほしい	希望對方可以做～	前接動詞連用形
	～ておく	事先做好～	前接動詞連用形
	～てしまう	做完一個動作	前接動詞連用形
	～てみる	試著～	前接動詞連用形
	～てください／ ～ないでください	請～／ 請不要～	前接動詞連用形／ 前接動詞未然形
	～てもいい／ ～てもかまわない	可以～／ ～沒有關係	前接動詞連用形
	～ても	即使～	前接動詞連用形
	～てはいけない	不可以～	前接動詞連用形
	～て（は）いられない	不禁～	前接動詞連用形
と-	～と	一～就～	前接動詞終止形
	～というのは	之所以～	前可接各種子句
	～という	被稱作～；～之類	前可接各種子句
	～どころか	別說是～，就連～	前接各種子句
	～ところを	在～的時候	前接動詞連體形
	～としたら／とすれば	～的話	前接名詞＋だ／動詞連體形
	～とは言っても	話雖如此	前接各種子句
	～とは限らない	未必～	前接各種子句
	～として	以～身分或狀態	前接名詞等各種子句或單字
	～通り	就照～般	前接名詞、動詞連體形

	句型	中文	說明
な-	～と言うと／ ～と言ったら／ ～と言えば	說到～	前可接各種子句
	～なら	如果～	前接動詞終止形
	～ないことはない	可能～	要注意負負得正。前接動詞未然形
	～ないわけではない	並不是說～	前接動詞未然形
	～ながら	一邊～一邊～	前接動詞連用形
	～なければいけない／ ～なければならない／ ～なくてはいけない／ ～なくてはならない	一定要～	前接動詞未然形
に-	～にあたって	在～的時候	前接名詞或動詞原形
	～に関して／ 関する＋名詞	關於～	前接名詞
	～に困る	受～所苦	前接名詞
	～にこたえて	回應（某些期待）～	前接名詞或動詞中止形
	～によって	根據～；因為～	前接名詞或～こと
	～について	關於～	前接名詞
	～にしたがって	隨著～	前接名詞
	～にかけては	根據能力來說的話～	前接名詞
	～にわたる	表達一個範圍或某人所有物	前接名詞
も-	～ものの	雖然～但是	前接動詞名詞修飾形或な形容詞動詞修飾形或い形容詞動詞修飾形或名詞＋である

	句型	中文	說明
は-	～ば	～的話	前接動詞假定形
ほ-	～ほど	～程度	前接名詞或動詞連用形
を-	～をめぐって	繞行～；環繞～	前接名詞
よ-	～ようになる	變得～／變得會～	動詞終止形＋ようになる／動詞可能形＋ようになる
わ-	～わけがありません	不可能	前加名詞修飾形

小試一下

( ) 1 彼が応援に来てくれた＿＿＿＿、助かりました。
(A)おかげで　(B)ためで　(C)うえに　(D)せいで
(多虧他來加油，真是幫大忙了。)　　　答 A

( ) 2 風がでてきたので、夜は寒くなる＿＿＿＿。
(A)さえありません　(B)かもしれません　(C)ようにします　(D)みこみにあります
(開始起風了，晚上可能會變冷。)　　　答 B

( ) 3 台湾大地震のときはちょうど南投にいた。地震のこわさは、いまになってもわすれ＿＿＿＿しても忘れられません。
(A)ような　(B)ように　(C)ようと　(D)ないように
(臺灣大地震時我正巧在南投，地震的可怕至今想忘也忘不了。)　　　答 C

( ) 4 本学の試験のルールで、30分以上遅刻した場合、試験会場には入れない＿＿＿＿。
(A)ことになっている　(B)ことにしている
(C)ものではない　(D)わけにはいかない
(根據本校考試規則，遲到超過30分鐘時，不得進入考試會場。)　　　答 A

( ) 5 こんなに忙しい＿＿＿＿全然手伝ってくれない。
(A)だけに　(B)なのに　(C)のに　(D)から
(這麼忙卻完全不幫忙。)　　　答 C

( ) 6 勉強しない＿＿＿＿＿＿全然しないわけではない。
(A)ばかりか　(B)といっても　(C)どころか　(D)というより
（雖然說不讀書，但也不是完全不讀。）　　答 B

( ) 7 事件の詳しい経過が＿＿＿＿＿＿次第、番組の中でお伝えします。
(A)わかる　(B)わかり　(C)わかった　(D)わかって
（一旦了解事件的詳細過程，就會在節目中告訴各位。）　　答 B

( ) 8 今からでは＿＿＿＿＿＿間に合わないでしょう。
(A)行ったとしても　(B)行ったとして
(C)行ってしまったとしても　(D)行ってしまったとして
（就算現在去也來不及了吧。）　　答 A

( ) 9 冬に雪国での雪祭りを楽しむ人は多い。このとき気を付けたい＿＿＿＿＿＿が、服装だ。
(A)つもり　(B)わけ　(C)だけ　(D)の
（冬天有不少人會到雪國享受雪祭。此時必須特別注意的，就是服裝了。）　　答 D

( ) 10 彼は交換留学の費用を貯める＿＿＿＿＿＿、デパートでアルバイトをしている。
(A)ために　(B)ように　(C)べくに　(D)ともなしに
（他為了存錢交換留學，便在百貨公司打工。）　　答 A

Chapter 11 慣用語

慣用語能增強表達力，幫助更自然地溝通

何謂慣用語

慣用語是日語中相當特殊的表達用語，常利用身體的各個部位或其他意想不到的方式來進行比喻。儘管這些慣用語看似複雜，數量也相當龐大，考生不妨嘗試先不依賴中文的解釋，而透過慣用語中的單字和動詞來推測其含義，能更加快對慣用語的熟悉和理解速度！

文法 35　常用慣用語

必考指數 ★★★★

日文	中文
頭が低い	謙虛
頭が古い	想法古板
頭が柔らかい	頭腦靈活
頭が上がらない	抬不起頭
頭が下がる	佩服
頭がきれる	精明
頭を抱える	傷透腦筋
頭を使う	動腦筋
頭をひねる／頭を絞る	想盡辦法
頭に入れる／頭に叩き込む	牢牢記住
頭に浮かぶ	浮現於腦海
頭にくる	十分生氣
目がない	非常著迷～；沒有眼光
目が高い	眼光好
目が回る	頭暈目眩

日文	中文
目が早い	眼力好、眼尖
目が届く	照顧
目が合う	眼神交會
目を引く	引人矚目
目を向ける	看向
目を通す	過目
目を止める	介意
目をつぶる	閉眼睛；假裝沒見到
目をかける	照料
目を閉じる	閉上眼睛
目にとまる	喜歡、中意
目に映る	映入眼簾
目に入る	看見
目と鼻の先	近在咫尺
目を覚ます／目が覚める	醒來
目を離す	離開視線
顔が広い	人面很廣
顔に書いてある／顔に出る	情緒顯現於臉上
顔に当たる	吹拂在臉上
顔を売る／顔が売れる	成名
顔を立てる／顔が立つ	有面子
顔をつぶす／顔がつぶれる	丟臉
顔を出す／顔を見せる／顔さえ出	露面
顔を汚す	丟臉

日文	中文
耳が早い	消息靈通
耳が遠い	重聽
耳が痛い	話語刺耳
耳を澄ます	專心聆聽
血がでるような苦労をする	費了一番心血
来るもんですか	絕對不會想要再來
耳を傾ける	傾聽
耳を疑う	懷疑自己耳朵，是否有聽錯
歯が立たない	咬不動；比不上他人
眉をひそめる	皺眉
鼻につく	討厭
鼻が高い	驕傲
口を出す／口を挟む	插嘴
口を揃える	口徑一致
口を開く	開口
口を割る	坦白說出
口がうまい	會說話
口が軽い	口風不牢，大嘴巴
口が重い	沉默寡言
口が堅い	口風很緊
口が悪い	說話惡毒
口が酸っぱくなる	苦言相勸；口乾舌燥
口が滑る	說溜嘴
口に合う	胃口很合

日文	中文
口にする	吃
口に出す	說出來
首にする	開除
首になる	被開除
首を切る	斬首；開除（「首だ」可泛指「開除」）
首を長くする	引頸期待
首をひねる	疑惑
腕を磨く	磨練功夫
腕が落ちる	手藝退步
手が早い	動作很快
手がかかる	費工夫
手が空く	空出時間
手が離せない	騰不出手（很忙無法抽空協助）
手がない	忙碌不堪、缺乏人手
手がつけられない	無計可施
手加減	手下留情
手を出す	出手參與、打人
手を入れる	修改
手を引く	牽手
手を広げる	擴展
手を焼く	情況棘手
手を切る／手が切れる	斷絕關係
腹が立つ／腹を立てる	生氣
心を込める	極致用心，誠意十足

日文	中文
心にかける	擔心
腰が低い	待人謙虛
腰を抜かす	嚇呆；直不起腰
身を入れる	專心致志、一心一意
身を投げる	投入、跳入
身を任せる	委身、以身相許
身を寄せる	投靠；寄居
身を固める	工作穩定；結婚成家
足が向く／足を向ける	前往
足がつく	出現線索
足が速い	動作快
足が出る	露出馬腳
足を洗う	金盆洗手
足を止める	留步
足を延ばす	前往(遠方)
足を運ぶ	趕往
足を奪う	路途遇到阻礙
足を引っ張る	扯後腿
気が早い	急性子
気が荒い	暴躁
気がいい	好脾氣
気が多い	個性沒有定性
気が重い	心情鬱悶
気が軽い	心情輕快

日文	中文
気が大きい	寬宏大量
気が小さい	小家子氣
気が立つ	興奮、情緒激昂
気が強い	頑固、倔強
気が弱い	膽小
気が長い	有耐性
気が短い	急性子
気が晴れる	心情舒暢
気が抜ける	沮喪；洩氣
気が向く	心情愉悅
気が気でない	坐立不安
気が遠くなる	昏倒
気が置けない	推心置腹
気がする	覺得…
気が済む	放心
気が沈む	鬱鬱寡歡
気が変わる	改變想法或心情
気が狂う	發瘋
気が付く	注意到；察覺到
気に入る	喜歡
気にかける／気にかかる	掛心
気になる	介意
気を失う	昏迷
気を遣う	留心

日文	中文
気を引く	引人注意
気を許す	放鬆
気を取り直す	重新振作
気を配る	注意
気を落とす	沮喪
気を付ける	小心；注意
気をそらす	轉移注意力
問い合わせ	詢問
問わず	無論・不管
油を売る	摸魚
一日をかけて	花上一整天
いうまでもない	更不用說了
遠慮なくお尋ねください	請不用客氣、不要有顧慮的來問我
画面を通す	透過電視畫面
危険を伴う	具危險性
棚に上げる	束之高閣
立て替え	代付帳；墊付
真剣に取り組みをはじめる	開始認真對待此事
見れば見るほど	越看越…
走り込み	跑步
なくてもさしつかえません	沒有也沒有關係
胸をなで下す	鬆了一口氣
乗り越し	坐過站
人目もかまわず	不顧旁人眼光

日文	中文
引き分け	平分秋色
席を外す	離開位子
様子を見る	觀察情況

小試一下

( ) 1 泊まっているホテルなら、ここから_____の先だから歩いていきましょう。
(A)目と耳　(B)目と鼻　(C)目と口　(D)鼻と口
(住宿的旅館就近在咫尺，走過去吧！)　　答 B

( ) 2 彼はそろそろ身を_____いい年ころだ。
(A)なげる　(B)かためる　(C)まかせる　(D)よせる
(他也差不多到了該成家的年紀了。)　　答 B

( ) 3 私はマスコミ関係の人を知らないけれど、彼は_____から、知り合いがたくさんいると思う。
(A)顔が広い　(B)足が出る　(C)目が回る　(D)鼻が高い
(雖然我不認識媒體相關人士，但他人面很廣，所以我想他有認識很多人。)　　答 A

( ) 4 今回の試験は難易度がかなり高く、私には_____。
(A)頭が上がらない　(B)頭に来る　(C)歯が立たない　(D)歯が立つ
(這次考試難度很高，我做不到。)　　答 C

( ) 5 大地震が起きそうだと聞いて_____を抜かすほど驚いた。
(A)腰　(B)胸　(C)心　(D)肩
(當我聽說要發生大地震時，我嚇了一大跳。)　　答 A

Chapter 12 四字熟語 & 諺語

引用典故諺語表現智慧、經驗和文化

考生叮嚀

諺語和四字熟語多由漢字所構成,其意義通常不會相差太遠。本章節精選考試中常見的諺語與四字熟語,建議考生掌握基本用法即可,無需過於執著太艱深的詞彙。只要熟悉常見的表達,就能在考試中獲得穩定的分數。

文法 36　四字熟語

必考指數 ★★★

四字熟語	意思	四字熟語	意思
ふようふきゅう 不要不急	不必要的,不緊急的	ちょうれいぼかい 朝令暮改	朝令夕改
ふへんふとう 不偏不党	公正不阿	もうぼさんせん 孟母三遷	孟母三遷
ふとうふくつ 不撓不屈	不屈不撓	てんしんらんまん 天真爛漫	天真無邪
ようとうくにく 羊頭狗肉	掛羊頭賣狗肉	てんいむほう 天衣無縫	天衣無縫
どうしょういむ 同床異夢	同床異夢	りゅうあんかめい 柳暗花明	柳暗花明又一村
りゅうとうだび 竜頭蛇尾	虎頭蛇尾	あんしんりつめい 安心立命	安身立命
あんちゅうもさく 暗中模索	暗自摸索	そうせきちんりゅう 漱石枕流	枕流漱石
ぼうじゃくぶじん 傍若無人	旁若無人	いっせきにちょう 一石二鳥	一石二鳥
がしんしょうたん 臥薪嘗胆	臥薪嘗膽	いちごいちえ 一期一会	一生只會相遇一次
らっかりゅうすい 落花流水	男女別離;時間更迭	いっしょうけんめい 一生懸命	全力以赴
むびょうそくさい 無病息災	無災無難	みっかぼうず 三日坊主	三天捕魚兩天曬網
じがじさん 自画自賛	自吹自擂	じゅうにんといろ 十人十色	人各有所好
けいせいけいこく 傾城傾国	傾國傾城	はっぽうびじん 八方美人	八面玲瓏;完美女人
はきょうじゅうえん 破鏡重縁	破鏡重圓	ろうにゃくなんにょ 老若男女	男女老少
へいげつしゅうか 閉月羞花	閉月羞花	じごうじとく 自業自得	自作自受

文法 37　諺語（ことわざ）

必考指數 ★★★★

諺語	意義
雨降って地固まる [102導]	下過雨後，地面變堅硬（不打不相識）
あちらを立てればこちらが立たぬ	扶起那一邊，這邊卻倒了（顧此失彼）
案ずるより生むがやすし [97導]	生孩子比想像中的容易（百思不如一試）
後の祭り [106領] [105領] [96導]	祭祀的第二天（錯過時機、馬後炮）
悪事千里を走る	好事不出門，壞事傳千里
悪妻は百年の不作 [102導]	娶到惡老婆，農作都歉收（懶媳婦窮一輩子）
後足で砂をかける [102導]	用後腳撥沙（忘恩負義、恩將仇報）
一難去ってまた一難	一波未平一波又起（多災多難）
一を聞いて十を知る	得知一件事，便可推知十件相關的事（聞一知十）
犬の遠吠え [109導]	狗的遠處叫聲（風涼話；虛張聲勢）
犬も歩けば棒に当たる [94導]	狗到處亂跑會挨棒打（飛來橫禍；誤打誤撞）
井戸の中の蛙 大海を知らず [97領]	井底之蛙不知大海的存在（目光如豆）
医者の不養生 [105領]	醫生幫人看病，自己卻不養生（言行不一）
急がば回れ [109導]	寧走十步遠，不走一步險（欲速則不達）
石の上にも三年 [105領] [104領] [102領] [101領] [97導]	再冷的石頭坐上三年也變暖（鐵杵磨成針）
上は上がある [106導]	人上有人（天外有天）
薄氷を踏む	踏在薄薄的冰面上（如履薄冰）
嘘八百	說了八百多個謊（信口開河；一派胡言）
嘘も方便 [109領]	說謊有時也是權宜之計（善意謊言）
嘘から出た実 [107導] [105導] [96導]	說出來的謊話，偶然成真（弄假成真）
馬の耳に念仏 [104領] [101導] [96導]	對馬的耳邊念佛（對牛彈琴）
牛に引かれて善光寺参り [105導]	被牛帶往善光寺參拜（無心插柳柳成蔭）
噂をすれば影が差す [104領]	談論那個人，他人影就出現了（說曹操曹操到）

諺語	意義
內弁慶（うちべんけい）	在家當弁慶（在家一條龍，出外一條蟲）
絵に描いた餅（えにかいたもち）	畫於畫中的餅，可看不可吃（紙上談兵）
お山の大将（おやまのたいしょう）	山大王（自以為天下第一的人）
起きて半畳寝て一畳（おきてはんじょうねていちじょう） 97導	起身半張榻榻米，躺下一張榻榻米（知足常樂）
鬼に金棒（おににかなぼう） 106領 98導 96導	鬼有狼牙棒（如虎添翼）
帯に短したすきに長し（おびにみじかしたすきにながし） 103導	當腰帶太短，當捲袖繩太長（低不成，高不就）
枯れ木も山の賑わい（かれきもやまのにぎわい）	即使是枯樹也能為山增添趣味（有總比沒有好）
可愛い子には旅をさせよ（かわいいこにはたびをさせよ） 100導	愛孩子就該讓他出去旅行（玉不琢不成器）
蛙の子は蛙（かえるのこはかえる） 105領 102領 97導	青蛙的孩子也是青蛙（龍生龍、鳳生鳳）
金の切れ目が縁の切れ目（かねのきれめがえんのきれめ）	錢在人情在（錢斷情也斷；談錢傷感情）
金がないのは首がないのと同じ（かねがないのはくびがないのとおなじ）	沒錢等同脖子沒了一樣（沒錢等於沒命）
壁に耳あり、障子に目あり（かべにみみあり、しょうじにめあり）	牆外有人偷聽，紙窗外有人偷看（隔牆有耳）
飼い犬に手を噛まれる（かいいぬにてをかまれる）	被自己養的狗咬傷（養老鼠咬布袋）
風が吹けば、桶屋が儲かる（かぜがふけば、おけやがもうかる） 105導	一刮風的話，木桶店就會賺錢（蝴蝶效應）
堪忍袋の緒が切れる（かんにんぶくろのおがきれる）	裝滿耐心袋子的綁繩要斷了（忍無可忍）
木を見て森を見ず（きをみてもりをみず）	只見樹木，不見森林（一葉障目，不見泰山）
聞くは一時の恥、聞かぬは一生の恥（きくはいちじのはじ、きかぬはいっしょうのはじ）	問乃一時之恥，不問乃一生之恥
苦あれば楽あり（くあればらくあり）	有苦就有樂（苦盡甘來）
口は災いのもと（くちはわざわいのもと）	嘴巴是災禍的根源（言多必失；禍從口出）
苦しいときの神だのみ（くるしいときのかみだのみ）	困難時求神保佑（臨時抱佛腳）
暗がりから牛（くらがりからうし） 100導 96導 95導	宛如待在暗處的牛（辨認不清；行動遲緩）
臭い物に蓋をする（くさいものにふたをする）	發臭的東西蓋上蓋子（視而不見）
犬猿の仲（けんえんのなか） 109導	狗和猴子的交情（水火不容）
芸は身を助ける（げいはみをたすける）	一技在身值千金（藝多不壓身）
子を持って知る親心（こをもってしるおやごころ）	養兒方知父母恩

諺語	意義
転んでもただは起きない	跌倒時不忘撈一把（雁過拔毛）
五十歩百歩 101導	五十步笑百步
郷に入っては郷に従え 100導 99導 96領	到一個地方就順隨當地的風俗行事（入鄉隨俗）
猿も木から落ちる 103領 99領	連猴子也會從樹上掉下來（人有失足馬有失蹄）
三十六計逃げるに如かず	三十六計走為上策
三人寄れば文殊の知恵	三個臭皮匠，勝過一個諸葛亮
鯖を読む 105導	隨便數一數鯖魚（謊報年齡／身高）
先んずれば人を制す 96導	先發制人
知らぬが仏 107導 104領	不知也是一種福氣（眼不見為淨）
釈迦に説法	向釋迦牟尼解釋佛法（班門弄斧）
柔よく剛を制す	以柔克剛
重箱の隅をつつく	撿起飯盒角落所留下的殘餘食物（吹毛求疵）
人事を尽くして天命を待つ	盡人事，聽天命
雀の涙 109導	麻雀的眼淚（極為少量）
住めば都	住久了也是個都城（久居則安）
船頭多くして船山に上る	有多位船長的船會被駛上山（多頭馬車）
袖触れ合う他生の縁	只有衣袖觸碰，也是難得的緣份（萍水相逢自是有緣）
備えあれば憂いなし	準備齊全就不會擔心（有備無患）
宝の持ち腐れ	擁有寶物卻放到腐壞（暴殄天物）
旅は道連れ世は情け 107導	外出靠旅伴，處世靠人情（出外靠朋友）
旅の恥はかき捨て 107導	不在乎旅途中的醜態（出門見醜無人知）
玉に瑕	玉璧上的瑕疵（美中不足）
玉の輿に乗る 96導	搭上權貴坐的錦轎（飛上枝頭變鳳凰）
短気は損気	急性子吃虧（生氣不養財）
棚から牡丹餅 103導	從架上掉下來的點心（天上掉餡餅、喜從天降）

諺語	意義
他山の石とする	別的山上石頭拿來琢磨玉器（他山之石可以攻錯）
高嶺の花	高山上盛開的花朵（高不可攀）
大山鳴動して鼠一匹	山搖震動的聲響，卻只跑出一隻老鼠（雷聲大雨點小）
立つ鳥はあとを濁さず	鳥離開水面時不會把水弄汙濁（善始善終）
忠言耳に逆らう 96導	忠言逆耳
塵も積もれば山となる 105導	小如灰塵的東西，積多也會如山（日積月累）
月とすっぽん 99導	月亮和鱉（天差地遠、天壤之別）
天は自ら助くる者を助く 100領	上天只幫努力、自立自強的人（天助自助者）
手も足もでない	不論是手還是腳都伸展不了（束手無策）
所変われば品変わる 107領 103導 100導	百里不同風、千里不同俗
飛んで火に入る夏の虫	夏天的蟲子飛向燈火（自取滅亡、飛蛾撲火）
隣の花は赤い	鄰家的花，比自家的花更紅（外國月亮比較圓）
年には勝てない	歲月不饒人
途方に暮れる	窮途末路、束手無策
取り越し苦労をする	提前做辛苦（自尋苦惱、杞人憂天）
毒を食らわば皿まで	都吃過毒飯菜，舔碟子又如何（一不做二不休）
毒にも薬にもならない	治不了病，也要不了命（無害也無益）
泥棒をとらえて縄をなう	抓到小偷後才來搓繩子（臨時抱佛腳）
七転び八起き 104領 103導	跌倒七次，就要爬起來八次（百折不撓）
泣く子と地頭には勝てぬ	面對哭鬧孩子和蠻橫官員是爭不贏的（秀才遇上兵，有理說不清）
泣き面に蜂 106領	哭著臉又被蜜蜂螫到（禍不單行）
情けは人のためならず 107導 101領	做人情可不是為了他人（好心有好報）
無い袖は振れない	沒袖子就沒辦法揮了（巧婦難為無米之炊）
なしのつぶて 110領 109領 98導 97導	將水漂打出去後就不會回來了（石沉大海）

諺語	意義
習うより慣れよ 97導	一味地學習，還不如多練多熟悉（熟能生巧）
二の舞を踏む	模仿古代貴族舞蹈，踏同一舞步（重蹈覆轍）
二番せんじ	換湯不換藥；炒冷飯
二階から目薬	從二樓點眼藥水（白費力氣；隔靴搔癢）
逃した魚は大きい	逃跑的魚都是大的（失去的總是最好的）
濡れ手で粟 106領 96導	把手弄濕，小米就會黏在手上（不勞而獲）
寝耳に水	睡覺時水流進耳朵裡（出乎意料；晴天霹靂）
願ったり叶ったり 105導	事從心願；稱心如意（如願以償）
根も葉もない 103導	沒有根也沒有葉（毫無根據，無稽之談）
猫の手も借りたい 105導 98導	連貓的手都想借來幫忙（忙得不可開交）
猫舌 98領	貓舌頭（怕燙的人）
猫に小判／豚に真珠 106領 101導	把金幣給貓／把珍珠給豬（對牛彈琴、不識貨）
乗りかかった船	人已上船，無法抽身只好等船靠岸（誤上賊船）
箸にも棒にもかからない	細如竹筷、粗壯如鋁棒都不能夾取（束手無策）
花より団子 106導 103導 97導	與其賞花不如吃糰子（捨華求實）
歯に衣着せぬ 105導	直言不諱、不拐彎抹角（有話直說）
火のない所に煙は立たぬ	煙不會出現在沒有火的地方（事出必有因）
百聞は一見に如かず 103導 98導	百聞不如一見
氷山の一角	冰山一角
夫婦喧嘩は犬も食わぬ 97領	夫妻吵架時，連貪吃狗都不敢靠近（清官難斷家務事）
骨折り損のくたびれもうけ	受到骨折卻只賺到疲累（賠了夫人又折兵）
仏の顔も三度まで 105導	佛祖的臉也只能摸三次（事不過三）
枕を高くして寝る	墊高枕頭睡覺（高枕無憂）
三つ子の魂百まで	三歲孩童的靈魂，到一百歲都不變（本性難移）
身から出た錆 105領 96導	沒有保養的刀身會生鏽（自討苦吃）

諺語	意義
目(め)の上(うえ)の瘤(こぶ) 96導	眼中釘，肉中刺（心頭之患）
焼(や)け石(いし)に水(みず) 103導	往燒燙的石頭上潑水（於事無補）
安物買(やすものが)いの銭失(ぜにうしな)い 107導	以為撿便宜結果損失更多金錢（一分錢一分貨）
行(ゆ)きがけの駄賃(だちん)	順路賺到額外的運費（順便兼辦別的事）
油断大敵(ゆだんたいてき)	粗心是最大的敵人（大意失荊州）
理屈(りくつ)と膏薬(こうやく)はどこにでもつく	歪理和藥膏一樣，到處都可以貼（藉口隨時都可以找）
良薬(りょうやく)は口(くち)に苦(にが)し	良藥苦口
我(わ)が身(み)をつねって人(ひと)の痛(いた)さを知(し)れ	割自己的肉，知人家的疼（設身處地）
若(わか)い頃(ころ)の苦労(くろう)は買(か)ってでもせよ	花錢買年輕時的苦（寧吃少年苦，不受老來貧）
笑(わら)う門(かど)には福来(ふくきた)る	笑口常開，福氣自然來（和氣生財）
渡(わた)りに船(ふね) 111導 96導	欲要渡河，船就來了（順水推舟）

小試一下

( ) 1 「＿＿＿＿」と言う諺は非常に忙しく、働き手が不足している様子の喩えです。
(A)猿の手も借りたい　(B)熊の手も借りたい
(C)鹿の手も借りたい　(D)猫の手も借りたい

（「想跟貓借手」這句諺語是比喻非常忙碌、人手不足的樣子。） **答 D**

( ) 2 「＿＿＿＿」と言う諺は労せずに幸運を得ることの喩えです。
(A)棚から牡丹餅　(B)棚から団子　(C)棚から銭　(D)棚から黄金

（「從架上掉下牡丹餅」這句諺語是比喻不經任何付出就獲得幸運的意思。） **答 A**

( ) 3 私はね、台湾は初めてですがね、いや、台湾は素晴らしい。「＿＿＿＿」ですよ。
(A)千聞は一見にしかず　(B)万聞は一見にしかず
(C)百聞は一見にしかず　(D)億聞は一見にしかず

（我是第一次來臺灣，但臺灣還真是不錯，真是「百聞不如一見」。） **答 C**

( ) 4 あの子は人の家に来ると、借りてきた＿＿＿＿のようにおとなしくなる子だねえ。驚いたよ。
(A)鼠　(B)猫　(C)羊　(D)犬
(那孩子一到別人家中，就像是借來的貓一樣乖巧，真是驚訝。) 答 B

( ) 5 「焼餅焼き」と言う言葉は＿＿＿＿を意味します。
(A)嫉妬深い人　(B)情が深い人　(C)執念深い人　(D)真心が深い人
(「烤燒餅」這句話是指愛忌妒的人。) 答 A

( ) 6 林さんのおじいちゃんは酒好きで、お酒はいろいろな種類のものがあるけれど特に台湾の米酒に＿＿＿＿。
(A)目がない　(B)目をかける　(C)目をこやす　(D)目をつける
(林先生的爺爺很喜歡喝酒，各種種類的酒中尤其熱愛臺灣米酒。) 答 A

( ) 7 明日から台湾へ旅行をする予定なのに、一昨日の朝から暴風雨で、明日の旅行のことを考えると＿＿＿＿。
(A)気が置けない　(B)気を付ける　(C)気が気でない　(D)気をしない
(明天預定去臺灣旅遊，但前天一早開始出現暴風雨，想到明天的旅遊就坐立難安。) 答 C

( ) 8 叔父は＿＿＿＿が広いので、いろんな人を知っている。
(A)耳　(B)目　(C)顔　(D)口
(叔叔人面很廣，認識不少人。) 答 C

( ) 9 私の前で、二度とその人のことを＿＿＿＿ください。
(A)口にしないで　(B)口に合わないで　(C)口を出さないで　(D)口をきかない
(不要在我面前再提到那個人。) 答 A

( ) 10 人の好みは＿＿＿＿だから、無理強いはできない。
(A)十人十色　(B)九人九色　(C)八人八色　(D)七人七色
(每個人的喜好都不同，不要勉強。) 答 A

Note

絕對考上
導遊＋領隊
【日語篇】

ユニット

03. 試驗篇

添乗員　ツアーガイド

先熟悉文法基礎相關
重要單語、文型、慣用語等句型
試著運用在歷年考題的練習
加強答題技巧速度，進而累積單字量
快速掌握必考關鍵分數

ユニット.1	ユニット.2	ユニット.3	ユニット.4
情境篇	文法篇	試驗篇	口試篇

Chapter 01 | 110年度導遊測驗題
熟悉考試題型、加強字彙，掌握出題方向

考生叮嚀

在熟悉旅遊日語及基礎文法後，正式進入題型練習。本單元針對近年考試趨勢，分析110~113年導遊、領隊試題，並根據考試內容，歸納出800個重要單語。考生可試著先熟悉不同詞性的單語及中文釋義，再進入考題測驗練習，是不是更容易答題了呢！如此反覆練習試題，掌握命題趨勢，有效提升作答實力！

重要單語整理

	單字	詞性	中文
1	はじめる	動詞	帶頭、為首；開創
2	遠慮（えんりょ）	名詞／する動詞	顧慮、客氣
3	冷（さ）めない	形容詞	還未涼掉、尚未冷卻
4	地元（じもと）	名詞	當地、本地
5	せっかく	副詞	期待已久；難得的；費盡心思
6	特産品（とくさんひん）	名詞	名產；當地特產
7	支払（しはら）い	名詞	支付、付款
8	預（あず）かる	動詞	(受他人)代為保管
9	紛失（ふんしつ）	名詞／する動詞	遺失、丟失；失落
10	戻（もど）る	動詞	返還、回來、再來
11	ホスピタリティ精神（せいしん）	名詞	好客精神、盛情款待
12	居心地（いごこち）	名詞	心情；感覺
13	ルームサービス	名詞	客房服務
14	運（はこ）んでくれます	動詞	運送、送至；搬運

	單字	詞性	中文
15	調味料(ちょうみりょう)	名詞	調味料、調料作料
16	香辛料(こうしんりょう)	名詞	香料、香辣調味料；佐料
17	不眠症(ふみんしょう)	名詞	失眠
18	休(や)ませてあげる	動詞	讓…休息；給予休息
19	伝言(でんごん)	名詞／する動詞	留言；傳話
20	残念(ざんねん)	名詞	遺憾、可惜；懊悔
21	ごちそうする	動詞	請客、招待；宴請
22	済(す)む	動詞	結束、終了；解決
23	負(ま)けてもらう	動詞	要求降價
24	自慢(じまん)	名詞／する動詞	驕傲；引以為豪
25	扱(あつか)う	動詞	採用；對待
26	そろう	動詞	具備；齊全
27	劣化(れっか)	名詞／する動詞	惡化、損壞
28	起(お)こす	動詞	引起；喚醒
29	免税範囲(めんぜいはんい)	名詞	免稅範圍；免稅限制(金額或數量)
30	関税(かんぜい)	名詞	(商品進口)關稅
31	なかなかありません	副詞	難以、艱難；不容易
32	真剣(しんけん)	名詞	非常認真；一絲不苟
33	おそらく	副詞	可能、或許；恐怕、大概
34	見所(みどころ)	名詞	值得看的地方；精彩之處
35	観光(かんこう)スポット	名詞	觀光景點、旅遊景點
36	おしゃれな	形容詞	時尚的、時髦的
37	散策(さんさく)	名詞／する動詞	散步；隨便走走
38	予約(よやく)	名詞／する動詞	預約、預訂

	單字	詞性	中文
39	冷やしておく	動詞	保持冷藏、持續冷卻
40	文句	名詞	抱怨、牢騷；詞句
41	納得できる	名詞	可接受的、可理解的
42	苦労	名詞／する動詞	辛苦、艱苦、操心
43	先月	名詞	上個月、前一個月
44	ロン	名詞	貸款
45	すっかり	副詞	全都、完全；已經；澈底
46	移る	動詞	轉移
47	お子様連れ	名詞	攜子、帶孩子
48	離す	動詞	離開；放開；拉開
49	熱中症	名詞	中暑
50	当たる	動詞	照射
51	受け取り	名詞	收下、接收；領取
52	お越しください	尊敬語	請過來(去)
53	お求めください	尊敬語	購買
54	用意	名詞／する動詞	準備、預備；考慮到
55	だけあって	文句	不愧是
56	留守	名詞／する動詞	出門、不在家；看家
57	見物	名詞／する動詞	遊覽
58	お勧めです	尊敬語	推薦
59	グルメ	名詞	美食
60	堪能	名詞／する動詞	盡情享用
61	とたん	副詞	剛...的時候
62	といえば	副詞	說起、提及；談到

	單字	詞性	中文
63	寄(よ)らない	動詞	不進去
64	に際(さい)して	副詞	的時候、之際
65	しめておく	動詞	關好
66	申告書類(しんこくしょるい)	名詞	申請文件
67	携帯電話(けいたいでんわ)	名詞	手機
68	とは限(かぎ)らない	副詞	不一定
69	教(おし)えてあげる	動詞	教他
70	もらう	動詞	給我的
71	思(おも)う	動詞	想著；想要
72	スマートフォン	名詞	智慧型手機(簡稱：スマホ)
73	上手(じょうず)な	形容動詞	拿手、流暢
74	わけだ	動詞	難怪、就是說
75	レトロな	形容動詞	復古的
76	駄菓子屋(だがしや)	名詞	雜貨店
77	言(い)いがたい	動詞	很難說是
78	生活習慣(せいかつしゅうかん)	名詞	生活習慣
79	出会(であ)い	名詞	獲知、遇見
80	願(ねが)い	名詞	願望
81	体験(たいけん)できる	動詞	可以體驗
82	素晴(すば)らしい	形容詞	美好的
83	気持(きも)ちよさ	名詞	美好的感覺
84	出掛(でか)けていく	動詞	親自出門
85	気分(きぶん)になる	副詞	……的感覺
86	せめて	副詞	至少

	單字	詞性	中文
87	見せる（み）	動詞	能看到
88	寂しい（さび）	形容詞	寂寞
89	体験（たいけん）	名詞／動詞	體驗；經驗
90	アドベンチャーワールド	名詞	冒險大世界 (Adventure World)
91	ジャイアントパンダ	名詞	大熊貓
92	世界トップクラス（せかい）	動詞	世界一流水準
93	新型コロナウイルス（しんがた）	名詞	新冠病毒
94	健康状態（けんこうじょうたい）	名詞	健康狀態
95	危険（きけん）	名詞	危險
96	好物（こうぶつ）	名詞	喜好
97	駆けつける（か）	動詞	急忙趕到、跑到
98	誇る（ほこ）	動詞	自豪
99	及ぶ（およ）	動詞	波及到
100	任せる（まか）	動詞	委託

問題分析

文型分析	單語 42	慣用 7	文法 21		情境命題	景物 10	餐飲 14	住宿 3	交通 1	機場 1
	語意 0	諺語 0	閱測 10			生活 31	民俗 1	產業 1	職能 4	購物 4

單選題 [共80題 / 每題1.25分]

( ) 1 台湾は亜熱帯にある国として、パイナップルを＿＿＿＿、いろいろな果物を世界に輸出しています。
(A) はじめて [1]　(B) はじまって　(C) 使って　(D) 通して

[中譯] 臺灣是個亞熱帶國家，以鳳梨為首，出口各式各樣的水果到世界各國。
(A) 為首　(B) 開始　(C) 使用　(D) 通過　　　　産業 單語　答 A

( ) 2 もし、何かご不明な点がございましたら、いつでも遠慮 [2] なくお尋ねください。
(A) 遠慮しないで探してください　　(B) 遠慮しないで聞いてください
(C) 遠慮して聞かないでください　　(D) 遠慮しないで聞かせてください

[中譯] 如果有什麼不明白的地方，請隨時不要有顧慮地來問我。
(A) 請不要有顧慮地把它找出來　(B) 請不要有顧慮地來問我
(C) 請不要來問我　　　　　　　(D) 請不要有顧慮地告知我　生活 慣用　答 B

( ) 3 できたての暖かいうちに召し上がっていただきたいので、できあがった台湾料理は冷めない [3] うちに日本からのお客様にお出しします。
(A) ひめない　(B) こめない　(C) さめない　(D) ひやめない

[中譯] 希望能讓客人品嚐剛做好熱騰騰的料理，所以做好的臺灣菜趁著還沒冷掉的時候端上來給日本的客人享用。
餐飲 單語　答 C

( ) 4 心を＿＿＿＿おいしい地元 [4] の特色料理を外国人のお客様に出すために、それだけでは足りないんですよ。
(A) 入れた　(B) 集めた　(C) 込んだ　(D) 込めた

[中譯] 如果想讓外國客人品嚐到誠意十足的美味當地特色料理，僅僅這樣是不夠的。
(A) 放進去　(B) 集合　(C) 費盡　(D) 充滿　　　餐飲 單語　答 D

( ) 5 ＿＿＿＿休みをとって、年に一回の海外旅行に来たんだから、仕事のことを考えるのはやめよう。
(A) せっかく [5]　(B) まず　(C) もうすぐ　(D) そもそも

[中譯] 好不容易取得了休假，享受一年一次的海外旅行，就不要再想工作的事了。
(A) 好不容易　(B) 首先　(C) 快要　(D) 說起來　　生活 單語　答 A

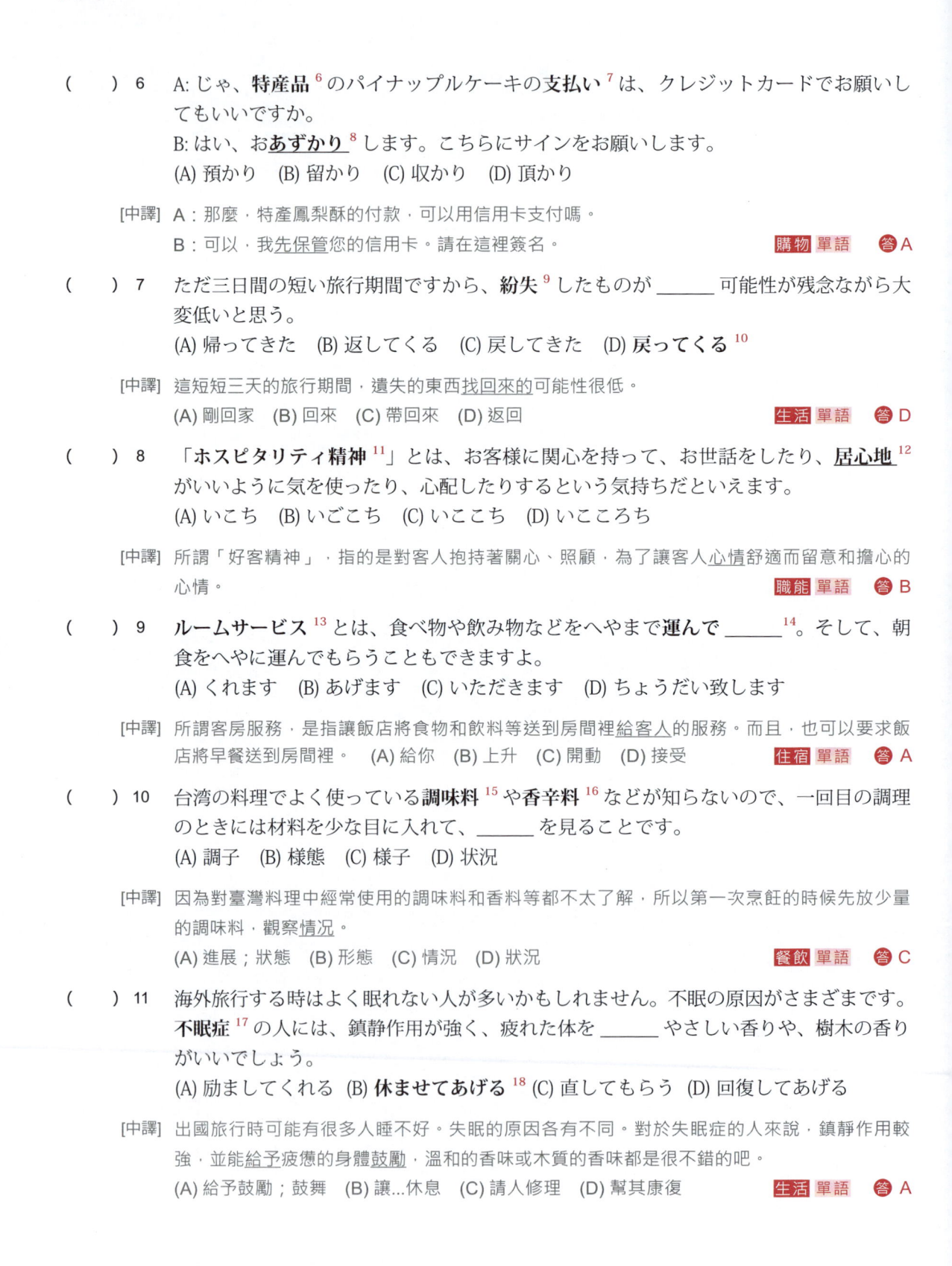

( ) 6　A：じゃ、**特産品**⁶のパイナップルケーキの**支払い**⁷は、クレジットカードでお願いしてもいいですか。
　　　B：はい、お**あずかり**⁸します。こちらにサインをお願いします。
　　　(A) 預かり　(B) 留かり　(C) 収かり　(D) 頂かり

　　[中譯]　A：那麼，特產鳳梨酥的付款，可以用信用卡支付嗎。
　　　　　　B：可以，我先保管您的信用卡。請在這裡簽名。　　購物 單語　答 A

( ) 7　ただ三日間の短い旅行期間ですから、**紛失**⁹したものが _____ 可能性が残念ながら大変低いと思う。
　　　(A) 帰ってきた　(B) 返してくる　(C) 戻してきた　(D) **戻ってくる**¹⁰

　　[中譯]　這短短三天的旅行期間，遺失的東西找回來的可能性很低。
　　　　　　(A) 剛回家　(B) 回來　(C) 帶回來　(D) 返回　　生活 單語　答 D

( ) 8　「ホスピタリティ精神¹¹」とは、お客様に関心を持って、お世話をしたり、**居心地**¹² がいいように気を使ったり、心配したりするという気持ちだといえます。
　　　(A) いこち　(B) いごこち　(C) いこうち　(D) いこころち

　　[中譯]　所謂「好客精神」，指的是對客人抱持著關心、照顧，為了讓客人心情舒適而留意和擔心的心情。　　職能 單語　答 B

( ) 9　ルームサービス¹³ とは、食べ物や飲み物などをへやまで**運んで** _____¹⁴。そして、朝食をへやに運んでもらうこともできますよ。
　　　(A) くれます　(B) あげます　(C) いただきます　(D) ちょうだい致します

　　[中譯]　所謂客房服務，是指讓飯店將食物和飲料等送到房間裡給客人的服務。而且，也可以要求飯店將早餐送到房間裡。　(A) 給你　(B) 上升　(C) 開動　(D) 接受　　住宿 單語　答 A

( ) 10　台湾の料理でよく使っている**調味料**¹⁵や**香辛料**¹⁶などが知らないので、一回目の調理のときには材料を少な目に入れて、_____ を見ることです。
　　　(A) 調子　(B) 様態　(C) 様子　(D) 状況

　　[中譯]　因為對臺灣料理中經常使用的調味料和香料等都不太了解，所以第一次烹飪的時候先放少量的調味料，觀察情況。
　　　　　　(A) 進展；狀態　(B) 形態　(C) 情況　(D) 狀況　　餐飲 單語　答 C

( ) 11　海外旅行する時はよく眠れない人が多いかもしれません。不眠の原因がさまざまです。**不眠症**¹⁷の人には、鎮静作用が強く、疲れた体を _____ やさしい香りや、樹木の香りがいいでしょう。
　　　(A) 励ましてくれる　(B) **休ませてあげ**¹⁸　(C) 直してもらう　(D) 回復してあげる

　　[中譯]　出國旅行時可能有很多人睡不好。失眠的原因各有不同。對於失眠症的人來說，鎮靜作用較強，並能給予疲憊的身體鼓勵，溫和的香味或木質的香味都是很不錯的吧。
　　　　　　(A) 給予鼓勵；鼓舞　(B) 讓...休息　(C) 請人修理　(D) 幫其康復　　生活 單語　答 A

( ) 12 大変申し訳ございません。担当の高橋課長はただいま席を ＿＿＿ おります。ご**伝言**[19]はございますか。
(A) 外して　(B) 離れて　(C) 降りて　(D) 立って

[中譯] 非常抱歉。負責人高橋課長不久前剛離開位子。您需要留言嗎？
(A) 離開　(B) 離...很遠　(C) 下車　(D) 站立
生活 單語 答 A

( ) 13 台湾にはおいしい特産品がたくさんあるので、日本に持って帰れないのが**残念**[20]です。わたしは日本から遊びに来てくれた友達には、たくさん ＿＿＿ ことにしています。
(A) ごちそうになる　　　　(B) **ごちそうする**[21]
(C) ごちそうしてくれる　　(D) ごちそうしてもらう

[中譯] 臺灣有很多好吃的特產，可惜不能帶回日本。我會招待從日本來玩的朋友吃很多好吃的。
(A) 被朋友招待吃東西　(B) 招待朋友吃東西
(C) 給朋友請吃東西　　(D) 得到他的請客
餐飲 文法 答 B

( ) 14 一般的にいえば、日本以外の多くの国では、お礼のことばは一回きりで ＿＿＿ 場合が多いようです。
(A) **済む**[22]　(B) 済ます　(C) 止める　(D) 収める

[中譯] 一般來說，在日本以外的多數國家，道謝的話大多只說一次就結束。
(A) 結束　(B) 做完　(C) 停下　(D) 收下
民俗 單語 答 A

( ) 15 値段の交渉も買い物の楽しいところではないでしょうか。台湾では夜店はもちろん、いろいろなお店で ＿＿＿ ことができますよ。
(A) 売ってもらう　(B) **負けてもらう**[23]　(C) 下がってもらう　(D) 送ってもらう

[中譯] 討價還價也是購物的樂趣所在吧。在臺灣的夜市自不必說，在其他各式各樣的店家也都可以要求降價。
(A) 得到買賣　(B) 要求降價　(C) 受到下降　(D) 送過來
購物 單語 答 B

( ) 16 当店の**自慢**[24]は、何といっても家庭では手に入らないような新鮮で珍しい材料を**扱って**[25]いることです。
(A) あわかって　(B) あずかって　(C) あつかって　(D) とりかって

[中譯] 本店引以為豪的是，採用新鮮珍貴的食材為一般家庭不管怎麼樣都買不到的。
(A) 無此用法　(B) 保管　(C) 採用　(D) 無此用法
餐飲 單語 答 C

( ) 17 台北市の中心から車で一時間以内の近い郊外に大きいゴルフ場がいくつもあります。日本より料金がずっと安くて、非常に魅力的な条件が ＿＿＿ よ。
(A) ついてあります　(B) つけています　(C) **そろっています**[26]　(D) もっています

[中譯] 從臺北市中心開車1個小時內的郊外就有好幾個大的高爾夫球場。價格比日本便宜很多，還具備許多非常有魅力的條件。
(A) 附著　(B) 穿著　(C) 具備　(D) 擁有
景物 單語 答 C

( ) 18 賞味期限が過ぎると、急速に品質が**劣化**[27]＿＿＿。食べてしまった場合、お腹をこわしたり、食中毒＿＿＿危険性もあります。十分注意しながら早い時期に食べてください。
(A) を始めます／が起きる　　　　(B) が始まります／を起こす[28]
(C) が始めます／を生じる　　　　(D) が始まります／を引く

[中譯] 過了保鮮期限，品質就會開始急速惡化。如果吃下肚子，有可能會吃壞肚子、引起食物中毒的風險。請充分注意，儘早食用。
(A) 要開始／起身　　　　(B) 就會開始／引起
(C) 要開始／發生　　　　(D) 就會開始／引導　　　餐飲 文法 答 B

( ) 19 桃園国際空港の税関で**免税範囲**[29]を再確認する必要があります。お酒は日本への持ち込みが認められるのは三本までで、残りの五本には**関税**[30]＿＿＿。
(A) がついてしまいます　　　　(B) をつけています
(C) をかけています　　　　　　(D) がかかってしまいます

[中譯] 請務必在桃園國際機場的海關再次確認免稅範圍。允許帶到日本的酒限制三瓶，剩下的五瓶須**課徵**關稅。
(A) 連接　　　　(B) 附加
(C) 實行　　　　(D) 課徵　　　機場 文法 答 D

( ) 20 今晩泊まる予定になる阿里山の民宿は狭いですから、大きな荷物を置いておく場所が＿＿＿ありません[31]。
(A) とても　(B) どうしても　(C) なかなか　(D) いくつも

[中譯] 今晚預定住宿的阿里山民宿很小，所以很難有放大件行李的地方。
(A) 非常的　(B) 一定　(C) 很難　(D) 一些　　　住宿 單語 答 C

( ) 21 近年地球の気温が高まり、いたるところで自然や生活環境に悪影響が生じている。この問題を解決するために、全世界の国々が＿＿＿。
(A) 真剣に取り組むかもしれない　　(B) 真面目に取り合せている
(C) **真剣**[32]に取り組みをはじめている　(D) 真面目に取り合わせなければならない

[中譯] 近年來地球氣溫上升，到處都對自然和生活環境產生惡劣影響。為了解決這個問題，世界各國都開始認真面對問題。
(A) 可能認真對待此事　　　(B) 都在認真配合
(C) 都開始認真對待此事　　(D) 必須認真配合　　　生活 文法 答 C

( ) 22 日本NHKの気象情報によれば、台風12号は＿＿＿あさって未明には上陸するものと思われる。
(A) だいたい　(B) **おそらく**[33]　(C) もしかして　(D) そろそろ

[中譯] 根據日本NHK的氣象預報，第12號颱風可能在後天清晨登陸。
(A) 大致上　(B) 可能　(C) 說不定　(D) 逐漸　　　生活 單語 答 B

( ) 23 台北郊外にある"淡水"という港町は、**見所**[34]がいっぱいで、夜も昼も楽しめる**観光スポット**[35]です。川沿いに**おしゃれな**[36]カフェも多く、**散策**[37]しても、一休みしても楽しいので、一日 _____ じっくり回るのもいいかもしれません。
(A) を通して　(B) をかけて　(C) を使って　(D) をかかって

[中譯] 位於臺北近郊一個稱作"淡水"的港口，有很多值得一看的地方，是一個夜晚和白天都能盡興的觀光景點。沿著河岸有很多時尚的咖啡廳，無論是散步還是坐下休息都很愉快，值得用上一整天時間慢慢品味。
(A) 透過　(B) 用　(C) 使用　(D) 花費

景物　單語　答 B

( ) 24 今晩へやを**予約**[38]したお客さんが来るまえに、ビールを買って冷蔵庫で____ ください。
(A) **冷やしておいて**[39]　　　　(B) 冷えておいて
(C) 冷たくておいて　　　　　　(D) 冷え込んでおいて

[中譯] 在今晚預約房間的客人來之前，請買啤酒放入冰箱裡冷藏。

解 文法30 易混淆動詞　住宿　文法　答 A

( ) 25 今回高雄観光ツアーのガイドさんは自分のことは棚に上げて、人のことばかり**文句**[40]を言っています。
(A) 気にしているということ　　(B) 気を使っていないということ
(C) 大切にしているということ　(D) 無視しているということ

[中譯] 這次高雄觀光旅遊的導遊一概不提自己的過錯，只會抱怨別人。
(A) 非常在意　　　　　　(B) 沒有注意到這點
(C) 珍惜這件事　　　　　(D) 無視

職能　慣用　答 D

( ) 26 値段がちょっと高いけど、このような独特な料理だったら、_____ よね。景色もきれいだし、店員のサービスもよかったし。
(A) 期待できる　(B) 理解できる　(C) **納得できる**[41]　(D) 買得できる

[中譯] 雖然價格有點貴，但如果是這樣獨特的料理，還可以接受。景色也很美、店員的服務也很好。
(A) 可以期待　(B) 能理解　(C) 可以接受　(D) 可以買到

餐飲　單語　答 C

( ) 27 田中社長さんは新幹線の中で観光客が携帯電話で大きな声で話すことについて腹が立っているんですよ。
(A) 叱っているん　(B) 困っているん　(C) 怒っているん　(D) 悩んでいるん

[中譯] 田中社長對於在新幹線上的觀光客用手機大聲說話的事很生氣。
(A) 責備　(B) 為難　(C) 生氣　(D) 煩惱

生活　慣用　答 C

( ) 28 木村さんは _____ ような**苦労**[42]をして、**先月**[43]やっと台湾の陽明山にある庭園別荘のロン[44]を返済しました。
(A) 涙が出る　(B) 汗が出る　(C) 血が出る　(D) 血を出る

[中譯] 木村先生費了一番心血，終於在上個月把坐落於臺灣陽明山的一座花園別墅的貸款還清了。
(A) 流淚　(B) 流汗　(C) 心血　(D) 無此用法

生活　慣用　答 C

(　　) 29 おじいちゃんはけさ昔の友達とおしゃべりをしていたら、北投温泉への出発時間の約束を＿＿＿忘れてしまいました。
(A) こっそり　(B) まったく　(C) さっぱり　(D) **すっかり** [45]

[中譯] 今天早上，爺爺和老朋友聊天聊得太開心，把前往北投溫泉出發時間的約定<u>完全地</u>忘記。
(A) 悄悄地　(B) 實在是　(C) 清爽的　(D) 完全地　　生活 單語　答 D

(　　) 30 これらの統計数字を見ると、長い日本列島を南から北へ、北から南へ、季節がゆっくり＿＿＿様子がわかります。
(A) 変えている　(B) 変えていく　(C) 移っている　(D) **移っていく** [46]

[中譯] 從這些統計數字來看，在狹長的日本列島從南到北、北到南，隨著季節慢慢地<u>轉換</u>景色。　(A) 正在改變　(B) 改變　(C) 正在轉移　(D) 轉移　　景物 文法　答 D

(　　) 31 墾丁海域では、毎年この季節になると、海や川での事故が多くなります。**お子様連れ**[47]のお父さん、お母さんはお子様から＿＿＿十分注意してください。
(A) 目を付けないように
(B) 目を**離さ**[48]ないように
(C) 目と通さないように
(D) 目を避けないように

[中譯] 在墾丁海域一帶，每年一到這個季節，在海邊和河川容易發生事故。帶著孩子出遊的爸爸媽媽們請注意<u>不要讓孩子離開視線範圍</u>。
(A) 不要被孩子盯上
(B) 不要把目光從孩子身上移開
(C) 無此用法
(D) 不要躲避孩子的目光　　生活 單語　答 B

(　　) 32 この夏、**熱中症**[49]で倒れる人が多いです。よく水を飲むようにしたり、疲れたら、直接＿＿＿ところで休んだりするだけでも予防できるんですよ。
(A) 日が見えない　(B) 日が出ない　(C) 日が**当たら**[50]ない　(D) 日を当てない

[中譯] 這個夏天，因為中暑而倒下的人很多。要儘可能經常喝水，累了的話，直接<u>在陽光照射不到</u>的地方休息也可以預防哦。
(A) 看不見太陽　(B) 太陽不出來　(C) 陽光照射不到　(D) 不曬太陽　　生活 單語　答 C

(　　) 33 鈴木様宛に日本の札幌からのお荷物が届いておりますので、早めにお**受け取り**[51]に**お越しください**[52]。
(A) 帰ってください　(B) 行ってください　(C) 渡してください　(D) 来てください

[中譯] 從日本札幌寄來給鈴木先生的包裹已經收到了，請儘快<u>過來</u>領取。
(A) 請回去　(B) 請去　(C) 請交給我　(D) 請過來　　生活 單語　答 D

(　　) 34 ご来場、まことにありがとうございました。ご入場の方は南側の入り口で入場券を**お求めください**[53]。
(A) 出してください　(B) 見せてください　(C) もらってください　(D) 買ってください

[中譯] 非常感謝您的光臨。入場的客人請在南側的入口購買入場券。
(A) 請拿出來　(B) 請給我看一下　(C) 請收下　(D) 請購買　　購物 單語　答 D

( ) 35 みなさん、あしたの午前中風が非常に強くなると予想されておりまして、先ほど船が出せないと連絡がありました。大変申し訳ございませんが、代わりに歴史博物館を_____。
(A) ご用意[54]致します (B) ご応援致します (C) ご返事致します (D) ご追加致します

[中譯] 各位貴賓，預報顯示明天上午風力會非常強勁，剛才接到通知船班將停駛。行程變更為參觀歷史博物館，造成不便之處敬請見諒。
(A) 為您準備 (B) 我支持您 (C) 回覆給您 (D) 追加給您

職能 單語 答 A

( ) 36 皆が並ぶ（　　　）、このレストランの料理は本当に美味しい。
(A) わけで (B) かぎりに (C) だけあって[55] (D) としても

[中譯] 不愧是排隊名店，這家餐廳的料理真美味。
(A) 因此 (B) 只要 (C) 不愧是 (D) 即使

餐飲 單語 答 C

( ) 37 けさ何度か木村社長さんのお宅にお伺いしたのですが、あいにくお留守[56]でした。
(A) うちにいました (B) うちにいませんでした
(C) うちに当番でした (D) うちに残りました

[中譯] 今天上午拜訪了木村社長的宅邸好幾次，不巧他都不在家。
(A) 在家裡 (B) 沒有在家
(C) 輪值在家 (D) 留在家裡

生活 單語 答 B

( ) 38 淡水見物[57]をしたいんですが、淡水を一日で回る _____ どうすればいいですか。
(A) を (B) にも (C) には (D) が

[中譯] 我想到淡水遊覽，如果要在淡水一日遊該如何安排呢？
(A) 讓 (B) 也 (C) 要 (D) 會

景物 文法 答 C

( ) 39 疲労回復 _____ 台湾式足つぼマッサージがお勧めです[58]。
(A) から (B) ので (C) では (D) とは

[中譯] 為了恢復疲勞，推薦台式腳底按摩。
(A) 因為 (B) 因為 (C) 為了 (D) 所謂

生活 文法 答 C

( ) 40 台南に _____ 、ぜひグルメ[59]を堪能[60]したり、台湾文化を体験したりしてください。
(A) いる一方で (B) いるおかげで (C) いるうちに (D) いるながら

[中譯] 住臺南的時候，請一定要品嚐在地美食、體驗臺灣文化。
(A) 一方面 (B) 多虧有 (C) 住在...的時候 (D) 雖然在

景物 單語 答 C

( ) 41 彼女はやっとガイド試験に合格できた。苦労して頑張った _____ 、喜びもまた人一杯大きかった。
(A) だけに (B) あげく (C) のに (D) すえに

[中譯] 她終於通過了導遊考試。正因為經過辛苦努力的過程，所以感受到莫大的成功喜悅。
(A) 正因為 (B) 結果 (C) 明明...卻 (D) 經過...之後

職能 文法 答 A

( ) 42 私たちが乗ったMRTが動物園に到着した _____、雨が降ってきた。
　　　　(A) ただちに　(B) **とたん**⁶¹　(C) しばらく　(D) すぐ

　　[中譯] 我們搭乘的MRT剛一到動物園，就下起雨來了。
　　　　(A) 立即的　(B) 剛一...就　(C) 一陣子後　(D) 馬上去　　　景物 單語　答 B

( ) 43 飲み物 _____、有名なタピオカミルクティーは飲まないといけません。
　　　　(A) とすると　(B) とはいえ　(C) といえども　(D) **といえば**⁶²

　　[中譯] 提到飲料，就一定要喝有名的珍珠奶茶。
　　　　(A) 然後　(B) 雖然　(C) 但　(D) 提到　　　餐飲 單語　答 D

( ) 44 九份は昔 _____ 町並みを保っている。
　　　　(A) と一緒に　(B) と同じな　(C) のままに　(D) ながらの

　　[中譯] 九份保存著在昔日狀態下一樣的街道風情。
　　　　(A) 與...一起　(B) 與...一樣的　(C) 秉持著　(D) 在...狀態下　　　景物 單語　答 D

( ) 45 旅行に行く _____ 行かない _____ 早く決めた方がいいと思うよ。
　　　　(A) にしろ、にしろ　(B) なら、なら　(C) たり、たり　(D) にしよ、にしよ

　　[中譯] 不管是要去旅行還是不去，我覺得早點決定比較好。
　　　　(A) 不管...還是　(B) 要是...的話　(C) 又...又　(D) 無此用法　　　生活 文法　答 A

( ) 46 残念ですが、時間がかかりそうなので、喫茶店には _____ ことにしましょう。
　　　　(A) 寄ろう　(B) 寄らされる　(C) **寄らない**⁶³　(D) 寄れない

　　[中譯] 很遺憾，因為看起來似乎需要等上一段時間，所以就不進咖啡店了吧。
　　　　(A) 靠近吧　(B) 靠近　(C) 不進去　(D) 靠不住　　🔴解 文法30 易混淆動詞　餐飲 文法　答 C

( ) 47 故宮博物館は、古い中国の宝物めぐりが存分に見学できますので、外国人観光客は _____ たがっているでしょう。
　　　　(A) 行か　(B) 行き　(C) 行っ　(D) 行く

　　[中譯] 故宮博物院可以盡情參觀自古以來的中國寶物，所以外國遊客都會想去吧。
　　　　　　　　🔴解 文法30 易混淆動詞　景物 文法　答 B

( ) 48 10年前、この辺はほとんど田んぼだった _____。
　　　　(A) そうです　(B) からです　(C) のようでした　(D) そうかもしれません

　　[中譯] 10年前，聽說這一帶幾乎都是水田。
　　　　(A) 聽說　(B) 從...開始　(C) 好像是　(D) 或許是這樣　　　景物 單語　答 A

( ) 49 彼は元気 _____ 観光ツアーを楽しんできたのに、急に熱が出た。
　　　　(A) らしい　(B) らしく　(C) そうに　(D) ように

　　[中譯] 他看起來很有精神地享受觀光旅行，但卻突然發燒了。
　　　　(A) 似乎　(B) 有...的樣子　(C) 看起來　(D) 為了...　　　生活 單語　答 C

( ) 50 帰国 _____ バイト先に行って挨拶をしてください。
(A) によって　(B) を通して　(C) に関して　(D) **に際して**⁶⁴

[中譯] 當你要回國的時候，請向打工的地方打聲招呼。
(A) 依...不同　(B) 透過　(C) 關於　(D) 當...的時候　　　生活 單語　答 D

( ) 51 暖房中は窓をしめ _____ こと。
(A) **ておく**⁶⁵　(B) てある　(C) ている　(D) てくれ

[中譯] 開暖氣時要把窗戶先關好。
(A) 先關好　(B) 有人已經關好　(C) 已關好　(D) 給你關好　　　生活 單語　答 A

( ) 52 台湾では、このような**申告書類**⁶⁶は印鑑がなくてもさしつかえありません。どうぞ、ご安心ください。
(A) なくてもかまいません　　　(B) なければいけません
(C) ないと問題になりません　　(D) あれば困りません

[中譯] 在臺灣，像這樣的申請文件沒有印章也無妨。請放心。
(A) 沒有也沒關係　　(B) 必須
(C) 沒有的話就沒問題　(D) 如果有的話就沒問題　　　生活 慣用　答 A

( ) 53 A:この**携帯電話**⁶⁷の説明書、わたしはわかりにくくて。ちょっと教えてもらえませんか。
B:そうですか。教えてあげたいですが、いま _____ 。
(A) 手を焼いているのよ　　(B) 手が抜いているのよ
(C) 手が離せないのよ　　　(D) 腕を磨いているのよ

[中譯] A：這個手機的說明書，我不太清楚。可以解釋給我聽嗎。
B：是嗎。我很樂意教你，可是現在騰不出手。
(A) 很難應付　(B) 敷衍偷懶　(C) 騰不出手　(D) 提高技術　　　生活 慣用　答 C

( ) 54 台湾人だからって、正確な台湾語を話せるとは _____ ⁶⁸。
(A) 限った　(B) 限らない　(C) 限ります　(D) 限り

[中譯] 雖說是臺灣人，也不一定能說出正確的台語。
(A) 只有　(B) 不一定　(C) 只限於　(D) 有限　　　生活 文法　答 B

( ) 55 道に迷った日本人の観光客に「士林夜市へ行きたいんですが」と言われたら、あなたは**教えて** _____ ます⁶⁹か。
(A) ください　(B) あげ　(C) もらい　(D) くれ

[中譯] 如果不認識路的日本觀光客對你說「請問士林夜市要怎麼走呢」，你會給予協助嗎？
(A) 請求　(B) 給予　(C) 從...那裡得到　(D) 別人給我　　　生活 文法　答 B

( ) 56 法律 _____ 未成年者の運転は、禁じられています。
(A) にとって　(B) にとして　(C) によって　(D) について

[中譯] 根據法律規定,未成年人禁止開車。
(A) 對於...而言 (B) 無此用法 (C) 根據 (D) 關於

生活 文法 答 C

( ) 57 親友に _____ 帽子を落としてしまい、もう気が気でない。
(A) あげた (B) **もらった**[70] (C) 承った (D) 賜った

[中譯] 我把朋友給我的帽子弄丟了,令我坐立難安。
(A) 給別人 (B) 給我的 (C) 得知了 (D) 已收下

生活 單語 答 B

( ) 58 こんなに仕事が忙しくては、国内旅行 _____ できない。
(A) せずには (B) したら (C) せんと (D) しようにも

[中譯] 工作這麼忙,即使想在國內旅行也無法成行。
(A) 一定 (B) 如果做了 (C) 做 (D) 即使...也

生活 單語 答 D

( ) 59 A:「今度の土曜日は、何をしますか」
B:「そうですね。友達と皇居でお花見をしようと _____ 。」
(A) します (B) **思って**[71] います (C) 考えます (D) つもりです

[中譯] A:「這個星期六你要做什麼?」 B:「喔!我正想著是否要和朋友去皇宮賞花。」
(A) 做 (B) 想要 (C) 計畫 (D) 打算

生活 單語 答 B

( ) 60 先生なら、今朝5時の飛行機に乗ったから、もう着いている _____ だ。
(A) わけ (B) べき (C) はず (D) もの

[中譯] 老師搭乘今天上午5點的飛機,推測應該已經到了。
(A) 理由 (B) 就應該 (C) 推測應該 (D) 本來就

交通 文法 答 C

( ) 61 新しい機能つきの便利なスマホ[72]も、電池がきれてしまえば _____ 。
(A) それだけだ (B) それほどだ (C) それまでだ (D) それきりだ

[中譯] 即使是具備最新功能的便利智慧型手機,如果沒電也就沒用處了。
(A) 只有那些 (B) 那樣的程度 (C) 也就沒用處了 (D) 以那樣為限

生活 單語 答 C

( ) 62 台湾の「烏龍麵」は日本で言えば「うどん」_____ もんだね。
(A) ような (B) ようの (C) みたいな (D) みたい

[中譯] 臺灣的「烏龍麵」就像是日本的「うどん」了。
(A) 像...一樣 (B) 無此用法 (C) 就像是 (D) 像...一樣

餐飲 單語 答 C

( ) 63 地元の人にも難しい山登り路線、外国人観光客にとってはいう _____ 。
(A) かぎりではない (B) にこしたことはない (C) ことはない (D) までもない

[中譯] 對當地人而言也很難走的登山路線,對於外國觀光客就更不用說了。
(A) 不在此限 (B) 以...為好 (C) 沒有比...更...的事 (D) 不用說了

生活 慣用 答 D

( ) 64 こんなレストランなんか二度と _____ 。
(A) 来るもんですか　　　　　　(B) 来るはずなんです
(C) 来たことがあるんですか　　(D) 来たいんですか

[中譯] 這樣的餐廳絕對不會再來第二次。
(A) 絕對不會再來　　　　(B) 照理說應該再來
(C) 曾經來過嗎　　　　　(D) 難道想來嗎 　餐飲 文法　答 A

( ) 65 王さんは日本に 20 年も住んでいたのだから、日本語が**上手な**[73] _____ 。
(A) きらいがある　(B) わけにもいかない　(C) はずがない　(D) **わけだ**[74]

[中譯] 王先生在日本住了 20 多年，難怪日語這麼好。
(A) 有...的傾向　(B) 也不能說　(C) 不可能　(D) 難怪　生活 單語　答 D

( ) 66 気分が _____ ですね。ちょっと休憩した方がいいですよ。
(A) 悪そう　(B) 悪よう　(C) 悪みたい　(D) 悪らしい

[中譯] 你看起來很不舒服。最好休息一下。　解 文法30 易混淆動詞　生活 單語　答 A
(A) 不舒服　(B) 壞事　(C) 好像是壞事的樣子　(D) 似乎很不好

( ) 67 大稻埕には**レトロな**[75] **駄菓子店**[76] やカフェなどがあり、まるで時が止まった _____ 錯覚におちいる。
(A) かのような　(B) とのような　(C) かいう　(D) という

[中譯] 大稻埕裡有復古的雜貨店和咖啡店等，讓人簡直就像時間停止了一樣的錯覺。
(A) 就好像...一樣　(B) 像是　(C) 無此用法　(D) 怎麼說　景物 文法　答 A

( ) 68 台中に _____ すぐ帰りのチケットを買ってください。
(A) つく場合　(B) ついたら　(C) つくと　(D) つくとき

[中譯] 到臺中時請馬上買回程的票。
(A) 談到　(B) 到了...的時候　(C) 當...得到　(D) 當你上車　購物 文法　答 B

( ) 69 私はコーヒーにミルクと砂糖を入れ _____ 飲む。
(A) なくて　(B) ないて　(C) ないで　(D) なく

[中譯] 我享用咖啡時沒有加牛奶和糖就喝了。
(A) 沒有...而　(B) 無此用法　(C) 沒有...就　(D) 不用　餐飲 文法　答 C

( ) 70 夕べ夜店でおいしいとは _____ パイナップルジュースを飲んだ。
(A) **言いがたい**[77]　(B) 言わがたい　(C) 言いかたい　(D) 言わかたい

[中譯] 昨晚在夜市喝了很難說是好喝的鳳梨汁。　餐飲 文法　答 A

閱讀測驗一

以下の文を読んで、適当な答えをそれぞれ一つ選んでください。

「旅について」

テレビの人気番組の一つに世界のいろいろなところから、その土地の自然や、人間、**生活習慣**[78]などを紹介するものがあります。私たちはうちにいながらにして、世界を旅行した＿＿＿＿（71）になることができます。そのようなテレビ番組がよく見られるのは、毎日同じことが繰り返される日常生活の中で、＿＿＿＿（72－A）テレビででも知らないもの＿＿＿＿（72－B）**出会い**[79]たいという**願い**[80]からでしょうか。

テレビで見たいものを何でも＿＿＿＿（73）のだから、実際に旅に出る人が少なくなってしまうかというと、そうではなく、それどころか最近旅行者は増える一方なのです。テレビの旅には実際の旅で**体験できる**[81]**素晴らしい**[82]出会いも別れもありません。顔＿＿＿＿（74－A）風の**気持ちよさ**[83]、人の心の暖かさ、また一人でいることの寂しさ、怖さ、そういうものは画面＿＿＿＿（74－B）体験することはできません。自分で**出掛けていく**[84]のでなければ、それは決して旅とはいえません。人は本当の出会いを求めて、旅に出るのです。

以下文章閱讀後，選出最適當的一個答案。

「關於旅行」

某個電視人氣節目是介紹世界各地的自然、人類、生活習慣等內容。我們光是待在家裡，就能有到世界各地旅行<u>的感覺</u>。經常收看這樣的電視節目，應該是心中懷著希望能在每天不斷重複相同生活步調的日常生活中，<u>至少能從電視節目中獲知新訊息</u>的願望。

因為在電視上<u>能</u>看到任何想看的事物，所以實際外出旅行的人變少了嗎？其實不盡然，相反的，最近出門旅行的人越來越多了。從電視的旅行節目中，既無法體驗到的實際旅行中美好的邂逅，也不能感受離別的寂寥。風吹拂在臉<u>上</u>的美好感覺，對人情溫暖的感受，還有當一個人獨處時的寂寞感、不安感等等，這些都是無法<u>通</u>過電視畫面體驗到的。如果不是自己親自出門體驗的話，那就絕對不能稱作為旅行。人是為了尋求真正的邂逅而踏上旅途的。

( ) 71 私たちはうちにいながらにして、世界を旅行した＿＿＿＿になる[85]ことができます。
　　　　(A) 気分　(B) 雰囲気　(C) 都合　(D) 調子

[中譯] 我們光是待在家裡，就能有到世界各地旅行的感覺。
　　　　(A) 心裡上感覺　(B) 周圍氣氛　(C) 合適　(D) 狀態　　　　　　　　　　　　　答 A

( ) 72 そのようなテレビ番組がよく見られるのは、毎日同じことが繰り返される日常生活の中で、＿＿＿テレビででも知らないもの＿＿＿＿出会いたいという願いからでしょうか。
　　　　(A) せめて[86]／に　　　　　　(B) すくなくとも／を
　　　　(C) あいかわらず／に　　　　(D) それにしても／と

[中譯] 經常收看這樣的電視節目，應該是心中懷著希望能在每天不斷重複相同生活步調的日常生活中，<u>至少能</u>從電視中獲知新訊息的願望。　　　　　　　　　　　　　　　　　答 A

( ) 73 テレビで見たいものを何でも _____ のだから、…………
(A) 見てもらう　(B) **見せてくれる** [87]　(C) 見せてあげる　(D) 見せていただく

[中譯] 因為在電視上<u>能看到</u>任何想看的事物，……
(A) 讓我看見　(B) 能看到　(C) 給別人看　(D) 讓我看看　　　答 B

( ) 74 顔 _____ 風の気持ちよさ、人の心の暖かさ、また一人でいることの**寂しさ**[88]、怖さ、そういうものは画面 _____ **体験**[89] することはできません。
(A) に吹く／を使って　　　(B) に当たる／を通して
(C) を当てる／に接して　　(D) を迎える／に向けて

[中譯] <u>風吹拂在臉上</u>的美好感覺、對人情溫暖的感受、還有當一個人獨處時的寂寞感、不安感等等，這些都是無法<u>通過</u>電視畫面體驗到的。　　　答 B

( ) 75 この文章に書かれている内容によれば、最近実際に旅に出る人がどうなっているでしょうか。
(A) 旅に出る人が何となく少なくなってしまう
(B) 旅に出る人があいかわらず増え続いている
(C) 旅に出る人がだんだん消えてしまう
(D) 旅に出る人が少しずつ減っていく

[中譯] 根據這篇文章所寫的內容，最近實際去旅行的人是怎麼樣的呢？
(A) 外出旅行的人總覺得少了　(B) 外出旅行的人仍然在增加中
(C) 外出旅行的人漸漸消失了　(D) 外出旅行的人一點一點地減少　答 B

閱讀測驗二

以下の文を読んで、適当な答えをそれぞれ一つ選んでください。

　　和歌山県白浜町の動物公園、**アドベンチャーワールド**[90] はこれまでに 16 頭のジャイ**アントパンダ**[91] を誕生させ、**世界トップクラス**[92] の繁殖実績を _____（76）。これまでに 9 頭の子どもを生んできたメスの良浜は 20 歳で、人間で例えると 60 歳になります。今回もパートナーの永明との交配に成功し、赤ちゃんの誕生が期待されていました。

　　そんな中、**新型コロナウイルス**[93] の影響がパンダの出産 _____（77）。日本と中国との渡航が制限され、これまで中国・成都にあるパンダの繁殖研究施設から駆けつけていた研究員が来日できなくなりました。パンダの赤ちゃんは体長 15 センチほどの小さな体で生まれるため、飼育下でも死亡率が高く、特に生まれてから 1 週間は「魔の 1 週間」と呼ばれています。そのため、生まれた赤ちゃんを一度、母親から取り上げて**健康状態**[94] を見る必要がありますが産後の母親は<u>気が立っていること</u>（78）があるため、**危険**[95] を伴う取り上げは経験豊富な中国人研究員が行ってきました。

　　「中国人研究員を頼りにしてきた部分がすごくあるので不安だらけです」。頼りになる中国人研究員がいない中、今回は初めて日本人スタッフだけで出産と子育てに臨むことになりました。これまで中国人研究員 _____（79）取り上げの作業を自分たちでもできる

ようにと実物の大きさに近いぬいぐるみを使って本番をイメージしながら練習をします。母親に皿に塗った**好物**[96]のハチミツを与えて、気をそらした隙に（80）赤ちゃんを取り上げる作戦です。失敗ができないため、スタッフたちは入念に手順を確認していました。

「良浜が破水した」という連絡を受け、私たちはパンダ舎に**駆けつけました**[97]。しかし、なかなか生まれず一時はどうなることかと思いましたが、赤ちゃんが無事生まれたとの一報を受け、胸をなで下ろしました。

（NHK ニュース WEB 特集「コロナ禍パンダの赤ちゃん誕生物語」節録 2021 年 1 月 4 日 17 時 07 分）

以下文章閱讀後，選出最適當的一個答案。

　　和歌山縣白濱町的動物公園，冒險大世界迄今為止誕生了 16 隻大熊貓，以其繁殖實績為世界第一而自豪。至今已經生了 9 個孩子的 20 歲母熊貓良濱，以人類年齡來推算的話是 60 歲。此次和搭檔永明已經成功交配，正期待著寶寶的誕生。

　　其間，新冠肺炎病毒的疫情也波及到了熊貓的繁殖。日本和中國之間的出入國受到限制，以往從中國成都的大熊貓繁育研究機構來協助的研究員無法來日。熊貓寶寶出生時只是個 15 公分左右的小個體，所以即使在人工飼養下死亡率也很高，特別是出生後的一星期被稱為「魔鬼的一週」。因此，必須暫時從母熊貓身邊抱走新生熊貓隨時觀察其健康狀態，但是產後的母貓熊有時會有情緒不穩的情形，所以從母熊貓身邊抱走小熊貓，此伴隨危險性的工作是交由經驗豐富的中國研究員來進行。

　　「對於只能依賴中國研究員的部分，感到非常不安」。在沒有中國研究員的協助情況下，這次是第一次面臨只有日本工作人員處理接生及飼育新生熊貓的問題。園方為了也能自行處理截至目前為止完全委託給中國研究員進行的熊貓母子隔離作業，使用了與實物大小相近的玩偶，一邊想像著實際狀況一邊進行模擬演練。其做法是給母熊貓一個塗滿地喜好的蜂蜜的盤子，趁其轉移注意力的空檔將新生熊貓抱走的作戰策略。因為不容許失敗，所以工作人員們很仔細地逐一確認了操作程序。

　　接到「良濱羊水破了」的通知後，我們緊急的趕到了熊貓館。但是，生產過程並不順利，正在一籌莫展時，收到了小熊貓平安出生的消息，大家都鬆了一口氣。

（NHK 新聞網特集「新冠肺炎疫情下的熊貓寶寶誕生物語」節錄 2021 年 1 月 4 日 17 點 07 分）

(　) 76　これまでに 16 頭のジャイアントパンダを誕生させ、世界トップクラスの繁殖実績を＿＿＿＿。
　　　　(A) **誇っています**[98]　(B) 生じています　(C) 起っています　(D) 取り上げています

　　　[中譯] 迄今為止誕生了 16 隻大熊貓，以其繁殖實績為世界第一而自豪。
　　　　(A) 自豪的　(B) 正在發生　(C) 正在起床　(D) 正在拿起　　　　　　　　　答 A

(　) 77　そんな中、新型コロナウイルスの影響がパンダの出産＿＿＿＿。
　　　　(A) でも伸ばしました　　　　　(B) **にも及びました**[99]
　　　　(C) にも伸びました　　　　　　(D) でも及ぼしました

　　　[中譯] 期間，新冠病毒的疫情也波及到了貓熊的繁殖。
　　　　(A) 但是伸長了　　　　　　　　(B) 也波及到了
　　　　(C) 也伸長了　　　　　　　　　(D) 但是也帶來了　　　　　　　　　　　答 B

( ) 78 「産後の母親は気が立っていることがあるため、危険を伴う取り上げは経験豊富な中国人研究員が行ってきました。」この中で「気が立っている」と一番近い表現がどれでしょうか。
(A) 気が短くなっているという　　　(B) 息苦しくなっているという
(C) 機嫌が悪くなっているという　　(D) 体の具合がよくないという

[中譯]「產後的母熊貓有時會有情緒不穩的情形，所以從母熊貓身邊抱走小熊貓，此具危險性的工作是交由經驗豐富的中國研究員來進行。」這句話當中「情緒不穩」和哪種表現最接近？
(A) 說是性子急了　(B) 說是呼吸困難　(C) 據說心情變差了　(D) 說是身體不舒服　　答 C

( ) 79 これまで中国人研究員 _____ 取り上げの作業を自分たちでもできるようにと実物の大きさに近いぬいぐるみを使って本番をイメージしながら練習をします。
(A) に願っていた　(B) を頼んでいた　(C) を任せていた　(D) に任せていた

[中譯] 園方為了也能自行處理截至目前為止完全委託給中國研究員進行的熊貓母子隔離作業，使用了與實物大小相近的玩偶，一邊想像著實際情形一邊進行模擬演練。
(A) 一直祈求著　(B) 曾委託過　(C) 無此用法　(D) 交給...處理　　答 D

( ) 80 「母親に皿に塗った好物のハチミツを与えて、気をそらした隙に赤ちゃんを取り上げる作戦です。」この文で、「気をそらした隙に」というのは、何をさしていますか。
(A) 気を付けていないところ　　　(B) 気を失ってしまったとき
(C) 集中力が分散したところ　　　(D) 目線が移ったとき

[中譯]「給母貓熊一個塗滿牠喜好的蜂蜜的盤子，趁其轉移注意力的空檔將新生熊貓抱走的作戰策略。」在這句話當中，「轉移注意力的空檔」指的是什麼意思？
(A) 沒注意的地方　(B) 失去意識的時候　(C) 專注力分散的地方　(D) 視線轉移的時候　答 C

Chapter. 02 | 111年度導遊測驗題
熟悉考試題型、加強字彙,掌握出題方向

重要單語整理

編號	單字	詞性	中文
1	そろそろ	副詞	該要,即將
2	戻る	敬語	返回,回到;恢復
3	案内	敬語	帶領、引路、引導
4	これより	副詞	此刻開始;現在將從…
5	お越しいただく	敬語	敬請光臨
6	とおらせる	動詞	讓～通過
7	別途加算される	動詞	外加;另外加計
8	ご来光	名詞	日出
9	バラエティー	名詞	多樣性,變化
10	変わりつつある	動詞	逐漸改變
11	たびに	副詞	每次,每當…就
12	くれぐれも	副詞	反覆拜託,懇求
13	お間違えのないように	動詞	請不要弄錯
14	盛ん	名詞	盛行;繁榮
15	いかがですか	敬語	怎麼樣;想法如何
16	がんがん	副詞	猛烈地,拚命地;大聲作響
17	文芸思想	名詞	文藝思想
18	わたり	副詞	歷經,長達
19	路地裏	名詞	小巷子裡
20	防寒着	名詞	禦寒衣物
21	用意	動詞	準備,預備

編號	單字	詞性	中文
22	暖房設備（だんぼうせつび）	名詞	暖氣設備,暖爐
23	重ね着（かさぎ）	動詞	多穿幾件
24	パイナップルケーキ	名詞	鳳梨酥
25	定番（ていばん）	名詞	經典
26	民宿（みんしゅく）	名詞	民宿
27	～にしてみれば	動詞	對～來說,從～的立場來看
28	行き届く（いとどく）	動詞	細心,周到
29	レトロな	形容詞	復古的,懷舊的
30	魅力（みりょう）	名詞／する動詞	吸引；風靡
31	お気をつける（き）	名詞	務必小心、多加留意
32	グルメ	名詞	美食；美食家
33	勘能（たんのう）	名詞／する動詞	盡情享用；心滿意足
34	召し上がる（めあ）	敬語	品嚐(食べる/飲むの尊敬語)
35	へちま	名詞	絲瓜
36	さらに	副詞	更,更加
37	趣（おもむき）	名詞	旨趣；(據聞、聽說的)內容
38	法事（ほうじ）	名詞	佛教儀式
39	飾り（かざ）	名詞	裝飾品；擺設
40	関係なく（かんけい）	動詞	與～無關
41	少額税金還付（しょうがくぜいきんかんぷ）	名詞	小額退稅
42	ジューススタンド	名詞	果汁專賣店
43	トッピング	名詞	配料
44	加減（かげん）	名詞	增減,調整
45	カウンターサービス時間（じかん）	名詞	櫃台服務時間
46	予め（あらかじ）	名詞	事先
47	お問い合わせ（とあ）	名詞	洽詢,查詢

編號	單字	詞性	中文
48	コロナ蔓延(まんえん)	名詞	新冠病毒蔓延
49	水際対策(みずぎわたいさく)	名詞	入境檢疫措施
50	〜により	副詞	採取‧依據‧透過
51	小銭(こぜに)	名詞	零錢‧零用錢；少量資金
52	ただちに	副詞	立即‧即刻
53	見所(みどころ)	名詞	值得看的地方；精彩之處
54	好立地(こうりっち)	名詞	好地點
55	青空(あおぞら)カラオケ	名詞	露天卡拉OK
56	終(お)わる	動詞	終止、完畢、結束
57	蓄(たくわ)える	動詞	滋補；(物品、金錢)儲存
58	ひらひら	副詞	隨風飄舞‧擺動
59	屈指(くっし)	名詞	屈指可數‧為數不多
60	アメニティー	名詞	飯店客房的牙刷、香皂等一次性備品
61	散策(さんさく)	名詞	散步
62	わけではない	動詞	並非‧未必(部分否定)
63	なさる	敬語	想要(するの尊敬語)
64	〜とはいえ	副詞	雖然
65	ソウルフード	副詞	鄉土料理(家常料理)
66	フロント	名詞	櫃台
67	リムジン	名詞	機場接送車‧交通車
68	フィトンチッド	名詞	芬多精
69	さわやか	形容詞	(天氣)清爽；(心情)爽快
70	つかまった	動詞	被抓到
71	料亭(りょうてい)	名詞	日式餐廳
72	料理人(りょうりにん)	名詞	廚師
73	波紋(はもん)	名詞	影響
74	きっかけで	名詞	契機

編號	單字	詞性	中文
75	遅延(ちえん)	名詞／する動詞	延遲
76	クルーズ	名詞	豪華郵輪，周遊觀光船
77	お目(め)にかかる	敬語	見面
78	いつのまにか	動詞	不知什麼時候；不知不覺
79	ひしめく	名詞	密密麻麻；水洩不通
80	が早(はや)いか	動詞	剛一……就……
81	でもあるまいし	動詞	又不是～
82	案内(あんない)	名詞	導覽；引導
83	一世風靡(いっせいふうび)	名詞	風靡一時
84	エンターテインメント分野(ぶんや)	名詞	娛樂領域
85	古典芸能(こてんげいのう)	名詞	古典表演藝術
86	スタイル	名詞	風格，樣式；身材
87	ミックスメディア分野(ぶんや)	名詞	複合媒體領域
88	ユニークな	形容詞	具獨特性
89	地元文化(じもとぶんか)	名詞	在地文化
90	王者(おうじゃ)	名詞	霸者，冠軍
91	地方自治体(ちほうじちたい)	名詞	各縣市政府行政機關
92	主催(しゅさい)	名詞	主辦，舉辦
93	ブーム	名詞	熱潮，高潮
94	制(せい)する	動詞	贏得比賽；控制
95	屋台(やたい)	名詞	小吃攤
96	番号札(ばんごうふだ)	名詞	號碼牌
97	庶民(しょみん)	名詞	平民，老百姓
98	コストパフォーマンス	名詞	性價比 (cost performance, CP 值)
99	衰(おとろ)える	動詞	衰退，衰敗
100	軽視(けいし)される	動詞	忽視，蔑視

問題分析

文型分析	單語 41	慣用 1	文法 16		情境命題	景物 14	餐飲 8	住宿 5	交通 10	機場 4
	語意 10	諺語 2	閱測 10			生活 12	民俗 3	產業 4	職能 8	購物 2

單選題 [共80題 / 每題1.25分]

( ) 1 あと 10 分ほどで台北駅に到着します。お忘れ物をなさいませんように _____ 準備をお願いいたします。
(A) **そろそろ**[1]　(B) いよいよ　(C) ぼつぼつ　(D) ようやく

[中譯] 還有10分鐘左右就要抵達臺北站了，各位乘客該準備下車，請別遺忘任何物品在車上。
(A) 該要　(B) 最後　(C) 漸漸地　(D) 終於　　　　　　　　　　　交通 單語　答 A

( ) 2 次の目的地までは約 2 時間 30 分かかりますので、お手洗いをおすませのうえバスに _____ ください。
(A) お帰り　(B) 戻れるように　(C) 帰るように　(D) **お戻り**[2]

[中譯] 到達下一個目的地大約需要2小時30分鐘的車程，請先上過洗手間後再回到巴士。
(A) 回家　(B) 可以返回　(C) 回到　(D) 再回到　　　　　　　　　交通 單語　答 D

( ) 3 レストランに到着しましたら、食事をする場所 _____ 私がご**案内**[3]いたしますので、バスを降りましたらご一緒に移動をお願いいたします。
(A) を　(B) から　(C) まで　(D) より

[中譯] 抵達餐廳後，我會帶領各位貴賓至用餐的地方，下車後請跟隨我一起移動。　　　　　　　　　　　　　　　　　　　　　　　　　　　　　職能 文法　答 C

( ) 4 _____ ○○インターより高速道路に入りまして、第一回目の休憩は約 1 時間後の ○○サービスエリアです。
(A) それまで　(B) **これより**[4]　(C) これまで　(D) それより

[中譯] 現在將從○○交流道進入高速公路，第一次休息大約是1小時後的○○服務區。
(A) 在那之前　(B) 現在開始　(C) 到目前為止　(D) 相較之下　　　交通 單語　答 B

( ) 5 また皆さまに**お越しいただく**[5]こと _____ お待ちしております。
(A) 心では　(B) 心より　(C) 心には　(D) 心にして

[中譯] 我衷心期待各位再次光臨。　(A) 心中　(B) 衷心　(C) 心思　(D) 慎重　職能 語意　答 B

( ) 6 乗車券不要な子どもを連れた人は、子どもの安全のために、子どもからお先に改札口を _____ ください。
(A) とおさせて　(B) **とおらせて**[6]　(C) くぐって　(D) くぐらせて

[中譯] 帶著不需要乘車票的小孩，為了小孩的安全，請讓小孩優先通過驗票口。
(A) 通過　(B) 讓...通過　(C) 穿過　(D) 讓...穿過　　　　　　　交通 單語　答 B

( ) 7 台湾でホテルに宿泊する時は、営業税 5% が含まれているほか、サービス料 10% が**別途加算されます**[7]。
(A) べっづう　(B) べとう　(C) べずう　(D) べっと

[中譯] 在臺灣入住飯店時，營業稅 5% 已包含在房價內，另還需要外加 10% 的服務費。

住宿　單語　答 D

( ) 8 阿里山の「小笠原山観景台」は _____ を見るには一番の場所です。
(A) ご日の出　(B) お日の出　(C) **ご来光**[8]　(D) お来光

[中譯] 阿里山的「小笠原山観景台」是看日出的最佳場所。

景物　單語　答 C

( ) 9 澎湖南方四島国家公園の面積は 3.5 万ヘクタール、海域が 99% を占め、玄武岩柱状節理の島があり、サンゴ礁の生態も _____ 富んでいる。
(A) **バラエティー**[9]に　(B) 雑多に　(C) 多元的に　(D) パノラマに

[中譯] 澎湖南方四島國家公園的面積為 3.5 萬公頃，其中海域部分佔了 99%，擁有玄武岩柱狀節理的島嶼、珊瑚礁的生態富含多樣性。
(A) 多樣性的　(B) 各式各樣的　(C) 多元的　(D) 全景的

景物　單語　答 A

( ) 10 コロナ禍の中、台湾の生活は比較的安定している。それでも多くの人の考え方が _____ 現在、仕事と生活のバランスが重要視されてきた。
(A) 変えてしまった　(B) 変わってしまった　(C) 変えつつある　(D) **変わりつつある**[10]

[中譯] 在新冠肺炎疫情當中，臺灣的生活相對較穩定。儘管如此，在多數人思維正在逐漸轉變的現今，工作和生活的平衡開始受到了重視。
(A) 改變了　(B) 發生了改變　(C) 正在被改變　(D) 正在改變

生活　語意　答 D

( ) 11 この店のタピオカミルクティーは有名で、日本人の客が台湾に来る _____ 連れて行ってと頼まれます。
(A) ことごとに　(B) **たびに**[11]　(C) たびたび　(D) ことごとく

[中譯] 這家店的珍珠奶茶很有名，每次日本客人來臺灣，都會被拜託帶去這家店。
(A) 每件事　(B) 每次　(C) 屢次　(D) 全部

餐飲　單語　答 B

補　「動詞＋たびに」表示每次、每當的意思，指的是反覆發生動作中的每一次，用於前項動作 (來臺灣) 經常伴隨後項動作 (去這家店) 的情況。

( ) 12 台北モノレールの一回乗車券はコインのようなものです。_____ そのコインをなくさないようにしてください。
(A) **くれぐれも**[12]　(B) どうしても　(C) つねづね　(D) なかなか

[中譯] 臺北單軌電車的單次乘車票外觀像一枚硬幣。請您務必不要丟失這一枚像硬幣的車票。
(A) 懇求　(B) 無論如何也　(C) 平常　(D) 相當

交通　單語　答 A

(　　) 13 集合時間を30分ずらしましたので、_____ ように覚えてください。
(A) お間違わない　(B) お違わない　(C) **お間違えのない** [13]　(D) お違えない

[中譯] 集合時間已經往後延長30分鐘，請記住不要弄錯了。
(A) 正是　(B) 並無不同　(C) 不要弄錯　(D) 沒錯

職能　語意　答 C

(　　) 14 台湾では、あまり家で朝ご飯を食べないから、朝ごはん屋さんが _____ です。
(A) 旺盛　(B) 盛りだくさん　(C) 豊　(D) **盛ん** [14]

[中譯] 在臺灣，因為不太常在家裡吃早餐，所以早餐店很盛行。
(A) 旺盛　(B) 豐富的　(C) 富裕　(D) 盛行

民俗　單語　答 D

(　　) 15 台湾には総統府みたいに、日本統治時代に建てられた建物がまだたくさん残されています。そのような古い建物の中でコーヒーを一杯飲んで情緒を楽しむのは _____ 。
(A) ご存知ですか　　　　　　　(B) **いかがですか** [15]
(C) いかがわしいですか　　　　(D) いただけませんか

[中譯] 臺灣還保留著許多像是總統府那樣，在日本統治時代建造的建築物。在那種古老的建築裡，喝杯咖啡享受一下懷舊的氣氛如何？
(A) 您知道嗎　(B) 怎麼樣　(C) 可疑嗎　(D) 能不能要求你呢

景物　語意　答 B

解 (B)「どうですか」的尊敬語為「いかがですか」，表示以禮貌的方式詢問對方想法如何。

(　　) 16 台湾式しゃぶしゃぶはとても人気のある料理で、夏でも冷房を _____ かけて食べる。
(A) **がんがん** [16]　(B) きんきん　(C) ぴんぴん　(D) だんだん

[中譯] 台式涮涮鍋是非常受歡迎的料理，即使身處在夏天也會把冷氣開到嘎嘎作響繼續享用。
(A) 大聲作響　(B) 冷冰冰的　(C) 活蹦亂跳　(D) 漸漸地

餐飲　單語　答 A

(　　) 17 1629年の秋、スペイン人は中国や日本に _____ の貿易や布教の拠点となるよう、淡水でサント・ドミンゴ城や教会を建造しました。
(A) 向き　(B) 向けて　(C) 向こう　(D) 向かう

[中譯] 1629年秋天，西班牙人在淡水建造了聖多明哥城及教會，是為了對中國和日本的貿易和傳教而設立的據點。
(A) 適合　(B) 向　(C) 另一邊　(D) 朝著

景物　文法　答 B

(　　) 18 台中の中央書局はかつて台湾の文芸思想[17]の中心地であり、百年に _____ 、各時代の読書人がここで人生の大切な時間を過ごしてきたのである。
(A) かけて　(B) かかって　(C) **わたり** [18]　(D) わたし

[中譯] 臺中的中央書局曾經是臺灣文藝思想的中心，歷經百年，各個時代的讀書人都在這裡度過人生中的重要時光。
(A) 在…方面　(B) 即將　(C) 歷經　(D) 交給

景物　單語　答 C

( ) 19 住居と商業施設が入り混じる台湾の街では、**路地裏**[19]にも数々の店がある。
(A) ろちり　(B) ろじり　(C) ろちうら　(D) ろじうら

[中譯] 在住家和商業設施混雜的臺灣街道上，就連小巷子裡也有很多店鋪。　景物 單語　答 D

( ) 20 台湾でも冬は雪が降る可能性があるため、高い山へ行くときは、必ず**防寒着**[20]を＿＿＿＿＿＿ください。
(A) ご用心　(B) ご**用意**[21]　(C) ご用事　(D) ご用命

[中譯] 即使是臺灣也有冬天下雪的可能性，所以前往高山地區的時候，請務必要準備禦寒衣物。
(A) 請注意　(B) 請準備　(C) 應做的事　(D) 吩咐　生活 單語　答 B

( ) 21 台湾では、**暖房設備**[22]がないところが多いので、何枚かの防寒着を＿＿＿＿＿＿するのをお勧めする。
(A) 厚み着　(B) 玉葱着　(C) 重ね重ね　(D) **重ね着**[23]

[中譯] 臺灣有很多地方沒有暖氣設備，建議多穿幾件禦寒衣物。
(A) 穿著厚重　(B) 洋蔥式穿著　(C) 屢次　(D) 多穿幾件　生活 單語　答 D

( ) 22 **パイナップルケーキ**[24]とお茶は、台湾旅行の＿＿＿＿＿＿の二大**定番**[25]お土産です。
(A) 昔馴染み　(B) 昔ながら　(C) 昔ふう　(D) 昔々

[中譯] 鳳梨酥和茶葉，是到臺灣旅行自古以來必買的兩大經典特產。
(A) 老朋友　(B) 自古以來　(C) 老舊式　(D) 從前　購物 單語　答 B

( ) 23 眷村を改築した**民宿**[26]に泊まるのは、日本人に＿＿＿＿＿＿戦後台湾史を味わう方法の一つでもある。
(A) かかわる　(B) **してみれば**[27]　(C) たいして　(D) おいて

[中譯] 在眷村改建而成的民宿裡住宿，對於日本人來說也是體驗戰後臺灣歷史的方法之一。
(A) 有牽連　(B) 對…來說　(C) 並不太…　(D) 留下　住宿 語意　答 B

( ) 24 「お客様は神様」という考え方は台湾では普遍的ではないので、日本人にとってサービスが＿＿＿＿＿＿と感じることも時々ある。
(A) 行き辿らない　(B) 行き止まない　(C) **行き届か**[28]ない　(D) 行き止まらない

[中譯] 「顧客為上帝」的想法在臺灣並不普遍，所以對於日本人來說有時會感覺服務不夠周到。
(A) 行不通　(B) 源源不絕的　(C) 不夠周到　(D) 停不下來　職能 文法　答 C

( ) 25 「悲情城市」という映画の大画面に山と海の美しさ、**レトロな**[29]建築、独特の傾斜した風景が映り、九份は一気に観光客を**魅了**[30]する山岳都市となりました。
(A) めいりょう　(B) みりょ　(C) めりょう　(D) みりょう

[中譯] 在電影《悲情城市》的大螢幕中，山和海的美麗、復古的建築、獨特的傾斜風景映入眼簾，九份一下子成為了吸引遊客的山中城市。　景物 單語　答 D

( ) 26 台湾ではタクシーの扉の開閉は乗客自身がするものなので、_____ ください。
(A) お気にして　(B) お気になさって　(C) お気付け　(D) **お気をつけ** [31]

[中譯] 在臺灣搭乘計程車時，乘客需要自行開關車門，請務必留意。
(A) 別在意　(B) 不必擔心　(C) 提醒　(D) 請務必留意　　　交通 文法　答 D

( ) 27 台湾のB級グルメ[32]を**堪能**[33]したかったら、ぜひ一度夜市へ行っていろいろな「小吃」を_____みてください。
(A) 召し上げ　(B) 召し上がれ　(C) **召し上がって**[34]　(D) 召し上げられて

[中譯] 如果想盡情享用臺灣平價美食的話，請務必前往夜市品嚐一下各式各樣的「小吃」。
(A) 沒收；召見　(B) 請享用吧　(C) 品嚐　(D) 沒收；召見　　餐飲 文法　答 C

( ) 28 **へちま**[35]は「絲瓜」といい、台湾ではよく使われる食材の一つである。日本人にとって食べられるだけでも十分びっくりしたが、_____ものすごくおいしい点についても驚きだ。
(A) **さらに**[36]　(B) ゆえに　(C) またも　(D) それでも

[中譯] 日本的糸瓜在臺灣稱之為「絲瓜」，是經常使用的食材之一。對於日本人來說，光是能吃就已經很吃驚了，但是更令人驚訝的是它還非常好吃。
(A) 更加　(B) 因此　(C) 又　(D) 儘管如此　　餐飲 單語　答 A

( ) 29 故宮博物院の至善園は、中華文化に由来する伝統的園林が見られ、様々な中華庭園の**趣**[37]に満ちている。
(A) しゅ　(B) たのしみ　(C) おもむき　(D) しゅう

[中譯] 故宮博物院的至善園，可以看見來自中華文化的傳統園林造景，充滿了各式各樣的中華庭園情趣。　　景物 單語　答 C

( ) 30 台湾で手首に数珠を付けるのは、日本と違い、**法事**[38]と_____様々な目的でつけられている日常的な**飾り**[39]です。
(A) 関してない　(B) 関与なく　(C) **関係なく**[40]　(D) 関知なく

[中譯] 臺灣人手腕上戴念珠的用意和日本不同，與佛教儀式無關，是以各種因人而異的不同目的所配戴的日常飾品。　　民俗 文法　答 C

( ) 31 同日、同特約店舗_____購入累計金額が48000元(税込)以下の場合、その場で**少額税金還付**[41]を申請しなければならない。
(A) では　(B) には　(C) にて　(D) によって　　購物 文法　答 C

[中譯] 在同天、同一家特約店累計含稅消費金額在48,000元以下時，須當場申請小額退稅。

( ) 32 ジューススタンド[42]で飲み物を買うとき、氷・甘さなどの_____はもちろん、ト ッピング[43]も自由に注文できる。
(A) 加差　(B) **加減**[44]　(C) 調量　(D) 調定

[中譯] 在果汁飲料店購買飲料的時候，不僅可以增減冰塊和甜度，還可以自由選擇配料。
(A) 添加　(B) 增減　(C) 調整　(D) 調查確定　　餐飲｜單語　答 B

( ) 33 航空会社の**カウンターサービス時間**[45]は、フライトによって異なりますので、ご利用する際は**予め**[46]当該航空会社に**お問い合わせ**[47]をしてください。
(A) はやめ　(B) あらかじめ　(C) あらしめ　(D) あらため　　機場｜單語　答 B

[中譯] 航空公司的櫃檯服務時間，會因航班而異動，使用前請事先向該航空公司洽詢。

( ) 34 **コロナ蔓延**[48]を阻止するために、多くの国は**水際対策**[49]＿＿＿＿、国内の感染を防いでいます。
(A) にとり　(B) にかけ　(C) について　(D) **により**[50]

[中譯] 為了阻止新冠肺炎蔓延，許多國家採取入境檢疫措施，來防止國內感染。　職能｜文法　答 D
補「名詞＋により」表示依據前項手段，進而產生後項結果。相似詞為～によって、～による。

( ) 35 台湾のバスはおつりが出ませんので、「悠遊カ」か**小銭**[51]を準備しておいてください。
(A) おぜに　(B) こぜに　(C) こせん　(D) おせん

[中譯] 臺灣的公車無法找零，請先準備好「悠遊卡」或零錢。　交通｜單語　答 B

( ) 36 みなさま、高速道路で大きな追突事故があったらしく、空港までの時間が1時間以上延びると予測されています。よって、昼食休憩をとった後は、＿＿＿＿出発いたします。
(A) まもなく　(B) はやく　(C) とたんに　(D) **ただちに**[52]

[中譯] 各位貴賓，高速公路似乎發生嚴重的追撞事故，預計抵達機場的時間會延長至1個小時以上。因此，午餐休息過後我們將立即出發。
(A) 不久　(B) 迅速　(C) 正當...時候　(D) 立即　　交通｜單語　答 D
補「直(ただ)ちに＋動詞」表示立即的意思。用於前項(午休後)做完後，接著做後項(出發)的情況。

( ) 37 自然や登山の好きな方は、**見所**[53]満載の陽明山をぜひ訪れてみるといいと思う。
(A) けんしょ　(B) みところ　(C) みどころ　(D) けんじょう

[中譯] 喜歡大自然和登山的人，我建議務必去一趟充滿景點的陽明山。　景物｜單語　答 C

( ) 38 お部屋は天井が少し低くはありますが、眺めのいいお部屋です。ロケーションもよく、アウトレットにも歩きで行ける**好立地**[54]でした。
(A) こうりっち　(B) こうりち　(C) こりっち　(D) こりち

[中譯] 房間的天花板雖然有點低，但眺望視野很好。地理位置也很棒，是個走路就可以到達Outlet購物中心的好地點。　住宿｜單語　答 A

( ) 39 早朝から公園で運動したりする台湾の年配者が多いし、場所によって＿＿＿＿カラオケもよく見られる。
(A) 露天　(B) **青空**[55]　(C) 晴天　(D) 露店　　生活｜語意　答 B

[中譯] 很多臺灣的年長者從早上開始就在公園裡運動，有些地方甚至還能看到露天卡拉OK。

( ) 40　（間違っているものを選んでください）
自宅の場所と違う学区に通う子どもたちが多いため、送迎ラッシュも台湾の日常です。校門の前で車が＿＿＿＿列になっているのはいつもの風景です。
(A) ずらっと　(B) 長い　(C) 終わる[56] ことなく　(D) 長蛇の

[中譯]（請選擇錯誤的選項）許多孩子都到與住家不同的學區通勤上學，所以上下課接送也是臺灣日常生活之一。校門口前的汽車排成長長隊伍，是每天都可以看到的光景。
(A) 一排　(B) 長隊　(C) 不停地　(D) 長蛇陣

生活 語意　答 C

( ) 41　台湾好きなら知らない人はいない青木由香さんは、台湾旅行実践講座で、写真や動画を見せ＿＿＿＿ぜひ訪れてほしい場所を紹介しました。
(A) れば　(B) ても　(C) と　(D) ながら

[中譯] 對於臺灣愛好者來說，沒有人不知道青木由香，她在臺灣旅行實踐講座中，一邊展示照片和影片，一邊介紹希望大家一定要造訪的景點。

產業 文法　答 D

( ) 42　台湾は立冬になると、「麻油雞」や「羊肉爐」などを食べて身体を温め、栄養を蓄える[57] 伝統がある。
(A) たてまえる　(B) たちくえる　(C) たくわえる　(D) たえくわる

[中譯] 臺灣一到立冬，就有著吃「麻油雞」、「羊肉爐」等料理來暖和身體、滋補營養的傳統。

民俗 單語　答 C

( ) 43　武陵農場は台湾の桃源郷といわれ、そよ風に花びらが＿＿＿＿と舞い落ちるのは本当に美しいです。
(A) もぞもぞ　(B) ばらばら　(C) ひらひら[58]　(D) ぽんぽん

[中譯] 武陵農場被稱為臺灣的世外桃源，花瓣隨風飄舞真是太美了。
(A) 蠢蠢欲動　(B) 散亂　(C) 隨風飄舞　(D) 毛球

景物 單語　答 C

( ) 44　タロコ渓谷の入口には赤い中国式の門が建っていて、台湾屈指[59] の観光地です。
(A) くっし　(B) くつし　(C) こっし　(D) くつゆび

[中譯] 太魯閣溪谷的入口處建有紅色的中國式牌樓，是臺灣首屈一指的觀光地。

景物 單語　答 A

( ) 45　当ホテルのお部屋清掃の内容は、客室内清掃、ベッドメイク、ゴミ捨て、タオル交換、せっけんなど備品の補充と交換です。
(A) アカデミック　(B) アメニティー[60]　(C) バスローブ　(D) アニメーション

[中譯] 本飯店提供清掃房間的內容，包含客房內清掃、床鋪整理、垃圾清理、毛巾更換以及肥皂等備品的補充和更換。
(A) 學術的　(B) 一次性客房備品　(C) 浴衣　(D) 動畫片

住宿 單語　答 B

補「アメニティー」指一次性的客房備品，例如牙刷、牙膏等個人用的盥洗用具。

( ) 46 大稻埕の古めかしい建物群の中を**散策**⁶¹ していると、歳月の流れが感じられて、まるでタイムスリップしたような気分になります。
(A) さんちく　(B) ちれさく　(C) さんぽ　(D) さんさく

[中譯] 在大稻埕的古老建築群中散步，可以感受歲月流逝，就像是穿越時空回到過去一樣。

景物　單語　答 D

( ) 47 レストランで食事するのを飽きた ＿＿＿＿ **ではない**⁶² が、たまには街中の屋台で食事をしたいでね。
(A) もの　(B) はず　(C) こと　(D) わけ

[中譯] 並不是厭倦在餐廳吃飯，只是偶爾想在街上的小吃攤吃飯。
(A) 東西　(B) 應該　(C) 事情　(D) 並不是

餐飲　文法　答 D

( ) 48 コーヒーと紅茶と、どちらに ＿＿＿＿。
(A) よろしいでしょうか　　(B) いらっしゃいますか
(C) **なさいます**⁶³ か　　(D) いただきますか

[中譯] 咖啡跟紅茶，請問您想要哪一種？ (A) 更好　(B) 來　(C) 想要　(D) 開動

餐飲　語意　答 C

[補] 疑問句的「しますか」的尊敬說法為「なさいますか」。

( ) 49 黄君は熱がある ＿＿＿＿、修学旅行の説明会に出席しました。
(A) どころか　(B) ばかりに　(C) **とはいえ**⁶⁴　(D) からには

[中譯] 黃同學雖然發燒了，但還是出席了畢業旅行的說明會。

生活　文法　答 C

( ) 50 台湾風フライドチキン「炸雞排」は、鶏の胸肉を丸ごと 1 枚揚げた台湾の**国民食**ともいえる食べ物。
(A) **ソウルフード**⁶⁵　　(B) エスニックフード
(C) ファーストフード　　(D) ナショナルフード

[中譯] 所謂臺灣風味炸雞的「炸雞排」，是指用一整塊雞胸肉下去油炸的臺灣國民美食。
(A) 鄉土料理　(B) 民族食物　(C) 速食　(D) 國家糧食

餐飲　單語　答 A

( ) 51 荷物が多いから、とりあえずホテルの ＿＿＿＿ に預けてからショッピングに行きましょう。
(A) うけつけ　(B) カウンター　(C) **フロント**⁶⁶　(D) サービスエリア

[中譯] 由於行李很多，所以先寄放在飯店櫃檯後再去購物吧。
(A) 詢問台　(B) 收銀處　(C) 櫃檯　(D) 服務站

住宿　單語　答 A.B.C

( ) 52 空港連絡バスなど空港と周辺の町を行き来する大型有料バスは、＿＿＿＿ バスともいわれる。
(A) **リムジン**⁶⁷　(B) サハリン　(C) ピストン　(D) シャトル

[中譯] 像是機場聯絡巴士，往返於機場和其周邊城市的大型收費巴士，也被稱作機場接送大巴。
(A) 機場接送　(B) 庫頁島　(C) 活塞　(D) 羽毛球　　　　交通 單語 答 A

補　「リムジンバス Limousine Bus」，字義上為內部裝飾豪華的公共汽車，但在日本是類似觀光巴士乘載旅客往返機場和都市多個站點的巴士；「シャトルバス Shuttle Bus」是機場接駁巴士，指機場與飯店定點往返的巴士。

(　) 53　森の朝の空気には、「フィトンチッド68」と呼ばれる成分が含まれており、とても _____ な気分にさせる。
(A) すみやか　(B) ほがらか　(C) なめらか　(D) さわやか69

[中譯] 在森林的早晨空氣中，含有被稱為「芬多精」的成分，讓人感到非常舒爽。
(A) 立即　(B) 晴朗　(C) 光滑　(D) 清爽　　　　景物 單語 答 D

(　) 54　偽のパスポートを持って海外へ逃げようとする犯人が、出国審査の際に警察に _____ 。
(A) つかまった70　(B) つかんだ　(C) つかまえた　(D) とらえた

[中譯] 拿著偽造護照企圖逃到國外的犯人，在出國審查時被警察抓住。
(A) 被抓住　(B) 抓住了　(C) 捕獲　(D) 捉住　　　　機場 文法 答 A

(　) 55　楽しい旅行があっという間に終わり、みんなは後ろ髪を _____ ような気持ちになった。
(A) 引く　(B) 引かれる　(C) 引っ張られる　(D) 引き出される

[中譯] 愉快的旅行一眨眼就結束了，每個人都宛如後腦杓的頭髮被拉住，依依不捨的感覺。
(A) 想拔　(B) 被拉住　(C) 被扯後腿　(D) 拔掉　　　　生活 文法 答 B

(　) 56　十年にわたって一流料亭71で修行したあと、とても _____ のいい料理人72になった。
(A) 舌　(B) 腕　(C) 手　(D) 指

[中譯] 在一流的日式餐廳學藝十年之後，他成為了廚藝高超的廚師。　　　　職能 諺語 答 B

(　) 57　この政府の施策は、民宿を中心に旅館業に大きな _____ を呼んだ。
(A) 反映　(B) 注目　(C) 波紋73　(D) 貢献

[中譯] 這個政府的政策，帶給了以民宿為中心的旅館業很大的影響。
(A) 反映　(B) 注視　(C) 影響　(D) 貢獻　　　　產業 單語 答 C

(　) 58　10分前 _____ お越しいただけない場合、ご搭乗いただけないことがあります。
(A) に　(B) から　(C) まで　(D) までに

[中譯] 如果沒有在提早10分鐘前來的情況下，很有可能無法登機。　　　　機場 文法 答 D

(　) 59　ここまで来れば搭乗ゲートは _____ の先だから、そんなに急がなくてもいいですよ。
(A) 手と足　(B) 山と海　(C) 目と鼻　(D) 根と葉

[中譯] 這裡距離登機口就像眼睛和鼻子的距離一樣，近在咫尺，所以不用那麼急。
(A) 手和腳　(B) 山與海　(C) 眼睛與鼻子　(D) 根部與葉子
機場　慣用　答 C

( ) 60 新幹線でたまたま隣の席になったことが _____、彼女との親交が始まった。
(A) 始まって　(B) 最初にして　(C) 機に　(D) きっかけで [74]

[中譯] 我和她開始深交的契機，是在新幹線上碰巧坐在隔壁座位的時候。
(A) 開始　(B) 最一開始　(C) 趁機　(D) 契機
生活　單語　答 D

( ) 61 飛行機に乗り遅れそうで気が気でない時、旅行代理店から「悪天候で遅延[75]する」という連絡がきた。まさに _____ だ。
(A) 牛に経文　(B) 花に風　(C) 渡りに船　(D) 豚に真珠

[中譯] 正擔心趕不上飛機時，從旅行社收到「班機因天候不佳而延遲」的聯絡。正是順水推舟。
(A) 對牛談琴　(B) 好景不長　(C) 順水推舟、欲渡船來　(D) 不懂貴重
交通　諺語　答 C

( ) 62 「エクスプローラー・ドリーム」号という豪華客船での旅行が今月から台湾で運航を開始した。
(A) クルーズ[76]　(B) フェリーボート　(C) タイタニック　(D) シップ・ツアー

[中譯] 命名為「探索夢號」的豪華郵輪之旅，自本月起在臺灣開始航行。
(A) 周遊觀光船；巡航　(B) 渡船　(C) 鐵達尼號　(D) 船舶旅遊
產業　單語　答 A

( ) 63 奥様に _____ のを楽しみにしております。
(A) お会いになる　(B) お目にかかる[77]　(C) 拝見する　(D) 見合う

[中譯] 我期待著和您的夫人見面。
(A) 拜見　(B) 見面　(C) 拜讀　(D) 相應的
生活　單語　答 B

( ) 64 前回のヨーロッパ旅行の時、そのガイドさんは現地の歴史をよく _____。
(A) お知りしていました　(B) お聞きしていました
(C) 存じておりました　(D) 知っていました

[中譯] 上次去歐洲旅行的時候，帶隊的那位導遊非常瞭解當地歷史。
(A) 剛瞭解　(B) 被告知　(C) 知道這點　(D) 很瞭解
職能　單語　答 D

( ) 65 出版業界の不況とオンライン書店の台頭につれて、子ども時代から我々一人一人の成長に伴ってきた、小さい本屋さんが _____ 町から消えつつある。
(A) ときどき　(B) しばしば　(C) いつの間にか[78]　(D) いつも

[中譯] 隨著出版業的不景氣和網路書店的興起，從孩童時代開始陪伴我們成長的小型書店，不知何時從街頭中漸漸消失。
(A) 有時　(B) 屢次　(C) 不知什麼時候　(D) 經常
產業　語意　答 C

( ) 66 今から映画が始まりますから、どうぞ最後まで＿＿＿＿＿＿。
(A) お楽しみください　　　　　　(B) お楽しみにしてください
(C) お楽にしてください　　　　　(D) 楽しめばどうでしょう

[中譯] 電影即將開始放映，請盡情欣賞到最後。
(A) 盡情欣賞　　　　　　　　　(B) 敬請期待
(C) 盡情享受　　　　　　　　　(D) 享樂如何　　　　　　生活 文法　答 A

( ) 67 約100年前に、金瓜石は台湾の金鉱の中心地であり、石畳の急な坂道に沿って家々がまるで**ひしめく**[79]ように建っていた。
(A) ぽつんぽつんとあった　(B) 輝いていた　(C) すこしあった　(D) たくさんあった

[中譯] 大約100年，金瓜石是臺灣金礦的中心地，沿著陡峭的石階坡道，蓋滿了密密麻麻的住家。
(A) 孤零零的　(B) 閃閃發光　(C) 有一點點　(D) 很多　　景物 單語　答 D

( ) 68 人生初めての海外旅行で、現地に着く＿＿＿＿＿＿、携帯と財布が盗まれ、パスポートも紛失してしまった。
(A) かと思うと　(B) **が早いか**[80]　(C) 途端　(D) 次第

[中譯] 人生第一次的海外旅行，剛一到當地，手機和錢包就被偷了，護照也弄丟了。
(A) 本以為　(B) 剛一…就　(C) 正當…時候　(D) 一…立即　生活 單語　答 B

( ) 69 その店はいま、買い物客＿＿＿＿＿＿こんでいて、芋を洗うようだ。
(A) が　(B) と　(C) に　(D) で

[中譯] 那家店現在，擠滿了購買人潮，好像水桶裡裝滿了大量待洗的番薯一樣。　生活 文法　答 D

( ) 70 新人ガイド**でもあるまい**[81]し、有名観光地の**案内**[82]は全く問題ないよ。
(A) だからこそ　(B) ではないので　(C) とはいうものの　(D) だからといって

[中譯] 又不是新人導遊，對於名勝景點的導覽我完全沒問題。
(A) 這就是為什麼　(B) 因為不是　(C) 雖說如此　(D) 並不意味著　職能 語意　答 B

[補] でもあるまいし（理由を表す）：又不是、並不是（強調前面的名詞，表示理由）。

閱讀測驗一

以下の文を読んで、最も適当な答えをそれぞれ一つ選べ。

　　古典芸能の布袋劇（ポテヒ・布袋戲）は、17世紀の中国福建省が発祥で、インドネシアにも広がったとされている。(71)＿＿＿、21世紀となった現在では、台湾にしか布袋劇文化が存続していない。1980年代の台湾で(72)＿＿＿一世風靡[83]したテレビの布袋劇は、今の布袋劇を代表する『金光布袋劇』と『霹靂布袋劇（PILI 人形劇）』へと展開した。『霹靂（PILI）』はコミカライズされるなど、様々な**エンターテインメント分野**[84]に進出した。2016年に放送された、日本との合作テレビ人形劇、『Thunderbolt Fantasy 東離劍遊記』は、台湾と日本で大人気となった他、アジアでも好評を得た。一時期は消えかかっていた**古典芸能**[85]だが、伝統を破って再び新たな**スタイル**[86]を築くことに成功した。現在では台湾の**ミックスメディア分野**[87]において最も**ユニークな**[88]地元

文化⁸⁹の_(73) 王者⁹⁰_と言ってもよかろう。

閱讀下面的句子，選出一個最合適的答案。

　　古典藝術的布袋戲起源於 17 世紀的中國福建省，甚至將文化擴展至印尼。(71) 儘管如此，到了 21 世紀的現在，只剩下臺灣還在延續布袋戲文化。在 1980 年代的臺灣 (72) 風靡一時的電視布袋戲，以《金光布袋戲》和《霹靂布袋戲》為代表，發展成現今的布袋戲。《霹靂（PILI）》化身為動漫之類的形式，進而滲透各式各樣的娛樂領域。 2016 年播出與日本合作的電視人偶劇《Thunderbolt Fantasy 東離劍遊記》，除了在臺灣和日本大受歡迎之外，在亞洲的其他地區也獲得好評。在某段時期幾乎快消失的古典藝術，突破傳統後再次成功創造出嶄新風格。目前在臺灣的複合媒體領域之中，霹靂布袋戲可以說是最具有獨特性的在地文化 (73) 霸者。

( ) 71 ＿＿＿＿＿＿＿に入る最も適当な語を一つ選んでください。
　　　　(A) それにもかかわらず　(B) ところで　(C) ゆえに　(D) ようするに

　　[中譯] 請選出一個最適合 ＿＿＿＿＿＿＿ 裡的字詞。
　　　　(A) 儘管如此　(B) 順帶一提　(C) 所以　(D) 總之　　　　　　　　答 A

( ) 72 「一世風靡」の読み方として最も正しいものを一つ選んでください。
　　　　(A) いっせふうみ　(B) ひとよふうび　(C) いちよふうみ　(D) いっせいふうび

　　[中譯] 請選出「風靡一時」的讀法中，最正確的一個答案。　　　　　　　答 D

( ) 73 「王者」の読み方はどれですか。最も正しいものを一つ選んでください。
　　　　(A) おうじゃ　(B) おしゃ　(C) おうしゃ　(D) おうもの

　　[中譯]「霸者」的讀法是哪個？請選出一個最正確的答案。　　　　　　　答 A

( ) 74 この文章のテーマとして最も適当なものを選んでください。
　　　　(A) 霹靂布袋劇の風化　　　　　　(B) 日本と台湾の多元的なメディア
　　　　(C) 古典芸能である布袋劇の再興　(D) 台湾布袋劇の起源

　　[中譯] 請選出最適合這篇文章主題的選項。
　　　　(A) 霹靂布袋戲的風化。　　　　　(B) 日本和臺灣的多元媒體。
　　　　(C) 布袋戲作為古典藝術的復興。　(D) 臺灣布袋戲的起源。　　　　答 C

( ) 75 この文章の内容に合う叙述はどれですか。
　　　　(A) 布袋劇とミックスメディアとのコラボレーションはいまいちだ。
　　　　(B) 台湾の伝統布袋劇は伝統を打ち破ることによって近年人気を取り戻した。
　　　　(C) 霹靂布袋劇は 1980 年代から台湾でブームになった。
　　　　(D) 現在、台湾以外のアジア圏にも布袋劇文化がある。

　　[中譯] 符合這篇文章內容的敘述是哪個選項？
　　　　(A) 布袋戲和複合媒體的合作成效不佳。
　　　　(B) 臺灣的傳統布袋戲因打破傳統而近幾年來重獲人氣。
　　　　(C) 霹靂布袋戲從 1980 年代開始在臺灣掀起熱潮。
　　　　(D) 現在，臺灣以外的亞洲圈也有布袋戲文化。　　　　　　　　　　答 B

閱讀測驗二

以下の文を読んで、適当な答えをそれぞれ一つ選べ。

　　台湾では、**地方自治体**[91]**主催**[92]によるグルメコンテストや、ネットの検索サイトで行われる人気投票など、おいしいものを選ぶイベントが近年**ブーム**[93]になっている。このような投票で、往々にして有名レストランを押しのけてコンテストを (76) **制する**[94]のは、B級グルメの小さい屋台である。見かけはぱっとしない**屋台**[95]だが、外国人観光客の間でも話題をさらっている例が多くある。

　　長い行列ができると、客に**番号札**[96]を配る。定員以上になって札のもらえなかったお客さんには、(77) またのお越しをお願いするしかない屋台もある。台湾の**庶民**[97]の味は、なぜこれほどまでに好まれるのだろう。それは、台湾の**コストパフォーマンス**[98]へのとことんとした追求に答えがあるかもしれない。台湾の庶民の味は、景気や流行には左右されず、その人気が (78) **衰える**[99]ことのない裏側には、ブラックな労働環境の問題やコストのために**軽視され**[100]がちな食品安全の問題が隠れていることも少なくない。

閱讀下面的文章，選出一個最合適的答案。

　　在臺灣，由各縣市政府機關主辦的美食大賽，或者是透過網路舉行的人氣投票等形式，在近年來掀起了美食選拔活動的熱潮。透過這樣的一個投票方式，平價美食的小吃攤往往能戰勝有名餐廳而 (76) 贏得比賽。雖然是外觀不起眼的小吃攤，但在外國遊客之間成為熱門話題的例子越來越多。

　　候位隊伍排很長時，店家就會分發號碼牌給候位的客人。甚至有些熱門攤販對於超過限制人數而沒能拿到號碼牌的客人，也只能請他們 (77) 下次再度光臨。為什麼臺灣的平民料理會如此受歡迎呢？這可能歸咎於臺灣人徹底奉行追求性價比 (CP值) 的習性。臺灣的平民美食不受經濟景氣和流行的影響，但其人氣不會 (78) 衰退的背後，卻隱藏不合理的勞動環境問題，以及為了省成本而容易忽視的食品安全問題。

( ) 76 「制する」の意味と不一致なものを選んでください。
　　　　(A) 一位に輝く　(B) 優勝を飾る　(C) 入賞する　(D) 勝ち抜く

　　[中譯] 請選出和「贏得比賽」含義不一致的選項。
　　　　(A) 榮獲第一名　(B) 獲得冠軍　(C) 獲獎　(D) 打勝仗　　　答 C

( ) 77 「またのお越し」の意味と一致なものを選んでください。
　　　　(A) 再び行う　(B) 再び食べる　(C) 再び聞く　(D) 再び訪れる

　　[中譯] 請選出和「歡迎下次光臨」含義一致的選項。
　　　　(A) 重做　(B) 再吃一次　(C) 重新再聽　(D) 重新來訪　　　答 D

( ) 78 「衰える」の読み方はどれですか。最も正しいものを一つ選んでください。
　　　　(A) すいえる　(B) はえる　(C) おとろえる　(D) かちえる

　　[中譯]「衰退」的讀法是什麼？請選出最正確的選項。　　　答 C

( ) 79　この文章のテーマとして最も適当なものを選んでください。
　　　(A) 屋台の文化　(B) 屋台の裏事情　(C) 屋台のB級グルメ　(D) 屋台の種類

　[中譯]　請選出最適合這篇文章主題的選項。
　　　(A) 飲食文化　(B) 攤販的內情　(C) 小吃攤的平價美食　(D) 攤子的種類

答 B

( ) 80　この文章の内容に合う叙述はどれですか。
　　　(A) 屋台の経営は社会問題につながる可能性がある。
　　　(B) 屋台の経営は行列店であれば必ず儲かる。
　　　(C) 屋台の経営は庶民の味を伝えるためである。
　　　(D) 屋台の経営は身体的にも精神的にも意外と楽である。

　[中譯]　符合這篇文章內容的敘述是哪個？
　　　(A) 攤販的經營可能會涉及到社會問題。
　　　(B) 只要有客人排隊的攤販一定能賺錢。
　　　(C) 攤販的經營是為了傳達平民的味道。
　　　(D) 攤販的經營在身體上和精神上都意外地輕鬆。

答 A

Chapter. 03 | 112年度導遊測驗題
熟悉考試題型、加強字彙，掌握出題方向

│重要單語整理│

編號	單字	詞性	中文
1	ばかり	助詞	經常；一直
2	末永く（すえなが）	副詞	永久
3	取り組み（と く）	名詞	致力於；努力執行
4	悪影響（あくえいきょう）	名詞	不良影響
5	登録（とうろく）	名詞／する動詞	登記手續
6	生息（せいそく）	名詞／する動詞	棲息；生活；生存
7	便利（べんり）	名詞	便利；方便
8	だけに	助詞	正因為；不愧是
9	来て以来（き いらい）	名詞	自從來到
10	手荷物（て にもつ）	名詞	手提行李
11	オンラインチェックイン	名詞	線上辦理登記手續
12	ウェブサイト	名詞	網站
13	都合（つごう）	名詞	情況；方便的時間（行程）
14	水際対策（みずぎわたいさく）	名詞	入境檢疫措施
15	湯船（ゆぶね）	名詞	浴池；溫水池
16	つく	動詞	運作；打開
17	預かる（あず）	動詞	（請他人收下物品）代為保管
18	預ける（あず）	動詞	寄放、寄存；委託
19	囲む（かこ）	動詞	包圍
20	トレー	名詞	托盤
21	下げる（さ）	動詞	拿走；收拾
22	拭く（ふ）	動詞	（用紙巾或布）擦拭

編號	單字	詞性	中文
23	圧巻（あっかん）	名詞	壓軸；最精彩的部分
24	熱燗（あつかん）	名詞	加熱；熱的
25	お通し（とお）	名詞	開胃菜；下酒菜；小菜
26	回す（まわ）	動詞	傳遞；轉動
27	掛ける（か）	動詞	懸掛
28	抑える（おさ）	動詞	固定；壓著；防止
29	引き継ぐ（ひ つ）	動詞	接過來；繼承
30	検索（けんさく）	名詞／する動詞	搜尋（後接する即可做動詞用）
31	大した（たい）	連體詞	顯著的；了不起的
32	粘り気（ねば け）	名詞	黏性
33	コラーゲン	名詞	膠原蛋白
34	タレ	名詞	醬汁
35	プーン	擬態詞	（味道）飄溢
36	兼ねる（か）	動詞	兼具，兼有
37	廃れる（すた）	動詞	荒廢的；衰敗的；過時的
38	虜（とりこ）	名詞	擄獲；俘虜
39	跡地（あとち）	名詞	遺址；舊址；建築物被拆除後的場地
40	ブロック	名詞	阻止，阻擋
41	船便（ふなびん）	名詞	海運
42	カーナビ	名詞	汽車導航系統
43	チャイルドシート	名詞	兒童座椅
44	オプション	名詞	選配項目
45	限り（かぎ）	名詞	限定；只限於
46	呼び出す（よ だ）	動詞	通知；呼叫
47	契約（けいやく）	名詞／する動詞	簽訂契約；申購
48	錠（じょう）	量詞	顆
49	胃腸薬（いちょうやく）	名詞	腸胃藥

編號	單字	詞性	中文
50	揺れる	動詞	搖晃；動搖；不穩定
51	取り消す	動詞	取消
52	割引	名詞／する動詞	折扣
53	ランタン祭り	名詞	元宵燈會
54	実感	名詞／する動詞	真正感受到
55	救急車	名詞	救護車
56	両替	名詞／する動詞	兌換
57	召し上がる	動詞	吃、喝（食べる、飲む）的尊敬語
58	嗅ぐ	動詞	聞
59	面倒	名詞／する動詞	複雜；麻煩；棘手；費事
60	一日観光旅行	名詞	一日遊
61	あげく	名詞	最終
62	混雑	名詞／する動詞	壅塞；擁擠；塞車
63	Uターンラッシュ	名詞	返家車潮
64	わたる	動詞	（在某個時間、活動的）持續
65	戻る	動詞	返回
66	入国審査	名詞／する動詞	入境海關
67	申告	名詞／する動詞	申報
68	お目にかかる	敬語	與人會面（人に合う）的謙讓語
69	徒歩	名詞	走路
70	取り扱い	名詞	處理；使用；對待
71	渡航	名詞／する動詞	出國
72	義務付ける	動詞	強制規定
73	乗務員	名詞	機組人員；空服人員
74	日替わり	名詞	每日更換
75	経歴	名詞	經歷

編號	單字	詞性	中文
76	往復（おうふく）	名詞／する動詞	來回
77	心強い（こころづよ）	名詞	使安心
78	搭乗（とうじょう）	名詞／する動詞	登機
79	お陰（かげ）	名詞	幸虧．多虧
80	シートベルト	名詞	安全帶
81	初体験（しょたいけん）	名詞	首次
82	限る（かぎ）	動詞	僅限於；限制
83	かつて	副詞	過去．以前
84	違う（ちが）	動詞	不同．不一樣
85	おもてなし	名詞	真心誠意款待
86	十人十色（じゅうにんといろ）	名詞	人各有喜好、想法每個人都不同
87	要望（ようぼう）	名詞／する動詞	要求；期望
88	人望（じんぼう）	名詞	聲望．名聲
89	先回り（さきまわ）	名詞	先行．預先
90	練る（ね）	動詞	制定策略；推敲
91	ならない限り（かぎ）	名詞	只要...就會；除非
92	記録（きろく）	名詞／する動詞	紀錄
93	記憶（きおく）	名詞／する動詞	記憶
94	道具（どうぐ）	名詞	工具；道具
95	間違い（まちが）	名詞	錯誤
96	写真（しゃしん）	名詞	照片
97	ばかり	助詞	只想；只專心
98	ブーム	名詞	熱潮；一時的流行
99	借りる（か）	動詞	借；借助
100	帰る（かえ）	動詞	回家

問題分析

文型分析	單語 60	慣用 0	文法 0		情境命題	景物 8	餐飲 9	住宿 5	交通 4	機場 14
	語意 10	諺語 0	閱測 10			生活 18	民俗 2	產業 2	職能 2	購物 6

單選題 [共80題 / 每題1.25分]

( ) 1 子供の頃に公園で遊んで _____ いたのが、今は懐かしいです。
　　　(A) **ばかり**[1]　(B) しかし　(C) むしろ　(D) こそ

　　[中譯] 懷念小時候經常在公園裡玩耍的時光。
　　　(A) 一直；總是　(B) 但是　(C) 寧可；倒不如　(D) 正是　　解 文法33 (ばかり)　生活 單語　答 A

( ) 2 日本人の大切な食文化を末永く[2] 後世に引き継ぎたい。
　　　(A) すえながく　(B) まつながく　(C) まちょうく　(D) すえちょうく

　　[中譯] 想要將日本人寶貴的飲食文化永久傳承給後代。　　　　　　　　　　　産業 單語　答 A

( ) 3 今後は、地球温暖化防止や環境保護に対する _____ が、企業経営における最重要課題の一つとなっていくでしょう。
　　　(A) くみあい　(B) **取り組み**[3]　(C) 取り込み　(D) 混み合い

　　[中譯] 未來，致力於防止全球暖化及環境保護，將成為企業經營中最重要的課題之一。
　　　(A) 聯盟；公會　(B) 對策　(C) 試圖；致力於　(D) 努力執行　(D) 混雜　産業 單語　答 B

( ) 4 この湖では、生態系に悪影響[4] を及ぼす特定外来生物の繁殖が問題となっている。
　　　(A) あくえいきょう　(B) わるえいきょう　(C) おえいきょう　(D) あくいんきょう

　　[中譯] 這個湖泊所面臨的問題是，某特定外來物種的繁殖對生態系造成的不良影響。
　　　(A) 惡劣影響　(B) 無此發音　(C) 無此發音　(D) 無此發音　景物 單語　答 A

( ) 5 世界自然遺産に登録[5] されている白神山地には、多様な動植物が _____ している。
　　　(A) はいりょ　(B) こうりょ　(C) さいしゅ　(D) せいそく[6]

　　[中譯] 被登錄為世界自然遺產的白神山地，有種類繁多的動植物棲息於此。
　　　(A) 考量　(B) 考慮　(C) 採集　(D) 棲息；生活；生存　景物 單語　答 D

( ) 6 東京にあるこの銀行は、英語が通じる _____ 外国人には便利[7] だろう。
　　　(A) ならでは　(B) ものの　(C) **だけに**[8]　(D) おそれ。

　　[中譯] 這家位於東京的銀行，正因為能使用英語，對外國人來說應該會很方便。
　　　(A) 只有　(B) 然而；雖然...但是　(C) 正因為；不愧是...　(D) 恐懼，害怕　生活 單語　答 C

( ) 7 日本に _____ 、一度も英語を使っていません。
　　　(A) **来て以来**[9]　(B) わたる　(C) 加えて　(D) 向けて。

　　[中譯] 自從到日本以來，從未使用過英語。
　　　(A) 自從來到　(B) 經過　(C) 再加上　(D) 面向　生活 單語　答 A

( ) 8 機内には、身の回り品（ハンドバッグ、カメラ、傘など）のほか、＿＿＿＿1 個を持ち込むことができます。
(A) 預け入れ荷物　(B) クラッカー　(C) **手荷物**[10]　(D) 宅配便

[中譯] 搭機時，除了隨身物品 (手提包、相機、雨傘等)，還可以攜帶一件<u>手提行李</u>。
(A) 託運行李　(B) 鹹餅乾；彩色拉炮　(C) 手提行李　(D) 快遞　　機場　單語　答 C

( ) 9 ＿＿＿＿とは事前に座席指定と、必要情報をご登録いただいたお客様が、空港でのお手続きをスムーズにできるサービスです。
(A) **オンラインチェックイン**[11]　(B) インターネット
(C) マイレージ　(D) アップグレード

[中譯] <u>線上辦理登機手續</u>是提供給事先完成選定座位和登記必要資訊的旅客，以便在機場順利完成登機手續的一種服務。
(A) 線上辦理登機手續　(B) 網路　(C) 優惠里程　(D) 升等　　機場　單語　答 A

( ) 10 今後の第 2 ターミナル国際線の運用再開に関しては、当ウェブサイト[12]にて＿＿＿＿ご案内いたします。
(A) くるしめて　(B) あきらめて　(C) ひきしめて　(D) あらためて

[中譯] 關於未來第 2 航站國際航班復飛的消息，將在我們的網站<u>另行</u>公告通知。
(A) 使苦惱　(B) 放棄　(C) 緊縮　(D) 另行　　機場　單語　答 D

( ) 11 販売品目および販売価格は、＿＿＿＿により変更させていただく場合があります。
(A) きごう　(B) **つごう**[13]　(C) きこう　(D) りこう

[中譯] 銷售品項以及銷售價格，可能會依情況而有所變動。
(A) 記號　(B) 情況　(C) 氣候　(D) 聰明　　購物　單語　答 B

補 (B)「都合」用以表示情況或時間方便與否。例如：ご都合はいかがでしょうか (您的時間/行程方便嗎 ?)、ご都合のいい日を教えて頂けませんか (可以告訴我方便的時間嗎 ?)。

( ) 12 **水際対策**[14] の強化に係る新たな措置が更新されることがありえますので、最新の情報をご確認の＿＿＿＿、目安として日本への入国予定日から 2 週間以内のご登録をお願いします。
(A) もと　(B) した　(C) うえ　(D) まえ

[中譯] 由於強化入境檢疫措施的新措施，會有更新的可能性，因此請在確認完最新消息<u>之後</u>，於前往日本的預計入境日起 2 週內完成登記手續。
(A) 基於　(B) 做完　(C) ~ 之後　(D) ~ 之前　　機場　單語　答 C

( ) 13 温泉の入浴時間は午後 4 時から朝 9 時までです。ご自由にご利用ください。ただし、**湯船**[15] で体を洗うことはご遠慮ください。
(A) ゆせん　(B) とうせん　(C) ゆぶね　(D) ゆふね

[中譯] 溫泉的開放時間為下午 4 點到早上 9 點。請自由使用，但請勿在<u>浴池</u>裡洗澡。
(A) 無此發音　(B) 當選　(C) 浴池　(D) 無此發音　　生活　單語　答 C

(　　) 14 フロントですか。105号室の林です。電気が _____ のですが、確認してもらえますか。
(A) あかない　(B) つかない [16]　(C) きかない　(D) ひらかない

[中譯] 請問是飯店櫃檯嗎？這裡是105號房，敝姓林。電燈不會亮，請派人來確認一下。
(A) 無法打開　(B) 亮不起來　(C) 不起作用　(D) 打不開　　　住宿 單語 答 B

(　　) 15 チェックイン前ですが、荷物だけ _____ もらえますか。
(A) あずかって [17]　(B) あずけて [18]　(C) きづけて　(D) つけて

[中譯] 在辦理入住手續前，是否可以先代為保管行李？
(A) 代管　(B) 寄放　(C) 注意　(D) 穿上　　　解 文法29 (~てもらう)　住宿 單語 答 A

(　　) 16 パリの調度品に _____ 客室は異国情緒たっぷりでございます。
(A) こまらせた　(B) かこまれた [19]　(C) ふみだした　(D) あそばせ

[中譯] 這間客房圍繞著巴黎風格的家具擺設，充滿異國情調。
(A) 使困擾　(B) 被包圍　(C) 踏出　(D) 被玩弄　　　住宿 單語 答 B

(　　) 17 すみませんが、トレー [20] はそちらに _____ ください。
(A) お下げ [21]　(B) お拭き [22]　(C) お待ち　(D) お飲み

[中譯] 不好意思，請把托盤收拾好並放到那邊。
(A) 收拾並放到...　(B) 擦拭　(C) 等待　(D) 飲用　　　餐飲 單語 答 A

(　　) 18 お酒は熱燗ですか、冷やですか。
(A) あっかん [23]　(B) あつかん [24]　(C) ねつかん　(D) ねっかん

[中譯] 請問清酒需要加熱，還是要冷的？
(A) 壓軸　(B) 加熱　(C) 無此發音　(D) 熱感　　　餐飲 單語 答 B

(　　) 19 お通し [25] をそちらに _____ いただけますか。
(A) まわして [26]　(B) とおして　(C) つうかして　(D) つくられ

[中譯] 可以麻煩將開胃菜遞過去嗎？
(A) 傳遞　(B) 經過　(C) 通過　(D) 製作　　　餐飲 單語 答 A

(　　) 20 あの店の品数は多くない。すべて木製板に書かれ、カウンターの前に _____ いる。
(A) かけられて [27]　(B) おさえられて [28]
(C) ひきついで [29]　(D) そめられて

[中譯] 那家店的商品不多。所有品項都寫在木板上，並懸掛在櫃台前。
(A) 懸掛　(B) 固定；壓著；防止　(C) 沿襲　(D) 染色　　　購物 單語 答 A

(　　) 21 旅行する前にインターネットで観光地をけんさくしました。
(A) 険作　(B) 検査　(C) 検索 [30]　(D) 検策

[中譯] 旅行前，我在網路上搜尋了觀光景點。
(A) 無此單字　(B) 查驗　(C) 搜尋　(D) 無此單字　　　生活 單語 答 C

( ) 22 見た目は ＿＿＿＿＿＿＿ ことのない冷えた油條だが、お椀に入れると完成度が増し、瞬時に食感を変えたのだ。
(A) 大した[31]　(B) 食べた　(C) 素朴　(D) 味気無い

[中譯] 這冷掉的油條看起來並不起眼，但放入碗裡卻變得更加完美，瞬間改變了口感。
(A) 顯著的　(B) 吃過的　(C) 樸素的　(D) 乏味的
餐飲 單語 答 A

解 (A)「大した」指驚豔、了不起的意思。接否定句時，表示不值得一提、不起眼的意思。

( ) 23 「瓜仔肉」のタレは黒色に近く、上品でコクがある。また、強い粘り気[32]もあり、コラーゲン[33]も豊富だ。
(A) せんりき　(B) ねばりけ　(C) せんき　(D) ねばりき

[中譯] 「瓜仔肉」的醬汁近乎黑色，口味細膩且濃郁。同時，它具有很強的黏性並富含膠原蛋白。
餐飲 單語 答 B

( ) 24 ご飯にタレ[34]をかければ、香りが ＿＿＿＿＿＿＿ と広がる。
(A) キラキラ　(B) プーン[35]　(C) てかてか　(D) どっしり

[中譯] 如果將醬汁加在白飯上，香氣就會飄散開來。
(A) 閃閃發光的　(B) 香氣四溢　(C) 閃亮的　(D) 穩重的
餐飲 單語 答 B

( ) 25 台湾小吃の多くが主食とおかず、スイーツの機能を ＿＿＿＿＿＿＿ [36]いる。
(A) ならべ　(B) かさね　(C) かね　(D) とれ

[中譯] 許多臺灣小吃既可以是主食和配菜，也可以作為甜點。
(A) 排列　(B) 疊加　(C) 兼具　(D) 拿走
餐飲 單語 答 C

( ) 26 西門町はもともと廃れた[37]場所だったが、日本統治時代後に発展を遂げた。
(A) すたれた　(B) あれた　(C) はいれた　(D) すられた

[中譯] 西門町原是一處荒廢的地方，在日本殖民時期發展了起來。
(A) 衰敗；過時　(B) 存在　(C) 進入　(D) 被奪走
景物 單語 答 A

解 (A)「すたれた」是「すたれる(過時)」的過去式，表示一個事物曾經繁榮興盛，但現在已經失去了往日的輝煌；(D)「すられた」是「すられる(偷竊)」的過去式，表示(錢或東西)被偷了而受損失。依本題題意，答案應選 (A)。

( ) 27 ディズニーランドは子供たちの心を虜[38]にしていた。
(A) りょ　(B) とりこ　(C) まいご　(D) ほろ

[中譯] 迪士尼樂園擄獲了孩子們的心。
(A) 無此發音　(B) 俘虜　(C) 迷路　(D) 遮蔽物
景物 單語 答 B

( ) 28 金瓜石の山の上には、日本統治時代の黄金神社の跡地[39]がある。
(A) あとち　(B) せきじ　(C) せっち　(D) あとじ

[中譯] 金瓜石山上，有日本殖民時期的黃金神社遺址。
(A) 舊址；遺址　(B) 次序　(C) 設置　(D) 無此發音
景物 單語 答 A

( ) 29 カードに ＿＿＿＿ がかかっています。カード会社にご確認ください。
(A) **ブロック**[40] (B) トリック (C) クラック (D) ブラック

[中譯] 信用卡被鎖碼了，請聯繫信用卡發卡公司進行確認。
(A) 鎖住 (B) 詭計 (C) 使破裂 (D) 黑色

生活 單語 答 A

( ) 30 どのようにお送りしますか。航空便ですか、**船便**[41]ですか。
(A) ふねびん (B) ふなびん (C) せんびん (D) せんべん

[中譯] 請問要用什麼方式寄送呢？空運還是海運？
(A) 無此發音 (B) 海運 (C) 無此發音 (D) 無此發音

生活 單語 答 B

( ) 31 **カーナビ**[42]や**チャイルドシート**[43]などは＿＿＿＿として別料金がかかる場合もあるので、確認した方が安心！
(A) セッション (B) オークション (C) **オプション**[44] (D) レセプション

[中譯] 汽車導航系統和兒童座椅等是選配項目，可能會被收取額外費用，先確認一下會放心！
(A) 會議 (B) 拍賣 (C) 選項 (D) 接待處

購物 單語 答 C

( ) 32 現金でのお支払い＿＿＿＿、割引いたします。
(A) に**かぎり**[45] (B) にかかり (C) だけあって (D) ても

[中譯] 只限現金支付，才會提供折扣。
(A) 只限於… (B) 負責 (C) 不愧是… (D) 即使

購物 語意 答 A

( ) 33 館内放送で＿＿＿＿をいたします。日本からお越しの山本様…
(A) もうしつけ (B) **およびだし**[46] (C) よびかけ (D) おかいあげ

[中譯] 這是館內廣播通知。來自日本的山本先生…
(A) 指示 (B) 通知 (C) 呼喚 (D) 購買

生活 語意 答 B

( ) 34 持病や既往症があるとインターネットを通して海外旅行保険の＿＿＿＿をすることが難しい。
(A) かいやく (B) じょうやく (C) **けいやく**[47] (D) せんやく

[中譯] 如有患病或慢性病者，透過網路申購海外旅行保險是很困難的。
(A) 解約 (B) 條約 (C) 申購 (D) 先前的約定

生活 單語 答 C

( ) 35 医者：こちらの錠剤は、食後に2**錠**[48]飲んでください。1日3回で、五日間飲んでください。患者は全部で薬を何錠飲まなければなりませんか。
(A) 6錠 (B) 15錠 (C) 30錠 (D) 36錠

[中譯] 醫生：這個藥錠在飯後服用2顆。每天3次，連續服用5天。患者總共需要服用幾顆藥錠？
(A) 6顆 (B) 15顆 (C) 30顆 (D) 36顆

生活 語意 答 C

( ) 36 お腹が痛い時に飲む薬はどれですか。
(A) すいみんやく (B) **いちょうやく**[49] (C) ずつうやく (D) せきどめ

[中譯] 肚子痛時要吃哪種藥呢？
(A) 安眠藥　(B) 腸胃藥　(C) 頭痛藥　(D) 止咳藥
生活 語意 答 B

( ) 37 震度5の地震で、高層ビルは大きく**揺れました**。
(A) ふれました　(B) ゆれました　(C) おれました　(D) たおれました

[中譯] 在震度5級的地震中，高樓大廈搖晃得很厲害。
(A) 觸摸到了　(B) 搖晃　(C) 斷裂　(D) 倒塌。
生活 單語 答 B

( ) 38 急に新型コロナ感染者になって、旅行にいけなくなったので、仕方がなくてホテルの予約を＿＿＿＿＿ました。
(A) とりかえ　(B) **とりけし**　(C) とりあげ　(D) とりだし

[中譯] 我突然成為新冠病毒感染者，所以無法去旅行，只好取消飯店預約。
(A) 更換　(B) 取消　(C) 收回　(D) 取出。
住宿 單語 答 B

( ) 39 10日前までに予約をすると、早期**割引**で宿泊料金が安くなります。
(A) かつひき　(B) かつびき　(C) わりひき　(D) わりびき

[中譯] 在10天前預約，就能享有早鳥折扣，住宿費用會比較便宜。
(A) 無此發音　(B) 無此發音　(C) 無此發音　(D) 折扣
住宿 單語 答 D

( ) 40 台湾の**ランタン祭り**を見物して、はじめて台湾にいることを＿＿＿＿＿しました。
(A) 実験　(B) **実感**　(C) 実績　(D) 実行

[中譯] 觀賞過臺灣的元宵燈會後，第一次真正感受到自己身在臺灣。
(A) 實驗　(B) 真正感受到　(C) 成果　(D) 執行
民俗 語意 答 B

( ) 41 観光地で事故に遭ったときに**救急車**を呼んでください。
(A) きゅきゅしゃ　　　　　(B) きゅきゅうしゃ
(C) きゅうきゅうしゃ　　　(D) きゅうきゅしゃ

[中譯] 在觀光景點遭遇事故時，請叫救護車。
生活 單語 答 C

( ) 42 外貨がなかったので、空港でドルに**りょうがえ**してもらいました。
(A) 両替　(B) 両変　(C) 両返　(D) 両交。

[中譯] 身上沒有外幣，所以在機場兌換美元。
(A) 貨幣兌換　(B) 無此用法　(C) 無此用法　(D) 雙向交通。
機場 單語 答 A

( ) 43 （ホテルのレストランで）「お客様、もう朝食を＿＿＿＿＿ましたか。」
(A) いただき　(B) **めしあがり**　(C) おたべ　(D) たべれ

[中譯] （在飯店餐廳內）「這位貴賓，您已經吃過早餐了嗎？」
(A) 我開動了　(B) 吃　(C) 無此用法　(D) 無此用法
餐飲 單語 答 B

補 (B)「めしあがり」的動詞原型為「召し上がる」，延伸的慣用語「召し上がってください」可用在主人對客人或對輩份高的人，表示請慢用、請享用的意思。

(　　) 44　空港で警察犬が観光客の荷物を**かぎ**⁵⁸ あてました。
　　　　(A) 吸ぎ　(B) 喫ぎ　(C) 嗅ぎ　(D) 聞ぎ。

　　[中譯]　在機場的警察嗅著旅客行李。
　　　　(A) 吸氣　(B) 抽　(C) 聞　(D) 無此用法　　機場 單語　答 C

(　　) 45　台湾への入国手続きが**めんどう**⁵⁹ で、長い列に延々と並びました。下線の言葉と意味が最も近い答えを選びなさい。
　　　　(A) じみ　(B) 危険　(C) へた　(D) 複雑

　　[中譯]　由於臺灣的入境手續繁瑣，我排了很長的隊伍。請選出最接近劃線單詞意思的選項。
　　　　(A) 質樸　(B) 危險　(C) 不擅長　(D) 複雑　　機場 單語　答 D
　　　補　「面倒（めんどう）」延伸的慣用語 - 面倒を掛ける (給人添麻煩、讓人操心)、面倒を見る (照顧別人)。

(　　) 46　旅行会社に連絡＿＿＿＿＿ので、台北一**日観光旅行**⁶⁰ に参加するかしないか早く返事してください。
　　　　(A) しないといけない　(B) してはいけない　(C) するといけない　(D) するのはいけない

　　[中譯]　因為必須得通知旅行社，所以請盡快回覆是否要參加台北一日遊。
　　　　(A) 必須、一定；不得不～　(B) 不可以做　(C) 無此用法　(D) 不應該做　　生活 語意　答 A

(　　) 47　このハンカチをお土産として買おうかどうしようか、さんざん迷った＿＿＿＿＿、結局買いませんでした。
　　　　(A) **あげく**⁶¹　(B) 以上は　(C) 上で　(D) ついでに

　　[中譯]　該不該買這條手帕當作紀念品，我猶豫一陣子後最終還是沒買。
　　　　(A) 最終　(B) 以上是　(C) 在...方面　(D) 順便　　購物 語意　答 A

(　　) 48　お盆休みを故郷や観光地などで過ごした人の＿＿＿＿＿で、全国の高速道路は朝から大変な**混雑**⁶² となりました。
　　　　(A)Z ターンラッシュ　　　　(B)T ターンラッシュ
　　　　(C)U ターンラッシュ⁶³　　　(D)C ターンラッシュ

　　[中譯]　在盂蘭盆節假期中，回故鄉過節和出遊人潮的返鄉車潮，造成全國高速公路從早上開始就非常壅塞。　　交通 單語　答 C

(　　) 49　台湾へ行ったことがあるというだけでは、台湾を知っているという＿＿＿＿＿。
　　　　(A) にすぎない　(B) しかない　(C) ことにはならない　(D) ことになる

　　[中譯]　僅僅只是去過臺灣，並不代表就能瞭解臺灣。
　　　　(A) 僅僅如此　(B) 只能如此　(C) 不能當作；並不代表　(D) 會成為　　生活 語意　答 C

(　　) 50　「大甲馬祖遶境進香」活動はあさってから 9 日間に＿＿＿＿＿行われます。
　　　　(A) つれて　(B) **わたって**⁶⁴　(C) 沿って　(D) かかって

　　[中譯]　「大甲媽祖遶境進香」活動從後天開始，將持續九天。
　　　　(A) 帶著　(B) 持續　(C) 沿著　(D) 花費時間　　民俗 單語　答 B

( ) 51　（観光地で）ガイドさん：「出発は 11 時ですから、お客様は 10 時 50 分 _____、観光バスに戻って⁶⁵ください。」
　　(A) から　(B) より　(C) までに　(D) まで

[中譯]（在觀光景點）導遊：「出發時間為 11 點，請各位貴賓在 10 點 50 分前回到遊覽車上。」
　　(A) 從　(B) 從　(C) 在...之前　(D) 直到　　　　　　　　職能 語意　答 C
　㊍ (C)「までに」表示在...之前的意思；「にまで」表示甚至、就連～的意思。

( ) 52　（空港で）**入国審査**⁶⁶員：「何か**申告**⁶⁷するものは持っていますか。」
　　客：「いいえ、持っていません。」
　　(A) しんこく　(B) しんごく　(C) しんごう　(D) しんこう

[中譯]（在機場）入境海關人員：「您是否有攜帶任何需要申報的物品？」旅客：「不，我沒有。」
　　(A) 申報　(B) 無此單字　(C) 信號　(D) 進行　　　　　　機場 單語　答 A

( ) 53　先生に**お目に**_____⁶⁸際に、卒業論文のアドバイスをいただいた。
　　(A) **かける**　(B) かかった　(C) 見える　(D) なる

[中譯] 和老師見面時，他給了我一些畢業論文的建議。
　　(A) 打（電話、信件）　(B) 見面　(C) 看得見　(D) 變成　　生活 單語　答 B

( ) 54　このツアーは駅から**とほ** 3 分の便利なホテルを予約しました。
　　(A) 歩行　(B) 散歩　(C) 進歩　(D) **徒歩**⁶⁹。

[中譯] 這個旅行團訂了一家距離車站走路 3 分鐘的飯店，非常方便。
　　(A) 步行　(B) 散步　(C) 進步　(D) 走路　　　　　　　　交通 單語　答 D

( ) 55　（空港でのチェックイン）客：「荷物の中身はノートパソコンなので**取り扱い**⁷⁰に注意してください。」
　　(A) とりあつかい　(B) とりあつがい　(C) とりしまい　(D) とりつかい

[中譯]（在機場辦理登機手續）旅客：「我的行李箱裡面是筆記型電腦，請小心處理。」
　　(A) 處理　(B) 無此發音　(C) 無此發音　(D) 無此發音　　機場 單語　答 A

( ) 56　入国審査官：「今回、**渡航**⁷¹の目的はなんですか。」客：「観光です。」
　　(A) とごう　(B) どごう　(C) とこう　(D) どこう

[中譯] 入境海關人員：「請問這次出國的目的是什麼？」旅客：「觀光。」
　　(A) 無此發音　(B) 土豪　(C) 出國　(D) 土木工程　　　　機場 單語　答 C

( ) 57　航空便を利用する際、マスク等の着用を各国政府や航空会社により**義務**_____⁷²いることがありますので、ご注意ください。
　　(A) かけられて　(B) **づけられて**　(C) あたって　(D) おさえて

[中譯] 在搭乘飛機時，有些國家政府或航空公司會強制規定乘客要佩戴口罩，請務必注意。
　　(A) 被覆蓋　(B) 被強制規定　(C) 依照；適用　(D) 壓住　　機場 單語　答 B

( ) 58 （機内のアナウンス）「入国に必要な書類をお持ちでないお客様は、**乗務員**[73]にお知らせください。」
(A) じょむいん　(B) じょうむいん　(C) しょうむいん　(D) しょむいん

[中譯]（機內廣播）「沒有拿到入境所需的文件的旅客，請告知機組人員。」　機場 單語　答 B

( ) 59 （ホテルで）ガイドさん：「このホテルの朝食のメニューは、**日替わり**[74]になっています。」
(A) にちがわり　(B) にがわり　(C) びがわり　(D) ひがわり

[中譯]（在飯店裡）導遊：「這家飯店的早餐菜單，會每天更換。」　機場 單語　答 D

( ) 60 故宮博物館は観光スポットとして注目 ＿＿＿＿ 集めています。
(A) が　(B) で　(C) を　(D) に

[中譯] 故宮博物院是一個備受矚目的觀光景點。　解 文法28 (他動詞)　景物 語意　答 C

( ) 61 経験豊富な彼にはいろいろなガイド**けいれき**[75]があります。
(A) 系歴　(B) 経歴　(C) 径歴　(D) 計歴

[中譯] 經驗豐富的他有著各種不同的導覽歷練。　職能 單語　答 B

( ) 62 (自由コースの観光地で) ガイドさん：「お客様、片道より**往復**[76]の切符を買ったほうが安いですよ。」
(A) しゅぶく　(B) しゅふく　(C) おうぶく　(D) おうふく

[中譯]（在自費行程的觀光景點）導遊：「各位貴賓，購買來回票券會比單程票便宜喔。」
(A) 無此用法　(B) 自首　(C) 無此用法　(D) 來回　交通 單語　答 D

( ) 63 台湾旅行は初めてですが、経験豊富な友人と一緒なので、＿＿＿＿。
(A) 心弱い　(B) 心浅い　(C) **心強い**[77]　(D) 心快い

[中譯] 雖然這是我第一次到臺灣旅遊，但有經驗豐富的朋友同行，讓人安心。
(A) 害怕或不安　(B) 無此用法　(C) 安心　(D) 無此用法　生活 單語　答 C

補 (B)「心浅い」正確用語為「心浅し」，表示思想淺薄、膚淺之意，此單語非現代日語的標準用法，僅出現在古典日語中。若想表達相似的意思，多使用「心が狭い/考えが浅い」。

( ) 64 ガイドさん：「飛行機への**ごとうじょう**[78]は、一時間前までにお願いいたします。」
(A) 搭乗　(B) 塔乗　(C) 到乗　(D) 同乗

[中譯] 導遊：「飛機的登機手續，請在一小時前完成。」
(A) 登機　(B) 無此用法　(C) 無此用法　(D) 一起搭乘　機場 單語　答 A

( ) 65 財布を観光バスに忘れたが、クレジットカードを持っていた ＿＿＿＿、何とかお土産などの買い物ができました。
(A) ものの　(B) せいで　(C) **おかげで**[79]　(D) くせに

[中譯] 把錢包放在遊覽車上忘記帶著，但幸虧有帶著信用卡，所以還是能買些當地特產及紀念品。
(A) 也好　(B) 因為　(C) 幸虧　(D) 然而　解 文法34 (~おかげで)　購物 單語　答 C

( ) 66 （機内のアナウンス）「間もなく出発いたします。＿＿＿＿＿を腰の低い位置でしっかりとお締めください。」
(A) シートベルド　(B) **シートベルト**[80]　(C) シートペルト　(D) シートペルド

[中譯]（機內廣播）「飛機即將起飛。請確實將安全帶在腰部以下的位置繫緊。」　交通　單語　答 B

( ) 67 高雄出身の私が、はじめて雪を見た＿＿＿＿＿は台湾の合歡山でした。
(A) **初体験**[81]　(B) 現体験　(C) 新体験　(D) 本体験

[中譯] 在高雄出生的我，第一次看見雪的首次體驗是在臺灣的合歡山。
(A) 第一次經驗　(B) 無此用法　(C) 新的體驗　(D) 無此用法。　景物　單語　答 A

( ) 68 台湾ではビールは夏＿＿＿＿＿、冬にもよく飲まれています。
(A) どころか　(B) に**かぎらず**[82]　(C) よらず　(D) はおろか

[中譯] 在臺灣，啤酒不僅在夏天，在冬天也很受歡迎。
(A) 不僅...反而　(B) 不僅　(C) 不受影響　(D) 更不用說　生活　單語　答 B
補 (B)「～に限らず」表示不限於、不僅僅是的意思；「～に限る」表示限定。

( ) 69 （ホテルのレストランで）「田中といいますが、今夜2名で予約を取っているはずです。」「田中様で＿＿＿＿＿。はい、たしかにご予約いただいています。」
(A) おっしゃいますね　　　　(B) 申されますね
(C) まいりますね　　　　　　(D) いらっしゃいますね

[中譯]（在飯店餐廳裡）「我叫田中，今晚有預約了兩位。」
「田中先生是嗎。好的，確實有您的預約。」
(A) 您說（言う的尊敬語）　(B) 您提到（言う的謙譲語「申す」+ 敬譲「れる」，變成雙重敬語）
(C) 我到來（来る的謙譲語）(D) 您來了（いる的尊敬語）　解 文法31(敬語)　餐飲　單語　答 D

( ) 70 九族文化村は台湾原住民のかつて[83]の住居が再現されたものである。下線部分と意味が違う[84]ものを選んでください。
(A) むかし　(B) かこ　(C) いぜん　(D) げんざい

[中譯] 九族文化村是重現臺灣原住民曾經居住的地方。請選出與底線部分意思不同的選項。
(A) 很久以前　(B) 過去　(C) 以前　(D) 現在　景物　單語　答 D

閱讀測驗一

次の文を読んで、適当な答えをそれぞれ一つ選びなさい。

—加賀屋さんは「おもてなし[85]の宿」とも呼ばれていますが、その「おもてなし」の精神について教えてください。

　　おもてなしとはお客様の気持ちを理解してサービスすることです。昔は「(71) 十人十色[86]」でしたが、今は一人十色どころか百色とか言われる時代です。つまり、一人一人のお客様が求めるサービスが違うのはもちろん、同じお客様でも時によって (72) ＿＿＿＿＿が変わることもあるわけです。サービスを基本通りにやっていても、60点です。常にお客様が考えていることを (73) ＿＿＿＿＿して現実のものとして提供できるよう策を (74) ＿＿＿＿＿。お客様が心から喜んでくださることが自分の喜

びにもなるという気持ちに (75) _____、真の意味でのお客様へのおもてなしはできません。(「『日本一の旅館』加賀屋の女将に聞く」より抜粋)

請閱讀以下文章，並選出一個適當的答案。

―加賀屋被評價為「賓至如歸的旅館」，請說明一下什麼是「賓至如歸」的精神。

賓至如歸是指理解客人的心情並提供相應服務的過程。古時候是「(71) 人各有不同，十人十個樣」，但現今不僅只是一位客人十種樣貌，也可謂每位客人會有「百種樣貌」的時代。換句話說，每一位客人所需求的服務當然也都不同，而且同樣的客人提出 (72) 要求也會依時間而有所改變。因此，即使按照原有的標準提供服務，也只能得到 60 分。必須時常 (73) 事先考慮客人的想法，並 (74) 制定策略將其服務付諸實現提供給客人。(75) 只有當客人打從心底感到滿意也會成為自己的喜悅時，才是真正所謂的對待客人賓至如歸。（摘自「賀屋旅館老闆娘的『日本第一旅館』」）

( ) 71 昔は「(71) 十人十色」でしたが、今は一人十色どころか百色とか言われる時代です。下線部分の正しい読み方を選んでください。
(A) じゅうにんじゅういろ (B) とおにんとおいろ
(C) じゅうにんといろ (D) じゅうにんじいろ

[中譯] 以前的說法是「(71) 十人十色」，請選擇劃線部分正確的讀音。　　　　　　答 C

補 句中的「十人十色」為慣用語，表示「每個人都有不同的想法或偏好」。

( ) 72 つまり、一人一人のお客様が求めるサービスが違うのはもちろん、同じお客様でも時によって (72) _____ が変わることもあるわけです
(A) **ようぼう** [87]　(B) **じんぼう** [88]　(C) いぼう　(D) いんぼう

[中譯] 換句話說，每一位客人所需求的服務當然也都不同，而且同樣的客人提出 (72) 要求也會依時間而有所改變。
(A) 要求　(B) 聲望　(C) 遺忘　(D) 陰謀　　　　　　　　　　　　　　　　答 A

( ) 73 常にお客様が考えていることを (73) _____ して現実のものとして提供できるよう策を (74) _____ ます。
(A) あとまわり　(B) まえまわり　(C) **さきまわり** [89]　(D) うちまわり

[中譯] 必須時常 (73) 事先考慮客人的想法，並 (74) _____ 策略將其服務付諸實現提供給客人。
(A) 事後處理　(B) 無此單字　(C) 預先；事先　(D) 內勤　　　　　　　　　答 C

( ) 74 常にお客様が考えていることを (73) _____ して現実のものとして提供できるよう策を (74) _____ ます。
(A) **ねり** [90]　(B) おくり　(C) さらし　(D) はこび

[中譯] 必須時常 (73) 事先考慮客人的想法，並 (74) 制定策略將其服務付諸實現提供給客人。
(A) 制定；推敲　(B) 發送　(C) 揭示　(D) 運送　　　　　　　　　　　　　答 A

( ) 75 お客様が心から喜んでくださることが自分の喜びにもなるという気持ちに (75) _____、真の意味でのお客様へのおもてなしはできません。
(A) ないまでも　(B) しかない　(C) 至り尽くせり　(D) **ならない限り** [91]

[中譯] **(75)** 只有在達到當客人打從心裡感到滿意，自己也會感到高興的境界時，才是真正的真心誠意款待客人精神的實現。
(A) 即使沒有　(B) 只有　(C) 百般殷勤　(D) 除非

答 D

解 (D)「～限り」表示「只要...就會...」、「除非」的意思。

閱讀測驗二

次の文を読んで、適当な答えをそれぞれ一つ選びなさい。

　　幼稚園の運動会で、みんな一生懸命で、木に登ったり、二階のベランダに上がったりしている人が何人もいた。子供の家族が子供を見に来ているというより、どこかの撮影会社の人たちが来ているのかと思ったくらいである。写真を楽しむということは、悪いことではない。しかし、現実の子供の動きや、その場の空気を、その場で直接感じないで、写真やビデオの中だけで感じようとするのは、やはりどこかおかしい。ふつうではない。

　　本来、**記録**[92]というのは**記憶**[93]とは違う。写真やビデオは記録の **(76) 道具**[94] としてはすばらしいが、記憶のための道具ではない。記憶は人間が自分のさまざまな感覚でするものである。その記憶ということをカメラという**機械**に全部してもらうのは大きな**間違い**[95]である。**写真**[96]をとることに**ばかり**[97]気をとられて **(77)** ＿＿＿を自分の目で見ることがない。あとでうちへ **(78)** ＿＿＿ビデオで見られると思うから、目の前で行われていることを、その場所で自分の目を使ってしっかり見ようとしない。これはどこか間違っていないだろうか。

　　写真家として、また写真教室の講師として、多くの人たちが写真 **(79)** ＿＿＿興味を持つようになることは、前にも書いたようにとてもうれしい。しかし、このような **(80) まちがった**行いをしていないか、もう一度考えてほしい。私は最近の写真**ブーム**[98]のかげには、自分でしないで何でも**機械の力を借りて**[99]しまうという最近の人間の悪い習慣があるように思うのである。

請閱讀以下文章，並選出一個適當的答案。

　　在幼稚園的運動會上，許多人非常的拼命，他們爬上樹或跑到二樓陽台上。我總覺得這些來看孩子的家族親友們，像是某個攝影公司派來的人。雖說享受拍照的樂趣並不是件壞事，但如果不在現場直接感受孩子們的動作，或感受現場的氣氛，反而只透過照片或影片來體會參與感，這點果然相當奇怪，很不正常。

　　原本，紀錄和記憶就是不同的。照片和影片是非常優秀的紀錄 **(76)** 工具，但它們並不是為了記憶而存在的工具。記憶是人類透過自身各種感官所進行的過程。把記憶全交給名為相機的機器代勞是一個大大的錯誤。只顧專心拍照而沒有用自己的雙眼正視 **(77)** 眼前的實際狀況。心想 **(78)** 如果回到家能看到影片重播，那就不會在當下自己親眼目睹現場發生的事情。這樣是否有些不對？

　　作為一名攝影師，同時也是攝影教室的講師，能讓更多人 **(79)** 對攝影產生興趣，這是我很樂見的事，就像我之前所提及的。然而，希望每個人都能再次檢討自己是否也有這樣的 **(80)** 不當行為。最近在攝影熱潮的背後，我個人認為現代人有一個壞習慣，就是自己什麼也不願意動手做，而只借助機器的力量完成原本自己該做的事。

(　) 76　写真やビデオは記録の **(76)** 道具としてはすばらしいが、記憶のための道具ではない。
(A) とうぐ　(B) とうぐう　(C) どうぐ　(D) どうぐう

[中譯] 照片和影片是非常優秀的紀錄 (76) 工具，但並不是為了記憶而存在的工具。
(A) 照明器具　(B) 皇太子的宮殿　(C) 工具　(D) 無此用法　　　　　　　　　　　答 C

(　) 77　写真をとることにばかり気をとられて (77)_____を自分の目で見ることがない。
(A) 目の前の現実　(B) 写真やビデオ　(C) 記録の道具　(D) 人間の感覚

[中譯] 只顧專心拍照而沒有用自己的雙眼正視 (77) 眼前的實際狀況。
(A) 眼前的情況　(B) 相機或攝影機　(C) 紀錄的工具　(D) 人的感官　　　　　　答 A

(　) 78　あとでうちへ (78)_____ビデオで見られると思うから、目の前で行われていることを、その場所で自分の目を使ってしっかり見ようとしない。
(A) 帰ろう　(B) 帰ったり　(C) 帰りながら　(D) **帰れば**¹⁰⁰

[中譯] 心想 (78) 如果回到家能看影片重播，那就不會在當下自己親眼目睹現場發生的事情。
(A) 回家吧　(B) 有時回家　(C) 一邊回家，一邊　(D) 如果回到家　　　　　　答 D

(　) 79　写真家として、また写真教室の講師として、多くの人たちが写真 (79)_____興味を持つようになることは、前にも書いたようにとてもうれしい。
(A) を　(B) に　(C) で　(D) が

[中譯] 作為一名攝影師，同時也是攝影教室的講師，能讓更多人 (79) 對攝影產生興趣，這是我很樂見的事，就像我之前所提及的。
(A) 表示動作的直接對象　　　　　(B) 表示動作作用所指向的對象
(C) 表示動作的進行地點、手段等　(D) 表示主語　　　　　　　　　　　　　　答 B

(　) 80　しかし、このような (80) まちがった行いをしていないか、もう一度考えてほしい。この文章を書いた人は、なぜ下線の「間違った行い」といっているのか、最も適当なものを選びなさい。
(A) 記憶ということをカメラやビデオにしてもらうのは、まちがいだからだ。
(B) カメラやビデオで記録するというのは、まちがいだからだ。
(C) ふつうの人が、木に登ったりして写真をとるのは、まちがいだからだ。
(D) 多くの人たちが、カメラやビデオを持つことはまちがいだからだ。

[中譯] 然而，希望每個人都能再次檢討自己是否也有這樣的 (80) 不當行為。為什麼本文作者稱這種行為是「不當行為」請選擇最合適的答案。
(A) 因為單靠相機或影片來紀錄記憶是錯誤的。
(B) 因為用相機或攝影機來紀錄是錯誤的。
(C) 因為一般人為了拍照而爬樹是錯誤的。
(D) 因為許多人擁有相機或攝影機是錯誤的。　　　　　　　　　　　　　　　　答 A

Note

Chapter 04 | 113年度導遊測驗題
熟悉考試題型、加強字彙，掌握出題方向

重要單語整理

	單字	詞性	中文
1	左側通行（ひだりがわつうこう）	名詞	靠左行駛
2	活魚（かつぎょ）	名詞	活魚
3	漁業（ぎょぎょう）	名詞	漁業
4	吊す（つるす）	動詞	吊掛、懸掛(某物)
5	最上階（さいじょうかい）	名詞	頂樓
6	物件（ぶっけん）	名詞	房子、房屋
7	マンション	名詞	公寓
8	アパート	名詞	公寓
9	夏場（なつば）	名詞	夏天
10	直射日光（ちょくしゃにっこう）	名詞	直射日光
11	蒸す（むす）	動詞	蒸氣
12	バラエティー	名詞	多樣性
13	富む（とむ）	動詞	豐富
14	姿（すがた）	名詞	出現、展現
15	素晴らしい（すばらしい）	形容詞	了不起、很棒
16	スピード	名詞	速度
17	起こす（おこす）	動詞	發生
18	身近な（みぢかな）	形容詞	常見
19	控える（ひかえる）	動詞	暫不；節制、控制
20	揺れ（ゆれ）	名詞	搖晃
21	おさまる	動詞	停止

	單字	詞性	中文
22	転換期（てんかんき）	名詞	轉捩點
23	ケータイ	名詞	手機
24	音声言語（おんせいげんご）	名詞	語音
25	コミュニケーション	名詞	溝通
26	シチュエーション	名詞	場面
27	真剣（しんけん）	名詞	嚴肅
28	ドリンク	名詞	飲料
29	傾斜（けいしゃ）	名詞	坡度
30	きつい	形容詞	陡峭
31	トレーニング	名詞	訓練
32	放置（ほうち）	名詞／する動詞	放置
33	自然災害（しぜんさいがい）	名詞	自然災害
34	議論（ぎろん）	名詞／する動詞	討論
35	健康志向（けんこうしこう）	名詞	健康意識
36	ジョギング	名詞	慢跑
37	サイクリング	名詞	騎自行車
38	ロードレース	名詞	公路賽
39	イベント	名詞	活動
40	催す（もよおす）	動詞	舉行
41	プライバシー	名詞	隱私
42	無断（むだん）	名詞	隨便（沒經過當事者的允許）
43	エネルギー	名詞	能源
44	導入（どうにゅう）	名詞／する動詞	引進
45	情熱（じょうねつ）	名詞	激情、熱情
46	浮かび上がる（うかびあがる）	動詞	浮現
47	容姿（ようし）	名詞	外貌

	單字	詞性	中文
48	乗り放題(の ほうだい)	名詞	無限次乘坐
49	フリー切符(きっぷ)	名詞	自由票
50	インターハイ	名詞	高中校際比賽
51	堅忍不抜(けんにん ふ ばつ)	名詞	堅忍不拔
52	プロジェクト	名詞	項目
53	慎重(しんちょう)	名詞	謹慎
54	取り組み(と く)	名詞	處理
55	辛い(つら)	形容詞	困難
56	誘う(さそ)	動詞	邀請
57	無常識(む じょうしき)	名詞	沒有常識
58	極まる(きわ)	動詞	極為
59	ネット予約(よやく)	名詞	網上預訂
60	プリントアウト	名詞	打印出來
61	スマホ	名詞	智慧型手機
62	健在(けんざい)	名詞	健在
63	暮らす(く)	動詞	生活著
64	試す(ため)	動詞	試著
65	壊れる(こわ)	動詞	壞掉、壞了
66	新雪(しんせつ)	名詞	新雪
67	譲る(ゆず)	動詞	讓
68	許容(きょよう)	名詞／する動詞	容忍
69	ユーモア	名詞	幽默、有趣的
70	ジョーク	名詞	玩笑
71	イメージ	名詞	概念
72	生息(せいそく)	名詞／する動詞	棲息
73	契機(けいき)	名詞	契機
74	はばかる	動詞	顧忌

	單字	詞性	中文
75	こたつ	名詞	暖桌
76	甦る（よみがえる）	動詞	湧現
77	ひょっこり	副詞	偶然
78	いじる	動詞	玩弄
79	隠す（かくす）	動詞	掩飾
80	ものしり	名詞	博學
81	スポット	名詞	景點
82	資質（ししつ）	名詞	資質
83	魅了（みりょう）	名詞／する動詞	吸引
84	余儀ない（よぎない）	形容詞	被迫
85	緻密な（ちみつな）	形容詞	細膩的
86	初乗り（はつのり）	名詞	起步價
87	魅力（みりょく）	名詞	魅力、吸引力
88	収まる（おさまる）	動詞	控制在
89	運転手（うんてんしゅ）	名詞	司機
90	手渡す（てわたす）	動詞	遞給、交給
91	著名（ちょめい）	名詞	著名
92	相乗り（あいのり）	名詞	拼車(一起共乘)
93	経由（けいゆ）	名詞	經過
94	払う（はらう）	動詞	付費、支付
95	高齢者（こうれいしゃ）	名詞	高齡者
96	糧（かて）	名詞	動力
97	育む（はぐくむ）	動詞	培養
98	敬老（けいろう）	名詞	敬老
99	敬う（うやまう）	動詞	尊敬
100	微塵（みじん）	名詞	絲毫

問題分析

文型分析	單語 41	慣用 0	文法 8	情境命題	景物 7	餐飲 5	住宿 2	交通 5	機場 0
	語意 21	諺語 0	閱測 10		生活 31	民俗 0	產業 3	職能 17	購物 0

單選題 [共80題 / 每題1.25分]

( ) 1 台湾は日本と異なり、左ハンドルで<u>左側通行</u>[1]です。
  (A) ひだりがわつうこう   (B) ひたりがわつうこ
  (C) ひたりかわつうこう   (D) ひだりがわつうこ

 [中譯] 臺灣與日本不同，是左駕並靠左行駛。 交通 單語 答 A

( ) 2 店内には大きな<u>活魚</u>[2]の水槽が置かれ、高い天井には<u>漁業</u>[3]用の網が<u>吊されて</u>[4]いる。
  (A) かつぎょう (B) かつぎょ (C) いきじょ (D) いきぎょう

 [中譯] 店內擺放著大大的活魚水槽，高高的天花板上吊掛著漁業用的網子。 產業 單語 答 B

( ) 3 できるだけ避けたいのは<u>最上階</u>[5]の<u>物件</u>[6]です。新しい<u>マンション</u>[7]の場合は問題ありませんが、古い<u>アパート</u>[8]の場合は<u>夏場</u>[9]に<u>直射日光</u>[10]が照り付け、部屋が<u>蒸し</u>[11]風呂状態になることがあります。
  (A) ちょくしゃにっこう   (B) ちょっしゃにっこう
  (C) ちょくしゃにこう   (D) ちょうしゃにっこう

 [中譯] 我盡量避免選擇頂樓的房子。新建的公寓還好，但如果是舊公寓在夏天會被<u>直射日光</u>照射，房間會變得像蒸氣浴一樣悶熱。 住宿 單語 答 A

( ) 4 広東地方は、食材が豊富な土地で、料理の種類も<u>バラエティ</u>[12]_____ <u>富んで</u>[13]います。
  (A) が (B) を (C) で (D) に

 [中譯] 廣東地區是食材豐富的地方，料理的種類也富於變化。 餐飲 文法 答 D
 解 (D)「～に富んで」表示在某方面上非常豐富、多樣。本題在句中強調料理種類的多樣性。

( ) 5 16世紀を迎える_____、欧米列強が台湾近海に<u>姿</u>[14]を見せるようになります。
  (A) たら (B) ば (C) と (D) なら

 [中譯] 進入16世紀後，歐美列強開始出現在臺灣近海。
  (A)(B)(D) 如果......的話 (C) 當......時 解 文法33 (と) 生活 文法 答 C

( ) 6 テレビを見たい人は見_____かまいません。
  (A) たら (B) ても (C) なくては (D) なければ

 [中譯] 想看電視的人<u>即使看了也沒關係</u>。 解 文法34 (～てもかまいません)
  (A) 如果......的話 (B) 也沒關係 (C) 不看不行 (D) 不看不行 生活 文法 答 B

( ) 7 須貝さんがこの子供たちに理科の授業を教えている____、<u>素晴らしい</u>[15]ことだと言える。
  (A) には (B) へは (C) では (D) とは

[中譯] 須貝先生教這些孩子理科的課，可以說是一件了不起的事。　　職能 文法　答 D
解 (D)「とは」表所謂～，強調對前內容進行說明或定義，表達須貝先生教孩子理科課的偉大。

( ) 8 「台湾高鉄」は島の西側_____走り、南北_____結んでいます。
(A) から、に　(B) に、を　(C) で、へ　(D) を、を

[中譯]「臺灣高鐵」沿著島的西側行駛，連接南北。　解 文法33 (を)　交通 文法　答 D

( ) 9 スピード¹⁶を出すから、事故を起こした¹⁷んだ。ゆっくり走れと言っておいた____。
(A) のに　(B) ので　(C) から　(D) かしら

[中譯] 因為超速，才發生事故。明明已經告訴過你要慢速行駛。　解 文法33 (のに)　交通 文法　答 A

( ) 10 能登では「冬といえばカニ」といわれる_____カニは身近な¹⁸食材です。
(A) だけ　(B) しか　(C) はず　(D) ほど

[中譯] 在能登，可以用「一到冬天就想到螃蟹」的程度來形容螃蟹是一種常見的食材。
(A) 只有　(B) 只有…而已　(C) 應該會　(D)…的程度　解 文法34 (~ほど)　餐飲 文法　答 D

( ) 11 当機はこれより先、気流の悪いところを通過いたします。申し訳ございませんが、お飲み物のサービスを控えさせて¹⁹いただきます。揺れ²⁰がおさまり²¹_____、サービスを再開いたしますので、ご了承ください。
(A) ながら　(B) つつ　(C) てから　(D) しだい

[中譯] 本機即將通過氣流不穩區。抱歉飲料服務暫停提供。搖晃一平息就會恢復服務，請見諒。
(A) 一邊……一邊　(B) 一邊……一邊　(C) 之後　(D) 一……就　交通 文法　答 D
補 (D)「名詞＋しだい」，表示「一旦～就～」的意思。

( ) 12 鎌倉時代は日本建築史に_____大きな転換期²²であった。
(A) 対して　(B) ついて　(C) とって　(D) 言えば

[中譯] 鎌倉時代對於日本建築史來說，是一個重要的轉振點。
(A) 對比　(B) 關於　(C) 對……來說　(D) 說到　生活 單語　答 C

( ) 13 ケータイ²³は、まず音声言語²⁴のコミュニケーション²⁵手段_____開発された。
(A) からして　(B) として　(C) にして　(D) について

[中譯] 手機最初是作為一種語音溝通的工具而被開發出來的。
(A) 從……開始　(B) 作為　(C) 直到　(D) 關於　生活 單語　答 B

( ) 14 そのシチュエーション²⁶はあまりにも真剣²⁷で_____、笑えなかった。
(A) 笑うとしても　(B) 笑えるとしても　(C) 笑うまいとしても　(D) 笑おうとしても

[中譯] 那個場面太嚴肅了，即使想笑也笑不出來。　生活 語意　答 D

( ) 15 砂糖入りのドリンク²⁸ばかり_____、健康を害する可能性が高まる。
(A) 飲むには　(B) 飲んでいては　(C) 飲むまで　(D) 飲んでいても

[中譯] 如果都只喝含糖飲料的話，就會增加危害健康的可能性。
(A) 要喝　(B) 如果喝　(C) 直到喝　(D) 即使喝

餐飲 語意　答 B

( ) 16 うちの弟 _____ 漫画ばかり読んでいて、少しも勉強しないので困っています。
(A) としたら　(B) とあれば　(C) ときたら　(D) といえば

[中譯] 講到我弟弟也真是的，只顧著看漫畫，多少唸一點書也不肯，真是讓我困擾。
(A) 如果　(B) 如果是　(C) 講到　(D) 話說

生活 單語　答 C

( ) 17 散歩 _____、近くの郵便局へ手紙を出しに行った。
(A) ついでに　(B) がてら　(C) しつつ　(D) ながら

[中譯] 散步的時候，我順便去附近的郵局寄信。
(A) 順便　(B) 順便　(C) 同時　(D) 邊走

生活 單語　答 B

補 (A)「ついでに」指「順便」的意思。其正確的使用方式需加「の」來連接名詞，正確文型為「名詞(散步)＋の＋ついでに」。由於題目中缺少「の」，因此選項(A)不合適。

( ) 18 あの方とは一度お会いした _____、その後、会っていません。
(A) きり　(B) もの　(C) のみ　(D) さえ

[中譯] 我跟那位先生見過一次面，自此以後就再也沒見過。
(A) 之後　(B) 東西　(C) 只有　(D) 即使

生活 單語　答 A

( ) 19 信義区に位置する象山は傾斜²⁹がきつい³⁰ _____ 登山のトレーニング³¹に利用されます。
(A) ため　(B) わけ　(C) はず　(D) もの

[中譯] 位於信義區的象山，由於坡度陡峭，因此被用來做登山訓練。
(A) 因此　(B) 理由　(C) 應該　(D) 東西

景物 單語　答 A

( ) 20 このまま放置³²すれば、状況は悪化し _____。
(A) かねない　(B) きれない　(C) かねる　(D) きれる

[中譯] 如果繼續放置不管，情況可能會惡化。
(A) 可能　(B) 不會　(C) 不會　(D) 可以

生活 單語　答 A

( ) 21 その突然の知らせに驚きの _____、言葉を失ってしまった。
(A) あまり　(B) おかげ　(C) わけ　(D) ように

[中譯] 對於那突如其來的消息，讓我驚訝得以至於說不出話。
(A) 以至於　(B) 由於　(C) 原因是　(D) 如同

生活 單語　答 A

( ) 22 自然災害³³の問題については、鈴木先生が一番くわしいです。この問題については、鈴木先生を _____ 議論³⁴しても仕方がない。
(A) だいじにして　(B) ぬきにして　(C) ちゅうしんとして　(D) きっかけにして

[中譯] 關於自然災害的問題，鈴木老師最為了解。對於這個問題，如果無視鈴木老師的話來討論也沒有意義。
(A) 特別重視　(B) 無視　(C) 為中心　(D) 為契機　　生活 單語　答 B

( ) 23 近年、台湾では、**健康志向**[35]が高まっており、ジョギング[36]やサイクリング[37]を楽しむ人たちが増えています。これに伴い、マラソン大会や自転車の**ロードレース**[38]など、各種スポーツ大会や**イベント**[39]も盛んに**催される**[40]＿＿＿＿。
(A) ようになりました　　(B) ようにしました
(C) ようにされました　　(D) ようにさせました

[中譯] 近年來，臺灣的健康意識提高，享受慢跑和騎自行車的人增多。隨著馬拉松賽事、自行車公路賽等趨勢，各種體育賽事和活動也開始頻繁舉行。
(A) 開始　(B) 做了　(C) 被做了　(D) 被使得　　產業 語意　答 A

( ) 24 ガイドさんの笑顔を＿＿＿＿、私の心は温かくなる。
(A) 見たなら　(B) 見るうちに　(C) 見たところ　(D) 見るたびに

[中譯] 每次看到導遊的笑容，我的心情變得溫暖。
(A) 如果看　(B) 在看的過程中　(C) 看過的地方　(D) 每次看　　職能 語意　答 D

( ) 25 他人の**プライバシー**[41]を**無断**[42]で公開する＿＿＿＿。
(A) べきではない　(B) はずではない　(C) ことではない　(D) まで ではない

[中譯] 無論如何都不應該隨便公開他人的隱私。
(A)(道德上)不應該　(B) 不可能　(C) 不算是　(D) 不至於　　生活 語意　答 A

( ) 26 この人形はとてもよく作られていて、＿＿＿＿。
(A) 生きたいものだ　(B) 生きることだ　(C) 生きそうだ　(D) 生きているかのようだ

[中譯] 這個娃娃製作得非常精美，看起來就像是活的一樣。
(A) 就是活的　(B) 就是活著　(C) 看起來要活了　(D) 好像活的　　生活 語意　答 D

( ) 27 世界中で再生可能**エネルギー**[43]の**導入**[44]が＿＿＿＿。
(A) 進むとおりだ　(B) 進みぬいた　(C) 進む次第だ　(D) 進みつつある

[中譯] 全球各地的可再生能源導入正在逐步推進。
(A) 就如同進展一樣　(B) 完成了　(C) 正在進行　(D) 正逐步進行　　產業 語意　答 D

( ) 28 社長に初めて＿＿＿＿ときに、彼の熱意と**情熱**[45]が印象的だった。
(A) お会いになった　(B) 拝見した　(C) お目にかかった　(D) ご覧になった

[中譯] 第一次見到社長時，他的熱情和激情給我留下了深刻的印象
(A) 會見　(B) 拜見　(C) 見到　(D) 觀看　　職能 單語　答 C

( ) 29 8月16日夜、京都の夏の夜空に＿＿＿＿**浮かび上がる**[46]「五山の送り火」。
(A) きっくりと　(B) あっさりと　(C) くっきりと　(D) さっぱりと

[中譯] 8月16日晚上，在京都的夏季夜空中，清晰地浮現出「五山送火」。
(A) 清晰地　(B) 輕微地　(C) 顯著地　(D) 完全地

景物　單語　答 C

( ) 30　彼の**容姿**⁴⁷＿＿＿＿、その才能と努力は誰もが認めるところだ。
(A) に先立ち　(B) につけて　(C) はともかく　(D) のくせに

[中譯] 姑且不論他的外貌，他的才能和努力都是大家公認的。
(A) 除了　(B) 其次　(C) 先不管　(D) 即使

職能　單語　答 C

( ) 31　当店＿＿＿＿のすばらしい料理をお楽しみください。
(A) ならでは　(B) にあたって　(C) だけでかえって　(D) ならびに

[中譯] 請享用本店獨特的美味料理。
(A) 特有的　(B) 相關的　(C) 只是　(D) 以及

餐飲　單語　答 A

( ) 32　台湾高鉄では外国人＿＿＿＿に全線が**乗り放題**⁴⁸となる**フリー切符**⁴⁹「台湾高鉄パス」を発行しています。
(A) 向く　(B) 向け　(C) 向き　(D) 往け

[中譯] 臺灣高鐵針對外國人發行了無限次乘坐的自由票「臺灣高鐵通行證」。
(A) 針對　(B) 目標　(C) 適合　(D) 向

交通　單語　答 B

( ) 33　試験前夜にゲームをしているなんて、明日の成績が悪くなる＿＿＿＿。
(A) にすぎない　(B) にきまっている　(C) ものによる　(D) とは言える

[中譯] 在考試前夜還在玩遊戲，明天的成績一定會變差。
(A) 絕對會變差　(B) 變好　(C) 取決於　(D) 可以說

職能　單語　答 B

( ) 34　小柄な身長ながら、バスケットボールの選手として**インターハイ**⁵⁰に出場できたのは彼の**堅忍不拔**⁵¹の努力が＿＿＿＿。
(A) あってこそだ　(B) あるのだ　(C) ないわけがない　(D) あるのに

[中譯] 雖然身高矮小，但能夠參加高中籃球校際賽是因為他的堅忍不拔的努力才得以實現。
(A) 才能實現　(B) 存在　(C) 不可能　(D) 但是

職能　單語　答 A

( ) 35　うれしそうな顔をしている＿＿＿＿みると、試験はうまくいったようだ。
(A) ところを　(B) ところに　(C) ときを　(D) だけに

[中譯] 看起來很高興的樣子，似乎考試進行得很順利。
(A) 看來　(B) 在…地方　(C) 時候　(D) 僅僅

生活　單語　答 A

( ) 36　健康的な食生活をすること、それに＿＿＿＿。
(A) までもない　(B) こしたことはない　(C) ほどのことではない　(D) くらべない

[中譯] 健康飲食的生活，這樣肯定再好不過了。
(A) 沒必要　(B) 再好不過了　(C) 不算什麼　(D) 無法比擬

生活　單語　答 B

(　) 37 住田さんは経験が豊富だ _____、この新しいプロジェクト⁵²には慎重⁵³に取り組む⁵⁴必要がある。
(A) というのも　(B) ゆえに　(C) としては　(D) とはいえ

[中譯] 住田先生雖然經驗豐富，即使如此這個新案子還是需要謹慎處理。
(A) 因此　(B) 因為　(C) 作為　(D) 即使　　　　　　　　　　　職能 語意　答 D

(　) 38 頭が痛くて、勉強する _____、じっとしているのも辛かった⁵⁵。
(A) ところで　(B) どころか　(C) ものを　(D) ものの

[中譯] 頭痛得厲害，別說是讀書了，光是靜靜的坐著也很困難。
(A) 何況　(B) 更何況　(C) 總之　(D) 但　　　　　　　　　　　生活 語意　答 B

(　) 39 彼のことばを信じた _____、ひどいめにあった。
(A) ばかりに　(B) ほかに　(C) ことに　(D) ぐらい

[中譯] 因為相信了他的話，以至於遭受可怕的經歷。
(A) 因為…以至於　(B) 除此之外　(C) 作為…的事實　(D) 大約　　　生活 語意　答 A

(　) 40 カラオケに誘われた⁵⁶が、明日試験なので、行く _____。
(A) わけではない　(B) わけにもいかない　(C) わけでもない　(D) わけがない

[中譯] 被邀請去卡拉OK，但因為明天有考試，所以不能去。
(A) 不是…的　(B) 不能去　(C) 也不是　(D) 不可能　　　　　　　生活 語意　答 B

(　) 41 彼の無常識⁵⁷ _____ 発言に、会場の誰もが怒った。
(A) 極める　(B) にかぎる　(C) 極まり⁵⁸ない　(D) にかぎらない

[中譯] 他的言論極為沒有常識，會場上的任何人都感到憤怒。
(A) 到達極限　(B) 最適合　(C) 極為……　(D) 不限於　　　　　　職能 單語　答 C

(　) 42 宿泊先に到着したら、フロントで予約した代表者の名前を伝えます。ネット予約⁵⁹であれば旅行前に予約確認書をプリントアウト⁶⁰しておくか、スマホ⁶¹ですぐ開けるように _____ 安心です。
(A) しておくと　(B) していくと　(C) してくると　(D) なると

[中譯] 抵達住宿地後，請向櫃台告知預訂的代表人姓名。如果是網路預訂，最好提前將預訂確認書列印出來，或確保可以隨時在手機上打開，這樣會更放心。
(A) 事先做好　(B) 隨著　(C) 做完後　(D) 成為　　　　　　　　　住宿 單語　答 A

(　) 43 A：故郷にいらっしゃるご両親は今もご健在⁶²ですか。
B：おかげさまで _____ 暮らして⁶³おります。
(A) 元気な　(B) こちらこそ　(C) つつがなく　(D) あいにく

[中譯] A：您故鄉的雙親現在依然健在嗎？　B：託您的福，他們平安無事地生活著。
(A) 健康的　(B) 我也一樣　(C) 平安無事　(D) 不幸的　　　　　　生活 語意　答 C

( ) 44 このレストランの料理、高いとは思うけど、**試して**⁶⁴みる価値はない ＿＿＿＿ よ。
　　　　(A) ものでもない　(B) ものだ　(C) ものでもないことだ　(D) ことでもない

　[中譯] 這家餐廳的菜餚雖然昂貴，但也不是完全沒有嘗試的價值。
　　　　(A) 也不是　(B) 是　(C) 不是……的事　(D) 也不怎樣
　　　　　　　　　　　　　　　　　　　　　　　　　　　　　　餐飲 語意　答 A

( ) 45 この部品が**壊れれば**⁶⁵、機械の動作は ＿＿＿＿ 。
　　　　(A) それだけです　(B) それほどです　(C) それしきです　(D) それまでです

　[中譯] 如果這個零件損壞了，機械的運作也就到此為止。
　　　　(A) 就這樣　(B) 那麼嚴重　(C) 就這樣而已　(D) 到此為止
　　　　　　　　　　　　　　　　　　　　　　　　　　　　　　職能 語意　答 D

( ) 46 アルプスの**新雪**⁶⁶が朝日に ＿＿＿＿ 光る。
　　　　(A) まばたく　(B) まばらに　(C) まずまず　(D) まばゆく

　[中譯] 阿爾卑斯山的新雪在晨曦中耀眼地閃閃發光著。
　　　　(A) 瞬間　(B) 稀疏　(C) 馬馬虎虎　(D) 耀眼
　　　　　　　　　　　　　　　　　　　　　　　　　　　　　　景物 單語　答 D

( ) 47 席を**譲った**⁶⁷ぐらいでこんなに感謝されるのは、なんとなく ＿＿＿＿ 。
　　　　(A) くさぶかい　(B) くすぐったい　(C) くろっぽい　(D) まるっこい

　[中譯] 只因為讓座就被這麼感激，總覺得有點難為情。
　　　　(A) 陰暗的　(B) 發癢的　(C) 黑暗的　(D) 圓滾滾的
　　　　　　　　　　　　　　　　　　　　　　　　　　　　　　生活 單語　答 B

　補　「擽ったい」表示在皮膚被觸摸、搔癢時所產生的發癢、酥癢感；而在被人誇獎、表揚的場合下，感覺內心癢癢、不自在，進而引申出難為情、不好意思的意思。

( ) 48 白山国立公園は、南は大日ヶ岳、北は大門山まで、岐阜、福井、石川、富山の４県に ＿＿＿＿ 原始的な山岳公園です。
　　　　(A) ひろめる　(B) またがる　(C) わたす　(D) かぎる

　[中譯] 白山國立公園是一座橫跨岐阜、福井、石川、富山四縣的原始山岳公園。
　　　　(A) 擴展　(B) 跨越　(C) 渡過　(D) 限定
　　　　　　　　　　　　　　　　　　　　　　　　　　　　　　景物 單語　答 B

( ) 49 少子化の問題を解決する方法を考えて ＿＿＿＿ 。
　　　　(A) いられません　(B) なりません　(C) やみません　(D) すみません

　[中譯] 不斷地在思考如何解決少子化的問題。
　　　　(A) 不能待　(B) 不行　(C) 停不下來　(D) 對不起
　　　　　　　　　　　　　　　　　　　　　　　　　　　　　　生活 語意　答 C

( ) 50 最近の清水さんの運は悪 ＿＿＿＿ で、何をやってもうまくいかないようだ。
　　　　(A) まみれ　(B) ずくめ　(C) だらけ　(D) むき

　[中譯] 最近清水先生的運氣一直很差，不管做什麼都不順利。
　　　　(A) 沾滿　(B) 一直　(C) 滿是　(D) 剝皮
　　　　　　　　　　　　　　　　　　　　　　　　　　　　　　生活 單語　答 B

( ) 51 母のコーヒーへの愛は深く、味 ＿＿＿＿ 一滴の水も**許容**⁶⁸できないほど厳しい基準を持っている。

(A) はおろか　(B) はさておき　(C) に至っては　(D) にすれば

[中譯] 母親對咖啡的熱愛非常深厚，甚至連味道的要求嚴格到一滴水的變化都無法接受。
(A) 更不用說　(B) 先不說　(C) 甚至　(D) 若是　　　生活 單語　答 C

( ) 52 小林さんの突然の**ユーモア**⁶⁹あふれる**ジョーク**⁷⁰に、_____。
(A) 笑わざるを得なかった　　　(B) 笑わずにはすまなかった
(C) 笑わずにはいられなかった　(D) 笑わずにはおかなかった

[中譯] 因為小林先生突然開了一個很有趣的玩笑，我忍不住笑了。
(A) 不得不笑　(B) 不笑不行　(C) 忍不住笑　(D) 一定要笑　　生活 語意　答 C

( ) 53 田中先生が_____写真を元に、デザインの**イメージ**⁷¹を具体化させていきたいと思います。
(A) 見せてくださった　(B) ごらんになった　(C) ごらんくださった　(D) おめにかけた

[中譯] 我想根據田中老師給我們展示的照片，將設計概念具體化。
(A) 給我們看的　(B) 看過的　(C) 讓您看　(D) 提供觀看　　職能 單語　答 A

( ) 54 野生のニホンカワウソは、かつては日本に_____が、今は絶滅している。
(A) **生息**⁷²している　(B) 生息していた　(C) 生息する　(D) 生息した

[中譯] 野生的日本水獺曾經棲息在日本，但現在已經絕種了。
(A) 正在棲息　(B) 曾棲息　(C) 棲息　(D) 棲息過　　景物 語意　答 B

( ) 55 あの庭園は、季節_____美しく見えるように設計されています。
(A) を問わず　(B) を**契機**⁷³に　(C) を重なって　(D) をめぐって

[中譯] 那座庭園的設計無論在什麼季節看起來都很美麗。
(A) 不論　(B) 契機　(C) 重疊　(D) 圍繞　　景物 單語　答 A

( ) 56 こんな遠くまで、はるばるお越しいただく_____。
(A) にはあたらない　(B) にはならない　(C) には及びません　(D) にかたくない

[中譯] 為了這點事專程來到這麼遠的地方，真的沒必要。
(A) 不值得　(B) 不會成為　(C) 不需要　(D) 不難　　生活 語意　答 C

( ) 57 この歌は、若い人_____老人や子供たちにも人気がある。
(A) にとって　(B) のみならず　(C) だけであって　(D) にもまして

[中譯] 這首歌不僅受到年輕人的喜愛，還受到老年人和孩子們的喜愛。
(A) 對……來說　(B) 不僅　(C) 只　(D) 更甚於　　生活 語意　答 B

( ) 58 彼は自分の意見を伝えるのに言葉を選んで_____タイプだ。
(A) かいがない　(B) きりがない　(C) ならない　(D) **はばから**⁷⁴ない

[中譯] 他在表達自己的意見時，不會顧忌選擇措辭。
(A) 無意義　(B) 無止境　(C) 必須　(D) 不顧忌　　職能 單語　答 D

( ) 59 森本さんは仕事をする ＿＿＿＿＿＿＿、週末には地域のボランティア活動にも積極的に参加している。
(A) かたわら　(B) がてら　(C) ついでに　(D) とたんに

[中譯] 森本先生一邊工作，一邊在週末積極參加社區志願者活動。
(A) 同時　(B) 順便　(C) 順便　(D) 剛剛
　　　　　　　　　　　　　　　　　　　　　　　　　　生活 單語　答 A

( ) 60 こたつ[75]に当たってぼんやりしている。そんなとき、＿＿＿＿＿＿＿ 遠い昔の記憶が甦る[76]ことがある。
(A) ひょっこり[77]　(B) ひったり　(C) くっきり　(D) もっきり

[中譯] 當我在暖桌旁發呆時，遠久的記憶偶爾會突然湧現。
(A) 偶然　(B) 剛好　(C) 清楚地　(D) 冷冷地
　　　　　　　　　　　　　　　　　　　　　　　　　　生活 單語　答 A

( ) 61 明日は会議のため、本日の勉強会は中止 ＿＿＿＿＿＿＿、ご了承ください。
(A) をかねて　(B) こととて　(C) にさきだって　(D) につき

[中譯] 由於明天有會議，今天的研討會因而取消，敬請見諒。
(A) 為兼　(B) 因為　(C) 在……之前　(D) 因此
　　　　　　　　　　　　　　　　　　　　　　　　　　職能 單語　答 D

( ) 62 彼は授業中に携帯電話をいじって[78]いたのを、筆箱が落ちた ＿＿＿＿＿ 隠そう[79]とした。
(A) かこつけて　(B) かんして　(C) かぎって　(D) いたって

[中譯] 他在上課時玩手機，以筆盒掉了的藉口來掩飾。
(A) 藉口　(B) 關於　(C) 特別　(D) 到達
　　　　　　　　　　　　　　　　　　　　　　　　　　生活 單語　答 A

( ) 63 天文学から易や武術、それにスポーツや映画の裏話までなんでも知っている大変な ＿＿＿＿＿＿＿ だ。
(A) ものがたり　(B) ものわかり　(C) ものしり[80]　(D) ものずき

[中譯] 他從天文學到易學和武術，甚至連體育和電影的幕後故事都知道，是個非常博學的人。
(A) 故事　(B) 理解　(C) 博學　(D) 好奇
　　　　　　　　　　　　　　　　　　　　　　　　　　職能 語意　答 C

( ) 64 こんなにひどく壊れていては ＿＿＿＿＿＿＿。
(A) 直しようがない　(B) 直すしかない　(C) 直すに違いない　(D) 直すもの

[中譯] 損壞得這麼嚴重，已經無法修理了。
(A) 無法修理　(B) 只能修理　(C) 一定會修理　(D) 修理物品
　　　　　　　　　　　　　　　　　　　　　　　　　　職能 語意　答 A

( ) 65 試験の週 ＿＿＿＿＿＿＿、学生たちは夜遅くまで勉強していることが多いです。
(A) とあれば　(B) なりとも　(C) ともなると　(D) ともなしに

[中譯] 一旦到了考試週，學生們經常學習到很晚。
(A) 如果是　(B) 甚至是　(C) 一旦到了　(D) 不經意地
　　　　　　　　　　　　　　　　　　　　　　　　　　職能 單語　答 C

( ) 66 台南 ＿＿＿＿＿ の美食家として、彼は市内の隠れた料理スポット[81]を全て知っている。
(A) きって　(B) あって　(C) かぎり　(D) きわみ

[中譯] 作為台南知名的美食家，他對市內隱藏的美食景點瞭若指掌。
(A) 首屈一指　(B) 作為　(C) 限於　(D) 巔峰

職能　單語　答 A

( ) 67 斉藤君はリーダー_____ 資質を持っている。
(A) にかかわる　(B) ならではの　(C) にたる　(D) にかぎる

[中譯] 齊藤同學具備成為領隊的資質。
(A) 影響到　(B) 獨特的　(C) 足以　(D) 最好

職能　單語　答 C

( ) 68 彼の歌声_____、彼の曲の歌詞の深さにも魅了される。
(A) ならまだしも　(B) もさることながら　(C) かと思いつつ　(D) ながらも

[中譯] 不僅是他的歌聲，還被他歌曲的歌詞深度所吸引。
(A) 若是　(B) 不僅　(C) 一邊想一邊　(D) 雖然

生活　單語　答 B

( ) 69 悪天候のため、私たちはピクニックを中止するのを_____。
(A) 余儀なくされた　(B) 難儀になった　(C) 禁じ得なかった　(D) やむを得なかった

[中譯] 因為惡劣的天氣，我們被迫取消野餐。
(A) 被迫　(B) 感到困難　(C) 忍不住　(D) 沒辦法

生活　單語　答 A

( ) 70 この小説は深いテーマと緻密な人物描写があり、読み_____のある作品だ。
(A) ぎみ　(B) がい　(C) たて　(D) なり

[中譯] 這本小說具有深刻的主題和細膩的人物描寫，是一部值得閱讀的作品。
(A) 略有　(B) 價值　(C) 剛做好的　(D) 馬上

景物　單語　答 B

閱讀測驗一

次の文を読んで、適当な答えをそれぞれ一つ選んで答えなさい。

　　台湾はタクシー利用が非常に便利です。特に台北市内は台数が多く、流しのタクシーをつかまえることは容易です。そればかりでなく、初乗りの 70 元という安さも魅力です。市内の移動はほぼ 200 元以内で収まり、中心部と天母地区でも 300 元程度となります。

　　タクシーはすべて黄色系の色で統一されています。運転手は概して＿＿(72)＿＿ことが多いのですが、日本語を話せる運転手は多くありません。中国語に自信がない場合は事前に行き先を紙に書いておき、これを手渡しするといいでしょう。著名スポットや大型ホテル、大きなビルなどであれば、まず問題はありませんが、行きたい場所の近くの交差点を道路名で伝えるのも＿＿(73)＿＿です。（中略）

　　台湾では、相乗りも行われています。この場合、いくつかの地点を経由してもらっても、最後に降りる人がタクシー代を払えば OK です。日本語が＿＿(74)＿＿運転手に運よく出会えれば、その方の名刺などをもらっておく＿＿(75)＿＿いいでしょう。

　　台湾のタクシーはトヨタ車が多いですが、中にはベンツなどの高級車を用いている場合もあります。この場合も料金は変わりません。最近はボックスタイプの車も増えており、便利です。

『悠々台湾 2015-2016』より

3-72

請閱讀下列文章，並為問題選擇一個最合適的答案。

臺灣的計程車使用非常方便。尤其在台北市內，計程車數量眾多，因此很容易攔到路上的計程車。不僅如此，起步價僅需 70 元，這個價格也是非常有吸引力的。在市內移動幾乎都能控制在 200 元以內，即使是從市中心到天母地區，也大約只需 300 元左右。

計程車的顏色統一為黃色系。司機通常是 (72) 親切的人，但會說日語的司機並不多。如果對自己的中文沒有信心，可以事先將目的地寫在紙上，然後交給司機。著名景點、大型酒店或大樓基本上都不會有問題，但如果要去的地方比較難找，透過告知附近路名的交叉口來到達目的地也是 (73) 一個好方法。

在臺灣，還有「拼車」的情況。這時，即使途中經過幾個地點，只要最後下車的人付費即可。如果幸運地遇到一位日語 (74) 精通的司機，建議可以 (75) 和他留下他的名片，以便未來使用。

臺灣的計程車以豐田車居多，但也有用奔馳等高級車作為計程車的情況。即使是這種情況，費用也不會改變。最近，箱型車的數量也增加了，非常方便。

摘自『悠遊臺灣 2015-2016』

( ) 71 「初乗り」の読み方として最も正しいものを一つ選んでください。
(A) はつのり　(B) しょのり　(C) はじめのり　(D) はじまりのり

[中譯] 計程車的起步價「初乗り」的正確讀音是？　　　答 A

( ) 72 (A) 気まぐれ　(B) 気のまま　(C) 気まずい　(D) 気さくな

[中譯] 司機通常是<u>親切</u>的人，但會說日語的司機並不多。
(A) 隨性　(B) 隨意　(C) 尷尬　(D) 親切　　　答 D

( ) 73 (A) 手　(B) 足　(C) 目　(D) 口

[中譯] 通過告知附近路名的交叉口來到達目的地也是<u>一個好的方法</u>。　　　答 A

( ) 74 (A) 変な　(B) 堪能な　(C) できない　(D) まずい

[中譯] 如果幸運地遇到一位日語<u>精通</u>的司機，建議可以留下他的名片。
(A) 奇怪　(B) 精通　(C) 不會說　(D) 不好　　　答 B

( ) 75 (A) なら　(B) と　(C) ものの　(D) とたん

[中譯] 建議可以<u>和</u>他留下他的名片和以便未來使用。
(A) 如果　(B) 和　(C) 儘管　(D) 一旦　　　答 B

閱讀測驗二

次の文を読んで、適当な答えをそれぞれ一つ選んで答えなさい。

仕事でも趣味でも、家事でもいい。100 人の**高齢者**[95]には 100 通りの生き方がある。人は必要とされることが生きる**糧**[96]になる。多様な高齢者像を、社会全体で**育む**[97]ことが大切だ。

佐藤さんに「毎日が**敬老**[98]の日」という文章がある。

「『敬老の日』なんて、本来なかったものが急に作られたのは、老人が弱者にされてしまった

ためであろう。昔は毎日が『敬老の日』だったから、そんなものは必要なかったのだ」（「女の学校」から）

日本には老人を**敬う**[99]文化があり、そこには人生経験を積んだ人の役割が確かにあった。

一方で最近は、高齢者を狙う犯罪が増えてきた。弱者と捉えているからだろう。そこに年長者への敬意は**微塵**[100]もない。

年を取ること、つまり時間の流れは全ての人に平等だ。だからこそ、いずれ老人になる若者も、その道を通ってきた高齢者自身も、年を重ねた誇りをゆるがせにしてはならない。

お年寄りこそ、胸を張って生きるべきなのだから。

請閱讀下列文章，並選擇一個最合適的答案。

無論是在工作、興趣或家務上，對100位老年人來說，就有100種不同的生活方式。人需要感受到被需要，這成為他們生存的動力。全社會共同培養多元的老年人形象是非常重要的。

佐藤先生寫了一篇文章，題為「每天都是敬老日」。文中提到：「『敬老日』這種東西，本來並不存在，是後來因為老人被視為弱者才急忙設立的。過去每天都是『敬老日』，因此不需要特定的一天來慶祝。」（出自《女校》）

日本原本有尊敬老人的文化，並且這些有著豐富人生經驗的人確實在社會中扮演著重要角色。

另一方面，最近針對老年人的犯罪行為有所增加，這可能是因為他們被視為弱者所致。這種行為中絲毫沒有對年長者的尊敬。

變老，換句話說歲月的流逝對每個人都是公平的，因此，將來會變老的年輕人，還有已經走過這條路的老年人，都不應忽視年齡所帶來的驕傲。正因為如此，老年人更應該抬頭挺胸地生活。

( ) 76 佐藤さんの文章「毎日が敬老の日」の中での主張に最も近いものは何か。
(A) 敬老の日は最初から必要だった。
(B) 昔は毎日が敬老の日だったため、特定の日を作る必要がなかった。
(C) 現代の老人は弱者でない。
(D) 昔の老人は今よりも健康だった。

[中譯] 佐藤先生在「每天都是敬老日」這篇文章中所表達的主張最接近以下哪一項？
(A) 敬老日從一開始就是必要的。
(B) 因為過去每天都是敬老日，所以不需要設立特定的一天。
(C) 現代的老人並非弱者。
(D) 過去的老人比現在更健康。

答 B

( ) 77 文章の中で「人は必要とされることが生きる糧になる」と述べられているが、この文の背景にある考えは何か。
(A) 高齢者は働かないと生きていけない。
(B) 人々は役立つ存在として認識されることで、生きがいを感じる。
(C) 趣味は生きるための副次的なものである。
(D) 高齢者の生き方は100通り以上ある。

[中譯] 文章中提到「人需要感受到被需要，這成為他們生存的動力」，這句話背後的想法是什麼？
(A) 老年人如果不工作，就無法生活。
(B) 人們作為有用的存在被認可時，會感受到生活的意義。
(C) 興趣只是為了生存的附屬品。
(D) 老年人的生活方式有 100 種以上。

答 B

( ) 78 日本の伝統的な文化における高齢者の位置づけに関する文章の主旨は何か。
(A) 高齢者は現代よりも過去に尊敬されていた。
(B) 今でも高齢者は日本の文化において中心的な役割を果たしている。
(C) 現代の高齢者は弱者としての立場を取らざるを得ない。
(D) 人生経験を積んだ高齢者は、昔も今も敬われるべき存在である。

[中譯] 關於日本傳統文化中老年人地位的文章主旨是什麼？
(A) 老年人在過去比現代更受尊敬。
(B) 現在老年人在日本文化中仍然扮演著核心角色。
(C) 現代的老年人不得不接受弱者之立場。
(D) 無論過去還是現在，具有豐富人生經驗的老年人都應該被尊敬。

答 D

( ) 79 高齢者を狙う犯罪が増加している理由として文章で挙げられているものは何か。
(A) 高齢者が物忘れが激しいため。
(B) 高齢者が独りで住んでいることが多いため。
(C) 高齢者が金持ちであるというステレオタイプのため。
(D) 高齢者を弱者と捉える観念が根付いているため。

[中譯] 文章中提到針對老年人的犯罪增加的原因是什麼？
(A) 因為老年人健忘。
(B) 因為老年人多數獨自居住。
(C) 因為老年人被視為富有的刻板印象。
(D) 因為將老年人視為弱者的觀念已根深蒂固。

答 D

( ) 80 文章の最後の部分で強調されているメッセージは何か。
(A) お年寄りは引退すべきである。
(B) 年を重ねることによる誇りを保ち続けることの重要性。
(C) 若者は高齢者に敬意を払うべきである。
(D) 時間の流れは高齢者にとって不利である。

文章最後部分強調的訊息是什麼？
(A) 老年人應該退休。
(B) 保持因年齡增加而來的驕傲是非常重要的。
(C) 年輕人應該尊敬老年人。
(D) 時間的流逝對老年人不利。

答 B

Note

Chapter. 05 | 110年度領隊測驗題
熟悉考試題型、加強字彙，掌握出題方向

考生叮嚀

在熟悉旅遊日語及基礎文法後，正式進入題型練習。本單元針對近年考試趨勢，分析110~113年導遊、領隊試題，並根據考試內容，歸納出800個重要單語。考生可試著先熟悉不同詞性的單語及中文釋義，再進入考題測驗練習，是不是更容易答題了呢！如此反覆練習試題，掌握命題趨勢，有效提升作答實力！

重要單語整理

	單字	詞性	中文
1	横断歩道（おうだんほどう）	名詞	人行道
2	渡る（わたる）	動詞	穿越，跨越；轉讓，讓渡
3	包装（ほうそう）	名詞／動詞	包裝，封套
4	訪ねる（たずねる）	動詞	拜訪
5	オリンピック	名詞	奧運會
6	整う（ととのう）	動詞	籌備齊全，整齊協調
7	膨大な（ぼうだい）	形容詞	龐大的；腫脹的
8	祇園祭（ぎおんさい）	名詞	祇園祭
9	独特（どくとく）	名詞	獨有的，獨特
10	焦らずに（あせらずに）	副詞	不要驚慌，別著急
11	見物する（けんぶつする）	動詞	觀賞，遊覽
12	実感（じっかん）	動詞	真實的感覺，確實感覺到
13	行方不明（ゆくえふめい）	名詞	下落不明，失蹤
14	めんどう	形容動詞	麻煩；照顧
15	並ぶ（ならぶ）	動詞	排成（行列）；相比，匹敵

	單字	詞性	中文
16	お土産（みやげ）	名詞	伴手禮，特產
17	迷う（まよう）	動詞	猶豫，迷失（方向）
18	あげく	副詞	之後；最後
19	めしあがる	動詞	吃（食べる的尊敬語）
20	開催（かいさい）	名詞／動詞	舉辦；召開（會議）
21	荷物（にもつ）	名詞	行李；貨物；負擔
22	クレジットカード	名詞	信用卡
23	入国審査（にゅうこくしんさ）	名詞	入境檢查
24	滞在する（たいざい）	動詞	停留；旅居
25	チェックイン	名詞	(機場或住宿場合)辦理登機、報到手續
26	取り扱い（とりあつかい）	名詞	處理、操作；接待；辦理
	補充　壊れ物（こわれもの）、取扱注意（とりあつかいちゅうい）：易碎物品，小心輕放		
27	取り消す（とりけす）	動詞	取消，撤銷
28	人気（にんき）	名詞	受歡迎，有名；聲望
29	売り切り（うりきり）	名詞	賣光，銷售一空
30	接待（せったい）	名詞／動詞	招待；殷勤接待，款待
31	評判（ひょうばん）	名詞	名聲；評價
32	通じる（つうじる）	動詞	透過；通往；精通
33	旅行プラン（りょこう）	名詞	旅行計畫
34	預ける（あずける）	動詞	寄存、託管；委託
35	フロント	名詞	(飯店的)櫃台
36	搭乗（とうじょう）	名詞／動詞	搭乘，登機
37	召し上がる（めしあがる）	動詞	喝，飲用（飲む的尊敬語）
38	プライベート	名詞	私人的，個人的
39	干渉（かんしょう）	動詞	干涉，干預
40	渡航（とこう）	名詞	出國；航海

	單字	詞性	中文
41	手相占い	名詞	手相占卜法
42	女子高生	名詞	女高中生
43	傷む	動詞	破損、損壞；腐敗
44	ゴミ	名詞	垃圾
45	勝手に	副詞	隨便、任意
46	捨てる	動詞	扔掉、捨棄、拋棄
47	荷造り	名詞／動詞	打包行李
48	料理	名詞	菜餚、菜色
49	待ち合わせ	名詞	等待
50	振り替え輸送	名詞	替代運輸
51	シートポケット	名詞	座椅口袋
52	速やかに	副詞	儘快、迅速；及時
53	手荷物	名詞	隨身行李
54	収納	動詞	收納、儲存；收藏
55	シートベルト着用	名詞	繫好安全帶
56	着席	名詞	入座
57	締める	動詞	繫緊
58	備える	動詞	預防；配備；具備
59	サイン	名詞	警示、信號；簽名
60	引き換える	動詞	領取；兌換
61	手荷物引換券	名詞	行李號碼牌
62	顔認証ゲート	名詞	臉部辨識閘門
63	下痢	名詞	腹瀉、拉肚子
64	発熱	名詞	發燒
65	体調	名詞	身體狀況
66	申し出る	動詞	聯繫、提出、告知

	單字	詞性	中文
67	賜る	動詞	收到；賜予、賞賜
68	宿泊料金	名詞	住宿費
69	浴衣	名詞	浴衣
70	ねまき	名詞	睡衣
71	登録	名詞／動詞	填寫、登記、註冊
72	つめる	動詞	縮短、靠攏；裝填、填滿
73	お子様プレート	名詞	兒童套餐
74	問わず	副詞	不限，不拘
75	合わせる	動詞	配合；合併
76	学食	名詞	學校食堂
77	一般利用	名詞	普遍使用；廣泛使用
78	受付	名詞	櫃台人員，接待處；受理，接受
79	伝票	名詞	帳單；發票；傳票
80	拝む	動詞	參拜，叩拜；懇求
81	生菓子	名詞	日式濕糕點
82	銭湯	名詞	澡堂，公共浴池
83	湯船	名詞	浴池，澡盆
84	絵馬	名詞	祈願吊牌；許願木牌
85	展示品	名詞	展示品，陳列品
86	むかむかする	動詞	噁心反胃、作嘔；生氣、一肚子火
87	問い合わせ	名詞	詢問，打聽
88	サイレン	名詞	鳴笛；警報器
89	呼び出す	動詞	廣播尋人；呼叫，傳喚
90	はぐれる	動詞	走散；錯失，沒趕上
91	均一運賃制	名詞	均一票價制
92	札	名詞	紙鈔，鈔票；票券

	單字	詞性	中文
93	心配<ruby>する</ruby> しんぱい	動詞	擔心・不安；關照・操心
94	先払い制 さきばら　せい	名詞	預付費制度
95	後払い制 あとばら　せい	名詞	後付費制度
96	交通機関 こうつう き かん	名詞	交通工具
97	同僚 どうりょう	名詞	同事
98	研修 けんしゅう	名詞／動詞	培訓・進修
99	暮らし く	名詞	生活
100	どっさり	副詞	大量的

問題分析

文型分析	單語 60	慣用 0	文法 10		情境命題	景物 2	餐飲 8	住宿 6	交通 8	機場 8
	語意 0	諺語 0	閱測 10			生活 20	民俗 5	產業 3	職能 5	購物 5

單選題 [共80題 / 每題1.25分]

( ) 1 **横断歩道**¹を**渡る**² ときは左右をよく見て渡りましょう。下線の言葉に適当な答えをひとつ選びなさい。
(A) ぼどう　(B) ほどう　(C) ぼうどう　(D) ほうどう

[中譯] 穿越人行道的時候要注意左右是否有來車。請選出與劃線處最合適的答案。
(A) 令堂 (尊稱他人的母親)　(B) 人行道　(C) 暴動　(D) 報導　　交通 單語　答 B

( ) 2 日本では買い物の**包装**³ を少なくする活動が進んでいます。下線の言葉に適当な答えをひとつ選びなさい。
(A) ぼうぞう　(B) ぼうそう　(C) ほうぞう　(D) ほうそう

[中譯] 日本正在推行購買物品的包裝減量活動。請選出與劃線處最合適的答案。
(A) 無此用法　(B) 暴走　(C) 寶藏　(D) 包裝　　產業 單語　答 D

( ) 3 お正月に日本の友人を**訪ねた**⁴。下線の言葉に適当な答えをひとつ選びなさい。
(A) たずねた　(B) おとずねた　(C) はねた　(D) かさねた

[中譯] 我在新年的時候拜訪了日本的朋友。請選出與劃線處最合適的答案。
(A) 拜訪　(B) 無此用法　(C) 跳躍　(D) 反覆　　生活 單語　答 A

( ) 4 **オリンピック**⁵ の設備が**整う**⁶ には**膨大な**⁷ 費用がかかります。下線の言葉に適当な答えをひとつ選びなさい。
(A) ばくだい　(B) ちょうだい　(C) ぼうだい　(D) じんだい

[中譯] 要將奧運會的設備籌備齊全是需要花費龐大的費用。請選出與劃線處最合適的答案。
(A) 嚴重　(B) 領受　(C) 龐大　(D) 極大　　產業 單語　答 C

( ) 5 京都の**祇園祭**⁸ は、この地方 **独特**⁹ のものです。下線の言葉に適当な答えをひとつ選びなさい。
(A) どっどく　(B) どっとく　(C) どくどく　(D) どくとく

[中譯] 京都的祇園祭是該地區獨特的慶典活動。請選出與劃線處最合適的答案。　民俗 單語　答 D

( ) 6 地震のときは**焦らずに**¹⁰、火元と家族の安全を確認してください。下線の言葉に適当な答えをひとつ選びなさい。
(A) さとらず　(B) こけらず　(C) とどまらず　(D) あせらず

[中譯] 地震的時候不要驚慌，請確認火源和家人的安全。請選出與劃線處最合適的答案。
(A) 無法領悟　(B) 不要燒焦　(C) 不要停留　(D) 不要驚慌　　生活 單語　答 D

( ) 7 日本の祭りを**見物して**[11]、はじめて日本にいることを＿＿＿＿＿＿しました。下線の言葉に適当な答えをひとつ選びなさい。
(A) **実感**[12]　(B) 実験　(C) 実行　(D) 実績

[中譯] 看了日本的廟會，才第一次真實感覺到自己身在日本。請選出與劃線處最合適的答案。
(A) 真實感覺　(B) 實驗　(C) 執行；施行　(D) 表現；功績　民俗 單語 答 A

( ) 8 ボートがひっくりかえって、観光客 3 名が**ゆくえ不明**[13]となりました。下線の言葉に適当な答えをひとつ選びなさい。
(A) 行会　(B) 行所　(C) 行方　(D) 行向

[中譯] 遊艇翻覆，導致 3 名遊客下落不明。請選出與劃線處最合適的答案。　生活 單語 答 C

( ) 9 日本への入国手続きが**めんどう**[14]で、長い列に延々と**並び**[15]ました。下線の言葉に意味がもっとも近い答えをひとつ選びなさい。
(A) へた　(B) 複雑　(C) 危険　(D) じみ

[中譯] 因為日本海關的入境手續很麻煩，等候人潮排了很長的隊伍。選出與劃線處含義最接近的答案。　(A) 經過　(B) 複雜；繁雜　(C) 危險　(D) 滋味　機場 單語 答 B

( ) 10 **お土産**[16]を買おうかどうしようか、さんざん**迷った**[17]＿＿＿＿＿＿、結局買いませんでした。下線の言葉に適当な答えをひとつ選びなさい。
(A) 上で　(B) **あげく**[18]　(C) ついでに　(D) 以上は

[中譯] 考慮到底要不要買伴手禮，猶豫了一陣後，最後還是沒買。選出與劃線處最合適的答案。
(A) 上面　(B) 之後　(C) 順便　(D) 以上　購物 單語 答 B

( ) 11 昔からの習慣で、女性は相撲の土俵の中に入ってはいけない＿＿＿＿＿＿。下線の言葉に適当な答えをひとつ選びなさい。
(A) わけにはいかない　(B) つつある　(C) べきである　(D) ことになっている

[中譯] 自古以來的習俗，有著女性不能進入相撲場的規定。請選出與劃線處最合適的答案。
(A) 不能這樣做　(B) 持續著　(C) 應該　(D) 規定　民俗 文法 答 D

( ) 12 日本へ行ったことがあるというだけでは、日本を知っているという＿＿＿＿＿＿。下線の言葉に適当な答えをひとつ選びなさい。
(A) ことにはならない　(B) ことになる　(C) にすぎない　(D) しかない

[中譯] 即使去過日本，並不代表就瞭解日本。請選出與劃線處最合適的答案。
(A) 並不代表　(B) 將會是　(C) 只不過是　(D) 只有　生活 單語 答 A

( ) 13 お客様、もう朝食を＿＿＿＿＿＿ましたか。下線の言葉に適当な答えをひとつ選びなさい。
(A) おたべ　(B) たべれ　(C) **めしあがり**[19]　(D) いただき

[中譯] 客人，請問您已經享用過早餐了嗎？請選出與劃線處最合適的答案。
(A) 有吃過　(B) 能吃過　(C) 享用過　(D) 開動過　餐飲 單語 答 C

( ) 14 東京映画祭はあさってから 10 日間に ＿＿＿＿ **開催**[20] されます。下線の言葉に適当な答えをひとつ選びなさい。
(A) 沿って　(B) かけて　(C) わたって　(D) つれて

[中譯] 自後天起，將舉辦<u>長達</u> 10 天的東京電影節。請選出與劃線處最合適的答案。
(A) 按照　(B) 直到　(C) 長達　(D) 隨著　　　産業 單語　答 C

( ) 15 トランクの中にはお土産などの**荷物**[21] が ＿＿＿＿ 詰まっています。下線の言葉に適当な答えをひとつ選びなさい。
(A) がっちり　(B) ぎっしり　(C) どっぷり　(D) きっかり

[中譯] 行李箱裡<u>裝滿了</u>紀念品之類的行李。請選出與劃線處最合適的答案。
(A) 牢靠的　(B) 塞滿的　(C) 浸透　(D) 正好；確切的　　購物 單語　答 B

( ) 16 朝寝坊をした ＿＿＿＿ 、飛行機に乗り遅れてしまいました。下線の言葉に適当な答えをひとつ選びなさい。
(A) ために　(B) あいだに　(C) あとに　(D) ところに

[中譯] <u>因為</u>睡過頭，而錯過了搭飛機的時間。請選出與劃線處最合適的答案。
(A) 因為　(B) 之間　(C) 之後　(D) 順便一提　　生活 單語　答 A

( ) 17 このツアーは安い ＿＿＿＿ ガイドも親切ですので、いつも観光客でいっぱいです。下線の言葉に適当な答えをひとつ選びなさい。
(A) かわりに　(B) くせに　(C) ついでに　(D) わりに

[中譯] 這個旅行團<u>出乎意料的</u>很便宜，而且導遊也很親切，因此招攬了很多遊客。請選出與劃線處最合適的答案。
(A) 替代　(B) 明明…卻　(C) 順帶一提　(D) 出乎意料　　職能 單語　答 D

( ) 18 財布を忘れたが、**クレジットカード**[22] を持っていた ＿＿＿＿ 、何とか買い物ができました。下線の言葉に適当な答えをひとつ選びなさい。
(A) くせに　(B) おかげで　(C) せいで　(D) ものの

[中譯] 我忘了帶錢包，但<u>多虧</u>有帶著信用卡，總算買到東西了。請選出與劃線處最合適的答案。
(A) 明明…卻　(B) 多虧　(C) 由於　(D) 然而　　購物 單語　答 B

( ) 19 （**入国審査**[23] の場面）審査官：「いつまで**滞在する**[24] 予定ですか」。下線の言葉に適当な答えをひとつ選びなさい。
(A) だいさい　(B) だいざい　(C) たいさい　(D) たいざい　　機場 單語　答 D

[中譯] (入境審查的場面) 審査官：「請問打算<u>停留</u>多久？」。選出與劃線處最合適的答案。

( ) 20 雨の日は電車が遅れ ＿＿＿＿ から、早めにホテルを出たほうがいいです。下線の言葉に適当な答えをひとつ選びなさい。
(A) がたい　(B) ようだ　(C) がちだ　(D) っぽい

[中譯] 下雨天的電車<u>經常</u>誤點，所以最好提前從飯店出發。請選出與劃線處最合適的答案。
(A) 很難　(B) 似乎　(C) 經常　(D) 好像
　　　　　　　　　　　　　　　　　　　　　　　　　交通　文法　答 C

(　　) 21　もし海外旅行に行ける＿＿＿＿、ぜひ日本の金閣寺を見たいものです。下線の言葉に適当な答えをひとつ選びなさい。
(A) としたら　(B) となると　(C) とすると　(D) としても

[中譯] 假如能去海外旅行<u>的話</u>，一定要去日本的金閣寺看看。請選出與劃線處最合適的答案。
(A) 如果...的話　(B) 要是　(C) 一旦　(D) 即使是
　　　　　　　　　　　　　　　　　　　　　　　　　景物　文法　答 A

(　　) 22　（空港チェックイン[25]の場面）客：「荷物の中身はパソコンなので<u>取り扱い</u>[26]に注意してください。」下線の言葉に適当な答えをひとつ選びなさい。
(A) とりしまい　(B) とりつかい　(C) とりあつかい　(D) とりあつがい

[中譯] （機場辦理登機手續時）乘客：「行李裡面是電腦，請小心<u>輕放</u>。」請選出與劃線處最合適的答案。
　　　　　　　　　　　　　　　　　　　　　　　　　機場　單語　答 C

(　　) 23　日本語がすらすら＿＿＿＿ようになりました。下線の言葉に適当な答えをひとつ選びなさい。
(A) 話して　(B) 話せば　(C) 話す　(D) 話せる

[中譯] 現在我已經可以<u>說</u>流利地日語。請選出與劃線處最合適的答案。
(A) 訴說　(B) 要說　(C) 傳達　(D) 會講
　　　　　　　　　　　　　　　　　　🔴 文法30 易混淆動詞　生活　文法　答 D

(　　) 24　急に熱が出て旅行に行けなくなったので、ホテルの予約を＿＿＿＿。下線の言葉に適当な答えをひとつ選びなさい。
(A) **とりけした**[27]　(B) とりだした　(C) とりあげた　(D) とりかえた

[中譯] 突然發燒不能去旅行，所以<u>取消了</u>飯店的預約。請選出與劃線處最合適的答案。
(A) 取消　(B) 帶走　(C) 拿起　(D) 更換
　　　　　　　　　　　　　　　　　　　　　　　　　住宿　單語　答 A

(　　) 25　この商品はとても**人気**[28]があって、すぐ＿＿＿＿になってしまいました。下線の言葉に適当な答えをひとつ選びなさい。
(A) 売り込み　(B) 売り上げ　(C) 売れ残り　(D) **売り切り**[29]

[中譯] 這個商品很受歡迎，很快就<u>賣完了</u>。請選出與劃線處最合適的答案。
(A) 推銷　(B) 營業額　(C) 未賣出　(D) 賣完
　　　　　　　　　　　　　　　　　　　　　　　　　購物　單語　答 D

(　　) 26　このホテルは、遠来の客の**接待**[30]に心を＿＿＿＿ので、**評判**[31]が高いです。下線の言葉に適当な答えをひとつ選びなさい。
(A) 刻んだ　(B) 砕いた　(C) 削った　(D) 磨いた

[中譯] 這家飯店為接待遠道而來的客人<u>費盡</u>心思，所以名聲很高。請選出與劃線處最合適的答案。
(A) 雕刻　(B) 用盡　(C) 削減掉　(D) 磨練
　　　　　　　　　　　　　　　　　　　　　　　　　職能　單語　答 B

( ) 27 インターネットを ＿＿＿＿＿、世界中の人々と友達になります。下線の言葉に適当な答えをひとつ選びなさい。
(A) こめて　(B) **通じて** [32]　(C) 中心とした　(D) 中心に

[中譯] 透過網路和全世界的人成為朋友。請選出與劃線處最合適的答案。
(A) 傾注　(B) 透過　(C) 作為中心　(D) 以...為中心　　答 B

( ) 28 「どうして携帯電話を持たないの。」「＿＿＿＿＿」下線の言葉に適当な答えをひとつ選びなさい。
(A) いらないんだもの　　　　(B) いらないこともないんだ
(C) いるんだもの　　　　　　(D) もたずにいられないんだ

[中譯] 「你為什麼沒帶手機？」「我並不需要它」請選出與劃線處最合適的答案。
(A) 我並不需要它　　　　　　(B) 也不是不需要
(C) 這肯定有需要　　　　　　(D) 沒辦法不帶　　答 A

( ) 29 お客様のご予算＿＿＿＿＿、お食事が楽しめる**旅行プラン** [33] を立てることができますよ。下線の言葉に適当な答えをひとつ選びなさい。
(A) に比べて　(B) に応じて　(C) に際して　(D) に対して

[中譯] 根據客人您的預算，可以規劃享受美食的旅行計畫哦。請選出與劃線處最合適的答案。
(A) 相比之下　(B) 根據　(C) 當...的時候　(D) 對於...　　答 B

( ) 30 （チェックインの場面）係員：「外出の際は、鍵を＿＿＿＿＿にお**預け** [35] 下さい。」下線の言葉に適当な答えをひとつ選びなさい。
(A) ブロント　(B) プロント　(C) **フロント** [34]　(D) フロンド

[中譯] （入住的場面）工作人員：「外出的時候，請把鑰匙寄存在櫃檯。」請選出與劃線處最合適的答案。　　答 C

( ) 31 「顔色が悪いですね。」「＿＿＿＿＿忙しくて、休むひまがないんです。」下線の言葉に適当な答えをひとつ選びなさい。
(A) なんでも　(B) ことを　(C) なにしろ　(D) なにとぞ

[中譯] 「臉色看起來很不好呢。」「畢竟太忙，沒有時間休息。」請選出與劃線處最合適的答案。
(A) 任何　(B) 那樣　(C) 畢竟　(D) 請　　答 C

( ) 32 飛行機への**ごとうじょう** [36] は、一時間前までにお願いいたします。下線の言葉に適当な答えをひとつ選びなさい。
(A) 到乗　(B) 同乗　(C) 塔乗　(D) 搭乗

[中譯] 請在班機起飛前一小時內登機。選出與劃線處最接近的答案。　　答 D

( ) 33 このスープ、_____ うちに召し上がって[37] ください。下線の言葉に適当な答えをひとつ選びなさい。
(A) 冷める (B) 冷めない (C) 冷め (D) 冷めて

[中譯] 這碗湯，請趁熱享用它。請選出與劃線處最合適的答案。
(A) 變冷了 (B) 尚未冷掉 (C) 涼 (D) 會冷掉   餐飲 文法 答 B

( ) 34 プライベート[38] なことまで _____ しないでください。下線の言葉に適当な答えをひとつ選びな"さい。
(A) 干渉[39] (B) 交渉 (C) 会談 (D) 会見

[中譯] 請不要干渉私人的事情。請選出與劃線處最合適的答案。
(A) 干渉 (B) 談判 (C) 面談 (D) 接見   生活 單語 答 A

( ) 35 （入国審査の場面）審査官：「渡航[40]の目的はなんですか。」下線の言葉に適当な答えをひとつ選びなさい。
(A) とこう (B) とごう (C) どこう (D) どごう

[中譯] (入境審查場面) 審查官：「出國的目的是什麼？」請選出與劃線處最合適的答案。   機場 單語 答 A

( ) 36 手相占い[41] は女子高生[42] に人気があるようだ。
(A) てそううらない   (B) てしょううらない
(C) てそうならない   (D) てしょうざらない

[中譯] 手相占卜法似乎在女高中生之間很受歡迎。   生活 單語 答 A

( ) 37 ジャケットはだいぶ傷んで[43] きたので、もう着られない。
(A) きずんで (B) けがんで (C) いたんで (D) ころんで

[中譯] 這件夾克已經破損不堪，不能再穿了。   生活 單語 答 C

( ) 38 ゴミ[44]を勝手に[45] 捨てる[46] と重い罪になる。
(A) かつて (B) かって (C) かちて (D) からて

[中譯] 隨便亂丟垃圾的話會受到嚴重的懲罰。   生活 單語 答 B

( ) 39 イスラエルのホテルで荷造り[47] をしている。
(A) かつくり (B) にづくり (C) につくり (D) かぞうり

[中譯] 此時正在以色列的飯店裡打包行李。   住宿 單語 答 B

( ) 40 この料理[48] は皆さんに喜んでもらおうと、心を _____ 作りました。
(A) あげて (B) 喜んで (C) 与えて (D) こめて

[中譯] 這道菜餚是為了能讓大家高興，全心全意做出來的。
(A) 給予 (B) 樂意 (C) 給予 (D) 所有   餐飲 單語 答 D

( ) 41 「この電車は、B駅で急行の**待ち合わせ**[49]をいたします。」とは、どういう意味ですか。
(A) 急行はB駅に停車します。
(B) この電車はB駅で急行が来るのを待って、急行と一緒に発車します。
(C) この電車は急行より先に発車します。
(D) 急行はこの電車を追い越します。

[中譯]「這班電車，將會在B車站等待特快車先通行。」這段話，等同於什麼意思？
(A) 特快車在B站停車。
(B) 這班電車在B站等特快車來，與特快車一起發車。
(C) 這班電車比特快車先發車。
(D) 特快列車會超過這班電車。

交通 文法　答 D

( ) 42 （駅員）ただいま銀座線は、車両故障により、＿＿＿＿**輸送**[50]を実施しておりますので、お近くの係員までお申し付けください。
(A) 乗り換え　(B) 振り替え　(C) すり替え　(D) 取り替え

[中譯]（站務員）現在銀座線因為車輛故障，正在進行換乘服務，請與附近的工作人員聯繫。
(A) 轉乘　(B) 換乘　(C) 代替　(D) 調換

交通 單語　答 B

( ) 43 店員：弁当を温めますか。客：結構です。
(A) 客は店員に弁当を温めてほしいです。
(B) 客は店員に弁当を温めてほしくないです。
(C) 店員は弁当を温めました。
(D) 店員は弁当を冷ましました。

[中譯] 店員：便當要加熱嗎？顧客：不用了。
(A) 客人想讓店員加熱便當。
(B) 客人不想讓店員加熱便當。
(C) 店員加熱了便當。
(D) 店員把便當弄冷。

購物 文法　答 B

( ) 44 離陸前に、＿＿＿＿にある安全のしおりを早い機会にご覧ください。
(A) **シートポケット**[51]　　(B) フロントポケット
(C) 安全ポケット　　(D) 背部ポケット

[中譯] 起飛前，請事先瀏覽座椅口袋裡的安全須知。
(A) 座椅袋　　(B) 前面口袋
(C) 安全口袋　　(D) 後面口袋

交通 單語　答 A

( ) 45 搭乗後は**速やかに**[52] **手荷物**[53]を**収納**[54]し、＿＿＿＿および**シートベルト着用**[55]をお願いします。
(A) 座席　(B) **着席**[56]　(C) 優先席　(D) 安全ベスト

[中譯] 登機後請儘快放好行李，坐下並繫好安全帶。
(A) 座位　(B) 坐下　(C) 博愛座　(D) 安全帶

交通 單語　答 B

(　　) 46 航行中、突然の揺れに＿＿＿＿、常にシートベルトをお締め[57]ください。
　　　　　(A) ひきかえて　(B) 従えて　(C) **備えて**[58]　(D) 控えて

　　[中譯] 航行中，為了預防突然搖晃，請隨時繫好安全帶。
　　　　　(A) 作為交換　(B) 跟隨　(C) 預防　(D) 備用　　　　　交通 單語 答 C

(　　) 47 シートベルト着用サイン[59]が消えるまで着席の＿＿＿＿ お待ちください。
　　　　　(A) とき　(B) まま　(C) ように　(D) まえで

　　[中譯] 在安全帶標誌熄滅之前請留在座位上稍等。　　　　　　交通 單語 答 B

(　　) 48 お荷物を預けたときに引き換え[60]で受け取られた＿＿＿＿ で、ご自分の手荷物であることを確認し、お荷物をお受け取りください。
　　　　　(A) **手荷物引換券**[61]　(B) レシート　(C) 航空券　(D) 領収証

　　[中譯] 請用寄放行李時領取的行李號碼牌，確認並領取自己的行李。
　　　　　(A) 行李號碼牌　(B) 發票　(C) 機票　(D) 收據　　　機場 單語 答 A

(　　) 49 ＿＿＿＿及び自動化ゲートを利用した場合には、パスポートにスタンプされません。
　　　　　(A) **顔認証ゲート**[62]　(B) フリーパス　(C) 搭乗ゲート　(D) 非常口

　　[中譯] 使用臉部辨識閘門及自助通關系統的情況下，護照上不會有戳章。
　　　　　(A) 臉部辨識閘門　(B) 免費通行證　(C) 登機口　(D) 緊急出口　機場 單語 答 A

(　　) 50 **下痢**[63]や**発熱**[64]など、**体調**[65]に異常のある方は、検疫官または健康相談室まで＿＿＿＿ください。
　　　　　(A) お求め　(B) **お申し出**[66]　(C) お探し　(D) ご用心

　　[中譯] 如果您有任何身體狀況，例如腹瀉或發燒，請聯繫檢疫官或健康諮詢室。
　　　　　(A) 購買　(B) 聯繫　(C) 尋找　(D) 注意　　　　　　機場 單語 答 B

(　　) 51 本日より、2名様、二泊でご予約を**賜**って[67]おります。下線部分の振り仮名を選んでください。
　　　　　(A) たまわ　(B) いただ　(C) くださ　(D) うかが

　　[中譯] 我們已收到您自今日起，2位二個晚上的預約。請選出劃線處的注音假名。　住宿 單語 答 A

(　　) 52 日本の旅館における**宿泊料金**[68]は普通、1泊2食付き、一人＿＿＿＿ の料金で示されている。
　　　　　(A) まで　(B) かわり　(C) あたり　(D) ぼっち

　　[中譯] 日本旅館所標示的住宿費，一般是指每人一晚二餐的費用。　　　住宿 單語 答 C

(　　) 53 旅館の部屋に用意されている**浴衣**[69]は、入浴後に着て、そのまま＿＿＿＿としても使う。
　　　　　(A) したぎ　(B) **ねまき**[70]　(C) はれぎ　(D) ぬれぎぬ

　　[中譯] 旅館房間裡準備的浴衣，可以在入浴後穿上，也可以直接當作睡衣使用。
　　　　　(A) 內衣　(B) 睡衣　(C) 正式禮服　(D) 濕衣服　　住宿 單語 答 B

( ) 54　ご到着 ＿＿＿＿ 恐れ入りますが、こちらに、お名前、ご住所、お電話番号をご登録[71]お願いいたします。下線の部分に最も適当な言葉を入れよう。
(A) そうそう　(B) しょうしょう　(C) いそいそ　(D) のろのろ

[中譯] 對於抵達後馬上就打擾您感到抱歉，請在這裡寫上您的姓名、住址和電話號碼。請選出最適合填入劃線處的答案。
(A) 馬上就...　(B) 一點點　(C) 高高興興的　(D) 慢吞吞的
職能 單語 答 A

( ) 55　お客様、粉チーズをお使いに ＿＿＿＿ ますか。
(A) いたし　(B) なり　(C) なさい　(D) いただき

[中譯] 這位客人，您需要使用起司粉嗎？
餐飲 單語 答 B

( ) 56　ただいま店内が混んでおりますので、すこし席を ＿＿＿＿[72] いただけますか。
(A) おいて　(B) つめて　(C) 縮めて　(D) 広くして

[中譯] 現在店內人很多，座位能稍微擠一擠嗎？
(A) 離開　(B) 擠　(C) 縮　(D) 打開
餐飲 單語 答 B

( ) 57　帝国ホテルの「お子様プレート[73]」は、年齢 ＿＿＿＿ 注文可能で、密かに人気が高い品です。
(A) 制限あり　(B) 問わず[74]　(C) 不詳　(D) 差別

[中譯] 帝國飯店的「兒童套餐」，不限年齡都可以訂購，這是受歡迎的隱藏款人氣商品。
(A) 有限制　(B) 不限　(C) 不夠清楚　(D) 差異
餐飲 單語 答 B

( ) 58　イメージケーキとは展覧会のイメージに ＿＿＿＿ 考えたもので、カフェ始まって以来の人気メニューです。
(A) 変わって　(B) 合わせて[75]　(C) 持たせて　(D) 叶わせて

[中譯] 所謂形象蛋糕是配合展覽會的概念而設計的，自咖啡廳開店以來的人氣菜單。
(A) 變更　(B) 配合　(C) 拿著　(D) 實現
餐飲 單語 答 B

( ) 59　地域の人のために ＿＿＿＿ も容認される学食[76]である。
(A) 学外限定　(B) 一般利用[77]　(C) 個人利用　(D) 社会利用

[中譯] 這裡是一個在地居民也可以普遍使用的學校食堂。
(A) 校外限制　(B) 普遍使用　(C) 私人使用　(D) 社會用途
生活 單語 答 B

( ) 60　（歌舞伎鑑賞中）今日の ＿＿＿＿ は何がありますか。
(A) さしもの　(B) だしもの　(C) いれもの　(D) ひきでもの

[中譯] （歌舞伎觀看中）今天有什麼演出節目？
(A) 木器傢俱　(B) 演出節目　(C) 容器　(D) 宴客禮品
生活 單語 答 B

( ) 61　カラオケの終了時には ＿＿＿＿ とマイクを受付[78]までお持ちください。
(A) 伝票[79]　(B) レシート　(C) 領収書　(D) パンフレット

[中譯] 卡拉 OK 結束後請把帳單和麥克風拿到櫃檯。
(A) 帳單　(B) 發票　(C) 收據　(D) 小冊子
生活　單語　答 A

( ) 62 賽錢箱にお賽錢を入れて、手を合わせて拝む[80]。
(A) おがむ　(B) せがむ　(C) やむ　(D) にらむ

[中譯] 在香油錢箱裡放入香油錢，雙手合十參拜。
民俗　單語　答 A

( ) 63 茶道のお菓子には、水分の少ない「干菓子」と水分の多い「生菓子[81]」がある。
(A) なまかし　(B) なまがし　(C) せいかし　(D) せいがし

[中譯] 茶道的點心有水分少的「乾糕點」和水分多的「濕糕點」。
餐飲　單語　答 B

補　生菓子是指日式麻糬、水信玄餅等點心，含水量約 30%~40%；干菓子的含水量則在 10% 以下，如仙貝、金平糖等；另外像是大福、銅鑼燒等稱為半生菓子，含水量約 10~30%。

( ) 64 温泉や錢湯[82]では、大勢の人が同じ湯に入るので、湯船[83]は清潔にするように気をつけよう。
(A) ゆふね　(B) ゆぶね　(C) ゆうせん　(D) ゆせん

[中譯] 在溫泉和澡堂裡，很多人都泡在同一個池子裡，所以請注意浴池的清潔。
生活　單語　答 B

( ) 65 絵馬[84]に願い事を書いて吊り下げます。
(A) かいま　(B) えば　(C) えま　(D) えうま

[中譯] 在祈願木牌上寫下願望並懸掛起來。
民俗　單語　答 C

( ) 66 展示品[85]にはお手を_____、フラッシュ撮影、録音はご遠慮ください。
(A) ふれず　(B) かさず　(C) まわらず　(D) ぬかず

[中譯] 展示品請不要用手觸摸，不要用閃光燈拍照和錄音。
(A) 觸摸　(B) 不借給　(C) 轉動　(D) 不拔起來
景物　單語　答 A

( ) 67 昨日食べすぎて、食べたものがまだ胃に残っていて、ちょっと_____しているよ。
(A) ガンガン　(B) むかむか[86]　(C) きりきり　(D) ぞくぞく

[中譯] 昨天吃太多，吃的東西還留在胃裡，有點噁心想吐。
(A) 強烈的聲響　(B) 噁心作嘔　(C) 劇痛　(D) 高興的心情激動
生活　文法　答 B

( ) 68 担当者が休みだったので、観光客の問い合わせ[87]に自分ではよくわからないとしか_____。下線の言葉に適当な答えをひとつ選びなさい。
(A) 答えるだけましだ　　　　(B) 答えるだけだった
(C) 答えようがなかった　　　(D) 答えるところではなかった

[中譯] 因為負責人休假，對於遊客的詢問只能回答本身不清楚。選出與劃線處最合適的答案。
職能　文法　答 C

(　　) 69　救急車の＿＿＿＿＿＿が聞こえたら、案内に出てもらえますか。
　　　　　(A) サイン　(B) 合図　(C) サイレン[88]　(D) 合言葉

　　[中譯]　若有聽到救護車的鳴笛，可以請你引導嗎？
　　　　　(A) 標記　(B) 信號　(C) 鳴笛　(D) 密碼

　　　　　　　　　　　　　　　　　　　　　　　　　　　生活　單語　答 C

(　　) 70　連れと＿＿＿＿＿＿しまいました。呼び出し[89]をお願いできませんか。
　　　　　(A) 待ち合わせて　(B) はぐれて[90]　(C) ぶつかって　(D) 離して

　　[中譯]　我和同伴走散了。可以協助廣播尋人嗎？
　　　　　(A) 約好碰面　(B) 走散了　(C) 撞到　(D) 分開了

　　　　　　　　　　　　　　　　　　　　　　　　　　　生活　單語　答 B

閱讀測驗一

読解問題Ⅱ　次の文を読んで、適当な答えをそれぞれ一つ選びなさい。

　　東京だけでなく、いくつかの都市では、ある＿＿(71)＿＿地域の中を走るバスは、どこでのってもどこで降りても運賃が同じである。＿＿(72)＿＿こういう方法をふつう「均一運賃制[91]」というそうだが、この方法の場合は、ほとんど困ることはない。停留所の案内に均一××円などと書いてあるから、乗る前にその金額の小銭を準備して＿＿(73)＿＿いいのである。千円＿＿(74)＿＿さつ[92]しかない場合でも、「均一運賃制」のバスは、千円さつを入れるとおつりが出てくる料金箱を持っていることが多いから＿＿(75)＿＿心配する[93]必要はない。なお、「均一運賃制」の場合は、ほとんどの場合、乗る時に運賃を払う「先払い制」[94]である。

　　困るのは運賃が均一ではなく、長い距離を乗ると、運賃も高くなるという場合である。運賃の金額が一つではないから、これは「複数運賃制」と言ってもいいかもしれない。この場合は、「先払い制」とバスを降りる時に払う「後払い制」[95]の両方がある。停留所に切符を売る人がいて、自分が行きたい場所までの切符をそこで買ってから、バスに乗るという場合や、停留所に運賃表が書いてある場合は、電車の乗り方と似ていて特に不便ということはないのだが、そうでない場合はとても不便である。

　　まず、「後払い制」の場合は、乗る時に番号が印刷されている整理券というものをとる。バスの運転席のななめ上あたりについている運賃表の中にそれと同じ番号を探す。その番号の下を見ると、運賃の金額が表示されているから、乗客は、降りる時に整理券と一緒に運賃の金額を料金箱の中に入れる。

　　次は、「複数運賃制」の場合の「先払い制」である。乗客はバスに乗るとすぐに自分の降りる停留所がどこか運転手に言って、料金箱にそこまでの運賃を入れなければならない。運賃が均一でないから、降りるところを運転手にはっきり言うことが大事である。路線バスは、公共の交通機関[96]である。公共の交通機関にとって一番大事なことは、誰でも簡単に利用できるということだ。

閱讀問題Ⅱ　以下文章閱讀後，選出最合適的答案。

　　不僅在東京，在某些其他都市裡，於規定的(71)地區裡行駛的公車，無論在哪裡上車，在哪裡下車，票價都是一樣的。這種方法(72)一般稱為「均一票價制」，採用這種方法幾乎不會帶給乘客任何不便。當看到候車亭指示牌上標示著均一××日元等，只要(73)在上車之前把零錢準備好就行。即使只有一千日元

紙鈔(74)，「均一票價制」的公車，大多都會設置放入一千日元紙鈔也能找零的收費箱，所以不必擔心(75)。另外，採取「均一票價制」的公車，大部分情況下，是在上車時是先付費的「先付費制」。

令人困擾的是票價不統一，長距離乘坐的話，票價也會隨著增加的情形。因為票價不是只有一種，可能稱這種計費方式為「多重票價制」比較恰當。這種計費方式，分為「先付費制」和下車時付費的「後付費制」兩種。當候車亭有賣票的人，乘客就可以在上車前事先買好到達目的地的車票，或者候車亭有標示票價表的話，這就和搭火車的方式相同，沒有什麼特別不方便的，但如果沒有上述2種條件時，將會讓乘客覺得很不方便。

首先，公車採「後付費制」時，乘車時要抽取印著號碼的號碼牌。在公車駕駛座斜上方的運費表中尋找與手中號碼牌相同的號碼。那個號碼下面顯示了票價金額，乘客下車的時候將號碼牌與乘車金額一起放入收費箱。

接下來是「多重票價制」的「先付費制」公車。乘客一上車就要告訴司機自己預定下車的站牌名稱，然後把乘車金額投入收費箱裡。因為票價不是統一的，所以向司機清楚的說明下車地點是很重要的。路線公車是公共的交通工具。以公共的交通工具而言最重要的事情，在於誰都可以輕鬆的搭乘利用。

( ) 71 東京だけでなく、いくつかの都市では、ある＿＿(71)＿＿地域の中を走るバスは、どこでのってもどこで降りても運賃が同じである。下線に入れる言葉として、一番適当なものを一つ選びなさい。
(A) 決めよう　(B) 決まる　(C) 決まった　(D) 決められる

[中譯] 不僅在東京，在某些其他都市裡，於規定的地區裡行駛的公車，無論在哪裡上車，在哪裡下車，票價都是一樣的。選出與劃線處最適當的答案。　　　　　　　　　　　　　　答 C

( ) 72 ＿＿(72)＿＿こういう方法をふつう「均一運賃制」というそうだが、この方法の場合は、ほとんど困ることはない。下線の「こういう方法」に関して、一番適当なものを一つ選びなさい。
(A)「複数運賃制」で「後払い制」の場合
(B)「複数運賃制」で「先払い制」の場合
(C)「均一運賃制」で「後払い制」の場合
(D)「均一運賃制」で「先払い制」の場合

[中譯] 這種方法一般稱為「均一票價制」，採用這種方法幾乎不會帶給乘客任何不便。選出與劃線處「這種方法」相關，最適當的答案。　　　　　　　　　　答 D
(A) 在「多重票價制」和「後付費制」的情況
(B) 在「多重票價制」和「先付費制」的情況
(C) 在「均一票價制」和「後付費制」的情況
(D) 在「均一票價制」和「先付費制」的情況

( ) 73 停留所の案内に均一××円などと書いてあるから、乗る前にその金額の小銭を準備して＿＿(73)＿＿いいのである。下線に入れる言葉として、一番適当なものを一つ選びなさい。
(A) おけば　(B) おく　(C) おこう　(D) おかせて

[中譯] 候車亭指示牌寫著均一 ×× 日元時，只要在上車之前把零錢準備好就行。選出與劃線處最適當的答案。　答 A

( ) 74　千円＿＿(74)＿＿さつしかない場合でも、「均一運賃制」のバスは、千円さつを入れるとおつりが出てくる。下線の言葉に一番適当なものを一つ選びなさい。
(A) 礼　(B) 札　(C) 券　(D) 巻

[中譯] 即使只有一千日元紙鈔，採「均一票價制」的公車，放入一千日元紙鈔也能找零。選出與劃線處最適合的答案。　答 B

( ) 75　「均一運賃制」のバスは、千円さつを入れるとおつりが出てくる料金箱を持っていることが多いから＿＿(75)＿＿心配する必要はない。下線の言葉に一番適当なものを一つ選びなさい。
(A) しんぱい　(B) しんはい　(C) しんばい　(D) じんはい

[中譯] 採「均一票價制」的公車，大多都會設置放入一千日元紙鈔也能找零的收費箱，所以不必擔心。選出與劃線處最適合的答案。　答 A

閱讀測驗二

次の文を読んで、適当な答えをそれぞれ一つ選びなさい。

日本人は、旅に出ると＿＿(76)＿＿自分以外の人に土産を買って帰ります。家族に、友人に、恋人に、会社の同僚[97]に……。海外では、日本人が＿＿(77)＿＿と土産物を買い込んで、重くなったスーツケースを転がして帰ってくるといった場面がよく見られます。

西洋では、旅に出たからといって会社の同僚にまで土産物を買って帰るという習慣はあまりないと言います。

日本での英会話講師になるために研修[98]を受ける外国人が、「日本ではお土産を忘れないように」と指導されているという話も聞きます。

日本には、旅先で他人に贈る品を買う独特の習慣が発達し、それを表す言葉が「土産」というわけです。

時代を＿＿(78)＿＿みると、江戸時代の経済発展を背景にした特産品の発達が大きな契機となっているようです。

各藩が奨励して作られた、各地方ならではの食材・工芸品などが特産品として発達し、江戸後期に旅ブームが起こると旅人たちがこぞってその特産品を手に入れて帰るようになりました。

明治以降、鉄道が発達して旅にかかる時間が短くなると、食べ物も土産として買い求められるようになり、やがて(79)饅頭や煎餅など土産物としてオリジナルに開発された商品も出回るようになりました。

また、日本独特の「村社会意識」も土産物文化を特徴づけていると言われています。村・藩、あるいは会社など組織への帰属意識が強く、＿＿(80)＿＿を重要視するため、味が平均的で誰も口にも合い、大きさも形もそろった「〇〇饅頭」のような土産商品が売れるというわけです。

暮らし[99]の中の小さな事柄であっても、長い歴史の中で日本独特の習慣が育ってくると、他国の言葉では言い表しにくい文化となるのですね。（『トラッドジャパンのこころ』より引用、NHK出版 2010）

以下文章閱讀後，選出最合適的答案。

日本人，在外出旅遊時<u>一定會 (76)</u> 給自己以外的人買特產回去。送給家人、朋友、戀人、公司的同事……。在國外，經常能看到日本人<u>大量 (77)</u> 購買特產，然後拖著變得沉重的行李箱回國的畫面。

在西方國家，外出旅行時並沒有買特產送給公司同事的習慣。

也聽說為了成為在日本的英語會話講師而接受研修的外國人，被指導「在日本時不要忘記買特產」。

在日本，外出旅行時買禮物送給別人的特有習慣相當盛行，這種行為就用「特產」這字眼來表達。

<u>回顧 (78)</u> 歷史，在江戶時代經濟發展的背景之下，特產品的興盛似乎成為了一大契機。

當時，各藩獎勵居民以當地特有的食材、工藝品等製成特產品的風氣十分興盛，到了江戶後期掀起旅遊熱潮時，所有的遊客們就順其自然養成了購買當地特產帶回家的習慣。

明治時期以後，隨著鐵路的發展，旅行所需的時間變短，食物也可以成為特產，最終以<u>饅頭、煎餅 (79)</u> 等為特產而開發出來的原創商品也開始盛行。

另外，日本特有的「村社會意識」也為特產文化增添了其獨特的特徵。因為對於村、藩或公司等組織的歸屬意識很強烈，也為了重視<u>平等 (80)</u> 的理念，以此開發出來誰都能接受的口味、大小和形狀都一致的「○○饅頭」特產商品受到喜愛並且賣得很好。

即使是生活中的小事，但是在漫長的歷史中所培養出來的日本獨特的習俗，成了一種難以其他國家的語言來解釋清楚的文化。（摘自《日本之心》，NHK出版 2010）

( ) 76 日本人は、旅に出ると ____(76)____ 自分以外の人に土産を買って帰ります。
(A) 必ずしも　(B) まれに　(C) 必ずと言ってよいほど　(D) くれぐれも

[中譯] 日本人，在外出旅遊時<u>一定會</u>給自己以外的人買特產回去。
(A) 不一定　(B) 很少　(C) 一定會　(D) 千萬　　　　答 C

( ) 77 海外では、日本人が ____(77)____ と土産物を買い込んで、重くなったスーツケースを転がして帰ってくるといった場面がよく見られます。
(A) どっさり[100]　(B) くっきり　(C) もじもじ　(D) きっちり

[中譯] 在國外，經常能看到日本人<u>大量</u>購買特產，然後拖著變得沉重的行李箱回國的畫面。
(A) 大量的　(B) 清楚的　(C) 扭捏的　(D) 確實的　　　　答 A

( ) 78 時代を ____(78)____ みると、江戸時代の経済発展を背景にした特産品の発達が大きな契機となっているようです。
(A) つきすすんで　(B) さかのぼって　(C) かぞえて　(D) あがって

[中譯] <u>回顧</u>歷史，以江戶時代的經濟發展為背景的特產品的盛行，成為這種送禮風氣的一大契機。
(A) 突然　(B) 回顧　(C) 計算　(D) 上升　　　　答 B

( ) 79 やがて (79)饅頭や煎餅など土産物としてオリジナルに開発された商品も出回るようになりました。下線の部分の読み方を選びなさい。
(A) まんとうやせんべい　　(B) まんじゅうやせんぺい
(C) まんとうやせんぺい　　(D) まんじゅうやせんべい

[中譯] 最終以饅頭、煎餅等為特產而開發出來的原創商品也開始盛行。　　答 D

( ) 80 村・藩、あるいは会社など組織への帰属意識が強く、＿＿＿(80)＿＿＿を重要視するため、味が平均的で誰も口にも合い、大きさも形もそろった「○○饅頭」のような土産商品が売れるというわけです。（下線の部分にふさわしい言葉を選びなさい）
(A) 上下関係　(B) 平等　(C) 格差　(D) 品質管理

[中譯] 因為對於村、藩或公司等組織的歸屬意識很強烈，也為了重視平等的理念，以此開發出來誰都能接受的口味、大小和形狀都一致的"○○饅頭"特產商品受到喜愛並且賣得很好。（選出與劃線處最適合的答案）
(A) 層級關係　(B) 平等　(C) 差距　(D) 品質管理　　答 B

Chapter. 06 | 111年度領隊測驗題
熟悉考試題型、加強字彙，掌握出題方向

重要單語整理

編號	單字	詞性	中文
1	袈裟掛け（けさがけ）	動詞	斜背
2	肌身離さず（はだみはなさず）	動詞	隨身攜帶
3	飲食禁止（いんしょくきんし）	名詞	禁止飲食
4	羽織る物（はおるもの）	名詞	披在身上的保暖衣物
5	必需品（ひつじゅひん）	名詞	必需品
6	浸からない（つからない）	動詞	防止浸泡
7	湯船（ゆぶね）	名詞	澡盆、浴池
8	差し支えない（さしつかえない）	動詞	無妨、可以、沒關係
9	飛び込む（とびこむ）	動詞	跳進；投入
10	気をつける（きをつける）	動詞	注意、留意、多加小心
11	済ませる（すませる）	動詞	使用完畢、完成；(事情)辦完
12	挙句に（あげくに）	副詞	結果卻……；……的結果；最後
13	ポイ捨て（ポイすて）	名詞	(垃圾)亂丟
14	足元（あしもと）	名詞	腳下；腳步；身邊
15	確認（かくにん）	名詞	確認、證實
16	及ぼす（およぼす）	動詞	會；受到、使達到；影響到
17	わかりかねる	動詞	無法得知；難以理解
18	駆け込み（かけこみ）	名詞	奔跑
19	まったく	副詞	完全、全然
20	不要不急（ふようふきゅう）	名詞	不必要或不緊急
21	自粛（じしゅく）	名詞	自我約束
22	プラン	名詞	方案、計畫

編號	單字	詞性	中文
23	いやし	名詞	令人消除疲勞；治癒
24	グッズ	名詞	商品，貨物
25	(一人様)あたり	副詞	每(人)；每人平均
26	なお	副詞	另外；更加；仍然
27	トランク	名詞	後車廂；手提箱
28	クローク	名詞	行李寄放處；斗篷、披風
29	セーフティーボックス	名詞	保險箱
30	暗証番号	名詞	密碼
31	入力完了	名詞	輸入完成
32	発信音	名詞	撥號聲
33	国番号	名詞	國家代碼
34	ご注文	名詞	點餐內容
35	召し上がる	名詞	吃／喝（「食べる／飲む」の尊敬語）
36	本場	動詞	正宗，原產地
37	携帯電話	名詞	手機
38	スイッチ	名詞	開關、電源
39	消耗品	副詞	消耗品
40	免税対象	名詞	免稅待遇
41	～に対する	名詞	針對、對於
42	勘違い	動詞	誤認，誤解
43	券売機	動詞	售票機
44	チャージ	名詞	儲值；充電
45	改札機	名詞	驗票機
46	きっぷ用	名詞	車票專用
47	間違いない	動詞	不要弄錯
48	遠慮	名詞／動詞	迴避、謝絕；客氣
49	酩酊	動詞	酒醉

編號	單字	詞性	中文
50	のみ	副詞	僅、只有
51	見つける	動詞	找到，發現；看慣
52	触れる	動詞	觸犯；觸碰
53	エアコン	名詞	冷氣機
54	つかない	動詞	無法啟動，不能使用
55	最寄り駅	名詞	最近的車站
56	～によると	副詞	根據
57	～のように	副詞	按照；像～一樣
58	だいたい	副詞	預計，大約
59	届かない	動詞	無法獲得；無法送達
60	シートベルト	名詞	安全帶
61	着用	名詞	繫好；穿、戴
62	離陸	名詞	起飛
63	下げする	敬語	收拾，撤下；降低
64	突き当り	名詞	盡頭
65	おきに	副詞	每隔
66	降りる	動詞	下車；降落
67	遅れる	動詞	遲到，耽誤；（時鐘）慢、晚
68	～お持ちですか	動詞	持有～
69	記載	名詞	提供；標明，揭示
70	～上で	副詞	在......之後；在......方面
71	使う	敬語	使用；（物品）花費
72	承る	動詞	收到；遵從
73	ただし	副詞	但是；可是；不過
74	ライトアップ祭	名詞	燈光秀
75	開催	名詞／動詞	舉辦，召開（會議）
76	たびに	名詞	每次，每當......就

編號	單字	詞性	中文
77	保存(ほぞん)	動詞	保存
78	充電(じゅうでん)	動詞	充電
79	せいか	副詞	也許是～緣故
80	救急車(きゅうきゅうしゃ)	名詞	救護車
81	盗む(ぬす)	動詞	偷盜、盜竊
82	自動販売機(じどうはんばいき)	名詞	自動販賣機
		補充 簡稱：自販機(じはんき)	
83	コロナ禍(か)	名詞	新冠肺炎疫情
84	ティラミス	名詞	提拉米蘇
85	感染(かんせん)	名詞	傳染‧感染；沾染
86	間に合う(まあ)	動詞	來得及；起作用；夠用
87	プラスチック製(せい)	名詞	塑膠製
88	プルタブ	名詞	易開罐拉環
89	ケーキの缶詰(かんづめ)	名詞	罐頭蛋糕
90	サービスエリア	名詞	服務區
91	コロナ対策(たいさく)	名詞	應付新冠病毒的方法
92	販路(はんろ)	名詞	銷售管道
93	好調(こうちょう)	名詞	持續成長‧情況良好
94	抜粋(ばっすい)	名詞	摘錄
95	お賽銭(さいせん)	名詞	香油錢
96	QR コード	名詞	QR 碼 (QR Code)
97	キャッシュレス化(か)	名詞	無現金支付
98	実践例(じっせんれい)	名詞	實際例子
99	デジタルデバイス	名詞	數位設備
100	スマートフォン	名詞	智慧型手機
		補充 簡稱：スマホ	

問題分析

文型分析	單語 46	慣用 0	文法 15		情境命題	景物 1	餐飲 8	住宿 11	交通 19	機場 3
	語意 9	諺語 0	閱測 10			生活 23	民俗 1	產業 1	職能 0	購物 3

單選題［共80題 / 每題1.25分］

( ) 1　混雑する場所では、バッグ類を**袈裟掛け**[1]にし、体の前に抱えるようにして持つようにする。
(A) がさかけ　(B) けさがけ　(C) かさがけ　(D) けさかけ

　　［中譯］在人多擁擠的地方，應將包包斜背並放在身前用手抱住。　　生活　單語　答 B

( ) 2　旅券は、命の次に重要なものという自覚を持って、**肌身離さず**[2]持ち歩くようにする。
(A) きしんはなさず　(B) はだしんはなさず　(C) きみはなさず　(D) はだみはなさず

　　［中譯］請記住，護照是僅次於生命的重要東西，務必隨身攜帶。　　生活　單語　答 D

( ) 3　台北捷運（MRT）車内及び構内では水、飴、ガム等を含めて全面**飲食禁止**[3]になっている。
(A) いんしょくきんし　(B) のみくいきんし　(C) いんしょくきんじ　(D) のみくいきんじ

　　［中譯］在臺北捷運的車上和車站內是全面禁止飲食的，包括水、糖果、口香糖等。　　交通　單語　答 A

( ) 4　台北の冬は雨の日が多く、冷たく感じることが多いので、**羽織る物**[4]が**必需品**[5]です。
(A) ひじゅうひん　(B) ひっじゅうひん　(C) ひじゅひん　(D) ひつじゅひん

　　［中譯］臺北的冬天裡多數都是下雨天，大多會感到非常冷，因此披身的保暖衣物是必需品。　　生活　單語　答 D

( ) 5　（温泉の入浴時マナー）髪の毛にはほこりやふけなど、さまざまな汚れが付着しています。長い髪の毛はゴムか髪留めで＿＿＿＿に**浸からない**[6]ようにしましょう。
(A) **湯船**[7]　(B) 脱衣場　(C) 風呂場　(D) 洗い場

　　［中譯］（泡溫泉的禮儀）頭髮上會附著灰塵和頭皮屑等各種髒污，應該將頭髮用髮圈或髮夾固定好，以防止頭髮泡在溫泉池裡。(A) 浴池　(B) 更衣室　(C) 浴室　(D) 沖洗區　　生活　單語　答 A

( ) 6　山田さんになら、**教えても差し支えない**[8]と思います。同じ意味のを選びなさい。
(A) 教えてもいい　(B) 教えてはならない
(C) 教えてもしかたがない　(D) 教えざるを得ない

　　［中譯］如果是山田先生的話，我覺得告訴你也無妨。請選出相同含義的選項。
(A) 可以告訴你　(B) 不要告訴你　(C) 說了也沒用　(D) 不得不說　　生活　單語　答 A

( ) 7　危険も＿＿＿＿、彼は川に落ちた人を助けようと水の中に**飛び込んだ**[9]。
(A) べからず　(B) かえりみず　(C) とりあえず　(D) たえず

[中譯] 他<u>不顧</u>危險，跳進河中試圖救助掉入河中的人。
(A) 不必　(B) 不顧　(C) 暫時　(D) 總是

生活　單語　答 B

補 (B)「名詞＋も顧みず / を顧みず」表示不顧、奮不顧身的意思。

( ) 8 公共の場所は全面禁煙ですので、_____ も気を付けてください。
(A) おのおの　(B) それぞれ　(C) くれぐれ　(D) かれこれ

[中譯] 公共場所全面禁止吸煙，<u>務必請</u>多加注意。
(A) 各自　(B) 分別　(C) 務必請　(D) 多方面

生活　單語　答 C

補 (C)「くれぐれも」表示再次(反覆叮嚀)、務必請或還請的意思。

( ) 9 まもなく着陸いたしますので、化粧室のご利用になる方は、今のうちに ____。
(A) お済ませしてください　　　　(B) お済ませてください
(C) お済ませください　　　　　　(D) 済ませていただきます

[中譯] 飛機即將降落，請需要用化妝室的旅客盡快使用完畢。

交通　文法　答 C

( ) 10 外国人観光客は、ゴミの捨て場所に困った挙句に、ゴミを _____ にしているケースも少なくはありません。
(A) 呼び捨て　(B) ポイ捨て　(C) 切り捨て　(D) 使い捨て

[中譯] 外國遊客因為找不到垃圾桶很苦惱，造成常常看見他們<u>亂丟垃圾</u>的情形。
(A) 直呼其名　(B) 亂扔　(C) 切掉　(D) 用完即丟

生活　單語　答 B

( ) 11 観光バスから降りる際は _____ にご注意ください。
(A) からだ　(B) スピート　(C) ダイヤ　(D) 足元

[中譯] 從觀光巴士下車時請注意<u>腳下</u>安全。
(A) 身體　(B) 速度　(C) 時刻表　(D) 腳下

交通　單語　答 D

( ) 12 書類に記入間違いがない _____、もう一度よくご確認ください。
(A) かどうか　(B) ともなく　(C) からでは　(D) ならでは

[中譯] 請再次仔細確認，文件的內容填寫<u>是否</u>正確無誤。
(A) 是否　(B) 即使　(C) 做了...後(才)　(D) 除非

生活　文法　答 A

補 (A)「動詞＋～かどうか」表示是否、有沒有、不管的意思。

( ) 13 飛行機の機内では、運航に影響を _____ 恐れがあることから、電子機器の使用が法律で厳しくされている。
(A) 及ぶ　(B) 及ぼす　(C) 生かす　(D) 受かる

[中譯] 在飛機的機艙內，電子設備的使用受到法律嚴格限制，是因為怕其<u>帶來</u>影響飛機航行作業。
(A) 達到　(B) 使...波及　(C) 活用　(D) 考上

交通　單語　答 B

(　　) 14 （飛行機内のアナウンス）この度は台湾航空をご利用くださいまして誠にありがとうございました。またのご利用を＿＿＿＿＿＿。
(A) お待ちになっております　　(B) お待ちください
(C) お待ちしております　　　　(D) お待ちいただいております

[中譯]（飛機機內廣播）非常感謝您本次搭乘臺灣航空，我們期待再次為您服務！　交通 文法　答 C

(　　) 15 交通渋滞に巻き込まれ、到着時間が**わかりかねる**状況です。左記のかねると同じ意味のを選びなさい。
(A) 周囲に気を**かねる**。　　　(B) 当駐車場は、車の保管に責任を負い**かねます**。
(C) 墓参りを**かねて**田舎へ帰った。　(D) 水分補給しないと脱水症状になり**かねない**。

[中譯] 被困在交通堵塞中，處於抵達時間無法得知的狀況。請選出與かねる相同含義的選項。
(A) 請留意周圍環境　　　　　(B) 本停車場不負責車輛的保管責任
(C) 為了掃墓而回到鄉下　　　(D) 如果不補充水分，可能會有脫水現象　交通 語意　答 B

(　　) 16 （電車のアナウンス）まもなく扉が閉まります。＿＿＿＿乗車はおやめください。
(A) 持ち込み　(B) 入り込み　(C) **駆け込み**　(D) 人込み

[中譯]（電車內廣播）車門即將關閉，請不要奔跑上車。
(A) 攜入　(B) 進入　(C) 跑進　(D) 人群中　交通 文法　答 C

(　　) 17 日本に来る前に、日本のしきたりを＿＿＿＿＿＿知らなかった。
(A) けっして　(B) すっかり　(C) すっきり　(D) **まったく**

[中譯] 來日本之前，我完全不知道日本的習俗。
(A) 絕對　(B) 都　(C) 舒暢　(D) 完全　民俗 單語　答 D
[補] (D)「まったく＋下接動詞否定句」表示完全、絕對、的確或簡直的意思。

(　　) 18 政府から皆様へ、**不要不急**の外出や移動について**自粛**を要請されています。
(A) じしゅう　(B) じしょう　(C) じっしゅう　(D) じしゅく

[中譯] 政府對社會大眾呼籲，請求民眾自我約束，減少不必要的外出或移動。　生活 單語　答 D

(　　) 19 当ホテルでは、様々な人気の特別ご宿泊＿＿＿＿＿＿をご用意しております。ぜひご利用ください。
(A) プレイ　(B) フライト　(C) **プラン**　(D) プレイス

[中譯] 本飯店提供一系列受歡迎的住宿優惠方案。請務必多加利用！
(A) 播放　(B) 航班　(C) 方案　(D) 地方　住宿 單語　答 C

(　　) 20 広めのお部屋にマッサージ機や化粧品など、**いやし**の＿＿＿＿＿＿を多数取り揃えております。
(A) **グッズ**　(B) クイズ　(C) グッチ　(D) グッド

[中譯] 寬敞的房間內備有按摩機及化妝品等等，多種讓人消除疲勞的商品。
(A) 商品　(B) 猜謎　(C) 古馳品牌　(D) 好的　住宿 單語　答 A

( ) 21 お部屋の料金はいずれもお一人様＿＿＿＿＿25 です。
(A) ごと　(B) なみ　(C) わり　(D) あたり

[中譯] 所有房間的價格都是指每人的費用。
(A) 連同　(B) 震動　(C) 合算　(D) 平均

住宿 單語　答 D

[補] (D)「～あたり」作為接尾詞使用時，表示平均、每...(後接單位詞)。

( ) 22 （館内放送）小さいお子さまをお連れの方は、ぜひご参加ください。＿＿＿＿＿、席に限りがありますので、お早めにご来場ください。
(A) なお26　(B) それゆえ　(C) かえって　(D) むしろ

[中譯] （館內廣播）如果您有帶著小孩同行，請務必一起參加。另外，因座位有限，請儘早前來會場。
(A) 另外　(B) 因此　(C) 卻　(D) 寧可

生活 單語　答 A

[補] (A)「なお」表示「另外...」、「還有...」的意思。

( ) 23 （ホテル側）：こんにちは。ABC ホテルへようこそ。お荷物をお持ちいたしましょうか。
　　　（客側）：タクシーの＿＿＿＿＿に荷物がありますから、お願いします。
(A) トラック　(B) ドライブ　(C) トランク27　(D) ボンネット

[中譯] （飯店方）：您好，歡迎來到 ABC 飯店，需要我幫您提行李嗎？
　　　（客人方）：計程車的後車廂有我的行李，拜託您了。
(A) 卡車　(B) 駕駛　(C) 後車箱　(D) 引擎蓋

住宿 單語　答 C

( ) 24 （ホテルで）お持荷物は＿＿＿＿＿でお預かりいたしますので、この番号札をおちくください。
(A) クローク28　(B) グローブ　(C) スロープ　(D) グレード

[中譯] （飯店裡）您的行李我們會放在行李寄物處保管，這是您的號碼牌，請收好。
(A) 行李寄存處　(B) 棒球手套　(C) 斜坡　(D) 等級

住宿 單語　答 A

( ) 25 （ホテル設備の使用）A：マッサージサービスをご利用の場合は事前にご予約が必要になります。フロント＿＿＿＿＿お電話いただければご予約を承ります。B：わかりました。どうもありがとう。
(A) で　(B) も　(C) から　(D) まで

[中譯] （飯店設備使用）A：如果您想使用按摩服務，需提前預約。您可以撥電話至櫃檯進行預約。
B：我明白了，非常感謝您。

住宿 文法　答 D

( ) 26 （ホテルのセーフティーボックス29 の使い方）暗証番号30 入力完了31 後、ダイヤルの数字を＿＿＿＿＿になさることをおすすめいたします。
(A) サラサラ　(B) カラカラ　(C) バラバラ　(D) キラキラ

[中譯] （飯店的保險箱使用方式）密碼輸入完成後，建議請將按鍵上的數字弄亂。
(A) 波浪聲　(B) 喀啦喀啦聲　(C) 拆散打亂　(D) 閃亮

住宿 單語　答 C

▶ 3-104

( ) 27 （国際電話のかけ方）まず国際電話の場合は、はじめに 0 を押して、**発信音**[32] が聞こえましたら、相手先の番号を**国番号**[33] から押してください。
(A) はつしんおん / くにばんごう　　(B) はっしんおん / くにばんごう
(C) はつしんおと / こくばんごう　　(D) はっしんおと / こくばんごう

[中譯]（撥打國際電話的方式）撥打國際電話時，請先按下 0，聽到撥號聲後，首先要按下對方電話號碼中的國家代碼。　　　　　生活　單語　答 B

( ) 28 **ご注文**[34] が ＿＿＿＿ ましたら、お呼び下さい。
(A) お決めになり　(B) お決まりになり　(C) お承りになり　(D) お預かりになり

[中譯] 等您決定好餐點內容後，請叫我一聲。
(A) 決定　(B) 決定　(C) 接受　(D) 收到　　　　　餐飲　文法　答 B

( ) 29 （バス内）本日は市内の中華料理の有名レストランで、＿＿＿＿ の小籠包を**召し上がって**[35] いただきます。
(A) **本場**[36]　(B) 本番　(C) 本気　(D) 本懐

[中譯]（巴士內）今天將帶各位到市內一家知名的中華料理店，品嚐正宗的小籠包。
(A) 正宗　(B) 正式　(C) 認真　(D) 夙願　　　　　餐飲　單語　答 A

( ) 30 （レストランで）A：たばこはお ＿＿＿＿ になりますか。B：いいえ。
(A) 一服　(B) たべ　(C) くわえ　(D) すい

[中譯]（餐廳內）A：請問您有吸菸嗎？　B：沒有。
(A) 抽一支　(B) 吃　(C) 叼　(D) 吸　　　　　餐飲　單語　答 D

( ) 31 （喫茶店で）ウェイター：コーヒーはホット ＿＿＿＿ アイスがございますが。　客：ホットをください。
(A) も　(B) と　(C) か　(D) とか

[中譯]（咖啡店內）服務生：請問咖啡要熱的還是冰的呢？　客人：請給我熱的。
　　　　　餐飲　文法　答 B

( ) 32 （機内のアナウンス）皆様、当機まもなく離陸いたします。安全のため、**携帯電話**[37] の**スイッチ**[38] を ＿＿＿＿。
(A) おいれください　　　(B) ご用意ください
(C) おたずねください　　(D) おきりください

[中譯]（機上廣播）各位旅客，本班機即將起飛。為了您的安全，請關閉手機的電源。
(A) 請帶著　(B) 請準備好　(C) 請問　(D) 請關閉　　　交通　單語　答 D

( ) 33 外国人旅行者 ＿＿＿＿、化粧品などの**消耗品**[39] も**免税対象**[40] となります。
(A) にかけて　(B) によって　(C) に対して[41]　(D) について

[中譯] 針對外國遊客，化妝品等消耗品也可以享受免稅待遇。
(A) 在...方面　(B) 由於　(C) 對於　(D) 就...而言　　　購物　語意　答 C

(　　) 34 正しいマナーだと**勘違い**42 され_____なのが手皿です。料理を食べる際、汁などが落ちないよう手を皿のように添えながら食べることを言います。
(A) ぎみ　(B) がち　(C) げ　(D) っぽい

[中譯] 經常被誤認為是正確的禮儀就是用手當盤子。指的是在品嚐料理時，為了防止菜汁等掉落而用另一隻空閒的手掌充當盤子放在食物下方的做法。
(A) 稍微　(B) 經常　(C) ...的樣子　(D) 感覺很像...　　餐飲　語意　答 B

(　　) 35 IC カードにお金を_____しておけば、**券売機**43 に並ばなくてもすぐ電車に乗ることができ、乗換えがあるときも自動で計算してくれます。
(A) **チャージ**44　(B) チェンジ　(C) チェック　(D) チャレンジ

[中譯] IC 卡事先<u>儲值</u>，就可以直接坐上電車而不必在售票機前排隊買票，轉乘時也會自動計算乘車金額。　(A) 儲值　(B) 改變　(C) 核對　(D) 挑戰　　交通　單語　答 A

(　　) 36 **改札機**45 は駅によって、**きっぷ用**46、IC カード用、きっぷと IC カード両方使えるものがあります。_____ようにしましょう。
(A) 相違ない　(B) 入れない　(C) 通らない　(D) **間違えない**47

[中譯] 驗票機依車站而區分，有分車票專用、IC 卡專用、車票及 IC 卡共用。請注意<u>不要弄錯</u>。　(A) 一定　(B) 不包括　(C) 不能通過　(D) 不要弄錯　　交通　單語　答 D

(　　) 37 （温泉の入浴マナー）ご飲酒されている方、体調の悪い方などはご入浴をお控えください。また、_____状態の方は入浴をご**遠慮**48 ください。
(A) 困惑　(B) **酩酊**49　(C) 精神　(D) 健康

[中譯] （泡溫泉的禮儀）如果你有喝酒或身體不舒服，請勿泡澡。此外，如果您已經喝醉了也請勿進入溫泉池泡澡。　　生活　單語　答 B

(　　) 38 都心部の電車には「女性専用車」が設けられており、一日中または時間限定で、女性_____が利用できるようになっている。
(A) なみ　(B) 以外　(C) **のみ**50　(D) きり

[中譯] 市中心的電車有設立「女性專用車廂」，該車廂全天候或在限定時段僅提供女性使用。
(A) 波浪　(B) 以外　(C) 僅　(D) 一直...的狀態　　交通　單語　答 C

(　　) 39 お客様の遺失物は、_____、ご連絡させていただきます。
(A) 見つかる次第　(B) **見つかり**51 次第　(C) 見つかった次第　(D) 見つかって次第

[中譯] 您丟失的物品，<u>一旦被找到後我們將即刻與您聯繫</u>。　　生活　文法　答 B

(　　) 40 （税関で）何か法律に_____ものをお持ちですか。
(A) **触れる**52　(B) 障る　(C) 関わる　(D) 働く

[中譯] (在海關) 你有攜帶什麼違<u>反</u>法律的物品嗎？
(A) 觸犯　(B) 妨礙　(C) 關係　(D) 勞動　　機場　單語　答 A

( ) 41　（客）あのう、123号室ですが、、、、、。（フロント）はい、何でしょうか。（客）**エアコン**[53] が _____ 。
　　　　　(A) あきません　(B) **つきません**[54]　(C) でません　(D) しまりません

　　[中譯] （客人）打擾一下，我是123號房……。（櫃檯）是，有什麼需要協助的地方嗎？
　　　　　（客人）房間的空調<u>無法啟動</u>。
　　　　　(A) 不開　(B) 無法啟動　(C) 不開　(D) 關不起來
　　　　　住宿　單語　答 B

( ) 42　当店への**最寄り駅**[55] はご存知ですか。
　　　　　(A) さいより　(B) そうより　(C) もきり　(D) もより

　　[中譯] 請問您知道離本店<u>最近的</u>車站嗎？
　　　　　交通　單語　答 D

( ) 43　新聞 _____ 、近く消費税が上がるらしい。
　　　　　(A) にわたって　(B) に応じて　(C) に対して　(D) **によると**[56]

　　[中譯] <u>根據</u>新聞報導，最近消費稅好像要上漲。
　　　　　(A) 渡過　(B) 相對應　(C) 對於　(D) 根據
　　　　　生活　語意　答 D
　　　　　補 (D)「名詞＋によると」表示根據、依據。

( ) 44　ここに書いてある _____ 、入国カードに記入してください。
　　　　　(A) かわりに　(B) だけでなく　(C) **ように**[57]　(D) ために

　　[中譯] 請<u>按照</u>此處所標示的方式，填寫入境卡。
　　　　　(A) 替代　(B) 不僅　(C) 按照　(D) 為了
　　　　　機場　語意　答 C
　　　　　補 (C)「動詞＋ように」表示按照、依照。

( ) 45　_____ いつごろできあがりますか。
　　　　　(A) すでに　(B) いよいよ　(C) **だいたい**[58]　(D) かならず

　　[中譯] <u>預計</u>什麼時候會完成呢？　(A) 已經　(B) 終於　(C) 預計　(D) 必定
　　　　　生活　單語　答 C
　　　　　補 (C)「大体（だいたい）」表示預計(程度上的)、大約的意思。而讀音相似的「大抵（たいてい）」，則表示通常(頻率、數量、範圍上的)、一般都～或大部分的意思。

( ) 46　危ないものは、子どもの手が _____ ところに置いてください。
　　　　　(A) あそばない　(B) あけない　(C) もどらない　(D) **とどかない**[59]

　　[中譯] 危險物品，請放在兒童<u>無法拿到</u>的地方。
　　　　　(A) 不要玩耍　(B) 無法打開　(C) 無法返回　(D) 接觸不到
　　　　　生活　單語　答 D

( ) 47　**シートベルト**[60] の**着用**[61] をもう一度お確かめください。
　　　　　(A) ちゃよう　(B) ちゃくよう　(C) ちゃっよう　(D) ちゃよ

　　[中譯] 請再次確認您已<u>經繫好安全帶</u>。
　　　　　交通　單語　答 B

( ) 48　当機は間もなく**りりく**[62] いたします。
　　　　　(A) 到着　(B) 離着　(C) 離陸　(D) 着陸

[中譯] 本班機即將起飛。　　　　　　　　　　　　　　　　　　　　交通 單語 答 C

( ) 49　このお皿、_____ よろしいですか。
　　　(A) お下げになっても　　　　　　(B) **お下げしても** [63]
　　　(C) 下げてあげても　　　　　　　(D) 下げていらっしゃっても

[中譯] 這個盤子我可以收走嗎？　　　　　　　　　　　　　　　　　餐飲 文法 答 B

( ) 50　トイレはこちらの通路の _____ でございます。
　　　(A) 受付　(B) ホール　(C) 相席　(D) **突き当たり** [64]

[中譯] 廁所在這個通道的盡頭。　(A) 櫃檯　(B) 大廳　(C) 併桌　(D) 盡頭　　交通 單語 答 D

( ) 51　この時間帯は 5 分 _____ 電車が来ますよ。
　　　(A) から　(B) 気味　(C) **おきに** [65]　(D) のように

[中譯] 在這個時段，電車每隔 5 分鐘來一班。
　　　(A) 來自　(B) 稍微　(C) 每隔　(D) 好像　　　　　　　　　　交通 單語 答 C

( ) 52　すみません。浅草寺に行きたいのですが、どの駅で _____ いいですか。
　　　(A) 降りる　(B) 降りって　(C) 降りったら　(D) **降りれば** [66]

[中譯] 打擾一下。我想去淺草寺，應該要在哪一站下車？　　　　　　交通 文法 答 D

　　　補 (D)「動詞＋れば」表示要是……的話。

( ) 53　雪が降ると、電車は _____ 。
　　　(A) 遅れることになっている　　　(B) 遅れなければならない
　　　(C) **遅れがちだ** [67]　　　　　　(D) 遅れるべきだ

[中譯] 下雪時，電車就容易誤點。
　　　(A) 規定要誤點　(B) 必須誤點　(C) 容易誤點　(D) 應該誤點　　交通 文法 答 C

　　　補 (C)「名詞／動詞連用形＋がちだ」表示容易……；往往……；總是……的意思。

( ) 54　たばこや酒、貴金属類を _____ 。
　　　(A) お待ちですか　(B) **お持ちですか** [68]　(C) ご待ちですか　(D) ご持ちですか

[中譯] 你有攜帶香煙、酒或貴金屬嗎？
　　　(A) 你在等待嗎　(B) 你有攜帶嗎　(C) 無此用法　(D) 無此用法　　機場 文法 答 B

( ) 55　Wi-Fi 設定についてのご説明は客室内に _____ してあります。
　　　(A) **記載** [69]　(B) 記録　(C) 入力　(D) 掲載

[中譯] 關於 Wi-Fi 設定，客房裡面有提供說明。
　　　(A) 提供　(B) 記錄　(C) 輸入　(D) 刊登　　　　　　　　　　住宿 單語 答 A

( ) 56　金額を確認 _____ 、よろしければこちらにサインをお願い致します。
　　　(A) したり　(B) **した上で** [70]　(C) したにもかかわらず　(D) したのに

[中譯] 金額確認無誤之後，請您在這個地方簽名。
(A) 做了　(B) …之後　(C) 儘管　(D) 卻 購物 單語 答 B

( ) 57　冷蔵庫のものは＿＿＿＿＿＿か。
(A) お使いしました　　　　　(B) お使いなりました
(C) お使いにしました　　　　(D) **お使いになりました**[71]

[中譯] 您使用過冰箱裡的物品嗎？ 住宿 文法 答 D

( ) 58　お料理は 8000 元のコースで 10 名様と承って[72]おりますが、ご変更ございませんか。
(A) あつかって　(B) ことなって　(C) おこなって　(D) うけたまわって

[中譯] 我們收到您預約 10 人份的 8000 元套餐，有需要做變更嗎？
(A) 暫存　(B) 相異　(C) 舉行　(D) 接受 餐飲 單語 答 D

( ) 59　一階なら写真を撮っても大丈夫です。＿＿＿＿＿＿、フラッシュを使用しないでください。
(A) したがって　(B) なのに　(C) おかげで　(D) **ただし**[73]

[中譯] 你可以在一樓拍照。但請別使用閃光燈。
(A) 因此　(B) 即使　(C) 多虧　(D) 但是 生活 語意 答 D

( ) 60　現在、**ライトアップ祭**[74]を＿＿＿＿＿＿していますので、開園時間を夜 9 時まで延長しています。
(A) 開始　(B) **開催**[75]　(C) 開放　(D) 開演

[中譯] 目前正值舉辦燈光秀期間，因此園區營業時間延長至晚上 9 點。
(A) 開始　(B) 舉辦　(C) 開放　(D) 演出 產業 單語 答 B

( ) 61　日本に来て、富士山をはじめ、＿＿＿＿＿＿。
(A) 登ったことがある　　　　(B) 主な山にはだいたい登った
(C) 見て美しいと思った　　　(D) バスで途中まで行き、それから登った

[中譯] 我來到日本之後，以富士山為首，主要的山基本上都爬過了。
(A) 曾經爬過....等地　(B) 主要的山基本上都爬過了
(C) 看了覺得很美　(D) 坐巴士去了中途，然後爬上了山頂 景物 語意 答 B

( ) 62　私は旅行＿＿＿＿＿＿、絵葉書を買います。
(A) の**たびに**[76]　(B) をもとに　(C) に沿って　(D) こそ

[中譯] 我每次旅行都會買風景明信片。
(A) 每次　(B) 根據　(C) 按照...　(D) 正是 購物 單語 答 A

( ) 63　涼しい場所に保存[77]して、なるべく早くお召し上がりください。
(A) ほぞん　(B) ほそん　(C) ほうぞん　(D) ほうそん

[中譯] 請保存在陰涼的地方，並儘快食用完畢。 餐飲 單語 答 A

( ) 64 眠っている間にスマホを**充電**⁷⁸します。
　　　　(A) そうでん　(B) ぞうでん　(C) じゅうでん　(D) しゅうでん

[中譯] 睡覺的時候讓手機充電。　　　　　　　　　　　　　　　生活 單語 答 C

( ) 65 東京に電話を掛けたい時は_____よいですか。
　　　　(A) どれほど　(B) どのように　(C) どれだけ　(D) どうすれば

[中譯] 想撥打電話到東京時，該如何撥打呢？
　　　　(A) 有多好　(B) 怎麼樣　(C) 有多久　(D) 該如何做　　　生活 語意 答 D

( ) 66 （客）他の部屋との通話はどうするのですか。（フロント）まず2を押してから、相手のお部屋番号を_____よろしいです。
　　　　(A) 押してあげれば　(B) 押していただければ　(C) 押せれば　(D) お押しして

[中譯] (客人)如何和其他房間通話呢？(櫃檯)首先請按2，再來按對方的房間號碼就行了。
　　　　　　　　　　　　　　　　　　　　　　　　　　　　　　住宿 文法 答 B

( ) 67 電車の中に傘を_____、降りてしまいました。
　　　　(A) 置いているうちに　(B) 置いたまま　(C) 置いて以来　(D) 置けば

[中譯] 下車時，我把雨傘就直接放在電車上沒帶走。　　　　　　　交通 文法 答 B
　　　[補] (B)「動詞た形+まま～」表示「……，就直接……(保持狀態)」的意思。

( ) 68 暑い_____、食欲がない。
　　　　(A) うちに　(B) おかげで　(C) せいか⁷⁹　(D) くせに

[中譯] 可能因為天氣太熱，所以沒有食慾。
　　　　(A) 趁著　(B) 多虧　(C) 可能因為　(D) 明明…卻　　　　生活 語意 答 C
　　　[補] (C)「～せいか」表示「也許是……緣故(表示原因理由)」的意思。

( ) 69 すぐ**救急車**⁸⁰を呼びましょう。
　　　　(A) きゅきゅくるま　(B) きゅうきゅうくるま　(C) きゅきゅしゃ　(D) きゅうきゅうしゃ

[中譯] 立刻叫救護車吧！　　　　　　　　　　　　　　　　　　　生活 單語 答 D

( ) 70 （警察）どうしたんですか。（観光客）かばんを_____んです。
　　　　(A) 盗む　(B) 盗んだ　(C) 盗ませた　(D) **盗まれた**⁸¹

[中譯] (警察)發生什麼事了？(觀光客)包包被偷了！　　　　　　　生活 單語 答 D

閱讀測驗一

読解問題　次の文を読んで、(71)～(75)の設問に最も適当な答えを選びなさい。

　　自動販売機⁸²のボタンを押すと出てくるのは、飲料ではなく、カキフライや和牛の赤ワイン煮込み……。街を歩けば、(71)一風変わった自動販売機が続々と登場している。(72)コロナ

禍[83]で、非対面・非接触での販売に注目が集まっている。

　　　天満屋福山店の玄関前には、缶入りの**ティラミス**[84]などの洋菓子が買える自販機がある。設置したのは、福山市南蔵王町3丁目の洋菓子店「スイーツラボミルク」だ。同店では新型コロナ**感染**[85]拡大の影響で、閉店時刻を2時間早めたところ、顧客から「会社帰りでは**間に合わない**[86]」という声が上がった。(73)消費者に届ける方法はないかと考えていた時、取引先の容器会社から「**プラスチック製**[87]の透明缶がある」と声をかけられた。飲料のように、缶の**プルタブ**[88]を引き上げて開ける。密閉できて保存が利き、持ち歩きも (74)。「**ケーキの缶詰**[89]」を作れば、自販機でも販売できると考えた。昨年9月に天満屋前の自販機で売り始めた。人通りの多い場所で、買い物客らの目にとまり、(75) も出るほどの人気に。12月には山陽道上り線福山**サービスエリア**[90]にも置いた。経営者の園尾聖さんは「**コロナ対策**[91]で始めたが、自販機で**販路**[92]が拡大したと思う。売り上げも**好調**[93]です」と話す。（2022年1月25日付朝日新聞より**抜粋**[94]）

閱讀題　請閱讀下列文章，並為問題(71)至(75)選擇最合適的答案。

　　當您按下自動販賣機上的按鈕時，您會看到掉下來的不是飲料，而是炸牡蠣或紅酒燉和牛。當您在街道中漫步時，您會發現一系列(71)不同尋常的自動販賣機陸續出現。由於新冠肺炎疫情的(72)延長，非直接面對面、非接觸式銷售手法引起了人們的注意。

　　在天滿屋福山店門口，有一台自動販賣機，可以買到罐裝的提拉米蘇等西式點心。它是由位於福山市南藏王町3丁目的西式甜品店「Sweets Labo Milk」所設置的。該店因新冠肺炎感染擴大的影響，而將關門時間提前兩小時，卻收到有顧客反應「下班回家時商店已關門而來不及買」的聲音。該甜品店正當在思考(73)設法有沒有什麼方式可以將產品送到消費者手中時，與他們有業務往來的一家容器製造公司，告訴該甜品店他們有「透明的塑膠罐」。像飲料一樣，拉起罐子上的拉環就能打開。可密封保存，且攜帶(74)方便。他們的想法是，如果能做出「罐頭蛋糕」，就可以在自動販賣機上販售。從去年9月，該甜品店開始在天滿屋前設置自動販賣機販售甜品。這個地方來往人群眾多，甜品自動販賣機吸引了購買者的目光，甚至有時會出現(75)賣光的情形，非常受歡迎。12月時，該甜品店也在山陽高速公路北上的福山服務區設置甜品自動販賣機。身為老闆的園尾聖先生說：「我們一開始是為了對付新冠肺炎所採取的措施，但我認為自動販賣機擴大了我們的銷售管道。營業額也持續成長」。(摘錄自《朝日新聞》，2022年1月25日)

(　　) 71　(A) ひとかぜかわった　　　　(B) ひとふうがわった
　　　　　(C) いっぷうかわった　　　　(D) いちふうがわった

　　　　[中譯] (A)(B)(D) 無此用法　(C) 不同尋常　　　　　　　　　　　　　　　　答 C

(　　) 72　(A) 長らく　(B) 長引く　(C) 末永く　(D) 長持ちする

　　　　[中譯] (A) 長久　(B) 延長　(C) 永遠　(D) 持久　　　　　　　　　　　　　答 B

(　　) 73　(A) 何でも　(B) 何だか　(C) 何も　(D) 何とか

　　　　[中譯] (A) 不管什麼　(B) 總覺得　(C) 全部都　(D) 設法　　　　　　　　　答 D

(　　) 74　(A) しやすい　(B) しにくい　(C) しがたい　(D) しのぎやすい

　　　　[中譯] (A) 容易達成　(B) 有難度　(C) 有難度　(D) 輕鬆　　　　　　　　　答 A

(　　) 75　(A) 売り上げ　(B) 売り切れ　(C) 売れ行き　(D) 売れ残り

　　　　[中譯] (A) 銷售　(B) 賣光　(C) 銷售通路　(D) 賣剩　　　　　　　　　　　答 B

閱讀測驗二

次の文を読んで、(76)～(80)の設問に最も適当な答えを選びなさい。

お**賽銭**[95]も **QR コード**[96]で、という寺社が少しずつ増えてきました。賽銭の (76) **化**[97]が徐々に進んでいるようです。コロナ前は、主に海外旅行客向けだったようですが、今はお札や硬貨を (77) ように、という感染症対策の面も。

先日、真宗大谷派が本山の東本願寺（京都市）などでも QR コードでのお賽銭を始めました。伝統を重んじるイメージの (78) お寺で取り入れるとは。「新しい生活様式」の**実践例**[98]のようです。参拝者の健康を気づかってくれるとはありがたいです。世代的に僧侶も**デジタルデバイス**[99]を使いこなせるようになったのでしょう。（中略）

参拝者は**スマホ**[100]に金額を入力し、お賽銭データを送信。近い将来、境内には見えないお金のデータが (79) いる、という時代が来そうです。データが通信衛星を経由していたとしたら、神様仏様に近い空を通るので認識してもらえて (80) ご利益をしっかりいただけるかもしれません。ただ、現金という物質が重要だと考えている人にとっては物足りなさがあります。（辛酸なめ子『辛酸なめ子の独断！流行大全』中央公論新社、2021）

請閱讀下列文章，並為問題(76)至(80)選擇最合適的答案。

　　可以使用 QR Code 支付香油錢的寺廟和神社正逐漸增加。香油錢也逐步朝著 (76) 無現金支付的方向發展。在發生新冠肺炎以前，主要是針對國外旅客而實施的支付方式，現在是以 (77) 不接觸紙鈔或硬幣做為預防感染的對策。

　　最近，信奉佛教的大谷派也開始在其總寺的東本願寺（京都）等地區使用 QR Code 進行香油錢捐贈。由一個具有重視傳統形象的 (78) 正宗寺廟開始實施，這可說是一個實踐「新生活型態」的實際例子。很高興知道他們關心參拜者的健康。這一代的僧人很可能也已經更熟練地掌握了數位設備。這也說明了各個年代的僧侶們已經能夠熟練使用數位化設備。（中間省略）

　　參拜者在智慧型手機上輸入金額，發送香火錢訊息。不久的將來，將 (79) 投入以肉眼看不到的金錢數據，這樣的時代似乎要來了。如果數據是經過通信衛星傳送的話，會因為數據通過的地方更靠近神佛所在的天空，或許能視為神佛可以確實聽到參拜者的願望並 (80) 帶來好運。然而，對於那些認為現金的實質意義很重要的人來說，無現金化則有美中不足之嫌。（辛酸 NAME 子《辛酸 NAME 子的獨斷！流行的百科全書》中央公論新社，2021）

( ) 76　(A) プライスレス　(B) ホームレス　(C) チケットレス　(D) キャッシュレス
　　　[中譯] (A) 無價　(B) 無家可歸　(C) 無票　(D) 無現金　　　　　　　　　　　　　答 D

( ) 77　(A) 壊さない　(B) 両替しない　(C) 触らない　(D) 作らない
　　　[中譯] (A) 不破壞　(B) 不兌換　(C) 不觸及　(D) 不做　　　　　　　　　　　　　答 C

( ) 78　(A) 由緒正しい　(B) 礼儀正しい　(C) 折り目正しい　(D) 行儀正しい
　　　[中譯] (A) 正宗的　(B) 彬彬有禮　(C) 循規蹈矩　(D) 行為端正的　　　　　　　　答 A

( ) 79　(A) 表示されて　(B) 飛び込んで　(C) 消えて　(D) 飛び交って
　　　[中譯] (A) 顯示在　(B) 潛入在　(C) 消失在　(D) 飛來飛去　　　　　　　　　　　答 D

( ) 80　(A) ごりえき　(B) ごりやく　(C) ごりえく　(D) ごりょうやく　　　　　　　答 B

Chapter. 07 | 112年度領隊測驗題
熟悉考試題型、加強字彙，掌握出題方向

重要單語整理

編號	單字	詞性	中文
1	対(たい)する	動詞	關於；對於；面對
2	わかす	動詞	煮沸
3	一泊二食(いっぱくにしょく)	名詞	住宿一晚加兩餐
4	食堂(しょくどう)	名詞	餐廳
5	やはり	副詞	當然；仍然；果然
6	～していただけませんか	尊敬語	能不能請您
7	囲(かこ)む	動詞	包圍
8	沿(そ)う	動詞	順著，按照；跟隨
9	言(い)い表(あらわ)す	動詞	用語言表示
10	頂(いただ)く	動詞	領受(得到的敬語)
11	致(いた)す	動詞	做，執行
12	ならではの	連接詞	只有
13	突(つ)き当(あた)り	名詞	盡頭；到底
14	接(せっ)する	動詞	接觸
15	寛(くつろ)ぐ	動詞	放鬆身心
16	確(たし)かめる	動詞	確認；查明
17	予約金(よやくきん)	名詞	訂金
18	ペナルティ	名詞	罰款
19	デポジット	名詞	押金
20	記入(きにゅう)	名詞／する動詞	填寫
21	おそれがある	連接詞	不安，擔心

編號	單字	詞性	中文
22	お越し	名詞	歡迎；蒞臨
23	着こなし	名詞	打扮
24	洗練	名詞	老練；講究
25	かねない	連接詞	可能
26	承る	動詞	已經收到，接受；了解
27	召し上がる	動詞	吃／喝的尊敬語
28	冷める	動詞	涼了，冷了
29	入れる	動詞	裝進，放入
30	完全	名詞	完整，完善
31	くれぐれも	副詞	務必
32	電子マネー	名詞	電子錢包(金融IC卡)
33	紛失	名詞／する動詞	遺失
34	通路	名詞	走道；通道
35	浴衣	名詞	浴衣
36	パジャマ	名詞	睡衣
37	こころづけ	名詞	小費；道謝的金錢或禮物
38	チェックイン	名詞	辦理登機報到手續；入住手續
	補充 チェックアウト(住宿場合)辦理退房手續		
39	フロント	名詞	櫃台；前台
40	ショッピング	名詞	購物
41	一段と	副詞	更加
42	さっぱり	副詞	清爽
43	あいにく	副詞	不湊巧
44	まんいち	副詞	萬一
45	寒さ	名詞	寒冷
46	あのう	感嘆詞	那個(說話的開口詞)
47	伺う	動詞	聽／問的謙讓語

編號	單字	詞性	中文
48	ただいま	名詞	現在;立刻
49	ほら	感嘆詞	看啊;你看
50	かな	助詞	呢
51	いってきます	動詞	出門了
52	ツアー	名詞	旅遊;遊覽
53	おかげ	名詞	多虧;托福
	補充 おかげさまで:托您的福		
54	よろしければ	副詞	如果可以的話
55	恐縮（きょうしゅく）	名詞／する動詞	不好意思;對不起(用於請別人幫忙時)
56	ともなると	副詞	一旦...的話;一到...的時候
57	わりに	副詞	反而
58	だけあって	副詞	不愧是...;由於...緣故
59	申込み金（もうしこみきん）	名詞	報名費
60	返却（へんきゃく）	名詞／する動詞	退還
61	～しかねます	連接詞	無法
62	レジ袋（ぶくろ）	名詞	購物袋
63	よりほかない	連接詞	只好
64	さえすれば	副詞	只要
65	～しましょうか	連接詞	如何呢？
66	都合（つごう）	名詞	方便;情況
67	申し上げる（もうあげる）	敬語	說、告訴的謙讓語(用於正式場合)
68	おっしゃっる	敬語	說的尊敬語
69	似合う（にあう）	動詞	適合
70	お召し（めし）	名詞	穿上
71	存ずる（ぞん）	動詞	想、思考、認識、知道的謙讓語
72	申す（もう）	動詞	說、告訴的謙讓語
73	ごらん	名詞	(請別人)看、欣賞的尊敬語

編號	單字	詞性	中文
74	拝借(はいしゃく)	名詞／する動詞	借用
75	つらい	形容詞	(心理上的)難過；痛苦
76	ハンカチ	名詞	手帕
77	遠慮(えんりょ)	名詞／する動詞	請不要
78	おやすみになる	敬語	休息、睡覺的尊敬語
79	マスク	名詞	口罩
80	感染予防(かんせんよぼう)	名詞	預防感染
81	飛沫(ひまつ)	名詞	飛沫
82	集団感染(しゅうだんかんせん)	名詞	集體感染
83	欠かす(かかす)	動詞	欠缺
84	リスク評価(ひょうか)	名詞	評估風險
85	コロナ	名詞	新冠病毒，COVID-19
86	対策(たいさく)	名詞	對策，應付的方法
87	緩和(かんわ)	名詞／する動詞	放寬
88	位置つけ(いち)	名詞	定位；評估
89	見直す(みなおす)	動詞	重新
90	懸念(けねん)	名詞／する動詞	憂慮，不安，擔心
91	言及(げんきゅう)	名詞／する動詞	提及，言及，說到
92	真摯(しんし)	形容動詞	真摯的；認真的
93	感染(かんせん)リスク	名詞	感染風險
94	グローバルスタンダード	名詞	全球標準
95	自慢話(じまんばなし)	名詞	自誇，自吹自擂
96	一番えらい(いちばん)	形容詞	最偉大
97	アルファベット順(じゅん)	名詞	英文字母順序
98	いらだつ	動詞	著急，急不可待
99	なぜなら	連接詞	因為
100	めずらしい	形容詞	珍貴的

問題分析

文型分析	單語 51	慣用 2	文法 3		情境命題	景物 3	餐飲 12	住宿 10	交通 6	機場 0
	語意 14	諺語 0	閱測 10			生活 35	民俗 0	產業 0	職能 2	購物 2

單選題 [共80題 / 每題1.25分]

( ) 1 「くつをぬいでください。」と書いてあったのに、くつを ＿＿＿＿ まま、へやに入ってしまいました。
　　(A) はいて　(B) はいた　(C) はく　(D) はかない

　　[中譯] 儘管寫著「請脫鞋」的告示，還是有人穿著鞋子進入屋內。　　解 文法34 (~たまま)
　　(A) 穿著　(B) 已經穿著　(C) 穿(下半身類)　(D) 不穿　　生活 語意　答 B

( ) 2 入園の料金を無料にすること ＿＿＿＿ は、さまざまな意見がある。
　　(A) において　(B) によれば　(C) に対して[1]　(D) によって

　　[中譯] 針對免除入園費用的議題，有各種不同的意見。
　　(A) 在...之中　(B) 根據　(C) 對於　(D) 藉由　　生活 語意　答 C

( ) 3 クーラーの使い方がまだよくわからないので、今、説明書を ＿＿＿＿。
　　(A) 読んでいるところです　　　　(B) 読むところがあるんです
　　(C) 読んだことがあるんです　　　(D) 読むことがあるんです

　　[中譯] 因為還不太清楚冷氣機的使用方法，現在正在閱讀使用說明書。
　　(A) 正在閱讀中　(B) 有要閱讀的部分　(C) 曾經讀過　(D) 有時候會讀　　生活 語意　答 A

( ) 4 A「先生の住所、分かりますか。」　B「ええ、電話のそばのノートに ＿＿＿＿。」
　　(A) 書いてありますよ　　　　(B) 書いてしまいますよ
　　(C) 書いていますよ　　　　　(D) 書いておきましょう

　　[中譯] A「您知道老師的地址嗎？」B「嗯，已經寫在電話旁邊的筆記本上了。」　解 文法26 (~てある)
　　(A) 已經寫好了　(B) 我要寫下去了喔　(C) 正在寫　(D) 先寫下來吧　　生活 語意　答 A

( ) 5 おゆを ＿＿＿＿、友達と紅茶を飲みました。
　　(A) たいて　(B) やいて　(C) わかして[2]　(D) にて

　　[中譯] 我燒了熱水，和朋友一起喝紅茶。
　　(A) 煮(ご飯を炊く)　(B) 烤　(C) 煮沸　(D) 煮　　餐飲 單語　答 C

( ) 6 「あそこの食堂、平日でも混んでるね」「うん、安くておいしい ＿＿＿＿」
　　(A) にすぎない　(B) ように言う　(C) はずがない　(D) らしい

　　[中譯] 「那家餐廳，連平日也很多人呢」「是啊，好像便宜又好吃」
　　(A) 只不過是　(B) 傳達說　(C) 不可能是　(D) 好像　　餐飲 單語　答 D

( ) 7　地震の _____、電車が止まってしまった。
　　　(A) ため　(B) 以来　(C) ところ　(D) はず

[中譯] 因為地震的關係，電車停止運行了。
　　　(A) 為了；因為　(B) 自從　(C) 情況　(D) 理應
　　　交通 單語　答 A

( ) 8　「一泊二食3で 3000 円？あのホテルがこんなに安い _____」「あっ、3 万円でした」
　　　(A) とはかぎらない　(B) だけじゃない　(C) わけがない　(D) ということだ

[中譯] 「住宿一晚加兩餐只需要 3000 日圓？那家旅館不可能這麼便宜」「啊，是三萬日元」
　　　(A) 不限定是　(B) 不只是　(C) 不可能　(D) 據說　解 文法34 (~わけがない)　住宿 語意　答 C

( ) 9　昔からある食堂4だ _____、おいしいとはかぎらない。
　　　(A) からでないと　(B) からこそ　(C) からといって　(D) から

[中譯] 即使是一家從很久以前就存在的食堂，料理也不一定就好吃。
　　　(A) 如果不是做完才~的話，是不行的~才行　(B) 正因為是...才
　　　(C) 未必說因為~就一定~　　　　　　　　(D) 由於
　　　餐飲 語意　答 C

( ) 10　台湾人の好きな国 _____、やはり5日本だろう。
　　　(A) とすれば　(B) といえば　(C) としたら　(D) というのは

[中譯] 如果說到臺灣人最喜歡的國家，那當然還是日本吧。
　　　(A) 若假定是這樣的話　(B) 如果說到~的話　(C) 如果是　(D) 指的是
　　　生活 單語　答 B

( ) 11　すみませんが、電話、_____。
　　　(A) 使わせてほしいですか　　　　(B) 使わせていただけませんか6
　　　(C) 使っていただきませんか　　　(D) 使っていただきたいですか

[中譯] 不好意思，可以借用一下電話嗎？
　　　(A) 你希望讓我使用嗎？　　　　(B) 是否可以讓我使用呢？
　　　(C) 能夠讓您幫忙使用嗎？　　　(D) 無此用法　解 文法31 (謙讓語)　生活 敬語　答 B

( ) 12　台湾は海に _____ 国なので、夏になるとあちこちで海水浴ができる。
　　　(A) 囲まれている7　(B) 接している　(C) 面している　(D) 沿っている8

[中譯] 臺灣是一個被海洋包圍的國家，一到夏天到處都可以享受海水浴。
　　　(A) 被...包圍　(B) 與...相鄰接　(C) 面向...　(D) 沿著...
　　　生活 單語　答 A

( ) 13　ここから見える山の景色は、_____ 美しいんだろう。
　　　(A) そう　(B) どうも　(C) なんて　(D) こんなに

[中譯] 從這裡看到的山景是多麼的美啊。
　　　(A) 那樣地　(B) 似乎　(C) 多麼地　(D) 如此地
　　　景物 文法　答 C
　　　補 本題考文法。「なんて~だろう」表示「非常~；多麼...啊」的意思。

(　　) 14 最初なんだから、メールにしろ電話にしろ、まずは挨拶を ＿＿＿＿。
(A) するはずだろう　(B) すべきだろう　(C) しべきだろう　(D) するだろう

[中譯] 因為是第一次，所以不管是寫郵件還是打電話，應該要先打個招呼吧。
(A) 應該會這麼做吧　(B) 應該要做吧　(C) 無此用法　(D) 可能會做吧　　生活 單語　答 B

(　　) 15 その牧場で食べるチーズのおいしさといったら、言葉では ＿＿＿＿。
(A) 言わんだろうか　　　　　　　(B) 言いにくくなる
(C) **言い表せないくらいだ** [9]　　(D) 言え表せないほどだ

[中譯] 在那個牧場吃的起司美味程度，是無法用言語表達的。
(A) 應該是不會說吧　　　　(B) 難以開口
(C) 無法言喻的程度　　　　(D) 無此用法　　　　餐飲 語意　答 C

(　　) 16 小さい子供はあちこち動き回るので、一瞬たりとも ＿＿＿＿。
(A) 目が離せない　(B) 手が届かない　(C) 目を通しない　(D) 足を引っ張る

[中譯] 因為小孩子好動到處亂跑，所以連一瞬間也不能讓視線離開。
(A) 不能離開視線　(B) 手伸不到的地方　(C) 沒有瀏覽　(D) 扯後腿　　生活 慣用　答 A

(　　) 17 本日はお忙しいところをお集まり ＿＿＿＿、ありがとうございます。
(A) もらい　(B) くれて　(C) **いただき** [10]　(D) **致して** [11]

[中譯] 今天在各位百忙之中齊聚一堂，我深表謝意。　　　　　解 文法29 (もらう)
(A) 由某人得到　(B) 某人給予　(C) 得到的敬語　(D) 謙讓的敬語　　生活 單語　答 C

(　　) 18 海外旅行に行ったら、その国 ＿＿＿＿ 料理を食べることしている。
(A) あっての　(B) ながらの　(C) **ならではの** [12]　(D) からある

[中譯] 去海外旅行時，會品嘗只有當地才有的料理。
(A) 有了…才有　(B) 同時具備　(C) 只有　(D) 存在於　　餐飲 語意　答 C

(　　) 19 非常口は、この廊下をまっすぐ行って、＿＿＿＿ を左に曲がるとございます。
(A) **突き当り** [13]　(B) 最後当たり　(C) 斜め当たり　(D) 壁当たり

[中譯] 緊急出口在這條走廊直走到盡頭左轉處。
(A) 盡頭　(B) 最後面的地方　(C) 斜對面　(D) 碰到牆壁　　生活 單語　答 A

(　　) 20 ロビーの従業員によって、そのホテルの第一印象が決まります。ベルマン、そしてフロントマンは特にお客様 ＿＿＿＿ 機会が多い仕事です。
(A) に面する　(B) **と接する** [14]　(C) に対する　(D) と対する

[中譯] 接待大廳的員工決定了旅館的第一印象，尤其是門房及櫃台員工是接觸顧客機會最多的工作。
(A) 面對　(B) 接觸　(C) 對於　(D) 對抗　　住宿 單語　答 B

(　) 21 「今日から二泊で予約した林です。」「林様ですね。パスポートを＿＿＿＿＿＿＿。」
　　　(A) 見てください　　　　　　　　(B) 出ていただきます
　　　(C) 受けていただきます　　　　　(D) 拝見させていただきます

　[中譯]「我姓林，預約了從今天開始的兩晚住宿。」「林先生您好，請讓我看一下您的護照。」
　　　(A) 請看一下　　　　　　　　　　(B) 請出去
　　　(C) 無此用法　　　　　　　　　　(D) 請讓我看一下

(　) 22 「こちらは 107 号室のカギでございます。どうぞ、ごゆっくり＿＿＿＿＿＿＿。」
　　　「はい、ありがとう。」
　　　(A) 休んでいただきます　　　　　(B) 休憩くださいませ
　　　(C) お寛ぎくださいませ [15]　　　(D) お寛ぎいただきます

　[中譯]「這是 107 號房間的鑰匙。請放鬆身心慢慢享受。」「好的，謝謝。」
　　　(A) 讓我請您休息　　　　　　　　(B) 無此用法
　　　(C) 請您放鬆身心　　　　　　　　(D) 無此用法

(　) 23 朝食は朝の 7 時から 10 時までです。場所は 2 階のレストランでございます。こちらは朝食券 2 名様分です。お＿＿＿＿＿＿＿。
　　　(A) 確かめください [16]　(B) 確認ください　(C) 受け取りします　(D) 受け取りなさい

　[中譯] 早餐時間是早上 7 點到 10 點。地點位於二樓的餐廳。這是兩人份的早餐券。請確認。
　　　(A) 請確認　(B) 無此用法　(C) 收到　(D) 收下 (命令形)

(　) 24 ご予約の際に、**予約金** [17] として宿泊代の 30％をお支払いいただき、当日チェックインの際に、残りの部分をお支払いいただきます。
　　　(A) **ペナルティ** [18]　(B) **デポジット** [19]　(C) シリンダーキー　(D) クレジットカード

　[中譯] 預約時，請支付住宿費的 30％作為訂金，當天辦理入住手續時，再支付差額部分。
　　　(A) 罰款　(B) 押金、訂金　(C) 鎖芯鑰匙　(D) 信用卡

(　) 25 「もしもし、101 号室の林ですが、毛布がもう一枚ほしいんですが」
　　　「はい、＿＿＿＿＿＿＿。ただ今お持ち致します。」
　　　(A) 分かりました　(B) 了解しました　(C) かしこまりました　(D) 知りました

　[中譯]「您好，這裡是 101 號房，敝姓林，我想再多要一條毛毯。」
　　　「好的，明白了，馬上為您送過去。」
　　　(A) 知道了　(B) 了解　(C) 明白了　(D) 已經知道

(　) 26 こちらにお名前をご＿＿＿＿＿＿＿。
　　　(A) 書きなさいませ　　　　　　　(B) 書きくださいませんか
　　　(C) **記入** [20] いただけますか　(D) 入れくださいませんか

[中譯] 請在這裡填寫您的姓名。
(A) 寫下 (命令型) (B) 無此用法
(C) 能請您填寫一下嗎 (D) 無此用法
生活 單語 答 C

( ) 27 ご注文が ＿＿＿＿＿＿、お呼びください。失礼いたします。
(A) お決定になりましたら (B) ご決まりしましたら
(C) お決まりになりましたら (D) ご決まりになりましたら

[中譯] 您決定好點餐時，請叫我一聲。先失陪了。
餐飲 單語 答 C

( ) 28 石垣島に台風が上陸する ＿＿＿＿＿＿ ため、飛行機は欠航になりました。
(A) かねない (B) と言う (C) **おそれがある**[21] (D) と言える

[中譯] 由於擔心颱風會登陸石垣島，因此航班被取消了。
(A) 可能 (B) 據說 (C) 擔心有～的可能 (D) 可以說
交通 單語 答 C

( ) 29 ご予約ありがとうございました。どうぞお気をつけて ＿＿＿＿＿＿。
(A) お上がりくださいませ (B) お召くださいませ
(C) お過ごしくださいませ (D) **お越し**[22] くださいませ

[中譯] 感謝您的預約。請注意安全，歡迎您的蒞臨。
(A) 請進來 (B) 無此用法
(C) 請好好渡過 (D) 蒞臨
解 文法31 (尊敬語) 生活 單語 答 D

( ) 30 あの方はスーツの **着こなし**[23] や **洗練**[24] された立ち居振る舞いから、ホテルの支配人 ＿＿＿＿＿＿。
(A) なものか (B) なものだ (C) **かねない**[25] (D) とみえる

[中譯] 從他穿著西裝的打扮和老練的行為舉止中，看起來像是飯店的經理人。
(A) 是那樣嗎 (B) 是那樣的 (C) 可能 (D) 看起來像
職能 單語 答 D

解 (C)「かねない」須接在動詞的後面，表示某行動會導致壞結果的推測；(D)「とみえる」通常接在名詞的後面，表示根據某現象進行的推測。本題題意是根據裝扮來進行推測，故選 (D)。

( ) 31 ご予約のキャンセルを確かに **承りました**[26]。またのご利用をお待ちしております。
(A) うけたまいりました (B) うけわまりました
(C) うけたまわりました (D) うけたわりました

[中譯] 我們確認已經收到了您的取消預約。期待您的再次光臨。
生活 單語 答 C

( ) 32 お茶を入れました。どうぞ ＿＿＿＿＿＿ うちに **召し上がって**[27] ください。
(A) **冷めない**[28] (B) 冷めません (C) 冷めました (D) 冷めた

[中譯] 茶已經泡好了，請趁熱享用。
(A) 不會變涼 (B) 不會變涼 (禮貌形) (C) 變涼了 (D) 變涼了
解 文法34 (~うちに) 餐飲 文法 答 A

解 文型「～ないうちに」，是指「趁還沒」的意思。選項 (A) 表示「趁還沒冷卻」，符合題意。

( ) 33 お荷物は上の棚か前の座席の下にお ＿＿＿＿＿＿＿。
(A) 置いてください　(B) 入れください[29]　(C) 入ってください　(D) 受けください

[中譯] 請將行李放在上方的架子或前方的座位下面。
(A) 請放置　(B) 請放進去　(C) 請進入　(D) 請領取　　　生活 單語　答 B

( ) 34 ただ今桃園国際空港に着陸いたしましたが、飛行機が ＿＿＿＿＿＿＿ 止まりますまでお座席に座ってお待ちくださいませ。
(A) 完全[30]に　(B) 完了に　(C) 突然に　(D) 自然に

[中譯] 飛機目前已降落在桃園國際機場，在飛機完全停止之前，請繼續留在座位上等候。
(A) 完全地　(B) 完結　(C) 突然地　(D) 自然地　　　交通 單語　答 A

( ) 35 公共の場所は全面禁煙ですので、＿＿＿＿＿＿＿ も[31]気を付けてください。
(A) くれぐれ　(B) いよいよ　(C) そろそろ　(D) かたがた

[中譯] 公共場所全面禁止吸菸，請務必注意。
(A) 務必　(B) 即將　(C) 差不多該～了　(D) 每位都　　　生活 單語　答 A

補 くれぐれもご自愛ください：請您務必多珍重。

( ) 36 日本では、Suica や ICOCA などの電子マネー[32]で電車に乗ったり買い物をしたりすることができます。
(A) でんき　(B) てんき　(C) でんし　(D) てんこ

[中譯] 在日本，可以使用 Suica 或 ICOCA 等電子錢包來搭乘電車或購物。
(A) 電氣　(B) 天氣　(C) 電子　(D) 典故　　　生活 單語　答 C

補 在日本流通的交通 IC 卡類型中，Suica（スイカ）是由 JR 東日本發行；ICOCA 是 JR 西日本發行；PASMO（パスモ）則是株式會社 PASMO 所發行。

( ) 37 パスポートを紛失[33]した場合のために、写真を2枚準備しておいてください。
(A) こじつ　(B) ぶんじつ　(C) こしつ　(D) ふんしつ

[中譯] 請準備2張照片，以防萬一護照遺失。
(A)「故実」古代的典章制度　(B)「文実」文化祭執行委員　(C) 固執　(D) 遺失　　　生活 單語　答 D

( ) 38 飛行機の座席は、窓側と通路[34]側とどちらをご希望ですか。
(A) つうろ　(B) どうろ　(C) とおろう　(D) つうろう

[中譯] 請問您的飛機座位，想要靠窗還是靠走道？
(A) 走道　(B) 道路　(C) 無此用法　(D) 無此用法　　　交通 單語　答 A

( ) 39 日本のホテルや旅館には浴衣[35]が置いてありますから、パジャマ[36]は必要ありません。
(A) ゆかた　(B) おび　(C) きもの　(D) たび

[中譯] 日本的飯店和旅館裡會提供浴衣，因此不需自備睡衣。
(A) 浴衣　(B) 腰帯　(C) 和服　(D) 足袋　　　住宿 單語　答 A

(　　) 40 お世話になった旅館の仲居さんへの＿＿＿＿は必要ですか。
　　　　　(A) こころかけ　(B) **こころづけ** [37]　(C) ぬかづけ　(D) さきがけ

　　[中譯] 對於提供服務的旅館服務員，需要支付小費嗎？
　　　　　(A) 注意，留心（こころがけ）　(B) 小費　(C) 米糠漬　(D) 先驅　　住宿 單語 答 B

(　　) 41 チェックイン [38] の時間まで、＿＿＿＿でお荷物をお預かりいたします。
　　　　　(A) **フロント** [39]　(B) スカウト　(C) マウント　(D) アカウント

　　[中譯] 在辦理入住之前，櫃台可以代為保管行李。
　　　　　(A) 前台　(B) 獵人頭　(C) 支架　(D) 帳戶　　住宿 單語 答 A

(　　) 42 台北で＿＿＿＿をするなら、中山地区がおすすめです。
　　　　　(A) ジャンピング　(B) ショッピング [40]　(C) ダイビング　(D) タイピング

　　[中譯] 如果要在台北購物的話，推薦到中山區。
　　　　　(A) 跳躍　(B) 購物　(C) 潛水　(D) 打字　　購物 單語 答 B

(　　) 43 日本では12月になると＿＿＿＿寒さが厳しくなります。
　　　　　(A) **一段と** [41]　(B) 見る見るうちに　(C) **さっぱり** [42]　(D) すっきり

　　[中譯] 一旦進入12月，日本的寒冷程度變得更加嚴峻。
　　　　　(A) 更加　(B) 眼看就　(C) 爽快　(D) 清爽　　生活 單語 答 A

(　　) 44 申し訳ございません。＿＿＿、その日は別のお客様のご予約が入っております。
　　　　　(A) まもなく　(B) くれぐれも　(C) **あいにく** [43]　(D) とっさに

　　[中譯] 非常抱歉。不巧的是，那天已經有其他客人的預約了。
　　　　　(A) 不久後即將　(B) 切記　(C) 不湊巧　(D) 立刻　　生活 單語 答 C

(　　) 45 ＿＿＿＿、集合時間に遅れそうな場合は、この番号に電話をしてください。
　　　　　(A) たとえ　(B) いくら　(C) まんいち [44]　(D) どんなに

　　[中譯] 萬一，有可能來不及趕上集合時間，請撥打這個號碼。
　　　　　(A) 即使　(B) 多少　(C) 萬一　(D) 多麼　　生活 單語 答 C

(　　) 46 あまりの＿＿＿＿、今年初めて暖房を入れたよ。
　　　　　(A) **寒さに** [45]　(B) 寒さからすると　(C) 寒さの上で　(D) 寒さに基づいて

　　[中譯] 因為實在太冷了，今年我第一次打開了暖氣。
　　　　　(A) 因為冷　(B) 從寒冷程度來看　(C) 在寒冷之上　(D) 基於寒冷　　生活 語意 答 A

(　　) 47 ＿＿＿＿、すみません。この近くに鍵が落ちていませんでしたか。
　　　　　(A) まあ　(B) さあ　(C) おや　(D) **あのう** [46]

[中譯] 那個，不好意思，請問在這附近有看到掉落的鑰匙嗎？
(A) 這樣啊 (B) 好了 (C) 哎呀 (D) 那個   生活 語意 答 D
補 「え～と」、「あのう」等是指開口說話時的開口詞。

( ) 48 名簿に書きますので、失礼ですが、お客様の ＿＿＿＿ ですか。
(A) お名前を**伺っても**⁴⁷よろしい   (B) 名前は何
(C) 何様   (D) お名前を言ってもいい

[中譯] 因需要記錄在名冊上，不好意思，可以請問客人您的貴姓大名嗎？
(A) 請問貴姓大名   (B) 叫什麼名字   解 文法34 (~てもいい)
(C) 哪位   (D) 可以說您的姓名嗎   生活 語意 答 A

( ) 49 ＿＿＿＿ お席をご用意いたしますので、少々お待ちください。
(A) おつかれ (B) いってらっしゃい (C) おかえり (D) **ただいま**⁴⁸

[中譯] 我們將立刻為您準備座位，請稍後片刻。
(A) 辛苦了 (B) 請慢走 (C) 歡迎回來 (D) 立刻、現在   生活 單語 答 D

( ) 50 A：課長、朝から体調が悪いのですが、早退してもよろしいでしょうか。
B：それは ＿＿＿＿。病院に行ってみてもらってください。
(A) いいですね (B) いけませんね (C) そうですね (D) ご愁傷様

[中譯] A：課長，我從早上開始就身體不舒服，請問可以提早下班嗎？
B：(身體不舒服)這樣可不行呢。你最好去醫院看醫生。
(A) 好啊 (B) 不行呢 (C) 這樣啊 (D) 節哀順變   生活 單語 答 B

( ) 51 ＿＿＿＿、見てください。星がきれいですよ。
(A) **ほら**⁴⁹ (B) いや (C) へえ (D) おや

[中譯] 你看，星星很漂亮喔。
(A) 你看 (B) 不是吧 (C) 真的嗎 (D) 哎呀   景物 單語 答 A

( ) 52 A：飛行機が遅れているけど、どうしたの ＿＿＿＿。B：沖縄に台風が近づいているみたい。
(A) っけ (B) って (C) **かな**⁵⁰ (D) よね

[中譯] 飛機誤點了，不知道是怎麼回事了呢？ B：似乎有颱風接近沖繩了。
(A) 是嗎？ (B) 據說 (C) 不知道是怎麼回事了呢 (D) 對吧   交通 單語 答 C
解 (C)「かな」是由終助詞的「か」+「な」組合，表示針對某件事情的一種自問自答、自言自語或對自己產生遲疑的意思。

( ) 53 A：では、鈴木物産に ＿＿＿＿。
B：戻りは何時ごろになりますか。
(A) **いってきます**⁵¹ (B) いただきます (C) おとどけになります (D) いってらっしゃい

[中譯] A：我要出門去拜訪鈴木物產了。　B：什麼時候回來呢？
(A) 我出門了　(B) 我開動了　(C) 會送達的　(D) 請慢走　　　生活 慣用　答 A
補 (D)「いってらっしゃい」常用來送別即將出門的人，表示請慢走、注意安全。

(　) 54　台湾と日本は交通ルールが違うので、道路を ＿＿＿＿ は、よく左右を見てください。
(A) 渡る際　(B) 渡る中　(C) 渡る番　(D) 渡り次第

[中譯] 臺灣和日本的交通規則不同，過馬路時要左右仔細看清楚。
(A) 通過的時候　(B) 正通過　(C) 輪到通過時　(D) 只要一過馬路，立刻就　交通 語意　答 A

(　) 55　皆様のご協力の ＿＿＿＿、無事にツアー⁵² の日程を終えることができました。
(A) ながら　(B) おかげで⁵³　(C) もので　(D) せいで

[中譯] 多虧大家的合作，我們順利完成了旅遊行程。　　　解 文法34 (~おかげで)
(A) 一邊…一邊…　(B) 託~之福/多虧了~　(C) 某事物的緣故　(D) 因為…　生活 單語　答 B

(　) 56　もし ＿＿＿＿、レストランのお席が空いているか確認いたしましょうか。
(A) よろしければ⁵⁴　　　　　　(B) お手数ですが
(C) 恐縮ですが⁵⁵　　　　　　　(D) よいなら

[中譯] 如果可以的話，能幫我確認一下餐廳是否還有空位嗎？
(A) 如果可以的話　　　　　　　(B) 麻煩您了
(C) 實在很不好意思/十分惶恐　　(D) 願意的話　　餐飲 單語　答 A

(　) 57　肩が凝っているので、マッサージは強 ＿＿＿＿ にお願いいたします。
(A) め　(B) み　(C) さ　(D) く

[中譯] 我的肩膀很僵硬，按摩時麻煩用力一些。
(A) 稍微用力　(B) 強項　(C) 強度　(D) 強　　　生活 文法　答 A
補 題目中的四個選項「強め、強み、強さ、強く」皆是い形容詞「強い」的名詞形，其中僅有「強め」是「(比一般的程度再) 稍微…一點」的意思，故本題選 (A)。

(　) 58　日本のコンビニコーヒーは安い ＿＿＿＿ おいしいので、サラリーマンなどに人気がある。
(A) ともなると⁵⁶　(B) わりに⁵⁷　(C) だけあって⁵⁸　(D) に応じて

[中譯] 由於日本便利商店的咖啡便宜又格外好喝，因而深受上班族等人群的喜愛。
(A) 而且　(B) 比較地；格外　(C) 不愧是…　(D) 根據…　　餐飲 單語　答 B

(　) 59　お申込み金⁵⁹ はいかなる理由でも、ご返却⁶⁰ し ＿＿＿＿⁶¹。
(A) かねません　(B) かねます　(C) かありません　(D) ようがありません

[中譯] 報名費無論任何理由都無法退還。
(A) 極有可能可以　(B) 無法 (做某事)　(C) 只能　(D) 沒辦法　　生活 單語　答 B

(　) 60 エコバッグを持って来るのを忘れた。レジ袋⁶²の代金も払いたくないので、手で持って帰る_____。
(A) よりほかない⁶³　(B) にすぎない　(C) に決まっている　(D) わけにはいかない

[中譯] 我忘了帶環保袋。但又不想花錢買購物袋，只好用手拿回家了。　　解 文法33 (〜より)
(A) 只好　(B) 只不過是　(C) 當然是　(D) 不能…(做某事)。　　購物 單語　答 A

補 「エコバッグ」指環保袋 (可重複使用的購物袋)；「マイバッグ」指自備的購物袋。

(　) 61 中国語が話せなくても、台湾の飲食店には注文用紙が用意されているので、数量と店内か持ち帰りかを記入し_____すれば⁶⁴、おいしいものが食べられる。
(A) とか　(B) なんか　(C) さえ　(D) やら

[中譯] 即使不會說中文，臺灣的小吃店都有提供菜單讓客人點餐，只要填寫數量和內用或外帶，就可以吃到美味的食物。
(A) 無此用法　(B) 之類　(C) 只要　(D) 無此用法　　解 文法33 (さえ)　餐飲 語意　答 C

(　) 62 お客様、お荷物は私がお部屋まで_____。
(A) お持ちあげます
(B) お持ちになります
(C) 持ってくださいます
(D) お持ちしましょうか⁶⁵

[中譯] 這位貴賓，需要我幫您將行李送到房間嗎？
(A) 幫您提　(B) 自己取走　(C) 幫我拿一下　(D) 幫您送到房間如何呢　　住宿 語意　答 D

(　) 63 ご朝食は何時になさいますか。ご都合⁶⁶のいい時間を_____ください。
(A) もうしあげて⁶⁷　(B) いらっしゃって　(C) おっしゃって⁶⁸　(D) おいで

[中譯] 您要在幾點享用早餐呢？請告訴我您方便的時間。
(A) 告訴　(B) 來　(C) 說　(D) 請來　　餐飲 單語　答 C

補 (A) 申しあげる 為「言う」的謙讓語。(B) いらっしゃる 為「いる、来る、行く」的尊敬語。
(C) おっしゃる 為「言う」的尊敬語。(D) おいで 為「来て」的尊敬語。

(　) 64 素敵な色のセーターを_____ね。よくお似合い⁶⁹です。
(A) おみえです　(B) めしあがっています　(C) おめしです⁷⁰　(D) おめにかけます

[中譯] 穿上這件顏色漂亮的毛衣吧！這件非常適合你。
(A) 能看見　(B) 正在吃　(C) 穿上　(D) 遇見　　生活 單語　答 C

解 (C) おめしです 為「呼ぶこと (呼喚)、乗ること (搭乘)、着ること (穿)」的尊敬語，在部分場合下可使用。

補 常見的「召し上がる」是「食べる (吃)、飲む (喝)」的尊敬語；「お見えです」為「来る (到達)」的尊敬語；「お目にかける」是「見せる (讓對方看)」的謙讓語表現。

(　) 65 はじめまして、本日ガイドを務めます田中と_____。
(A) ぞんじます⁷¹　(B) おもいます　(C) もうします⁷²　(D) ございます

[中譯] 很高興能為您服務，我是今天的導遊田中。
(A) 認識　(B) 想　(C) 自稱　(D) 有　　　　　　　　　　職能 單語　答 C
補 (A) 存じます 為「知っている」的謙讓語。　(B) 思います 為「思う」的禮貌形。
(C) 申します 為「言います」的謙讓語。　(D) ございます 為「あります」的尊敬語。

( ) 66 こちらが鎌倉時代に書かれた絵巻物です。どうぞ ＿＿＿＿ ください。
(A) ごらん [73]　(B) はいけんして　(C) おいでになって　(D) いただいて

[中譯] 這是鎌倉時代繪製的畫卷，請欣賞。
(A) 欣賞　(B) 看見　(C) 請進來　(D) 請享用　　　解 文法31 (尊敬語)　景物 單語　答 A
補 (A) ごらん 為「見る」的尊敬語。　(B) 拝見 為「見る」的謙讓語。
(C) おいでになる 為「来る」的謙讓語。　(D) いただく 為「もらう」的謙讓語。

( ) 67 申し訳ございません。こちらのボールペンをしばらく ＿＿＿＿ もよろしいでしょうか。私のが見当たらなくて。
(A) はいちょうして　(B) はいしゃくして [74]　(C) はいどくして　(D) はいけんして

[中譯] 不好意思，可以讓我暫時借用這支原子筆嗎？我一時找不到我的筆。
(A) 讓我聽一下　(B) 借用　(C) 拿走　(D) 拿走了　　解 文法31 (謙讓語)　生活 單語　答 B
補 (A) 拝聴して 為「聞く」的謙讓語。　(B) 拝借して 為「借りる」的謙讓語。
(C) 拝読して 為「読む」的謙讓語。　(D) 拝見して 為「見る」的謙讓語。

( ) 68 長年飼っていたペットが死んでしまって、＿＿＿＿ と思いますが、どうぞ元気を出してください。
(A) おつらい [75]　(B) おつれ　(C) おつり　(D) おねがい

[中譯] 我能理解您飼養多年的寵物去世對您來說是一件令人難過的事，但請打起精神來。
(A) 難過、痛苦 (心理上的)　(B) 同伴　(C) 零錢　(D) 請求　　生活 單語　答 A

( ) 69 素敵なハンカチ [76] をありがとうございます。遠慮 [77] なく ＿＿＿＿。
(A) さしあげます　(B) いただきます　(C) くださいます　(D) ございます

[中譯] 謝謝你送我這麼漂亮的手帕，我就不客氣地收下了。
(A) 給某人　(B) 收到　(C) 送我　(D) 存在著　　解 文法31 (謙讓語)　生活 單語　答 B
解 (A) 差し上げます 為「あげる」的謙讓語。　(B) いただきます 為「もらいます」的謙讓語。
(C) くださいます 為「くれる」的尊敬語。　(D) ございます 為「あります」的鄭重表現。
補 「遠慮」相關的慣用語 - どうぞご遠慮なく (請別客氣)、ご遠慮ください (請不要)。

( ) 70 A：お客様はいつも何時頃 ＿＿＿＿ か。21 時頃お電話をしてもよろしいでしょうか。
B：そうですね。大体 23 時頃ですから、大丈夫ですよ。
(A) おやすみします　(B) おねるします　(C) おやすみになります [78]　(D) おねになります

[中譯] A：請問您晚上通常幾點就寢呢？我方便在 21 點左右打電話給您嗎？
B：嗯，大概是 23 點左右吧，沒問題的。
(A) 就寢　(B) 無此用法　(C) 就寢（敬語）　(D) 無此用法　　　生活 單語　答 C
解 (A) お休みします：「休む、寝る」的謙讓語。　(C) お休みになります：「休む、寝る」的尊敬語。

閱讀測驗一

次の文を読んで、（71）～（75）の質問に答えなさい。

　　マスク⁷⁹ の有効性は広く認められている。自らの**感染予防**⁸⁰ と同時に、(71) **飛沫**⁸¹ の拡散を防ぎ、人への感染　(72)　を下げる意味合いが大きい。**集団感染**⁸² が多発する病院や高齢者施設など、これからも**欠かせない**⁸³ 場所がある。一方、子どもの発達への影響を懸念する声もある。場面や状況に応じたきめ細かな**リスク評価**⁸⁴ と情報発信が必要となる。

　　自民党の茂木敏充幹事長は先日、「海外では屋内でもマスクをしている人はほとんど見かけない」とし、「日本も　(73)　でいいのではないか」と述べた。ただ、互いの距離が確保できないときの着用推奨などは世界保健機関（ＷＨＯ）の指針にのっとったものだ。日本は世界のなかで高齢化が進んだ国でもある。人口比でみれば**コロナ**⁸⁵ の死者数が日本よりかなり多い欧米を「標準」とするのは、いかがなものか。

　　各種世論調査でも、**対策**⁸⁶ の**緩和**⁸⁷ に賛成の声が多い一方、マスクをやめることには慎重な意見が目立つ。昨日あったコロナの**位置づけ**⁸⁸ **見直し**⁸⁹ を検討する厚労省の部会では「５類になればマスクはしなくてよいという印象が先行してしまう (74) **懸念**⁹⁰ がある」との意見も出た。

　　専門家の有志は今週、「個人や集団が主体的に選択し、実施することになる」などとする、これからの感染対策の考え方を発表した。専門家や政策決定者が一方的に決めるのではなく、市民対話などの手法を用いたリスクコミュニケーション活動の必要性に**言及**⁹¹ している。一考に値する貴重な提案だ。政府には (75) **真摯**⁹² な対応を求めたい。（2023 年 1 月 28 日付朝日新聞社説「マスク着用 対策の見直し 総合的に」より抜粋）

請閱讀以下的文章，回答（71）～（75）的問題。

　　戴口罩的有效性已得到廣泛認可。它不僅能預防自身被感染，還能防止 (71) 飛沫擴散，大大降低他人相互傳染的 (72) 風險。容易引發群體感染的醫院和老人設施等這些場所，在今後口罩也是必不可少的。另一方面，也出現擔心口罩會對兒童身心成長產生影響的反對意見。因此，必須根據不同場合和情況，進行細膩的風險評估與發布對應的相關資訊。

　　自民黨的茂木敏充理事長最近表態：「在海外，幾乎沒有看到人們在室內戴口罩」、「日本應該也可以比照 (73) 全球標準」。然而，在無法確保社交距離的情況下建議佩戴口罩等作法，則是根據世界衛生組織（WHO）的指南方針。日本是國際上高齡化比率極高的國家之一。從人口比例來看，若拿新冠病毒死亡人數高出日本相當多的歐美地區，將其作為「標準」還有待商榷。

　　在各種民意調查中，支持放寬防疫措施的聲音不少，但關於取消佩戴口罩，大多數人還是表達了須謹慎處理的態度。昨天，在厚生省召開重新評估新冠病毒分類的討論會上，也出現了「(74) 擔心有人會先入

為主的認為只要被歸為第五類，則不需要戴口罩」的意見。

　　本週，一群專家發表了「應由個人或團體做自主選擇並實施」等等，提出關於未來疫情防控措施的想法。也提及不能由專家或執政者單方面決定，須採取與市民對話等方式進行風險溝通。這是一個值得參考的寶貴提案。我們希望政府能夠(75)認真地回應。（摘自《朝日新聞》2023 年 1 月 28 日社論「重新評估口罩佩戴的防疫措施」）

(　　) 71　「自らの感染予防と同時に、(71)飛沫の拡散を防ぎ」下線部の読み方を選びなさい。
　　　　　(A) ひもつ　(B) ひまつ　(C) ふもつ　(D) ふまつ

　　　[中譯]「它不僅能預防自身被感染，還能防止(71)飛沫擴散」請選出劃線部分的讀音。
　　　　　(A) 無此讀音　(B) 飛沫　(C) 無此讀音　(D) 無此讀音　　　　答 B

(　　) 72　「人への感染　(72)　を下げる意味合いが大きい」下線部に入る適当な言葉を選びなさい。
　　　　　(A) リスト　(B) リフト　(C) **リスク**[93]　(D) リズム

　　　[中譯]「大大降低他人相互傳染的(72)風險」選擇最適當的詞填入劃線部分。
　　　　　(A) 清單　(B) 升降機　(C) 風險　(D) 節奏　　　　　　　　　答 C

(　　) 73　「日本も（73）でいいのではないか」下線部に入る適切な言葉を選びなさい。
　　　　　(A) グローバリゼーション　　　　　(B) グローバル化
　　　　　(C) **グローバルスタンダード**[94]　(D) クローズアップ

　　　[中譯]「日本應該也可以比照(73)全球標準」選擇最適當的詞填入劃線部分。
　　　　　(A) 全球化　　　　　　　　　　　　(B) 全球化
　　　　　(C) 全球標準　　　　　　　　　　　(D) 聚焦　　　　　　　　　答 C

(　　) 74　「5類になればマスクはしなくてよいという印象が先行してしまう(74)懸念がある」下線部の読み方を選びなさい。
　　　　　(A) けねん　(B) かんねん　(C) けんれん　(D) かんれん

　　　[中譯]「(74)擔心有人會先入為主的認為只要被歸為第五類，則不需要戴口罩」請選出劃線部分的讀音。
　　　　　(A) 憂慮　(B) 觀念　(C) 牽連　(D) 關聯　　　　　　　　　　答 A

(　　) 75　「政府には(75)真摯な対応を求めたい」下線部の読み方を選びなさい。
　　　　　(A) ししい　(B) しいんし　(C) しんし　(D) しんち

　　　[中譯]「希望政府能夠(75)認真地回應」請選出劃線部分的讀音。
　　　　　(A) 無此用法　(B) 無此用法　(C) 認真　(D) 新開闢的土地　　答 C

閱讀測驗二
以下の文を読んで、適当な答えをそれぞれ一つ選んでください。

　　文字さんたちには人間と同じように性格もあれば、文化や習慣もある。―中略―ある夏の夜、いつものように文字さんたちがあつまって宴会を開いていたときのことだ。

困った　(76)　"あ"さんは、いつものお決まりの**自慢話**[95]をはじめたんだ。「俺は**一番えらい**[96]。(77)、あいうえお順でも、**アルファベット順**[97]でも"あ"という音を表す文字が一番はじめにくるからだ」

それをきいた"の"さんは、"あ"さんに**いらだって**[98]こう言い返した。

「"あ"さんは確かにあいうえお順では一番始めにくるかもしれないけど、使われる回数から言えば、私が一番なのよ。それって、私が一番えらいってことにならないかしら」

そこに"を"さんが「二人とも仲よくしよう」とけんかを止めに入ると、今度は"ぬ"さんが「ちょっと待ってよ」と前に出てきて反論しはじめた。「それだったら、私が一番じゃない？だって、私は一番使われる回数が少ないのよ。(78)ものに高い価値がつくのは世界共通じゃないかしら」

「いや、あの、みんな仲よくしよう……」

「それだったら……」と、今度は"ら"さんが少しおどけて立ち上がった。「僕はどうかあ。最近、若い人たちが使ってくれないからな。本当は(79)、食べられるなのに、ら抜き言葉で有名になっちゃったよ」

「だから、みんな仲よくしようよ！」―中略―いよいよこれ以上(80)とき、誰かが大きな声でこう叫んだんだ。

「誰が一番えらいかはわからないけど、誰が一番えらくないかは知っているぞ。それは小さい"っ"さ。だって、彼は音を出さないからな。そんなの文字でもなんでもないさ」

請閱讀以下文章，並選出最適當的答案。

　　文字們和人類一樣有其各自的個性、文化和習慣。―中間省略― 某一個夏天的晚上，當文字們又如往常一樣聚在一起舉辦派對。

　　這時，讓人(76)格外傷腦筋的是"あ"先生又開始了他慣常的自吹自擂。「我是最偉大的。(77)因為，不論是按照日語五十音順序或英文字母順序，表現"あ"這個音節的文字總是擺在最前面。」

　　聽到"あ"先生的話，"の"先生急忙反駁說道：「"あ"先生雖然在五十音順中排在最前面的文字，但就使用頻率來說，我可是第一名。難道這不是意味著我才是最偉大的嗎？」

　　此時，當"を"先生說著「你們兩個好好相處吧！」而出面阻止時，這次換"ぬ"出聲說「等一下！」並挺身提出它的反對意見。「如果硬要說的話，那應該我才是最厲害的吧？因為我的使用次數是最少的。越是(78)稀少的東西價值越高，這是世界共通的理論，不是嗎？」

　　「不，那個，大家都有話好好說吧……」

　　「如果硬是要爭論的話……」，這次是"ら"先生語帶玩笑地站起來說：「那我怎麼辦呢？最近年輕人都不用我了。其實正確的說法是(79)可以看的到、可以吃的到，但省略掉ら的用法卻變得出名了。」

　　「所以，大家和睦相處吧！」―中間省略― 當情況變得越來越(80)難以收拾時，有人大聲喊道。

　　「雖然很難斷定誰是最偉大的，但我卻知道誰是最微不足道的。那就是小小的"っ"。因為它不發音，也就不算是文字。」

( ) 76 「困った　(76)　"あ"さんは、いつものお決まりの自慢話をはじめたんだ。」下線部に入る適当な言葉を選びなさい。
(A) ことに　(B) ことから　(C) ことので　(D) ことでは

[中譯]「讓人 (76) 格外傷腦筋的是 " あ " 先生又開始了他慣常的自吹自擂。」請選出最適當的詞填入劃線部分。
(A) 格外　(B) 因為　(C) 所以　(D) 這件事中
答 A

( ) 77 「俺は一番えらい。　(77)　、あいうえお順でも、アルファベット順でも"あ"という音を表す文字が一番はじめにくるからだ」下線部に入る適当な言葉を選びなさい。
(A) **なぜなら**[99]　(B) すると　(C) しかし　(D) ところが

[中譯]「我是最偉大的。(77) 因為，不論是按照日語五十音順序或英文字母順序，表現 " あ " 這個音節的文字總是擺在最前面。」請選出適當的詞填入劃線部分。
(A) 因為　(B) 於是　(C) 然而　(D) 不過
答 A

( ) 78 「　(78)　ものに高い価値がつくのは世界共通じゃないかしら」下線部に入る適当な言葉を選びなさい。
(A) はずかしい　(B) ややこしい　(C) かなしい　(D) **めずらしい**[100]

[中譯]「越是 (78) 稀少的東西價值越高，這是世界共通的理論，不是嗎？」請選出適當的詞填入劃線部分。
(A) 難為情　(B) 複雜的　(C) 悲傷的　(D) 珍貴的
答 D

( ) 79 「本当は　(79)　、食べられるなのに、ら抜き言葉で有名になっちゃったよ」下線部に入る適当な言葉を選びなさい。
(A) 見れる　(B) 見えれる　(C) 見られる　(D) 見える

[中譯]「其實正確的說法是(79) 可以看的到、可以吃的到，但省略掉ら的用法卻變得出名了。」請選出適當的詞填入劃線部分。
(A) 可以看見　(B) 無此用法　(C) 能被看見　(D) 能看見
答 C

( ) 80 「いよいよこれ以上　(80)　とき、誰かが大きな声でこう叫んだんだ」下線部に入る適当な言葉を選びなさい。
(A) 休みになる　　　　　　(B) うるさくならなくなった
(C) まったく見えない　　　(D) 始末に負えなくなった

[中譯]「當情況變得越來越 (80) 難以收拾時，有人大聲喊道」請選出適當的詞填入劃線部分。
(A) 放假　(B) 不再吵鬧　(C) 完全看不見　(D) 搞不定
答 D

Note

Chapter 08 | 113年度領隊測驗題

熟悉考試題型、加強字彙，掌握出題方向

重要單語整理

	單字	詞性	中文
1	小雨（こさめ）	名詞	小雨
2	一晩中（ひとばんじゅう）	名詞	一整晚
3	圧倒（あっとう）	名詞／する動詞	壓倒、凌駕
4	小遣い（こづかい）	名詞	零用錢
5	イベント	名詞	活動
6	催す（もよお）	動詞	舉辦、舉行
7	スキル	名詞	技能
8	一通り（ひととおり）	名詞	基本的、大概的
9	水産加工業（すいさんかこうぎょう）	名詞	水產加工業
10	糯米（もちごめ）	名詞	糯米
11	生地（きじ）	名詞	麵團、材質
12	餡（あん）	名詞	餡
13	幅広く（はばひろく）	形容詞	廣泛
14	連携（れんけい）	名詞／する動詞	合作、結盟
15	促進（そくしん）	名詞／する動詞	促進
16	貢献（こうけん）	名詞／する動詞	貢獻
17	アクセサリー	名詞	首飾、飾品
18	紛失（ふんしつ）	名詞／する動詞	遺失
19	遍路（へんろ）	名詞	朝聖者、參拜者
20	修行（しゅぎょう）	名詞／する動詞	修行
21	仕入れ（しいれ）	名詞	購買、採購

	單字	詞性	中文
22	老舗（しにせ）	名詞	老店
23	力士（りきし）	名詞	力士
24	逸品（いっぴん）	名詞	極品、精品
25	食卓（しょくたく）	名詞	餐桌
26	彩る（いろど）	動詞	色彩繽紛
27	飲酒運転（いんしゅうんてん）	名詞／する動詞	飲酒駕駛（酒駕）
28	残念（ざんねん）	形容動詞	很遺憾、令人失望
29	匂い（にお）	名詞	味道、氣味
30	伝統芸能（でんとうげいのう）	名詞	傳統表演藝術
31	伝統的な（でんとうてき）	形容詞	傳統的
32	民俗文化（みんぞくぶんか）	名詞	民俗文化
33	観光名物（かんこうめいぶつ）	名詞	旅遊景點
34	勢揃い（せいぞろ）	名詞／する動詞	呈現
35	詠む（よ）	動詞	詠讀、吟
36	ヒット商品（しょうひん）	名詞	暢銷商品、熱門商品
37	辞める（や）	動詞	辭職
38	ハラスメント	名詞	騷擾
39	ウーバー	名詞	優步（Uber）
40	クレジットカード	名詞	信用卡
41	デメリット	名詞	缺點
42	反面（はんめん）	名詞	反面
43	ショック	名詞	震驚
44	倒れる（たお）	動詞	倒下
45	輝く（かがや）	動詞	閃耀
46	綺麗（きれい）	形容動詞	漂亮、美麗
47	そっくりな	形容詞	非常相似

	單字	詞性	中文
48	わいわい	副詞	喧鬧、吵雜
49	サポート	名詞／する動詞	支援、協助
50	欠く	動詞	欠缺
51	目指す	動詞	目標
52	ゲーム機	名詞	遊戲機
53	応援	名詞／する動詞	支援、支持
54	危機感	名詞	危機感
55	SDGs（エスディージーズ）	名詞	永續發展目標
56	課題	名詞	課題
57	栄養	名詞	營養
58	バランス	名詞	均衡
59	活かす	動詞	活用
60	不振	名詞	不景氣
61	深刻	名詞	嚴重
62	売り上げ	名詞	銷售額
63	乗り越える	動詞	克服
64	勉強	名詞／する動詞	學習
65	ワーキングホリデー	名詞	打工度假
66	挨拶	名詞／する動詞	打招呼
67	軒先	名詞	屋簷
68	色鮮やか	名詞＋形容動詞	色彩鮮艷
69	引き付ける	動詞	吸引
70	次第	名詞	無論
71	コンサート	名詞	演唱會
72	大勢	名詞	很多
73	伝統	名詞	傳統
74	失う	動詞	消失

	單字	詞性	中文
75	色とりどり	名詞／形容動詞	色彩繽紛
76	消費者（しょうひしゃ）	名詞	消費者
77	重責（じゅうせき）	名詞	重大責任
78	果たす（はたす）	動詞	履行
79	レポート	名詞	報告
80	締め切り（しめきり）	名詞	截止日
81	本棚（ほんだな）	名詞	書櫃、書架
82	リサイクル	名詞	回收
83	電子書籍（でんししょせき）	名詞	電子書
84	電子化（でんしか）	名詞	電子化
85	スキャナー	名詞	掃描器
86	デジタル化（か）	名詞	數位化、電子化
87	相応（そうおう）	名詞／形容動詞／する動詞	適當的
88	儀式（ぎしき）	名詞	儀式
89	贅沢（ぜいたく）	名詞／形容動詞／する動詞	奢華的
90	穴子（あなご）	名詞	星鰻
91	全貌（ぜんぼう）	名詞	全貌
92	中包み（なかづつみ）	名詞	賀禮的紙袋
93	笹（ささ）	名詞	笹葉
94	濃厚な（のうこう）	形容詞	濃郁
95	タレ	名詞	漿汁
96	食欲（しょくよく）	名詞	食慾
97	刺激する（しげき）	動詞	刺激
98	焦る（あせる）	動詞	焦急
99	済む（すむ）	動詞	完成
100	絡み合う（からみあう）	動詞	交織在一起

問題分析

文型分析	單語 36	慣用 2	文法 6	情境命題	景物 8	餐飲 4	住宿 2	交通 2	機場 0
	語意 26	諺語 0	閱測 10		生活 23	民俗 3	產業 9	職能 13	購物 6

單選題 [共80題/每題1.25分]

( ) 1 <u>小雨</u>[1] が降ったりやんだりする。
　　　(A) しょうあめ　(B) ちいあめ　(C) ちさめ　(D) こさめ

　　[中譯] 細雨時下時停。　　　　　　　　　　　　　　景物 單語　答 D

( ) 2 昨夜<u>一晩中</u>[2] ゲームをして朝起きられず会社に行けなかった。
　　　(A) ひとばんちゅう　(B) ひとばんじゅう　(C) いちばんちゅう　(D) いちばんじゅう

　　[中譯] 昨夜一整晚都在玩遊戲，早上起不來，無法去公司。　　生活 單語　答 B

( ) 3 この会社の勢いは他を<u>圧倒</u>[3] していました。
　　　(A) あっとう　(B) あつとう　(C) あつどう　(D) あっどう

　　[中譯] 這家公司的氣勢壓倒了其他公司。　　　　　　　產業 單語　答 A

( ) 4 子どもたちがお<u>小遣い</u>[4] で買っていける商品です。
　　　(A) しょうづか　(B) こづか　(C) こつか　(D) しょうつか

　　[中譯] 這是孩子們可以用零用錢購買的商品。　　　　　購物 單語　答 B

( ) 5 最近はデパートなどで、人気の駅弁を売る<u>イベント</u>[5] が<u>催される</u>[6] こともあります。
　　　(A) さい　(B) もよお　(C) すい　(D) もよう

　　[中譯] 最近在百貨公司等地會舉辦販售受歡迎的鐵路便當活動。　　購物 單語　答 B

( ) 6 ツアーガイドを目指して専門知識と<u>スキル</u>[7] を<u>一通り</u>[8] 身に付けておきたい。
　　　(A) いちとおり　(B) いちどおり　(C) ひととおり　(D) ひとどおり

　　[中譯] 想要成為導遊，需要掌握基本的專業知識和技能。　　職能 單語　答 C

( ) 7 <u>水産加工業</u>[9] が盛んで、数十軒もの工場が建ち並びます。
　　　(A) すいさんかこうぎょう　　　　(B) すいさんかっこうぎょう
　　　(C) みずさんかこうぎょ　　　　　(D) みずさんかっこうぎょ

　　[中譯] 水產加工業非常興盛，有數十家工廠林立。　　　產業 單語　答 A

( ) 8 「湯圓」を作る際は、<u>糯米</u>[10] でできた<u>生地</u>[11] で<u>餡</u>[12] を包みます。
　　　(A) なまじ　(B) いきじ　(C) きじ　(D) しょうち

　　[中譯] 製作「湯圓」時，用糯米做的麵糰包餡。　　　　餐飲 單語　答 C

( ) 9 A 氏は、民間団体や行政機関と<u>幅広く</u>[13] <u>連携</u>[14] され、日本の歴史・文化に対する理解の<u>促進</u>[15] に<u>貢献</u>[16] されました。
　　　(A) はばびろ　(B) ふくびろ　(C) ふくこう　(D) はばひろ

　　　　　　　　　　　　　　　　　　　　　　　　　　　産業 單語　答 D

[中譯] A氏與民間團體和行政機關進行了廣泛合作，對促進日本歷史和文化的理解做出了貢獻。

(　) 10 当ホテルでは、現金、財布、**アクセサリー**[17] その他貴重品の**紛失**[18] に関する責任を負いません。
(A) ぶんじつ　(B) ぶんしつ　(C) ぷんしつ　(D) ふんしつ

[中譯] 本飯店對於現金、錢包、飾品及其他貴重物品的遺失不負責任。　住宿 單語　答 D

(　) 11 **遍路**[19] たちは、より良く生きるための**修行**[20] をしたいと思って、わざわざつらい旅をします。
(A) ぺんじ　(B) ぺんろ　(C) へんち　(D) へんろ

[中譯] 朝聖者們為了更好地生活，特意踏上艱辛的旅程修行。　民俗 單語　答 D

(　) 12 店では商品の**仕入れ**[21] などについてアドバイスを行います。
(A) じはい　(B) しはい　(C) つとめい　(D) しい

[中譯] 店裡將提供有關商品採購的建議。　購物 單語　答 D

(　) 13 京都の**老舗**[22] の和菓子はとてもおいしかった。
(A) ろうぼ　(B) しにせ　(C) ろうば　(D) しみせ

[中譯] 京都老店的和菓子非常好吃。　景物 單語　答 B

(　) 14 大相撲の**力士**[23] がよく食べる独特の料理は「ちゃんこ鍋」といいます。
(A) りきし　(B) りょくし　(C) ちからし　(D) りょくじ

[中譯] 相撲力士經常吃的獨特料理叫做「相撲火鍋」。　餐飲 單語　答 A

(　) 15 彼の作った彫刻は、長く愛されてきた**逸品**[24] です。
(A) いっひん　(B) いつひん　(C) いっぴん　(D) いつぴん

[中譯] 他創作的雕刻作品是長久以來備受喜愛的精品。　景物 單語　答 C

(　) 16 休みの日に家族と**食卓**[25] を**彩る**[26] 料理を作りました。
(A) さい　(B) いろと　(C) いろど　(D) ざい

[中譯] 假日，我和家人一起製作了色彩豐富的菜餚來豐盛餐桌。　餐飲 單語　答 C

(　) 17 **飲酒運転**[27] は法律 ＿＿＿ 禁止されています。
(A) を　(B) に　(C) で　(D) と

[中譯] 飲酒駕駛被法律禁止。　交通 單語　答 C

補 (C) 助詞「で」指手段、根據的意思。「名詞 + で + 動詞」表示依據某條件來進行某動作。

(　) 18 歩くことが健康に良いとはいえ、一日に何十キロ ＿＿＿ 歩くのは大変でしょう。
(A) が　(B) も　(C) で　(D) に

[中譯] 雖說走路對健康有好處，但一天走上數十公里也是很辛苦的吧。　生活 文法　答 B

補 (B)「數量詞 + も」表示感受到該數量非常多。

(　　) 19 **残念**[28]＿＿＿＿＿＿＿今年の紅白歌合戦に参加することができなかった。
　　　　(A) のに　(B) けれど　(C) ながら　(D) だから

[中譯] 雖然很遺憾，但今年的紅白歌合戰不能參加。　　　　　　　　生活 文法　答 C
　　　解 (C)「ながら」指「雖然～但～」。文型為名詞＋ながら＋述語(後接語意相反的句子)。

(　　) 20 僕は草の**匂い**[29]をかぎ、肌＿＿＿＿＿＿＿風を感じた。
　　　　(A) と　(B) へ　(C) を　(D) に

[中譯] 我聞著草的香氣，感受著風拂過肌膚。　　　　　　　　　　　生活 文法　答 D
　　　解 本題考助詞。(D)「に」表示動作的對象，句中「肌に風を感じる」指用肌膚去感受風的意思。

(　　) 21 祭りに台湾の**伝統芸能**[30]、文化も取り入れられ、台湾＿＿＿＿＿＿＿**伝統的な**[31]**民俗文化**[32]と**観光名物**[33]が**勢揃い**[34]します。
　　　　(A) よりではの　(B) からではの　(C) どこではの　(D) ならではの

[中譯] 祭典中，融入了臺灣的傳統藝術和文化，展現出臺灣特有的傳統民俗文化與旅遊特色。
　　　　　　　　　　　　　　　　　　　　　　　　　　　　　　　　民俗 慣用　答 D

(　　) 22 あの人は、漢詩も＿＿＿＿＿＿＿、短歌も**詠む**[35]。
　　　　(A) 作ると　(B) 作れば　(C) 作ったら　(D) 作るので

[中譯] 那個人既作漢詩，也吟誦短歌。
　　　　(A) 作　(B) 作　(C) 作了之後　(D) 因為作　　　　　　　職能 語意　答 B

(　　) 23 餃子屋の並ぶこの通りは、百年＿＿＿＿＿＿＿前から有名で、前世紀には二、三十軒もの店がありました。
　　　　(A) ほど　(B) なら　(C) うえ　(D) ところ

[中譯] 餃子店林立的這條街大約在百年前就已經很有名了，前一世紀有二、三十家店。
　　　　(A) 大約　(B) 如果　(C) 之上　(D) 地方　　　　　　　　景物 語意　答 A

(　　) 24 不況＿＿＿＿＿＿＿、なぜ彼らは**ヒット商品**[36]を作り出すのか。
　　　　(A) にもかからず　(B) でもかぎらず　(C) にもかかわらず　(D) ではことわらず

[中譯] 儘管經濟不景氣，為什麼他們還能創造出暢銷商品？　　　　　職能 語意　答 C

(　　) 25 会社を**辞めた**[37]のは、**ハラスメント**[38]があった＿＿＿＿＿＿＿だ。
　　　　(A) こと　(B) もの　(C) ため　(D) おかげ

[中譯] 會辭掉公司的原因是因為有騷擾問題。
　　　　(A) 事情　(B) 東西　(C) 因為　(D) 多虧　　　　　　　　職能 語意　答 C

(　　) 26 A：どうして行かないんですか。　B：だって時間がないんだ＿＿＿＿＿＿＿。
　　　　(A) こと　(B) もの　(C) わけ　(D) ので

[中譯] A：為什麼不去呢？　B：因為沒時間嘛。　　　　　　　　　　生活 語意　答 B

(　　) 27 色々考えた末、やっと試験を受ける＿＿＿＿＿＿＿。
　　　　(A) ことにする　(B) ことにした　(C) ようにする　(D) ようにした

[中譯] 經過多方考慮後，我決定參加考試。
(A)(B) 決定　(C)(D) 盡量做到　　　職能 語意 答 B

( ) 28 終電に間に合わないから、ウーバー[39] でホテルまで行く＿＿＿＿。
(A) しかない　(B) ことはない　(C) わけがない　(D) わけにはいかない

[中譯] 因為趕不上末班電車，只能搭 Uber 去飯店了。
(A) 只能　(B) 不必　(C) 不可能　(D) 不能　　　交通 語意 答 A

( ) 29 クレジットカード[40] は便利な＿＿＿＿デメリット[41] もあると言われている。
(A) 場合　(B) 反面[42]　(C) こと　(D) もの

[中譯] 信用卡雖然方便，但也有人說它的缺點。
(A) 場合　(B) 另一方面　(C) 事情　(D) 東西　　　購物 單語 答 B

( ) 30 電話や LINE で連絡は取れるけれども、できる＿＿＿＿会って話したい。
(A) もの　(B) ものの　(C) もので　(D) ものなら

[中譯] 雖然可以透過電話或 LINE 聯絡，但如果能見面談就好了。
(A) 東西　(B) 雖然　(C) 因為　(D) 如果能　　　生活 語意 答 D

( ) 31 ショック[43] の＿＿＿＿倒れて[44] しまった。
(A) あまり　(B) おかげで　(C) ものの　(D) ことから

[中譯] 因為過於震驚而暈倒了。　(A) 過於　(B) 多虧　(C) 雖然　(D) 由於　　　生活 語意 答 A

( ) 32 レストランで食べたパスタはとてもおいしくて、＿＿＿＿イタリアにいるような気分になりました。
(A) けっして　(B) まるで　(C) どこか　(D) きっと

[中譯] 在餐廳吃的義大利麵非常好吃，彷彿置身於義大利一般。
(A) 絕不　(B) 彷彿　(C) 某處　(D) 一定　　　餐飲 語意 答 B

( ) 33 夜空の星が＿＿＿＿輝いて[45] いてたいへん綺麗[46] に見える。
(A) きらきらと　(B) ぴらぴらと　(C) ひらひらと　(D) ざらざらと

[中譯] 夜空中的星星閃閃發光，非常漂亮。
(A) 閃閃發光　(B) 輕薄飄動　(C) 飄落　(D) 粗糙　　　景物 單語 答 A

( ) 34 面白い話をしているうちに＿＿＿＿時間を忘れてしまった。
(A) ついで　(B) つい　(C) ついに　(D) ついた

[中譯] 聊著有趣的話題，不知不覺忘了時間。
(A) 順便　(B) 不知不覺　(C) 最終　(D) 到達　　　生活 語意 答 B

( ) 35 新しいペットは、前飼っていた犬と＿＿＿＿性格を持っていますね。
(A) そっとりに　(B) しっくりに　(C) さっくりに　(D) そっくりな[47]

[中譯] 新養的寵物性格與之前養的狗非常相似。
(A) 無此用法　(B) 合適　(C) 無此用法　(D) 酷似的　　　生活 單語 答 D

( ) 36 子供たちが楽しそうに公園で _____ 遊んでいる。
(A) ぽよぽよ　(B) ぶんぶん　(C) **わいわい** [48]　(D) ぐでぐで

[中譯] 孩子們在公園裡開心地喧鬧遊玩。
(A) 蓬鬆柔軟　(B) 嗡嗡聲　(C) 喧鬧　(D) 軟弱無力　　生活 單語 答 C

( ) 37 不登校の子どもたちには、より多くの方面からの ____ が可能になるかもしれません。
(A) サッポート　(B) サボート　(C) サポード　(D) **サポート** [49]

[中譯] 對於不去學校的孩子，可能會有更多方面的支持。　　職能 單語 答 D

( ) 38 消費者の方々 _____、様々の PR 活動を展開しています。
(A) を向け　(B) に向け　(C) を対して　(D) によったら

[中譯] 朝著消費者的面向，展開了各種宣傳活動。
(A) 把　(B) 朝著...的方向　(C) 對應　(D) 根據　　產業 單語 答 B

( ) 39 彼は、今の時代にかくことのできない人材です。
(A) **欠く** [50]　(B) 斯く　(C) 利く　(D) 書く

[中譯] 他是現今無法或缺的人才。　(A) 缺少　(B) 如此　(C) 有效　(D) 書寫　　職能 單語 答 A

( ) 40 スマホは操作が簡単なら _____ ほどいい。
(A) 簡単に　(B) 簡単で　(C) 簡単だ　(D) 簡単な

[中譯] 智慧型手機操作越簡單越好。
(A) 簡單地　(B) 簡單且　(C) 很簡單　(D) 簡單的　　產業 文法 答 D

解 (D)「な形容詞＋～なら（ば）＋な形容詞＋～ほど」表示「越～越～」的意思。

( ) 41 この画家が**目指した** [51] のは子どもたちを _____ ための絵でした。
(A) 楽しまれる　(B) 楽しみにしている　(C) 楽しませる　(D) 楽しみにあげる

[中譯] 這位畫家的目標是創作能讓孩子們快樂的繪畫。
(A) 被享受　(B) 期待著　(C) 使...快樂　(D) 無此用法　　職能 語意 答 C

( ) 42 人気の**ゲーム機** [52] は数が少ない _____ 値段が高く、学生には手に入りにくいものです。
(A) うえでは　(B) うえに　(C) うえから　(D) うえは

[中譯] 受歡迎的遊戲機數量少，不僅如此，價格也很高，學生很難買到。
(A) 在...方面　(B) 不僅如此　(C) 在...之後　(D) 既然　　產業 文法 答 B

補 (D)「～うえに」表示「～不僅、～而且」的意思。

( ) 43 今年の受験生は、去年よりやや _____ です。
(A) すくなめ　(B) やすめ　(C) たかめ　(D) すずしめ

[中譯] 今年的考生比去年稍微少了一些。
(A) 少一點　(B) 稍微一點　(C) 高一點　(D) 涼一點　　生活 語意 答 A

( ) 44 今回優勝したのは、みんなが**応援** [53] してくれた _____ です。
(A) せい　(B) だけ　(C) おかげ　(D) くせ

[中譯] 這次能獲得冠軍，都是多虧大家的支持。
(A) 由於　(B) 只　(C) 多虧　(D) 習慣

生活 單語　答 C

( ) 45 先生の質は、年々低下しており、教育の現場では**危機感**⁵⁴＿＿＿＿＿感じています。
(A) にも　(B) さえ　(C) より　(D) で

[中譯] 教師的素質逐年下降，在教育實務上甚至感受到危機感。
(A) 也　(B) 甚至　(C) 比較　(D) 在

職能 文法　答 B

解 (B)「名詞＋さえ」指甚至的意思。

( ) 46 雪の中で可憐に咲く梅の花、長く厳しい冬に＿＿＿＿＿春の訪れを告げます。
(A) 一手早く　(B) 一人早く　(C) 一足早く　(D) 一目早く

[中譯] 雪中嬌豔盛開的梅花，在漫長嚴酷的冬天裡率先告知春天的來臨。

景物 慣用　答 C

( ) 47 SDGs⁵⁵ は、人類＿＿＿＿＿永遠に追求すべき**課題**⁵⁶ です。
(A) において　(B) にとって　(C) について　(D) にともなって

[中譯] SDGs 對人類來說是應該永遠追求的課題。
(A) 在…之中　(B) 對…來說　(C) 關於　(D) 伴隨

產業 語意　答 B

補 SDGs (永續發展目標) 為聯合國於 2015 年提出 17 項變革世界的核心目標。

( ) 48 当ホテルをご利用いただきまして誠にありがとうございます。ご不明な点等ございましたらスタッフまで＿＿＿＿＿ます。
(A) 連絡しかね　(B) ご連絡お願い　(C) 連絡してくれ　(D) ご連絡願い

[中譯] 感謝您使用本飯店。如有疑問，敬請聯絡工作人員。
(A) 無法聯絡　(B) 請聯絡　(C) 請聯絡　(D) 敬請聯絡

住宿 語意　答 D

( ) 49 海水の温度が 20 度を超えると、細菌が発生しやすく、＿＿＿＿＿、環境も汚染されてしまいます。
(A) ところが　(B) それでは　(C) その上　(D) ところで

[中譯] 當海水溫度超過 20 度時，細菌容易繁殖，此外環境也會受到污染。
(A) 然而　(B) 那麼　(C) 此外　(D) 順便

生活 語意　答 C

( ) 50 日本の＿＿＿＿＿の心を海外の人に伝いたいです。
(A) おもなし　(B) おもでなし　(C) おもてなし　(D) おもであし

[中譯] 我想向海外的人傳達日本的款待之心。

生活 單語　答 C

( ) 51 和食は四季おりおりの食材＿＿＿＿＿**栄養**⁵⁷ バランス⁵⁸ にも優れていると言われています。
(A) を発展され　(B) に活用し　(C) を超えられ　(D) を**活かし**⁵⁹

[中譯] 和食以其活用四季時令的食材和均衡的營養而聞名。
(A) 被發展　(B) 活用於　(C) 被超越　(D) 活用

景物 語意　答 D

( ) 52 各地ではテーマパークの**不振**⁶⁰ が＿＿＿＿＿です。
(A) **深刻**⁶¹　(B) 深遠　(C) 痛烈　(D) 真剣

[中譯] 各地的主題公園不景氣情況嚴重。
(A) 嚴重 (B) 深遠 (C) 強烈 (D) 認真

景物 單語 答 A

( ) 53 この映画は日本での上映前に、アメリカやヨーロッパなどで話題＿＿＿＿。
(A) に呼んだ (B) を呼んだ (C) を立った (D) に揚げた

[中譯] 這部電影在日本上映之前，已在美國和歐洲引起話題。
(A) 呼喊 (B) 引起 (C) 站立 (D) 高舉

生活 單語 答 B

( ) 54 化粧品の＿＿＿＿は前年同期に比べ増加しました。
(A) 得るあげ (B) 売れ上げ [62] (C) かつあげ (D) 売り上げ

[中譯] 化妝品的銷售額比去年同期有所增加。
(A) 無此用法 (B) 無此用法 (C) 勒索 (D) 銷售額

產業 單語 答 D

( ) 55 何を、どんな方法で調査するか、きちんとした計画＿＿＿＿なければならない。
(A) を立て (B) に作ら (C) が定ま (D) に決し

[中譯] 要以何種方式，對什麼進行調查，我們必須制定計畫。
(A) 制定 (B) 被創造 (C) 定下 (D) 決定

職能 語意 答 A

( ) 56 この会社は 10 年の間、幾度かの危機＿＿＿＿、現在の高い成長率を維持している。
(A) を乗り越え [63] (B) に乗り越し (C) を越え乗り (D) に乗り越えられ

[中譯] 這家公司在 10 年間克服了多次危機，保持了目前的高增長率。
(A) 克服 (B) 無此用法 (C) 無此用法 (D) 被克服

產業 單語 答 A

( ) 57 どんなにお金があっても＿＿＿＿。
(A) 何でも買える (B) 買うことができる
(C) 買いたいものがある (D) 買えないものがある

[中譯] 無論有多少錢，也有買不到的東西。
(A) 什麼都能買 (B) 都可以買到
(C) 有想買的東西 (D) 有買不到的東西

生活 語意 答 D

( ) 58 田中さんは勉強[64]熱心だから、試験で良い成績を取る＿＿＿＿。
(A) にちがいない (B) にすぎない (C) ようがない (D) にかねない

[中譯] 田中先生努力學習，考試肯定會取得好成績。
(A) 必然 (B) 只不過 (C) 無法 (D) 有可能

職能 語意 答 A

( ) 59 大学時代は日本へワーキングホリデー[65]に＿＿＿＿たまらなかった。
(A) 行きたく (B) 行きたくも (C) 行きたくて (D) 行きたかった

[中譯] 大學時期，我非常想去日本打工度假。
(A) 無此用法 (B) 雖然想...但 (C) 太想去 (D) 有可能

生活 語意 答 C

( ) 60 同級生に会ったら、＿＿＿＿ものです。
(A) 挨拶[66]ぐらい (B) 挨拶ぐらいの (C) 挨拶しない (D) 挨拶ぐらいする

[中譯] 遇到同學，至少會打個招呼。
(A) 至少打招呼　(B) 打招呼的程度　(C) 不打招呼　(D) 至少打招呼

生活　單語　答 D

( ) 61　兄は忙しい、忙しいと言いつつも _____ 。
(A) 全然休みが取れない　　　(B) 実によく遊んでいる
(C) とても疲れている　　　　(D) 時間が足りない

[中譯] 哥哥一邊說著很忙、很忙，其實非常愛玩。
(A) 完全無法休息　　　　(B) 其實非常愛玩
(C) 非常疲倦　　　　　　(D) 時間不夠

生活　語意　答 B

( ) 62　なぜ人は、_____ 困難な旅に出るのか。
(A) あえて　(B) あえで　(C) うえで　(D) かえて

[中譯] 為什麼人們會敢於去挑戰困難的旅行呢？
(A) 敢於　(B) 無此用法　(C) 在...之上　(D) 改變

生活　單語　答 A

( ) 63　店の軒先[67]にずらりと並ぶ菓子は、色鮮やか[68]で消費者の目を _____ ます。
(A) 導き　(B) 引かれ　(C) 吸い　(D) 引き付け[69]

[中譯] 店鋪前排列整齊的糖果，色彩鮮豔，吸引住消費者的目光。
(A) 引導　(B) 被吸引　(C) 吸引　(D) 吸引住

購物　單語　答 D

補　「軒先」在字面上的中文意思為屋簷，但若是用在「店の軒先」這一單語時，則大多表達的是「店門口」、「店前」或「店外」等意思。

( ) 64　年齢 _____ どなたでも参加できます。
(A) 次第[70]では　(B) はもちろん　(C) にかかわらず　(D) にもよらず

[中譯] 無論年齡，任何人都可以參加。
(A) 取決於　(B) 當然　(C) 無論　(D) 不依賴於

生活　語意　答 C

( ) 65　人気歌手のコンサート[71] _____ 、大勢[72]の人が集まったそうだ。
(A) なだけに　(B) からには　(C) にしては　(D) につき

[中譯] 正因為是受歡迎歌手的演唱會，據說聚集了很多人。
(A) 正因為　(B) 既然　(C) 以...來說　(D) 隨著

生活　單語　答 A

( ) 66　フランス語 _____ 英語ぐらいは話せますよね。
(A) を問わず　(B) はともかく　(C) はもとより　(D) からといって

[中譯] 先不說法語，至少英語是會說的吧。
(A) 不論　(B) 先不說　(C) 更不用說　(D) 雖說

職能　單語　答 B

( ) 67　書道の伝統[73]は、時代の流れとともに _____ 。
(A) 失われ[74]つつある　(B) 失わせよう　(C) 失わせる　(D) 失われたい

[中譯] 書法的傳統隨著時代的流逝而正在消失。
(A) 正在消失　(B) 讓...消失　(C) 使...消失　(D) 想要消失

民俗　語意　答 A

( ) 68 商品の種類は三千以上、**色とりどり**⁷⁵で、**消費者**⁷⁶の心を＿＿＿＿ものばかりです。
(A) ゆれる　(B) うごく　(C) くすぐる　(D) つかまる

[中譯] 商品種類超過三千種，色彩繽紛，撩動消費者的心。
(A) 搖動　(B) 移動　(C) 撩動　(D) 被抓住

購物 單語 答 C

( ) 69 彼はまだ若い＿＿＿＿立派に会長の**重責**⁷⁷を**果たして**⁷⁸いる。
(A) どころか　(B) それでも　(C) ながらも　(D) ばかりか

[中譯] 雖然他還年輕，但絕佳地實踐了會長的重責。
(A) 何止　(B) 即便如此　(C) 雖然　(D) 不僅

職能 語意 答 C

( ) 70 **レポート**⁷⁹の**締め切り**⁸⁰は、明後日なので、テレビを見る＿＿＿＿。
(A) どころではありません　　　(B) だけではありません
(C) はずではありません　　　(D) べきではありません

[中譯] 報告的截止日期是後天，所以現在不是看電視的時候。
(A) 不是...的時候　　　　(B) 不僅僅是
(C) 不應該　　　　　　(D) 不該

生活 語意 答 A

閱讀測驗一

次の文章を読んで、質問に答えなさい。

　　本好きの悩みは、増えすぎた本をどう整理するかということです。**本棚**⁸¹を増やして整理してみても、＿(71)＿これには限界があります。では、**リサイクル**⁸²に出したり、古本屋に売ったりして減らしますか。でも、本というものは、ほかのものと違って、簡単に＿(72)＿ものです。では、紙の本を買うのをやめて**電子書籍**⁸³を買いますか。

　　日本語の電子書籍は英語に比べ、まだまだ少ないです。読みたい本が電子書籍で＿(73)＿とは限りません。

　　そこで、ある人は自分で本を**電子化**⁸⁴しています。これで、本棚の本が減らせるというわけです。電子化の方法は、本を厚さ 1.5cm 以下で分けていきます。次に、背表紙も切り取ります。それを**スキャナー**⁸⁵で**デジタル化**⁸⁶して、パソコンなどに保存します。こうすれば、本がかなり減らせます。本棚が空けば、また本が買えます。ただし、これは自分で読む場合に限られていますので注意してください。

請閱讀下列文章，並回答問題。

　　愛書人常常面臨的煩惱，是如何整理越來越多的書籍。即使增加書架來整理，但這樣做也是有極限的。那麼，是不是該考慮把書籍拿去回收或賣給二手書店來減少書本的數量呢？然而，書這種東西與其他物品不同，並不容易捨棄。那麼，要停止購買紙本書籍，改為購買電子書嗎？

　　相比於英文書籍，日文電子書的數量還是少得多。想讀的書不一定能以電子書的形式找到。於是，有些人選擇自行將書籍電子化。通過這種方式，書架上的書本可以減少。電子化的方法是將書本切割成厚度不超過 1.5 厘米的部分，然後切下書脊，再用掃描器將其數位化，並保存到電腦等設備中。這樣一來，可

以減少很多書。如果書架有了空間，就可以再買新書了。但請注意，這種方法僅限於個人閱讀。

( ) 71 　__(71)__ これとは何か。
　　　　　(A) 本好き
　　　　　(B) 増えすぎた本
　　　　　(C) 本棚を増やして整理すること
　　　　　(D) リサイクルや古本屋に売って本を減らすこと

　　[中譯] 這裡的「這」是指什麼？
　　　　　(A) 愛書人
　　　　　(B) 太多的書
　　　　　(C) 增加書架來整理
　　　　　(D) 把書籍拿去回收或賣給二手書店來減少書本的數量　　答 C

( ) 72 　(A) すてられない　(B) すてられる　(C) すてさせない　(D) すれさせる

　　[中譯] 書這種東西與其他物品不同，並<u>不容易捨棄</u>。
　　　　　(A) 無法捨棄　(B) 可以捨棄　(C) 不能讓捨棄　(D) 讓…捨棄　　答 A

( ) 73 　(A) うる　(B) うっている　(C) うらされる　(D) うられている

　　[中譯] 想讀的書不一定能以電子書的形式<u>有在賣</u>。
　　　　　(A) 賣　(B) 正在賣　(C) 被賣　(D) 有在賣　　答 D

( ) 74 　ある人はどうして本を自分で電子化するのか。
　　　　　(A) 読みたい本を電子書籍にするため　(B) 電子化して売るため
　　　　　(C) 本を減らすため　　　　　　　　　(D) 紙の本より便利なため

　　[中譯] 為什麼有人會自行將書籍電子化？
　　　　　(A) 為了將想讀的書變成電子書　　　　(B) 為了電子化後出售
　　　　　(C) 為了減少書本　　　　　　　　　　(D) 因為比紙本方便　　答 C

( ) 75 　この文章の内容について、正しいのはどれか。
　　　　　(A) 電子化した本は自分で読む以外の目的に使ってはいけない
　　　　　(B) 日本語の本の多くは電子書籍として売られている
　　　　　(C) 本を電子化するときは特別な機械は必要ない
　　　　　(D) 電子化した本はいつでも紙の本に戻すことができる

　　[中譯] 關於這篇文章的內容，哪一項是正確的？
　　　　　(A) 電子化的書籍不能用於除了自己閱讀以外的目的
　　　　　(B) 大多數日文書籍都有電子書
　　　　　(C) 電子化書籍時不需要特別的設備
　　　　　(D) 電子化的書籍隨時可以變回紙本　　答 A

閱讀測驗二
次の文章を読んで、質問に答えなさい。

この一品をいただく＿＿(76)＿＿、それ**相応**[87]の**儀式**[88]を経なければならない。

　まず、ふたを開けたら、包んでいる簾を箱の中でパタパタと半分くらい解く。＿＿(77)＿＿、**贅沢**[89]に穴子２枚を使った「**穴子**[90]**棒ずし**」の**全貌**[91]が現れるので、**中包み**[92]と**笹**[93]を開き、自らの手で**濃厚な**[94] **タレ**[95]をゆっくりとかけよう。このとき、何ともいえない香りが**食欲**[96]を**刺激する**[97]が、(78)**焦って**[98]はいけない。まだ儀式が残っている。ナイフで切り分ける作業だ。一連の儀式が**済んだ**[99]ら、やっと＿＿(79)＿＿。ふっくらと煮上げられた穴子と香ばしいタレが口の中で**絡み合って**[100]、至福の時を作り出す。

請閱讀下列文章，並回答問題。

　（76）為了要享用這道美食，必須經過適當的儀式。首先，打開蓋子後，將包著的簾子在盒子裡解開一半。（77）接著，兩塊奢華的穴子（星鰻）壽司的全貌就會呈現出來，打開內包裝和笹葉，然後慢慢地用手將濃郁的醬汁淋上去。此時，無法形容的香氣會激發食欲，但不要（77）焦急，儀式還沒結束。接下來的步驟是用刀將壽司切開。一連串的儀式完成後，終於可以享用這道美食了。柔嫩煮製的穴子和香氣四溢的醬汁在口中交織，帶來極致的享受。

（　）76　(A) さえ　(B) ので　(C) から　(D) には

[中譯] 為了要享用這道美食，必須經過適當的儀式。
(A) 甚至　(B) 因為　(C) 所以　(D) 為了　　　**答 D**

（　）77　(A) これから　(B) それ以上　(C) それでは　(D) ほどよく

[中譯] 適當地解開簾子，兩塊豪華的穴子壽司的全貌就會呈現出來。
(A) 從現在起　(B) 超過這個　(C) 那麼　(D) 適當地　**答 D**

（　）78　下線部(78) 焦ってについて正しいものはどれですか。
(A) いらいらすること　(B) 燃やすこと　(C) 焼けること　(D) 切り分けること

[中譯] 此時，無法形容的香氣會激發食慾，但不要著急，儀式還沒結束。
(A) 著急　(B) 燃燒　(C) 烤焦　(D) 切開　　　**答 A**

（　）79　(A)「ごちそうさまでした」　(B)「いただきます」
　　　　　(C)「ただいま」　　　　　　(D)「さようなら」

[中譯] 一連串的儀式完成後，終於可以說「我開動了」。
(A)「多謝款待」　(B)「我開動了」　(C)「我回來了」　(D)「再見」　**答 B**

（　）80　タレをかけた後、どんな儀式がありますか。
(A) ふっくらと煮上げること　　(B) ナイフで切り分けること
(C) 口の中で絡み合うこと　　　(D) 簾を箱の中で半分くらい解くこと

[中譯] 淋上醬汁後，還有用刀切開的儀式。
(A) 煮得鬆軟
(C) 在口中交織
(B) 用刀切開
(D) 在盒子裡將簾子解開一半　**答 B**

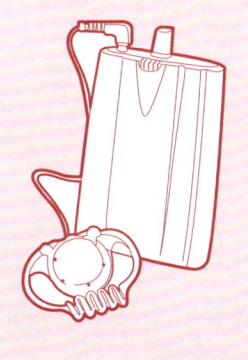

絕對考上
導遊＋領隊
…………【日語篇】

ユニット

04.

口試篇

ツアーガイド

添乗員

報考外語導遊的考生
通過筆試後，還須再參加口試
口試範圍多以臺灣文化國情、觀光相關主題
本單元特別收錄歷年口試題型及文章範例
幫助更快建構答題架構，提升口說自信

ユニット.1　ユニット.2　ユニット.3　ユニット.4
情境篇　　文法篇　　試驗篇　　口試篇

Chapter 01 外語導遊第二試

事前充分準備，臨場口試不慌亂！

考試分析

依目前評量測驗規定，外語導遊類組分為二階段測驗，第一試【筆試】於每年三月舉行，平均60分及格，並且外語單科分數須至少50分以上，即符合參加第二試【口試】資格。同樣地，口試須達60分以上合格(如口試未達60分，則須重新參加第一試)。

口試測驗每人10～12分鐘，採現場抽號碼方式決定題目，每道題目約有3小題，以「自我介紹」、「本國文化與國情」、「風景節慶與美食」三大部分為命題範圍。當考生進入試場後，須先對著攝影機報上准考證號碼及抽到的題目編號，接著口試官會依考生所抽到的題目依序發問，通常第一題為自我介紹，建議考生務必提前準備，即能輕鬆得分。

本單元特別彙整重要專有名詞及口說文章範例供參考練習，有助於掌握範圍及提升準備效率。

準備指標　交通部觀光署網站 www.taiwan.net.tw　　　　馬跡祝您　金榜題名

112年度口試題目（以號碼抽題方式，考生從10道題目中，抽1題回答）

題目一	❶ 自我介紹 ❷ 介紹發財金文化 ❸ 介紹花蓮花東縱谷	題目六	❶ 自我介紹 ❷ 介紹臺灣陣頭文化 ❸ 介紹臺北士林夜市
題目二	❶ 自我介紹 ❷ 介紹超商文化 ❸ 介紹溪頭	題目七	❶ 自我介紹 ❷ 介紹臺灣的火鍋文化 ❸ 介紹高雄六合夜市
題目三	❶ 自我介紹 ❷ 介紹以米為材料的臺灣美食，除了飯類！ ❸ 向外國人介紹鶯歌	題目八	❶ 自我介紹 ❷ 介紹臺灣的便當文化 ❸ 介紹高雄紅毛港文化園區
題目四	❶ 自我介紹 ❷ 介紹臺灣鐵道的吉祥語車票 ❸ 向外國人介紹阿美族豐年祭	題目九	❶ 自我介紹 ❷ 向外國觀光客介紹一個臺灣的遊樂園區 ❸ 向外國觀光客介紹行天宮
題目五	❶ 自我介紹 ❷ 介紹臺灣的滿月習俗 ❸ 介紹鹿港	題目十	❶ 自我介紹 ❷ 介紹傳統名俗療法「針灸」 ❸ 向外國人介紹東部海岸國家風景區

★「自我介紹」包含報考動機、經歷嗜好、旅遊經驗及理想抱負

111 年度口試題目 （以號碼抽題方式，考生從 10 道題目中，抽 1 題回答）

題目一	❶ 自我介紹 ❷ 臺灣高速鐵路的現代發展 ❸ 向外國人介紹伯朗大道	題目六	❶ 自我介紹 ❷ 臺灣中秋烤肉文化 ❸ 介紹臺灣的豆花特色
題目二	❶ 自我介紹 ❷ 臺灣四季水果 ❸ 介紹台東鹿野高台	題目七	❶ 自我介紹 ❷ 臺灣好行旅遊服務 ❸ 介紹鹽水烽炮活動
題目三	❶ 自我介紹 ❷ 臺灣為何要發展郵輪觀光 ❸ 介紹平溪放天燈文化	題目八	❶ 自我介紹 ❷ 臺灣的西式早餐文化 ❸ 介紹陽明山國家公園
題目四	❶ 自我介紹 ❷ 臺灣人在大太陽下撐傘現象 ❸ 臺灣的豬血糕特色	題目九	❶ 自我介紹 ❷ 交通部推廣的「觀光圈」概念 ❸ 介紹清水斷崖
題目五	❶ 自我介紹 ❷ 臺灣斑馬線與小綠人文化 ❸ 介紹臺灣潤餅	題目十	❶ 自我介紹 ❷ 臺灣的露營活動 ❸ 介紹秀姑巒溪泛舟活動

110 年度口試題目 （以號碼抽題方式，考生從 10 道題目中，抽 1 題回答）

題目一	❶ 自我介紹 ❷ 介紹台菜文化 ❸ 介紹臺灣各縣市的燈會特色	題目六	❶ 自我介紹 ❷ 臺灣的外食文化 ❸ 介紹墾丁國家公園
題目二	❶ 自我介紹 ❷ 臺灣特有的食補文化 ❸ 介紹客家桐花季	題目七	❶ 自我介紹 ❷ 臺灣傳統市場文化 ❸ 介紹馬祖
題目三	❶ 自我介紹 ❷ 臺灣魚市場文化 ❸ 介紹臺灣的春節	題目八	❶ 自我介紹 ❷ 臺灣的垃圾車文化 ❸ 介紹臺灣的夜市美食
題目四	❶ 自我介紹 ❷ 臺灣路邊攤美食文化 ❸ 介紹合歡山森林遊樂區	題目九	❶ 自我介紹 ❷ 在臺灣的共享電動機車市場 ❸ 臺灣年夜飯文化
題目五	❶ 自我介紹 ❷ 臺灣的算命文化 ❸ 介紹蘭嶼	題目十	❶ 自我介紹 ❷ 臺灣泳渡日月潭活動 ❸ 介紹臺南的美食

109年度口試題目 （以號碼抽題方式，考生從10道題目中，抽1題回答）

題目一	❶ 自我介紹 ❷ 說明臺灣的同性婚姻 ❸ 向外國人介紹高雄旗津一日遊	題目六	❶ 自我介紹 ❷ 外來文化對臺灣的影響跟衝擊 ❸ 介紹奇美博物館
題目二	❶ 自我介紹 ❷ 臺灣的廟宇文化 ❸ 介紹宜蘭的伴手禮	題目七	❶ 自我介紹 ❷ 在臺灣的客家人和油紙傘文化 ❸ 介紹臺東知本溫泉
題目三	❶ 自我介紹 ❷ 臺灣的社會教育理念 ❸ 介紹淡水老街	題目八	❶ 自我介紹 ❷ 說明你如何介紹與推廣「新防疫運動」 ❸ 介紹中元節
題目四	❶ 自我介紹 ❷ 臺灣便利商店的特色 ❸ 介紹九份及美食	題目九	❶ 自我介紹 ❷ 臺灣國家公園的現況 ❸ 介紹臺灣自行車道
題目五	❶ 自我介紹 ❷ 春節爆竹及舞獅 ❸ 介紹七星潭	題目十	❶ 自我介紹 ❷ 介紹普悠瑪列車 ❸ 介紹金門國家公園

108年度口試題目 （以號碼抽題方式，考生從10道題目中，抽1題回答）

題目一	❶ 自我介紹 ❷ 臺灣小吃的獨特之處 ❸ 向外國人介紹臺南鹽水蜂炮	題目六	❶ 自我介紹 ❷ 臺灣的總舖師文化 ❸ 介紹自行車環島臺灣
題目二	❶ 自我介紹 ❷ 介紹潤餅 ❸ 介紹大安森林公園	題目七	❶ 自我介紹 ❷ 臺灣廟宇的擲筊文化 ❸ 介紹臺灣休閒農場
題目三	❶ 自我介紹 ❷ 臺灣的早餐文化 ❸ 介紹國父紀念館	題目八	❶ 自我介紹 ❷ 臺灣機車的特色文化 ❸ 介紹馬祖
題目四	❶ 自我介紹 ❷ 臺灣的燈會文化 ❸ 介紹故宮博物院	題目九	❶ 自我介紹 ❷ 臺灣特色小鎮 ❸ 介紹臺灣森林遊樂區
題目五	❶ 自我介紹 ❷ 介紹珍珠奶茶 ❸ 介紹陽明山國家公園	題目十	❶ 自我介紹 ❷ 臺灣的公共腳踏車 ❸ 向觀光客說明臺灣的生態觀光旅遊

107 年度口試題目 （以號碼抽題方式，考生從 10 道題目中，抽 1 題回答）

題目一	❶ 自我介紹 ❷ 在臺灣的新年活動 ❸ 介紹米食文化	**題目六**	❶ 自我介紹 ❷ 臺灣觀光發展現況 ❸ 介紹平溪天燈節
題目二	❶ 自我介紹 ❷ 外國旅客到臺灣觀光安全須知 ❸ 介紹臺灣特色歷史建築物	**題目七**	❶ 自我介紹 ❷ 介紹臺灣知名夜市 ❸ 介紹溫泉嘉年華
題目三	❶ 自我介紹 ❷ 介紹臺灣四季變換 ❸ 介紹臺灣都會公園	**題目八**	❶ 自我介紹 ❷ 電音三太子文化 ❸ 介紹臺灣離島觀光旅遊
題目四	❶ 自我介紹 ❷ 介紹臺灣捷運 ❸ 介紹太魯閣國家公園	**題目九**	❶ 自我介紹 ❷ 介紹中醫漢方藥 ❸ 介紹珍珠奶茶
題目五	❶ 自我介紹 ❷ 臺灣宗教現況 ❸ 介紹阿里山國家風景區	**題目十**	❶ 自我介紹 ❷ 介紹臺灣特色小吃 ❸ 請說明臺灣原住民概況

106 年度口試題目 （以號碼抽題方式，考生從 10 道題目中，抽 1 題回答）

題目一	❶ 自我介紹 ❷ 臺灣受歡迎的運動 ❸ 請介紹迪化街	**題目六**	❶ 自我介紹 ❷ 客家文化和擂茶 ❸ 介紹鹿港
題目二	❶ 自我介紹 ❷ 臺灣的飲酒文化 ❸ 介紹阿里山小火車	**題目七**	❶ 自我介紹 ❷ 臺灣北部知名溫泉 ❸ 介紹新竹的都市景觀特色
題目三	❶ 自我介紹 ❷ 臺灣人的養生文化 ❸ 介紹花蓮	**題目八**	❶ 自我介紹 ❷ 臺灣的糖業發展史 ❸ 介紹太陽餅
題目四	❶ 自我介紹 ❷ 介紹便利商店的關東煮特色 ❸ 介紹飲料店泡沫紅茶	**題目九**	❶ 自我介紹 ❷ 臺灣藍白拖草根文化 ❸ 介紹宜蘭國際觀光活動
題目五	❶ 自我介紹 ❷ 臺灣人與外國人休閒活動差異 ❸ 介紹苗栗觀光與休閒	**題目十**	❶ 自我介紹 ❷ 介紹臺灣生態旅遊(賞鯨.賞紫斑蝶.賞螢擇一) ❸ 你會如何向外國旅客介紹清明節？

105年度口試題目 （以號碼抽題方式，考生從10道題目中，抽1題回答）

題目一	❶ 自我介紹 ❷ 臺灣的民族融合概況 ❸ 臺灣風情小鎮	題目六	❶ 自我介紹 ❷ 臺北捷運文化 ❸ 臺南小吃文化與特色
題目二	❶ 自我介紹 ❷ 臺灣歌仔戲 ❸ 介紹臺灣知名小吃牛肉麵	題目七	❶ 自我介紹 ❷ 臺灣的地方自治概況 ❸ 請列舉並介紹臺中市的特殊景觀
題目三	❶ 自我介紹 ❷ 介紹穆斯林文化 ❸ 介紹臺灣寺廟	題目八	❶ 自我介紹 ❷ 臺灣的水果 ❸ 介紹臺灣鐵道支線
題目四	❶ 自我介紹 ❷ 請說明什麼是樂活農業 ❸ 介紹客家美食	題目九	❶ 自我介紹 ❷ 向觀光客說明ubike ❸ 介紹台北故宮
題目五	❶ 自我介紹 ❷ 臺灣的宗教 ❸ 介紹淡水風景	題目十	❶ 自我介紹 ❷ 臺灣喜餅文化 ❸ 介紹臺灣的國家公園

104年度口試題目 （以號碼抽題方式，考生從10道題目中，抽1題回答）

題目一	❶ 自我介紹 ❷ 臺灣的族群 ❸ 介紹阿里山櫻花季	題目六	❶ 自我介紹 ❷ 臺灣原住民 ❸ 介紹澎湖
題目二	❶ 自我介紹 ❷ 臺灣高鐵 ❸ 介紹日月潭	題目七	❶ 自我介紹 ❷ 台中燈會 ❸ 介紹三義木雕節
題目三	❶ 自我介紹 ❷ 臺灣旅遊發展概況 ❸ 介紹臺灣知名節慶與可改善處	題目八	❶ 自我介紹 ❷ 臺灣鬼月與宜蘭搶孤文化 ❸ 介紹臺灣捷運系統
題目四	❶ 自我介紹 ❷ 布袋戲文化 ❸ 介紹金門、馬祖	題目九	❶ 自我介紹 ❷ 介紹臺灣之光人物 ❸ 介紹臺灣代表性美食
題目五	❶ 自我介紹 ❷ 廟宇文化藝術 ❸ 日月潭紅茶	題目十	❶ 自我介紹 ❷ 鳳梨酥品牌介紹與推薦 ❸ 臺灣地理概述

專門用語 ― 發現臺灣

類型	日文	中文
語言	中国語（ちゅうごくご）／北京語（ぺきんご）／マンダリン	國語
	台湾語（たいわんご）	閩南語
	客家語（はっかご）	客家語
	各原住民の語言（かくげんじゅうみんのごげん）	原住民語
宗教	仏教（ぶっきょう）	佛教
	道教（どうきょう）	道教
	キリスト教（きょう）	基督教
	カトリック教（きょう）	天主教
	イスラム教（きょう）	伊斯蘭教
地形	山脈（さんみゃく）	山脈
	山（やま）	山峰
	丘陵（きゅうりょう）	丘陵
	平野（へいや）	平原
	盆地（ぼんち）	盆地
	海岸線（かいがんせん）	海岸線
	離島（りとう）	離島
	自然景観（しぜんけいかん）	自然景觀
氣候	熱帯（ねったい）	熱帶
	亜熱帯（あねったい）	亞熱帶
	温帯（おんたい）	溫帶
特有物種	タイワンマス	櫻花鉤吻鮭
	タイワンザル	臺灣獼猴
	台湾ツキノワグマ（たいわん）	臺灣黑熊
	ヤマムスメ	臺灣藍鵲

類型	日文	中文
	ミカドキジ	帝雉
	サシバ	灰面鷲

宗教節慶活動

類型	專有名詞	中文
農曆春節 きゅうしょうがつ 旧正月	囲炉（いろ）	年夜飯
	女性の実家帰り（じょせい じっかかえ）	回娘家
	大掃除（おおそうじ）	大掃除
元宵節 げんしょうせつ 元宵節	新北市平溪天灯フェスティバル（しんぺいし へいけいてんとう）	平溪天燈節
	塩水爆竹祭り（えんすいばくちくまつ）	鹽水蜂炮
	炸寒単（ツアーはんたん）	炸寒單
	台湾ランタンフェスティバル（たいわん）	臺灣燈會
端午節 たんご せっく 端午の節句	ドラゴンボートレース	賽龍舟
	粽（ちまき）	粽子
中元節 ちゅうげんせつ 中元節	中元普渡（ちゅうげんふど）	中元普渡
	精霊流し（しょうりょうなが）	放水燈
	搶孤（チャングー）	搶孤
中秋節 ちゅうしゅうせつ 中秋節	ゆず	柚子
	月餅（げっぺい）	月餅

傳統慶典

專有名詞	中文
大甲媽祖巡幸（たいこうま そじゅんこう）	大甲媽祖繞境進香
東港迎王平安祭（とうこうげいおうへいあんさい）	東港燒王船祭
內門宋江陣（ないもんそうかんじん）	內門宋江陣

特色產業活動

專有名詞	中文
国際ガラスアートフェスティバル（こくさい）	新竹國際玻璃藝術節
三義木彫フェスティバル（さんぎもくちょう）	三義木雕節

原住民活動

類型	專有名詞	中文
阿美族　アミ族（ぞく）	豊年祭（ほうねんさい）	豐年祭
泰雅族　タイヤル族（ぞく）	祖霊祭（それいさい）	祖靈祭
排灣族　パイワン族（ぞく）	五年祭（ごねんさい）	五年祭（竹竿祭）
布農族　ブヌン族（ぞく）	耳打祭り（みみうちまつ）	射耳祭
卑南族　プユマ族（ぞく）	猴祭（さるさい）	少年猴祭（年祭）
	大狩猟祭（おおしゅりょうさい）	大獵祭
魯凱族　ルカイ族（ぞく）	収穫祭（しゅうかくさい）	小米收穫祭
鄒族　ツォウ族（ぞく）	収穫祭（しゅうかくさい）	小米收穫祭
	戦祭（いくさざい；マヤスビ）	戰祭（瑪雅士比）
	播種祭（はしゅさい）	播種祭
賽夏族　サイシャット族（ぞく）	パスタアイ	矮靈祭
雅美(達悟)族　ヤミ（タウ）族（ぞく）	飛魚祭（あごさい）	飛魚祭
邵族　サオ族（ぞく）	播種祭（はしゅさい）	播種祭
	狩猟祭（しゅりょうさい）	狩獵祭
	海祭り（うみまつ）	海祭
噶瑪蘭族　クバラン族（ぞく）	祖先を祭る（そせんまつ）	歲末祭祖
太魯閣族　タロコ族（ぞく）	感恩祭（かんおんさい）	感恩祭

類型	專有名詞	中文
撒奇萊雅族 サキザヤ族	首祭り（くびまつり）	獵首祭
	豊年祭（ほうねんさい）	豐年祭
	播粟祭（はぞくさい）	播粟祭
拉阿魯哇族 サアロア族	聖貝祭（せいかいさい）	聖貝祭
卡那卡那富族 カナカナブ族	米貢祭（みこんさい）	米貢祭
賽德克族 セデック族	播種祭（はしゅさい）	播種祭

臺灣美食

類型	專有名詞	中文
小吃 シャオチー	クワバオ（台湾風（たいわんふう）バーガー）	刈包
	ワークイ（台湾（たいわん）ライスプディング）	碗粿
	台湾風里芋もち（たいわんふうさといも）	芋粿
	バーワン／肉団子揚げ（にくだんごあ）	肉圓
	ショウロンポウ	小籠包
	ションジエンバオ／蒸し焼きまんじゅう（むや）	生煎包
	台湾風今川焼き（たいわんふういまがわや）	車輪餅
夜市小吃 屋台料理（やたいりょうり）	タピオカミルクティー	珍珠奶茶
	豚の血もち（ぶたち）	豬血糕
	臭豆腐（しゅうとうふ）	臭豆腐
	クアンツァイバン	棺材板
	台湾風生春巻き（たいわんふうなまはるま）	潤餅捲
	鶏のから揚げ（とりあ）	炸雞排
	ダーチャンバオシャオチャン／ライスホットドッグ	大腸包小腸
	大腸麺線（ホルモンいりそうめん）（だいちょうめんせん）	大腸麵線
	牡蠣麺線（カキいりそうめん）（かきめんせん）	蚵仔麵線

類型	專有名詞	中文
夜市小吃 屋台料理（やたいりょうり）	オアチェン（牡蠣（かき）のオムレツ）	蚵仔煎
	カキ巻（ま）き	蚵捲
	春巻（はるま）き	春捲
	ダングイ・ヤー（鴨肉（かもにく）の当帰（とうき）スープ煮（に））	當歸鴨
	テンプーラー（台湾式（たいわんしき）さつま揚（あ）げ）	天婦羅
	米（こめ）の粉（こな）のすいとん	鼎邊銼
	激辛豆腐（げきからどうふ）	麻辣豆腐
甜食 スイーツ	かき氷（ごおり）	剉冰
	シェーホアピン	雪花冰
	マンゴーかき氷（ごおり）	芒果冰
	ドウホアー	豆花
	果物（くだもの）の蜜漬（みつづ）けや砂糖漬（さとうづ）け	蜜餞
	愛玉子（オーギョーチ）	愛玉
	サンザシ飴（あめ）	糖葫蘆
	マーホア（台湾風（たいわんふう）かりん糖（とう））	麻花捲
	胡麻団子（ごまだんご）	芝麻球
	ヌガー	牛軋糖
	パイナップルケーキ	鳳梨酥
	台湾風白玉団子（たいわんふうしらたまだんご）（タンユエン）	湯圓
飯類 ご飯（はん）	お粥（かゆ）	稀飯
	サツマイモ入（い）りお粥（かゆ）	地瓜粥
	ご飯（はん）	白飯
	おこわ／ヨウファン	油飯
	ルウロウファン	滷肉飯

類型	專有名詞	中文
飯類 ご飯	クァンロウファン	爌肉飯
	ミガオ	米糕
	トンツーミガォ／カップ入り炊き込みご飯	筒仔米糕
	ホンシュィンミガオ／カニとカニの卵入りおこわ	紅蟳米糕
	台湾式ちまき	肉粽
	卵チャーハン	蛋炒飯
	エビチャーハン	蝦仁炒飯
	海鮮中華粥	海產粥
	サバヒー粥	虱目魚粥
麵類 麺	坦仔麺（ダンザイミエン）	擔仔麵
	シャンュィイミエン／タウナギ入り焼きそば	鱔魚意麵
	ワンタン麺	餛飩麵
	刀削麺	刀削麵
	ごままぜ麺	麻醬麵
	ジャージャー麺	炸醬麵
	バンティオ	粄條
	炒めビーフン	炒米粉
	春雨	冬粉
	ザーサイと豚肉のラーメン	榨菜肉絲麵
湯類 スープ	卵スープ	蛋花湯
	ユーワンタン	魚丸湯
	ビーフンスープ	米粉湯
	ハマグリ入りのスープ	蛤蠣湯
	台湾風カキスープ	蚵仔湯

類型	專有名詞	中文
湯類 スープ	ズィーツァイタァン	紫菜湯
	サンラータン	酸辣湯
	ホワジーゴン／イカの切(き)り身(み)入(い)りのとろみスープ	花枝羹
	豚肉団子(ぶたにくだんご)のとろみスープ	肉羹湯
	鰆(さわら)のフライ入(い)りとろみスープ	土魠魚羹
	えびのとろみスープ	蝦仁肉羹
	さかなのとろみスープ	魚羹
	サバヒーのとろみスープ	浮水虱目魚羹
	鴨肉(かもにく)のとろみスープ	鴨肉羹
其他 その他(た)	サバヒーの魚肉団子(さかなにくだんご)	虱目魚丸
	ビンロウ	檳榔
	豚足(とんそく)	豬腳
	サンベイジー	三杯雞
	海老(えび)ワンタン	蝦仁餛飩
	甘(あま)い豆乳(とうにゅう)	甜豆漿
	塩味(しおあじ)の豆乳(とうにゅう)（おぼろ豆腐(どうふ)）	鹹豆漿
	揚(あ)げパン	油條
	台湾式(たいわんしき)卵(たまご)クレープ／ダンビーン	蛋餅
	パイ生地(きじ)の揚(あ)げパンサンド	燒餅油條

交通情報

專有名詞	中文
航空会社（こうくうがいしゃ）	航空公司
鉄道（てつどう）	鐵路
台湾高速鉄道（たいわんこうそくてつどう）／台湾新幹線（たいわんしんかんせん）	臺灣高鐵
MRT（エムアールティー）	捷運
バス	客運
タクシー	計程車
レンタカー	租車
船便（ふなびん）	船運

購物萬象

類型	專有名詞	中文
都會商圈 主（おも）な商店街（しょうてんがい）	西門町（せいもんちょう）	（臺北）西門町
	頂好（ちょうこう）（東区（とうく））	（臺北）頂好（東區）
	信義（しんぎ）ショッピングゾーン	（臺北）信義商圈
	逢甲夜市（おうこうよいち）	（臺中）逢甲夜市
	一中街（いっちゅうがい）	（臺中）一中街
	東海国際芸術街（とうかいこくさいげいじゅつがい）	（臺中）東海藝術街
	新堀江（しんほりえ）	（高雄）新崛江
特色產業街 その他（た）	建国休日花市（けんこくきゅうじつはないち）	（臺北）建國假日花市
	光華商場（こうかしょうじょう）	（臺北）光華商場
	迪化街（てきかがい）	（臺北）迪化街

觀光名勝

類型	專有名詞	中文
國家公園 国家公園 （こっかこうえん）	陽明山国家公園（ようめいさんこっかこうえん）	陽明山國家公園
	玉山国家公園（ぎょくざんこっかこうえん）	玉山國家公園
	雪覇国家公園（せっぱこっかこうえん）	雪霸國家公園
	墾丁国家公園（こんていこっかこうえん）	墾丁國家公園
	太魯閣国家公園（タロコこっかこうえん）	太魯閣國家公園
	金門国家公園（きんもんこっかこうえん）	金門國家公園
	台江国家公園（たいこうこっかこうえん）	台江國家公園
	東沙環礁国家公園（とうさかんしょうこっかこうえん）	東沙環礁國家公園
	澎湖南方四島国家公園（ほうこなんぽうしとうこっかこうえん）	澎湖南方四島國家公園
國家風景區 国家風景区 （こっかふうけいく）	北海岸及び観音山国家風景区（きたかいがんおよびかんのうさんこっかふうけいく）	北海岸及觀音山國家風景區
	東北角及び宜蘭海岸国家風景区（とうほくかどおよぎらんかいがんこっかふうけいく）	東北角暨宜蘭海岸國家風景區
	東部海岸国家風景区（とうぶかいがんこっかふうけいく）	東海岸國家風景區
	花東縦谷国家風景区（かとうじゅうこくこっかふうけいく）	花東縱谷國家風景區
	日月潭国家風景区（にちげつたんこっかふうけいく）	日月潭國家風景區
其他 その他（そのた）	国家森林遊楽区（こっかしんりんゆうらくく）	國家森林遊樂區
	レジャー農場（のうじょう）	休閒農場
	観光工場（かんこうこうじょう）	觀光工廠
	観光小都市（かんこうしょうとし）	旅遊小鎮

人氣觀光地

類型	專有名詞	中文
基隆市 きーるんし	和平島海角楽園（わへいとうかいかくらくえん）	和平島海角樂園
	基隆廟口夜市（きーるんびょうこうよいち）	基隆廟口夜市
	九份（きゅうふん）	九份
	基隆港（きーるんこう）	基隆港
台北市 たいぺいし	総統府（そうとうふ）	總統府
	猫空（マオコォン）ロープウェイ（ねこぞら）	貓空纜車
	台北アリーナ（たいぺい）	台北小巨蛋
	大稲埕埠頭（だいとうていふとう）	大稻埕碼頭
	花博公園（はなはくこうえん）	台北國際花卉博覽會園區
	台北植物園（たいぺいしょくぶつえん）	台北植物園
	光華商場（こうかしょうじょう）	光華商場
	迪化街（てきかがい）	迪化街
	士林観光夜市（しりんかんこうよいち）	士林夜市
	国立故宮博物院（こくりつこきゅうはくぶついん）	國立故宮博物院
	台北忠烈祠（たいぺいちゅうれつし）	台北忠烈祠
	中正記念堂（ちゅうせいきねんどう）	中正紀念堂
	国家音楽庁（こっかおんがくちょう）	國家音樂廳
	国家戯劇院（こっかぎげきいん）	國家戲劇院
	国父記念館（こくふきねんかん）	國父紀念館
	台北市立美術館（たいぺいしりつびじゅつかん）	台北市立美術館
	士林官邸（しりんかんてい）	士林官邸

類型	專有名詞	中文
	孔子廟（こうしびょう）	台北孔廟
	天母（てんも）	天母
新北市（しんぺいし）新北市	淡水（たんすい）	淡水
	紅毛城（こうもうじょう）	紅毛城
	鶯歌陶磁博物館（おうかとうじはくぶつかん）	鶯歌陶瓷博物館
	林家花園（りんかかえん）	林家花園
	竹子湖（ちくしこ）	竹子湖
	烏来タイヤル民族博物館（うらいタイヤルみんぞくはくぶつかん）	烏來泰雅博物館
宜蘭縣（ぎらんけん）宜蘭県	蘇澳観光冷泉（そおうかんこうれいせん）	蘇澳冷泉
	礁渓温泉（しょうけいおんせん）	礁溪溫泉
	蘭陽博物館（らんようはくぶつかん）	蘭陽博物館
	国立伝統芸術中心（こくりつでんとうげいじゅつちゅうしん）	國立傳統藝術中心
桃園市（とうえんし）桃園市	慈湖彫刻記念公園（じこちょうこくきねんこうえん）	慈湖紀念雕塑公園
	石門ダム（シーメンダム）	石門水庫
	大渓総統鎮（だいけいそうとうちん）	大溪鎮（總統鎮）
	タイモールショッピングセンター	台茂購物中心
新竹縣（しんちくけん）新竹県	内湾（ないわん）	內灣
	新竹サイエンスパーク（しんちく）	新竹科學工業園區
	新竹市玻璃工芸博物館（しんちくしはりこうげいはくぶつかん）	新竹市玻璃博物館
苗栗縣（びょうりつけん）苗栗県	龍騰断橋（りゅうとうだんきょう）	龍騰斷橋
	勝興駅（しょうこうえき）	勝興火車站
	火炎山自然保護区（ひえんさんしぜんほごく）	火燄山自然保護區
	三義木彫博物館（さんぎもくちょうはくぶつかん）	三義木雕博物館

類型	專有名詞	中文
台中市 たいちゅうし	台中都会公園（たいちゅうとかいこうえん）	台中都會公園
	921地震教育園区（じしんきょういくえんく）	921地震教育園區
	国立台湾美術館（こくりつたいわんびじゅつかん）	國立臺灣美術館
	国立自然科学博物館（こくりつしぜんかがくはくぶつかん）	國立自然科學博物館
彰化縣 しょうかけん	鹿港天后宮（ろっこうてんこうきゅう）	鹿港天后宮
	八卦山（はっけさん）	八卦山
南投縣 なんとうけん	渓頭自然教育園区（けいとうしぜんきょういくえんく）	溪頭自然教育園區
	台湾地理中心碑（たいわんちりちゅうしんひ）	臺灣地理中心碑
	日月潭ラル島（にちげつたんとう）	日月潭拉魯島
	日月潭イタサオ（にちげつたん）	日月潭伊達邵
	中台禅寺（ちゅうたいぜんじ）	中台禪寺
	清境農場（せいきょうのうじょう）	清境農場
雲林縣 うんりんけん	西螺大橋（せいらおおはし）	西螺大橋
嘉義縣 かぎけん	阿里山森林鉄道（ありさんしんりんてつどう）	阿里山森林鐵路
	国立故宮博物院南部院区（こくりつこきゅうはくぶついんなんぶいんく）	國立故宮博物院南部院區
嘉義市 かぎし	北回帰線標塔（きたかいきせんひょうとう）	北迴歸線紀念碑
台南市 たいなんし	赤崁楼（せきかんろう）	赤崁樓
	孔子廟（こうしびょう）	孔廟
	延平郡王祠（えんぺいぐんおうじ）	延平郡王祠
	安平古堡（あんぺいこほ）	安平古堡
	億載金城（おくさいきんじょう）	億載金城
	烏山頭ダム（うさんとう）	烏山頭水庫
	八田与一記念公園（はったよいちきねんこうえん）	八田與一紀念公園

類型	專有名詞	中文
高雄市 たかおし 高雄市	きしんはんとう 旗津半島	旗津半島
	せいしわん 西子湾	西子灣
	たかおえいこくりょうじかんぶんかえんく 打狗英国領事館文化園区	打狗英國領事館文化園區
	あいが 愛河	愛河
	ぼくにげいじゅつとっく 駁二芸術特区	駁二藝術特區
	さえいれんちたん 左営蓮池潭	左營蓮池潭
	ぶっこうさんぶつだきねんかん 仏光山仏陀記念館	佛光山佛陀紀念館
屏東縣 へいとうけん 屏東県	へいとうよいち 屏東夜市	屏東夜市
	さんちもん 三地門	三地門
	こんてい 墾丁	墾丁
	こくりつかいようせいぶつはくぶつかん 国立海洋生物博物館	國立海洋生物博物館
	がらんび 鵝鑾鼻	鵝鑾鼻
台東縣 たいとうけん 台東県	こくりつたいわんしぜんぶんかはくぶつかん 国立台湾史前文化博物館	國立臺灣史前文化博物館
	ろくや 鹿野	鹿野
	ちもとおんせん 知本温泉	知本溫泉
花蓮縣 かれんけん 花蓮県	きゅうきょくどう 九曲洞	九曲洞
	せいすいだんがい 清水断崖	清水斷崖
	えんしこう 燕子口	燕子口
澎湖縣 ぼうこけん 澎湖県	こかいおおはし 跨海大橋	跨海大橋
金門縣 きんもんけん 金門県	こねいとうせんしかん 古寧頭戦史館	古寧頭戰場歷史博物館
	きんじょう 金城	金城
連江縣(馬祖) れんこうけん（ばそ） 連江県（馬祖）	はちはちこうどう 八八坑道	八八坑道
	みんぞくぶんぶつかん 民俗文物館	民俗文物館

傳統工藝

專有名詞	中文
プータイシー／布袋劇(ほていげき)	布袋戲（雲林－布袋戲的故鄉）
番傘(ばんがさ)／油紙傘(ヨーズサン)	油紙傘（美濃－油紙傘的故鄉）
こま	陀螺（大溪－陀螺的故鄉）
米(こめ)の粉人形(こなにんぎょう)	捏麵人
吹(ふ)き飴(あめ)	吹糖
中国結(ちゅうごくけつ)／中国結(ちゅうごくむす)び	中國結
匂(にお)い袋(ぶくろ)／香(かお)り袋(ぶくろ)	香包
凧(たこ)	風箏
ディアボロ	扯鈴
書道(しょどう)	書法

示意圖／搶孤(チャングー)活動

本單元列舉之專門用語以交通部觀光署資料為準，若無相對應名詞，建議參考日本出版品常見名稱。

Chapter.02 口試文章範例
事前充分準備，臨場口試不慌亂！

自我介紹範本 ｜ 自己紹介

　　はじめまして、台中から来た林と申します。淡江大学日本語学科を卒業してから、貿易会社で日本貿易関係の仕事をしています。仕事のため、よくガイドや通訳として、日本人のクライアントを連れて、いろんな場所へ案内するので、台湾の食べ物や観光スポット、歴史、文化を紹介することが好きになりました。それに、もっと台湾のいいところを外国の人たちに紹介していきたいと思っていたので、ツアーガイドの試験に参加しました。

　　まだ旅行関係の仕事を経験していない私にとって、ガイドは決して簡単ではない仕事ですが、自分の日本語能力を活かし、おもてなしの心と接客態度を持ち、私たちの故郷のために、外国人観光客にあらゆる観光スポットを案内し、台湾の良さを紹介することを通し、台湾の観光発展に役にたたれば幸いと思っています。

　　台湾政府と旅行関係業者は皆、台湾観光をアピールしている今、私もツアーガイドとして、今まで経験してきたことを少しでも貢献できるように力を尽くしたいです。

　　まだまだ足りない自分ですが、これからもちゃんと先輩たちに見習い、一生懸命勉強し、頑張りたいと思っています。以上、宜しくお願い致します。

＊此篇僅為範本參考，底線部分可依自身情況修改，整體內容也可以自己本身想法調整。

　　初次見面，我姓林，來自臺中。自淡江大學日文系畢業後，便至貿易公司從事對日貿易相關工作。因工作所需，常須以導覽或口譯身分帶著日本客人參觀各地，也逐漸喜歡起介紹臺灣的食物、觀光景點、歷史及文化。加上想讓更多外國人知道臺灣的好，才決定參加導遊考試。

　　對於尚無旅遊相關工作經驗的我來說，導遊這個工作並不簡單，但我希望能活用自己的日文能力，並以誠心接待的心意及態度，為了自己的家鄉，若能向外國觀光客導覽臺灣觀光景點，介紹臺灣的優點，有助於臺灣的觀光發展。

　　目前，臺灣政府與旅遊業界的眾人皆努力推廣臺灣觀光，我也希望能做為一位導遊，多少貢獻自己至今所學，為臺灣有所貢獻。

　　雖然自己尚有許多不足，但之後也希望能確實跟隨各位前輩、努力學習。以上是我的自我介紹，請多多指教。

介紹臺灣自然與文化

臺灣自然環境（台湾の自然環境）

台湾はアジア大陸東南海上、太平洋の西に位置し、北は日本、南はフィリピン、東は太平洋、西は台湾海峡を隔てて中国と接します。台湾は昔、ポルトガル人に「フォルモサ」と名付けられ、その意味は台湾の自然環境のように、麗しの島です。台湾の土地面積は3.6万平方キロメートル、日本の九州と同程度の大きさで、大きくありませんが、豊かな自然景観と文化が溢れています。

台湾は九つの国家公園があり、希少な景観を眺めることができます。これらの国家公園と国家風景区はいろんな自然環境と地形を提供しています。例えば、太魯閣国家公園の渓谷や、台湾の最高峰「玉山」と火山、歴史的な文化遺跡も見られます。

台湾は豊富な森林に恵まれ、標高3000メートル以上の山脈は二百か所以上あります。また、このほかにも丘陵、台地、高台、盆地などが挙げられます。台湾は海に囲まれ、美しい海岸線も台湾の特徴です。

四季を通じて春のような気候の台湾、一年の平均気温は約22℃、過ごしやすい島です。春と冬の気候変化は比較的に大きく、夏と秋の変化がやや小さいです。ところが、夏と秋には時折台風が通り過ぎるので、旅行するのに気が付いたほうが良いです。

自然景観と豊かな文化、歴史遺跡がいっぱいある台湾は、旅行に最もふさわしい場所です。

　　臺灣位於中國大陸東南部外海，北鄰日本、南臨菲律賓、東面太平洋，西側則為臺灣海峽。臺灣被葡萄牙人命名為「福爾摩沙」，意味著臺灣是一個美麗的島嶼。臺灣的土地面積並不大，僅有3.6萬平方公里，與日本九州差不多大，但擁有許多自然景觀與豐富文化。

　　臺灣共有九座國家公園，可見到稀有的景觀。這些天然資源提供了不同地形景觀。可見到例如太魯閣國家公園的溪谷、臺灣最高峰「玉山」及火山、歷史文化遺跡。

　　臺灣擁有豐富森林資源，共有超過兩百座高3000公尺以上的山脈。此外，也擁有丘陵、台地、高台、盆地等地形。臺灣四周環海，也擁有美麗的海岸線。

　　臺灣氣候四季如春，年平均溫度為攝氏22度，相當舒適。春季及冬季氣候較不穩定，而夏季及秋季天氣穩定。不過，夏季及秋季期間，臺灣常受颱風所侵襲，旅遊時須多加留意。

　　擁有大量自然景觀、豐富文化、歷史遺跡的臺灣，是最適合旅遊的地點。

臺灣的國家公園―陽明山國家公園（台湾の国家公園―陽明山国家公園）

台湾は豊かな自然資源が溢れています。国家公園はすべて九つあります。その一つは、陽明山国家公園です。

陽明山国家公園は台北市街に隣接し、火山からなっている公園です。もともとは「草山」と呼ばれ、のちに「陽明山」と改められました。

火山活動により、陽明山は火山、火口湖、地熱や温泉などがあり、研究活動やレジャーにぴったりなところです。また、季節風の影響を受け、高原や亜熱帯雨林などの生態系を形成し、いろんな植物と動物を育ちました。

それに、陽明山は台北有数の夜景スポットで、カップルのデートにも人気です。

もしよければ、一度訪ねてみればいかがでしょうか。

臺灣充滿了豐富自然資源，國內共有九座國家公園，其中一座便是陽明山國家公園。

陽明山國家公園鄰近臺北市區，是座由火山所構成的公園。原本稱為「草山」，之後才改名為「陽明山」。

因火山活動所致，陽明山上具有火山、火口湖、地熱及溫泉等環境，最適合學術研究或休閒活動。加上受季風影響，形成了國家公園內具有高原、亞熱帶雨林等生態系，並孕育出各種植物與動物。

此外，陽明山還是臺北屈指可數的夜景景點，更是受歡迎的情侶約會聖地。

有機會的話，不妨造訪一次吧！

臺灣的宗教（台湾の宗教）

台湾はさまざまな宗教があります。仏教や道教、キリスト教、カトリック教に、イスラム教など、どんな宗教も幅広く受け入れられていて、自由な国です。

台湾人として、伝統的な宗教なら、主に道教と仏教、民間信仰などがあげられるが、大体道教や仏教の神と祖先を祀ります。

台湾は日本と違って、仏教と道教が合流でき、一つのお寺で異なる神を祀ることができるので、台湾の特徴の一つです。

仏教、道教以外に、儒教の孔子も尊敬されています。台北、台中や台南など、あちこち存在する孔子廟から見ればわかります。

外来宗教について、カトリック教やキリスト教を信仰している人も少なくありません。自由な宗教信仰が多元的な文化環境を作りました。

臺灣擁有各式各樣的宗教信仰。無論是佛教、道教、基督教、天主教，或是伊斯蘭教等宗教都廣為接受，是座自由的國度。
以臺灣人來說，傳統宗教多以道教、佛教及民間信仰為主，大多祭祀道教、佛教神明及祖先。
臺灣與日本不同，道教與佛教可互相結合，在一座寺院內就能祭祀不同神明，也成為臺灣的一大特色。
除了佛教、道教以外，臺灣人也相當崇敬儒教的孔子。從臺北、臺中、臺南等地處處可見的孔廟即可窺知一二。
至於外來的宗教，臺灣信仰天主教或基督教的人也不在少數。自由的宗教信仰更創造出多元的文化環境。

臺灣傳統節慶（台湾の伝統行事）

台湾の伝統行事はほとんど旧暦に日付で定められていて、毎年の日付は違いますが、にぎやかな雰囲気は変わらぬ、伝統行事や祭りが大好きな台湾人にとって大切な祝祭日です。

伝統行事の中、いちばん大切なのは「春節」です。春節は旧正月のことで、一般的には、旧暦の大晦日から正月の五日までで、漢民族にとっては最も重要な伝統行事で、行事とともに多くの風習が今まで伝えられてきました。

旧暦の大晦日に、家々では大掃除をすることが習慣で、新しい年の到来を迎える準備が終わった後、家族全員が集まって食事をします。料理にもいろいろな習慣があり、大体魚、肉やお餅などがあります。食事の後、子供たちが親からお年玉をもらいます。旧正月の活動は五日まで続け、大切なのは親戚や家族が集まって、皆で話し合いという気持ちです。

春になると、「清明節」の時期です。台湾では、清明節は祖先の墓参りや墓の掃除をする日で、日本のお盆のような行事です。清明節の時、台湾の人々は墓参り以外、「潤餅」という伝統の食べ物を食べる習慣もあります。

台湾では、「端午節の前、冬の物を片づけないで」という古くからの話があります。なぜかというと、端午節の前に、天気はまだ安定していなくて、寒くなったり暑くなったりするため、冬の服を着る必要があるかもしれないので、できるだけ端午節の後で片づけたほうがいいと先人の知恵です。

端午節は台湾の三大節句の一つで、行事は昔の中国の詩人「屈原」に由来していて、ドラゴンボートレースと粽が端午節の習慣です。ドラゴンボートレースは今、国際的な観光イベントになり、粽も台湾人がこの時期になると、必ず食べるものです。

秋に入り、台湾の三大節句の一つの「中秋節」の時期も来ます。中秋節は「月祭り」とも言い、月を見て、月餅を食べる習慣もあります。特別なのは、台湾で中秋節になると、皆が夜にバーベキューをします。

どんな季節に台湾へ来てもいろんな特別な行事が体験できます。今度、台湾の伝統行事を体験してみればいかがでしょうか。

　　臺灣的傳統節慶日期大多以農曆訂立，故每年的日期都有所不同，但熱鬧氛圍不變，對於喜愛傳統節慶及祭典的臺灣人來說，是重要的節日。

　　在傳統節慶中，最重要的就是春節了。春節指的是農曆新年，一般來說，是從農曆除夕到正月五日止，對漢人來說是最重要的傳統節慶，與節慶相同的，許多風俗習慣也流傳至今。

　　每年農曆除夕，家家戶戶習慣大掃除，做好迎接新年到來的準備後，家族全員就會齊聚一堂用餐。餐點也有各種習慣，大致上包含了魚、肉及年糕等。用餐過後，孩子會拿到家長的壓歲錢。農曆新年的活動持續到五日，重要的是家人、親戚聚在一起，大家一同閒話家常的感覺。

　　到了春天，就是清明節的時期了。在臺灣，清明節是參拜祖先墳墓及掃墓的日子，與日本的盂蘭盆節類似。清明節時，臺灣人除了掃墓之外，還有吃潤餅這種傳統食物的習慣。

　　在臺灣，有句自古流傳至今的話是「端午節前不要收拾冬季的衣物」，這是因為端午節之前天氣尚未穩定，可能忽冷忽熱，也許還需要穿到冬天的衣物，因此前人認為盡量在端午節後整理較佳。

　　端午節是臺灣三大節慶之一，源自中國詩人屈原的故事。賽龍舟及肉粽則是端午節的習慣。賽龍舟今日已成為國際性的觀光活動，而肉粽則是臺灣人到了這個時期一定會食用的食物。

　　進入秋天，同為臺灣三大節慶之一的中秋節時期也就此到來。中秋節又稱為賞月節，大家習慣賞月、吃月餅。最特別的是，臺灣到了中秋節時，大家都會在夜裡烤肉。

　　無論任何季節來臺灣，都能體驗各種特別的活動。下次不妨體驗看看臺灣的傳統節慶活動吧！

臺灣的鬼月（台湾の「鬼月」）

　　台湾では、旧暦の七月は「鬼月」とも呼ばれ、7月1日から7月29日までは地獄の門が開かれ、幽霊が世間に出てくると言われています。そのため、この時期になると、人々は家内安全、無病息災のため、さまざまな祭りが行います。

　　鬼月の間、人たちは夜になると、できるだけ外に出ない、洗濯などもしないという習慣があり、中元節も必ず肉や魚、果物、お菓子などを用意して、お寺や自宅の外で亡霊たちを供えます。

　　今は昔のような恐ろしい雰囲気はだんだんなくなったが、特別な習慣や祭りも台湾の特徴の一つです。

　　在臺灣，農曆的七月又稱為鬼月，七月一日至七月二十九日期間地獄的門也會打開，據說各種鬼魂會出現至人間。因此，每到這個時期，人們為了家中安全、消災除厄，都會舉辦各種祭祀活動。

　　鬼月期間，人們到了夜間都盡量不外出，也不會洗衣服，中元節更務必會準備魚肉、水果、點心，到寺廟或自壓外祭祀亡靈。

　　現在雖然氣氛不如過往般恐怖，但特殊習俗與祭祀活動仍是臺灣的一大特色。

宜蘭搶孤活動（宜蘭の「搶孤」）

　　宜蘭県の頭城で行われる搶孤は特別な旗取り祭りで、台湾最大の規模を誇る搶孤です。旧暦7月の代表的な民間行事の一つで、参加者はチーム一丸となり、下の人を踏み台として、高さは約11メートル、幅8メートルほどの「孤棚」をのぼり、孤棚の上の供え物を奪い合い、いちばん上の「順風旗」を取ったチームが勝ちです。

　　もともとは亡霊を祀る活動ですが、今は当地の伝統行事として、有名な観光イベントになりました。

　　宜蘭縣頭城舉辦的搶孤為特殊的搶旗祭典，是臺灣規模最大的搶孤活動。搶孤是農曆七月最具代表性的民間活動之一，參賽者會組成隊伍，一個一個爬上高約11公尺、寬8公尺的「孤棚」上，搶奪孤棚上的供品，而搶到最上方「順風旗」的隊伍便獲得勝利。

　　原本僅是祭祀亡靈的活動，但今日已是當地的傳統習俗，更成為知名的觀光活動。

媽祖繞境（媽祖の巡幸活動）

媽祖は中国南側の海岸地帯と台湾の守護神として、台湾全土で信仰の対象となり、台湾各地にも媽祖廟があります。旧暦3月になると、これらの寺は媽祖の生誕祭を行い、台湾で最も盛大な民俗行事です。中でも、台中の「大甲鎮瀾宮」や彰化県の鹿港天后宮などの媽祖の巡幸活動がいちばん有名です。特に大甲鎮瀾宮の巡幸は神輿を先頭として、台中や彰化、雲林などを通って、九日間かけて歩く行事です。巡幸中各地では、人々が賑やかな雰囲気の中で媽祖を出迎え、当地でいちばん大事な行事の一つになりました。

最近、巡幸のチームと一緒に歩いている外国人観光客も少なくないので、時間があれば、ぜひ体験してみてください。

媽祖是中國南方沿海地區及臺灣的守護神，也是臺灣本土的信仰對象，臺灣各地都設有媽祖廟。每年農曆三月，這些寺廟都會慶祝媽祖誕辰，更形成臺灣最盛大的民俗活動。其中又以臺中大甲鎮瀾宮、彰化縣鹿港天后宮等地的媽祖出巡最為知名。尤其大甲鎮瀾宮出巡以神轎帶領隊伍，通過臺中、彰化、雲林等地，以行走方式花費九天時間舉辦。出巡時，各地居民都會在熱鬧氣氛中迎接媽祖，也是當地最重要的活動之一。

近年來，也有不少外國觀光客會隨著出巡隊伍一同行走，有時間的話請務必體驗看看。

客家文化與擂茶（客家文化と擂茶）

台湾には、中国各地の出身者と原住民族などの異なる民族が生活しているので、様々な文化と食生活、習慣があります。中には、中国の広東から移住してきた人々はほとんど「客家人」で、閩南人と違った習慣を持ってきました。宗教や建築、服も自分なりの特色があります。例えば、華やかな色で作った客家風布もその一つです。

擂茶も客家人の伝統的な食生活の一つで、各種の穀類と豆、ドライフルーツなどの原料から作った体に優しい健康的な飲み物です。飲むとき、原料を潰して、粉になって、油が出てきたら、熱湯を入れて飲みます。新竹や苗栗、高雄にある客家文化地区に行ったら、本場の擂茶を味わってみたらいかがでしょうか。

不少出身於中國各地的人及原住民等民族共同生活在臺灣，也讓這裡具有各種文化、飲食特色及習慣。其中，移民自中國廣東的人們大多屬於客家人，具有與閩南人不同的習慣，宗教、建築及服裝也有自己的特色。舉例來說，以華麗色彩製作的客家花布就是其中之一。

　　擂茶也是客家人傳統飲食的一種，是由各種穀類、豆類及果乾等原料製成，對身體相當好。飲用時，先將原料壓碎成粉狀，待出油後再倒入熱水飲用。是否想去新竹、苗栗、高雄等具有客家文化的地區，品嘗正統的擂茶風味呢？

臺灣原住民（台湾の原住民族）

　　台湾原住民は中国福建や広東などの人が移民してくる前から住んでいた先住民族です。

　　原住民の大部分は山岳地帯に住んでいて、サイシャット族、タイヤル族、ツォウ族、サオ族、アミ族、タロコ族、パイワン族、タウ族、ブヌン族、プユマ族、セデック族、サアロア族、ルカイ族、クバラン族、サキダヤ族、カナカナブ族など、16族に分かれています。

　　原住民族は南方諸島言語系に属し、部族それぞれが異なる文化や風習、言葉、社会構造を持ち、特別な祭り活動と習慣が残っています。最近は漢民族との同化が進み、文化保存の声が上がりました。原住民の特別な文化やイベント、体験してみればいかがでしょうか。

　　臺灣原住民是中國福建、廣東等地人移民至臺灣前就已居住在島上的民族。

　　原住民大部分居住於山峰地區，共有賽夏族、泰雅族、鄒族、邵族、阿美族、太魯閣族、排灣族、達悟族、布農族、卑南族、賽德克族、拉阿魯哇族、魯凱族、噶瑪蘭族、撒奇萊雅族、卡那卡那富族等16族。

　　原住民屬於南島語系，各族間具有不同的文化、風俗習慣及社會構造，更留有特殊祭祀活動及習俗。最近因逐漸與漢民族同化，民間追求文化保存的聲浪逐漸提高。不妨體驗看看原住民的特殊文化及活動吧！

臺灣之光人物（台湾の誇り）

　　今日本プロ野球読売ジャイアンツ所属の選手陽岱鋼は台湾・台東県出身で、台湾の原住民であるアミ族です。改名前の名前は陽仲壽だった陽選手は日本の福岡で野球留学し、高校時代通算39ホームランを記録しました。

今は外野手として活躍している陽選手はもともとショートだが、チームの競争が激しかったので、外野手になりました。プロに入った後、なかなか成績が出なくて、先発にもなれなかったが、陽選手は諦めず、前よりもっと早く球場へ行って、誰よりも真剣に練習し、やっと先発のチャンスを取り、いい成績も出ました。

　　いろんな努力をしたこそ今の地位や成績がある陽選手は、故郷のことがいちばん気になり、よく地元の子供たちに資金や設備を寄付しています。また、必ず台湾代表チームとして、国のために頑張っています。誰よりも頑張っていた陽選手は、台湾と日本のかけ橋として、野球でいろんな人に励ましています。

　　現在隸屬於日本職棒讀賣巨人隊的陽岱鋼選手出身自臺灣臺東縣，為臺灣原住民阿美族。原本名為陽仲壽的陽岱鋼曾到日本福岡留學，高中時期共擊出39支全壘打。
　　現在陽岱鋼雖是一名活躍的外野手，但過往皆為游擊手的他，因球隊競爭激烈才轉為外野手。進入職棒後，陽岱鋼一開始成績並不算好，也無法獲得固定先發，但他毫不放棄，更比以往還早到球場，比誰都認真練習，終於獲得先發機會，也打出好成績。
　　經過一番努力才有今日地位、成績的陽岱鋼相當在乎自己的故鄉，時常贊助當地孩童資金及設備。更一定會加入臺灣代表隊為國爭光。比誰都努力的陽岱鋼也成為臺灣與日本間的橋樑，透過棒球鼓勵許多人。

臺灣職棒環境介紹（台湾のプロ野球）

　　台湾のプロ野球団体は中華職業棒球大連盟といい、1990年に始まったリーグで、2017年は二十八年目を迎えます。

　　最初は、台北市内にある兄弟ホテルの社長洪氏がリーグの結成を促進しました。当時の参加チームは兄弟エレファンツ、統一ライオンズ、味全ドラゴンズと三商タイガーズの4チームからなり、各都市の野球場を巡回していました。

　　リーグ結成してから今まで、いろんなことがあり、八百長事件と犯罪事件もありますが、大企業の資金投入と、自分の原則を守っている選手たちが改革の決心を持ち、一生懸命頑張っていたので、いったん減少したファンたちも好きなチームを応援するため、だんだん球場にもどってきました。

今のリーグは中信兄弟エレファンツ、統一セブンイレブンライオンズ、富邦ガーディアンズとラミゴモンキーズなど、4チームがあります。日本と比べて、台湾の野球は雰囲気が全く違って、面白いイベントと楽しい応援方式も台湾野球観戦の魅力なので、機会があればぜひ見ていただきたいと思っています。

臺灣職業棒球稱作「中華職業棒球大聯盟」，是起自1990年的聯盟，2017年也準備迎接成立第二十八年。

一開始，聯盟是由臺北市區的兄弟大飯店老闆洪先生發起。當時參加球隊包括兄弟象、統一獅、味全龍與三商虎等四隊，並巡迴各大都市的球場。

聯盟成立至今經歷風風雨雨，包含打假球及犯罪事件等都曾發生過，但隨著大企業投入更多資金，以及堅守自己原則的球員們決心改革、努力打球，也讓一度減少的球迷逐漸回到球場，為喜歡的球隊加油。

現在聯盟共有中信兄弟象、統一7-11獅、富邦悍將與Lamigo桃猿等四隊。相較於日本，臺灣的棒球氣氛截然不同，而各種有趣活動與特色加油方式也是在臺灣看棒球的一大魅力，有機會的話請務必前往球場觀賞。

臺灣代表性的美食（台湾の代表的な食べ物）

台湾代表的な食べ物と言えば、やはり台湾スイーツです。中でも、かき氷がいちばん有名でしょう。台湾のかき氷は日本と違って、ボリュームたっぷりです。また、トッピングもいろいろあって、台湾の人や外国人の間でも人気があります。

夏限定のマンゴーかき氷は大人気なスイーツです。山盛りになった新鮮なマンゴーと練乳が絡み合い、口に入ると幸せな気分になれます。冬になると、イチゴかき氷も登場し、甘酸っぱいイチゴも恋しくなる味です。

かき氷以外、オーギョーチやドウホアーなども人気なスイーツです。特に大豆を原料としたドウホアーはアイスもホットもおいしいです。

おいしい食べ物がいっぱいある台湾に来たら、ぜひ特別な台湾スイーツをどうぞ召し上がってください。

說到臺灣最具代表性的食物，絕非臺灣甜點莫屬。其中又以剉冰最為知名。臺灣的剉冰與日本不同，分量滿點。此外，配料也有許多種，在臺灣人及外國人間都深受歡迎。

夏季限定的芒果剉冰為最受歡迎的甜點。堆得跟山一樣高的新鮮芒果與煉乳互相結合，入口就能感到幸福。到了冬天，還會推出草莓剉冰，酸酸甜甜的草莓也令人難忘。

除了剉冰以外，愛玉和豆花也是相當受歡迎的甜點。尤其以黃豆為原料的豆花更是冷熱都美味的食物。

來到充滿各種美味食物的臺灣，請務必來碗特殊的臺灣甜點吧！

臺灣的飲料（台湾の飲み物）

ドリンクを買いたいなら、コンビニやスーパーしか選べない日本と違って、台湾の飲み物は豊かな種類や自由に調整できる味が特色です。台湾の街にあちこち点在しているドリンクスタンドが非常に有名で、海外へ進出する企業もたくさんあります。台湾の飲み物は世界中でブームになるのも過言ではありません。

店でドリンクを注文する時、飲みたいものを注文して、好きなサイズや氷と砂糖の多さも調整できる以外、タピオカやほかのトッピングを入れることもできます。ほとんどのドリンクはお客さんの好みによって変更できるので、とても便利です。

タピオカミルクティーのほか、台湾のドリンクは豊富な種類があり、選べないのもおかしくないです。

在日本，想購買飲料時只能選擇超商或超市等處，不同的是，臺灣的飲料擁有豐富種類及可自由調整的口味。臺灣街道處處可見的飲料店非常知名，甚至有不少企業進軍海外，若說臺灣的飲料在全世界引發風潮也不算言過其實。

在店內點選飲料時，先點想喝的飲品，再調整尺寸、甜度及冰塊分量等，還可以加入珍珠等配料。大多數的飲料都可依據顧客的喜好變更，相當方便。

除了珍珠奶茶以外，臺灣有許多豐富種類飲品，難以抉擇也不意外。

介紹臺灣觀光名勝

九份（九份）

昔、九份に住んでいる人たちはわずか9世帯で、9世帯分の物資は水路を使って運ばれていたので、その名が付いたといわれます。

九份は台湾東北部の丘陵地に位置しており、山を背にし海に面して、かつて栄えた金鉱の街でした。金鉱が発見された後、都市の規模は大きくなり、アジアの金の都と言われたが、ゴールドラッシュが冷めるにつれ廃れていきました。

しかし、その後、九份はいくつの映画の撮影地として有名になり、忘れられた町が再び注目を浴びてきました。

古き良き街並み、建物、美しい景色が堪能できる九份は、名物のタロイモやサツマイモ団子が食べられます。また、九份の宿泊施設も充実なので、自分の好きな場所を探し、静かできれいな夜空を楽しんでいくのもすすめです。

過往居住於九份的人僅有九戶，當時僅能利用水路運送這些人家共九份的物資，故有此名。

九份位於臺灣東北部的丘陵地帶，背山面海，過往是繁榮的金礦城鎮。當地發現金礦後，都市規模就逐漸增大，被譽為亞洲的金之都，但在淘金熱退燒後就逐漸荒廢。

不過之後因九份成為幾部電影的外景拍攝地，逐漸知名後，讓這座一度被遺忘的城鎮又再次受到矚目。

九份擁有傳統街景、建築與美麗景緻，還可享用名產的芋圓及番薯圓。此外，九份也有許多住宿設施，找個自己喜歡的地點，享受寂靜且美麗的夜空也是推薦的玩法。

台北101（台北いちまるいち）

台北101は台湾国内建築史上最も大きな建築プロジェクトで、国内14の企業が構成するビルです。台北101は高度な科学技術を用いた構造によって、防災・防風に優れた効果があり、高層建築だが、気流による影響は強くではありません。

台北101は国際ショッピングモールと各会社の事務所と89階にある展望台からなっています。標高382mの展望台は大パノラマを楽しめるほか、撮影サービスやドリングバー、ショップなどもあります。また、中国語、台湾語、英語、日本語、韓国語などの言語による無料音声ガイドも用意してあります。

MRT駅からすぐなので、展望台で台北市内の絶景を楽しめたら、ショッピングモールで買い物をしてみてください。

臺北101是臺灣國內建築史上最龐大的計劃，由國內14家公司共同完成這座建築。101使用高度的科學技術建造，具有優異的防災、防風效果，雖是高層建築，卻不容易受氣流所影響。

臺北101是由國際購物中心及各公司、89樓的瞭望台所構成。標高382公尺的展望台除了可享受大片美景外，還設有攝影區、飲料吧、商店等設施。此外，也提供了中文、台語、英語、日語及韓語等語言的免費導覽。

101距離捷運站不遠，在瞭望台享受臺北市區美景後，還可到購物中心逛逛。

臺灣的溫泉（台湾の温泉）

台湾は日本と同じ、国内各所に温泉が湧き、まるで温泉天国のような存在です。温泉は地底から湧き出る水で、台湾はユーラシアプレートとフィリピンプレートの接点に位置しており、地熱が全島に行き渡ったため、環境条件に恵まれ、貴重な温泉資源が見られます。また、温泉のほか、冷泉など多様な泉質を持ち、日本には負けない温泉の王国です。

台湾で発見された温泉は百か所にあり、平原や高山、渓谷などのところに温泉源があります。有名な温泉といえば、台北は陽明山や、北投、烏来などが挙げられ、ほかにもいろんな場所があります。

その中に、日本人観光客にいちばん人気なのは、台北MRTで行ける北投温泉です。

北投は台湾温泉天国として、アメリカの旅行サイトで紹介されました。台北市内における観光スポットで、自然環境や歴史的な建築もよく見られて、奥深い温泉街です。

自然に恵まれた北投は今、人気の観光レジャースポットへ変化してきました。それぞれ違った特色を持つ温泉旅館が立ち並ぶ北投には、北投温泉博物館や台湾初のエコ建築図書館などのスポットもあり、台北からいちばん近い温泉街です。また、日帰り温泉施設も充実しているので、台北でおすすめなスポットの一つです。

臺灣和日本相同，國內各地都有溫泉湧出，宛如是溫泉天國般的存在。溫泉為地底湧出的水，臺灣正巧位於歐亞大陸及菲律賓海板塊交界處，地熱遍及全島，故受到絕佳環境條件影響，處處皆可見到珍貴的溫泉資源。此外，除了溫泉外，更具有冷泉等多種泉質，是不輸給日本的溫泉王國。

臺灣發現的溫泉共有超過百處，源泉遍及平原、高山及溪谷等地。若要提到知名的溫泉，臺北就可舉出如陽明山、北投、烏來等地，以及其他地區。

其中，最受日本觀光客歡迎的，則是搭乘臺北捷運就能抵達的北投溫泉。

北投是臺灣溫泉天國，甚至還受到美國的旅遊網站介紹。這個觀光景點位於臺北市內，可以見到不少自然環境與歷史建築，是座富含意義的溫泉街。

深受自然眷顧的北投，今日已變為熱門的觀光休閒景點。整個地區有不少各有特色的溫泉旅館林立，更有北投溫泉博物館、臺灣首座環保建築圖書館等豐富名勝，也是距離臺北最近的溫泉區。此外，當地提供豐富的當日泡湯設施，是臺北最推薦的景點之一。

日月潭（日月潭）

　　日月潭は南投県にあり、面積827ヘクタール、周囲33キロ、台湾で最も有名な風景区にもなっています。その名前の由来は、湖上に浮かぶ光華島の北は太陽の形、南は三日月の形をしているので、日月潭と名付けられました。

　　日月潭はもともと小さい湖でしたが、日本統治時代に発電のため地下用水路で水を引いたので、湖面が大きくなりました。

　　日月潭周辺はいろんなホテルがあり、美しい景色を見ながら入浴できる客室まで建設されたので、観光客はほとんどここで一晩宿泊して、日月潭を二日かかって、楽しむこともできます。

　　美しい自然、おいしい食べ物、特別な原住民文化など、日月潭の特徴を、自ら体験してみたらいかがでしょうか。

　　日月潭位於南投縣，面積827公頃，周長33公里，是臺灣最有名的風景區。其名稱源自漂浮於湖面上的光華島以北形似太陽，而南側則形似上弦月的外觀，故取名為日月潭。

　　日月潭原本只是座小巧的湖泊，但在日據時期為了發電之利，以地下水通道引入水源後，才拓寬了湖面。

　　日月潭周圍有不少飯店，甚至還設有可一邊欣賞美麗景緻，一邊泡澡的客房，觀光客大多會在此住宿一晚，花兩天時間好好享受這裡。

　　美麗的自然環境、美味的食物與特殊原住民文化等日月潭特色，不妨自己親身體驗吧？

淡水（淡水）

　　淡水は昔「滬尾」と呼ばれ、河口という意味を持っています。台北の西北部に位置する淡水は、山と海の魅力を満喫できる美しい街です。

　　スペイン人が建設した紅毛城は淡水でいちばん有名な古城で、当地の歴史を語っています。

　　紅毛城以外、駅の近くにある伝統的な街も淡水の名所の一つです。

　　魚団子、厚揚げ、ゆで卵など、淡水ならではのB級グルメを食べながら街を散歩するのも、地元流の楽しみ方です。

台北市内とちょっと離れている淡水はMRTで行けるので、少し時間がかかっても行ってみる価値があります。今度、淡水で有名な夕焼けを眺めに行きましょう。

　淡水過往稱作滬尾，有河口的意思，位於臺北西北部，是座可享受山、海魅力的美麗小鎮。
　由西班牙人建立的紅毛城是淡水最知名的古城，訴說著當地歷史。
　除了紅毛城以外，位於車站附近的傳統老街也是淡水的名勝之一。
　一邊吃著魚丸、阿給、鐵蛋等淡水特有的平民美食，一邊漫步於街道上，則是當地人的最佳享受方式。
　淡水距離臺北市區有一小段距離，但可搭乘捷運抵達，即使須稍微花上一點時間，仍有一去的價值。下次，就到淡水欣賞知名的夕陽景緻吧！

澎湖（澎湖）

　澎湖は台湾本島と中国の間に位置し、台湾本島より約四百年前から開発されました。澎湖には奥深い古跡や独特な自然景観があり、海に囲まれたため、美しい砂浜もいろんなところに点在しています。台湾本島の人にとって、澎湖はレジャー活動の選択肢の一つです。

　夏になると、花火大会が開かれる澎湖へ行くと、花火を見ながら、当地特産の牡蠣やウニを食べるのが最高の幸せです。台北から飛行機でわずか一時間で行ける澎湖は沖縄と違って、格別な島の旅を体験してみればいかがでしょうか。

　澎湖位於臺灣本島及中國之間，比臺灣本島早了四百年受到開發。澎湖境內有許多深奧的古蹟及獨特的自然景觀，又受海洋環繞，還有許多美麗沙灘遍布島上。對於臺灣本島的人來說，澎湖就是休閒活動的選擇之一。
　到了夏天，只要到會舉辦煙火大會的澎湖，一邊欣賞煙火，一面享用當地特產的牡蠣及海膽，真是最極致的幸福。是否要前往從臺北搭飛機只要一小時就能抵達的澎湖，體驗一趟與沖繩有所不同的特色島嶼之旅呢？

迪化街（迪化街）

　迪化街は台北駅の近くにあり、歴史的な建築物がたくさん残っている古い町並みです。百年から今までずっと台湾の乾物や缶詰、漢方薬を販売している市場です。旧正月の前、迪化街には正月料理の食材を求めて、台湾各地から大勢の観光客や買い物客が訪れ、いちばんにぎやかな時期です。

迪化街へ行く観光客は食材を買う以外、霞海城隍廟の参拝を目的としている人もたくさんいます。霞海城隍廟は縁結びの神様「月下老人」を祀るお寺で、婚活中の方が必ず見逃さないでください。

　　迪化街位於臺北車站附近，是座留有許多歷史建築的古老街區，從一百年前至今都是販售臺灣乾貨、罐頭及中藥的市場。每年農曆春節前，大量來自臺灣各地的觀光客及購物者都匯到迪化街購買新年料理的食材，是這裡最熱鬧的時期。
　　前往迪化街的觀光客除了購買食材以外，也有不少人是前往此處參拜霞海城隍廟。霞海城隍廟祭祀姻緣之神「月下老人」，正在尋找對象者也千萬不能錯過。

鹿港（鹿港）

　　鹿港はかつて台湾中部の経済や交通の中心でした。清朝時代には貿易港として盛んになった鹿港はいろんな商品や物資が集まり、非常に繁栄でした。それに、鹿港には各地の移民が集まってきたので、様々な文化や料理もあり、鹿港天后宮をはじめとする古跡もたくさんあります。

　　鹿港を訪れた時、新鮮でおいしい海鮮料理のほか、独特な台湾お菓子やB級グルメもぜひ試してみてください。歴史的な建築が鑑賞でき、昔ながらの文化も体験でき、おいしい料理も食べられる鹿港は行く価値があります。

　　鹿港過往為臺灣中部的經濟及交通中心，清朝時就因身為貿易港而相當繁榮，聚集了許多商品及物資。此外，各地移民多聚集於鹿港，讓這裡融合了多樣文化及料理，也有以鹿港天后宮為首的各種古蹟。
　　造訪鹿港時，除了新鮮美味的海鮮料理以外，也請務必試試獨特的臺灣零嘴及在地美食。可觀賞歷史建築、體驗傳統文化、享用美味料理的鹿港，值得一去。

資料來源：更多內容請參考交通部觀光署 https://www.taiwan.net.tw

參考資料

- 地球の歩き方 台湾 2016～2017 年版 (ダイヤモンド社)
- ハレ旅会話 台湾 中国語 (朝日新聞出版)
- 帶日本人趴趴走 日語導遊台灣 (寂天文化)
- 日本語文型辭典 繁体字版 (くろしお出版)
- 日本人最常說的生活旅遊日語必用句 (LiveABC)
- 史上最強日語單字 (國際學村)
- 領隊導遊日語速戰攻略 (考用出版社)
- 交通部觀光署日文版網頁 (http://jp.taiwan.net.tw/)
- 東北角暨宜蘭海岸國家風景區官方網站日文版
  (http://www.necoast-nsa.gov.tw/user/main.aspx?lang=3)
- 台中觀光旅遊網日文版網站
  (http://travel.taichung.gov.tw/ja-jp/Home/Index)

絕對考上導遊+領隊. 日語篇 = 絶対に受かる ツアーガイド+添乗員. 日本語/馬跡領隊導遊訓練中心編著. -- 五版. -- 臺北市：馬跡庫比有限公司, 馬跡領隊導遊訓練中心, 2024.11
　　面；　公分
ISBN 978-626-97748-6-9(平裝)
1.CST: 日語 2.CST: 導遊 3.CST: 領隊 4.CST: 讀本
803.18　　　　　　　　　113015761

絕對考上

導遊 + 領隊
ツアーガイド　　添乗員
【日語篇】

出　　版	馬跡庫比有限公司 / 馬跡領隊導遊訓練中心
編　　著	馬跡領隊導遊訓練中心
總 編 輯	陳安琪
製作團隊	馬崇淵　楊惠萍　林倩仔等暨馬跡中心　編製
內容增修	特別感謝
	旭昇　卓學儀
地　　址	台北市大安區復興南路二段 268 號 5 樓
電　　話	(02) 2733-8118
傳　　真	(02) 2733-8033
馬跡官網	www.magee.tw
匯款帳號	台北富邦銀行 - 和平分行 (012) 帳號：4801-027-027-88
	戶名：馬跡庫比有限公司
E-MAIL	magee@magee.tw
出版日期	2016 年 09 月　一版一刷
	2017 年 08 月　二版一刷
	2019 年 09 月　三版一刷
	2022 年 09 月　四版一刷
	2024 年 11 月　五版一刷
定　　價	660 元

版權所有・翻印必究
本書如有缺頁、破損、倒裝，請寄回更換